中公文庫

ゆめはるか吉屋信子

秋灯机の上の幾山河（下）

田辺聖子

中央公論新社

目次

〔上巻目次〕

〔中巻目次〕

ゆめはるか吉屋信子

秋灯《あきともし》机の上の幾山河（下）

冬木立

1

戦後の信子の業績を大まかに区分すると、一期は昭和二十七年（一九五二）刊の『安宅《あたか》家の人々』あたりまで、二期は昭和三十六年から「小説中央公論」に執筆した『自伝的女流文壇史』はじめ、伝記・評伝のたぐい、『私の見た人』『底のぬけた柄杓《ひしゃく》——憂愁の俳人たち』『ある女人像——近代女流歌人伝』、そして『ときの声』などの作品群である。三期は昭和四十一年刊の『徳川の夫人たち』同四十六年刊の『女人平家』など最晩年の歴史小説群。

右のうち二期あたりまでは、まだ戦前からの慣行をそのままに、女性向けの小説もおびただしく書いた。

（それらは戦後の時代相をよく映し、人物造型も深まりをみせ、文章も次第に簡潔になって完成度を高めつつあるが、いずれも婦人雑誌からの需要であり、新しい冒険はしにく

い）

そして昭和三十年頃まで信子は少女小説もまだ書いていた（『級友物語』――「女学生の友」連載）。

戦前の、信子の長篇少女小説が再びポプラ社から刊行されたのは昭和二十六年である。戦後の少女にもまだ吉屋信子は喜び迎えられていた。戦争で焦土となった日本に、いちばん強く求められたのは活字であった。いずれも仙花紙の粗悪な紙質、誤植も多く、信子を腐らせたが、人々は小説に、物語に、飢《かつ》えていた。

それは少女たちも同じである。信子の少女小説は戦前のものがくりかえしくりかえし発行されている（私の持っているポプラ社文庫の吉屋信子集十冊は昭和五十二年刊である）。信子の少女小説は断続しつつも、終戦後三十年余、まだ読まれているのだ。

終戦後の昭和二十一年二月二十一日の日記に、早くも、

「内山氏来訪、『からたちの花』『桜貝』再刊の件、本渡す。夕食を呈す」

とある。どちらも少女に愛読されたベストセラー、内山氏は実業之日本社の「少女の友」編集長、内山基であり、昭和五年から編集長となり信子とのつきあいは長い。再刊するにも東京が灰燼となって原本も入手しがたく、信子の手先にあるものを借りたのであろう。

少女小説の新作も求められているが、信子はその年の六月二十四日の日記に書いている。

「ようやつと少女クラブの『夕月』、少女小説かく、もうかゝる時代は過ぎたのだ、いたづらにかゝる過去にれん〳〵としてはいけ《ママ》ぬ、ともかく平和御祝儀としてかくか、こんどは」

信子が少女小説から脱皮したくて、大人の小説『地の果まで』を書いたのは大正八年（一九一九）であった。その意図は果され『女の友情』『良人《おっと》の貞操』で大衆小説作家として成功を収めたが、昭和に入ってもなお「少女倶楽部」や「少女の友」に書きつづけていた。少女ファンの熱望に抗しがたかったのであろうし、日記に「れん〳〵として」とあるように、信子自身、書きたい衝動をとどめがたいものがあったのかもしれぬ。

昭和三年『暁の聖歌』『白鸚鵡《おうむ》』四年『七本椿《ななもとつばき》』五年『紅雀《べにすずめ》』六年『桜貝』七年『忘れな草』八年『からたちの花』九年『あの道この道』十年『小さき花々』十一年『毬子』十三年『伴《ばん》先生』十五年『乙女手帖』……執筆禁止状態になるぎりぎりまで続く。いずれも少女小説の名作で、ファンを熱狂させた佳篇である。

今回は信子の少女小説について語っておきたい。「東京漂泊」の6〔上巻320頁〜〕で『花物語』に触れて以来、少女小説を語る機会がなかったので。……

昭和二十一年、戦火が熄《や》んで半年の学園にも卒業式があった。信子は乞われて三月、宇都宮へいっている。汽車の混雑は大変なものだったが、宇都宮市の戦災後の復興は非常に早いという印象を受けた。早春の翌朝、作新館高女の卒業式、「十時に列す」と（卒業式だけにいったわけではなく、講演や座談会の用のかたわら列席したらしいが）。敗れた国の乙女たちだが、新時代への希望と、本で親昵《しんじつ》した信子先生を目前に見る感激で、彼女らの瞳は輝いたろう。そして「仰げば尊し」を斉唱するとき、その眼は涙に濡れたかもしれない。

「久しぶりにて処女の卒業の感傷をみる」

と信子は好ましげな口吻《こうふん》である。

この時代らしいのは信子のスピーチのあと、当地進駐軍の若き将校が同じくスピーチしたこと。但し二世の通訳の語学力は未熟だったとみえ「日本語訳お《ママ》かしく生徒大いに笑ふ」。信子の家にも若い女性編集者が来はじめている。日記によれば信子は若く美しい女性編集者たちにはとてもやさしいと、千代にからかわれている。

それを聞いていた女中のキミが〈私などはいっぺんもやさしくしてもらったことがない〉と口をとがらしたので、家中大笑いになったことがある。信子の、若いおとめ好きは年を加えても失《う》せぬ心ぐせらしい。……

世には信子の少女小説を嘲弄して歯牙にもかけぬどころか、蛇蝎《だかつ》の如く忌み嫌う人々（男・女を問わぬ）がいるが、先入観を捨てて虚心にいっぺん読んでみられることを、おすすめする。それも私にいわせれば、すでに童心に近き老いびとたちに好個の文学と思う。（もちろん、性朴直で純真な少年ごころ、少女ごころを失っていないアダルトにも、――）

　信子は少女小説を決して仇《あだ》やおろそかには書かない。左の文章は先述したが〔上巻105頁〕再び掲げる。

「少女時代に読んだもの見たものが、いつまでも、こんなに記憶され、影響されることを考えますと、少年少女文学というものは、人生に於いて、大きな役割をつとめているものと信じます」（『白いハンケチ』「投書時代」）

　信子の少女時代、明治三十年（一八九七）という時代に信子は「少女世界」を毎月取ってもらっていた。栃木の町には幼い女の子を喜ばせるものは何もなかったが、信子はその「少女世界」で美しい口絵やお伽話をたのしんだ。毎月一冊くる、定価十銭の少女雑誌が幼い信子の夢幻境であった。更に兄たちが四人もいたから彼らの愛読書も残さず読んだ。巌谷《いわや》小波《さざなみ》の世界お伽噺《とぎばなし》『クオレ』、ベルヌの『十五少年』、兄たちが取ってもらっている雑誌「少年世界」「日本少年」「冒険世界」など、面白くてたちまち読破したという。しかも兄たちの本は彼らの居ぬ間にそっと読むのだ。それにくらべ、自分だけの雑誌、というものを取ってもらったとき、どれほど嬉しかったか。

　信子はその口絵の一つ一つを何十年ののちまでおぼえている。それだけに少女に与える小説に心魂こめずにいられない。

――少女小説の名作、といわれる信子の作品群の中から、二つ三つ紹介してみよう。

まず『紅雀』。

これは内山基の解説によると信子が昭和四年フランスから帰国後の、少女小説第一作であるという。されば構想は滞仏中に得ていたのであろうか。

昭和五年初め頃、「少女の友」の編集長であった岩下小葉は新企画として信子の少女小説の独占掲載を考えた。のちの「主婦之友」、毎日新聞と同じことをいち早く企画したわけだ。滞仏中の信子に交渉し、承諾を得た。その第一作が『紅雀』というわけだった。

少女小説のヒロインは可憐で純情で世の荒波に揉まれる、――そんな常套的なすじがきを想像している人は、この作品でとまどうであろう。信子は「読者のみなさまに」として扉に書いている。

「個性のはっきりした少女、さびしくきつい、だれにも馴れえぬ悲しい性《さが》を持つゆえに苦しい『まゆみ』この美しい冷たい少女が、どう心を成長させたか、それをえがいてみたく筆をとったのが、この『紅雀』です。

この一篇の物語が、読む方たちに、その女主人公をとおして、何か暗示できたら、作者はうれしく思います。かくあるようにと！

吉屋信子」

（田辺注、ポプラ社、昭和52なので新仮名遣いになっている）

『紅雀』は右にあるような信子の意図に添って、いままでと一風変った、自我の強い、個性的な少女が主人公である。気位たかく、誇りと幸福を秤《はかり》にかけねばならぬときは、ためらいなく誇りをとる。それを理解し得ぬ人には傲慢とも小面憎いとも思われるのだが。

……

　この小説は一種のシンデレラ小説だと内山の解説にある。その契機となるのが、華族《かぞく》や資産家や身分・家柄といった、いかにも戦前の小説らしい発想である。内山も年少の読者にその点を説明するのに窮したとみえ、

「当時は、こうした階級的考え方が、ふしぎではなく通用していた時代であったことを思うと、そういう考え方が遠いものとなった今は、戦争という大きい犠牲をはらって日本人がかち得た大きいたまもののひとつとも云えるであろう」

　――しかし華族も名門も身分家柄も、今では古典的な物語要素となっており、小説を楽しむのに邪魔にならない。

『紅雀』の構想は華麗でロマンチックだ。物語を読むたのしみをたっぷり味わわせてくれる。信子はパリに在ってあたらしい少女小説の構想をどんなに楽しくあれかこれかと思いめぐらせたことであろう。

　信子は少女小説だからといって決して手を抜いたりしない。文章も簡潔に、美しい言葉がえらばれる。

この小説では大連で暮していたという少女が登場する。信子の海外生活は信子の詩嚢《しのう》を肥やした。フランスへ渡る際、信子はシベリア経由だったので、大連も見物している。「子供の絵本にあるような港」と書いている。その美しい町に住んでいたという謎の美少女。

信子はたいていの作品でも出だしの特別うまい作家なのだが、この『紅雀』第一章「黒きひとみの人よ」はことにも快調だ。冒頭にボードレールの詩を掲げている。

「うれし悲しの色をも見せぬ／あわれ君の黒きひとみ／そは鉄《くろがね》と黄金《こがね》のとけて凍りし／死火山のつめたき宝石」

――東京行の列車に沼津から乗りこんだ蔦村純子《つたむらすみこ》は前の座席に坐る、姉弟らしい少女と少年に心惹かれる。純子はカトリックの女学校出身で、さる富豪の邸に家庭教師として住みこんでいる、未婚の美しいワーキングウーマンである。

純子は特に十四、五の少女の、凍る宝石といいたい黒瞳の美しさ、意志的な表情を好もしく見る。紺のベレー、紺に赤い線のニットのスーツもりりしく、なみの少女とはちょっと違う雰囲気のおしゃれだ。横の十一、二の少年は、こちらはまた可憐きわまりない、かわいい男の子、「冷い瞳の主《ぬし》の少女のすぐそばに、このうつくしい果物のような少年、この妙《たえ》なるコントラスト！」。

車内は静かだった。一等車の中に乗客はちらほらだった。姉弟の反対側の座席に中年婦人が、よほど旅に疲れたのか鞄によりかかるように顔を臥せ、じっと寝入って動かない。純子は正月休みに沼津の父のもとへ帰省し、いま東京の辻邸（家庭教師先）へ戻るところだった。

兄二人がいるが、おんな姉妹や弟のいない純子は、前の席の姉弟がなぜかなつかしく、話しかけてみる。

「『あなたがた、おふたりきりでどこへ、東京？』

ふいに純子に声をかけられて少女はそのれいの黒曜《こくよう》のひとみをむけた。しかし、すぐくちびるをひらこうとしなかった。しかしそれより早く少年のほうは人なつっこい顔で、かわいい声をあげて、

『いいえ、ぼくたち、かあさまといっしょなの』

と答えた。

『あっ、そう――』

といった純子は、ふとあのむこうがわの座席に、うごかぬ姿勢のままにうつむいている婦人を見やった。

『かあさま、ずいぶんおつかれなのね、あんなにおやすみになったまま――』

これは姉のほうの声だった。

『そう、きっと長く汽車に乗っておつかれなのでしょう』

純子がいえば、

『ええ、いく日もいく日も、船も汽車も——』

と少女が答えた。きっぱりしたよどみなき口調で——

『そう、どんな遠くから？』

『大連から』

こんどは弟のほうがいきおいよく答えた」

車掌がやってきて切符をあらためる。母が持っているはず、と少女は答えたが、よほど深く寝入っているらしい母を起すに忍びず、母のハンドバッグをとりあげて、

「かあさまの手さげがここにおいてございましたわ。きっとこのなかに、切符ははいっておりましょう」

——と、「年ごろにはませた、きまりのついたもののいいかたをして、」少女は切符を三枚出す。その切符は二等の切符で、車掌は二等室へ移るか、または一等の差額料金を貰わねばならない、という。純子は自分のことのようにはらはらして薄赤くなる。

しかしその「黒曜石のように澄みきった瞳」の少女はいささかの羞恥も困惑の色も示さず、落ちついてはっきりという。

「さようでございましたか、わたしどもは、かあさまが神戸駅で何等《とう》の切符をおもとめになったのかぞんじませんでした。そしてかあさまは、たいへんつかれていらっしゃって、プラ

ットホームを長くお歩きにもなれないくらいでしたから、わたしどもの前に停まった車に、すぐ乗ってしまったのでございます」

条理整然とした答えは、不正を承知で乗ったのではなく、全く偶然の過失だったことを示す上に、少女の聡明さと、なみなみならぬ折目正しい、教養階級で育ったことを思わせる。車掌も感服したようだった。言葉もていねいになったが、規則なので……という。純子は決心して、少女らの母が眠っていることでもあり、自分が料金を立替えてもいい、と申し出た。そのとき列車は揺れ、乗客はよろめいた。眠っている婦人は前のめりになったが、倒れたまま、身じろぎもしない。

〈もしもし、どうかなさいましたか〉

車掌は婦人の肩に手をかけ、はっと叫ぶ。

〈あっ、このかたは死んでいらっしゃるんですっ〉

——みごとな序曲である。読者はこの姉弟から目が離せなくなるだろう。それは純子も同じである。姉弟がこれから向う東京には身寄りとてないという。父はハルビンで死に、以来、母は大連に移って音楽教師をして身を立ててきたが、東京へ出て、音楽でできる職業を見つけようとしたのだと少女はいう。いまその頼りの母を失なって途方にくれている姉弟を純子は見すてるわけにはいかないと思った。自分が住みこんでいる辻家に、この姉弟も引き取って貰えないかしら。……辻未亡人は富める家の人だけれども傲《おご》ることなく、福祉関係にも陰に陽に力をつくしている婦人だから頼んでみようと思った。

未亡人は、かねて信頼している純子がそこまで思いこんでいること、かつ話を聞いて自分も同情抑えがたく、二人を引き取ることを承諾する。こうして美少女まゆみと、可憐な少年章一は辻家に養われることになる。辻家にはまだ十九歳ながら当主の珠彦と、妹の綾子がいた。権高《けんだか》で貴族的な珠彦は、まゆみを「強情な高慢じみた女の子」と思う。まゆみは少女ながら人の家に養われるようになった運命に堪え、プライドを守ろうと、必死に心を鎧《よろ》っているのであった。柔和でしたしみやすい綾子や、バランス感覚に富み、情の濃い純子には、やっと心を開くまゆみであったけれど。――

この姉弟の出生の秘密は、姉弟も知らない両親の過去にあるのだった。辻家以外の人々は〈行き倒れの親をもつあわれな孤児。どんな貧しい、いじけた心根であろう、卑しい育ちであろう〉と指さして嗤《わら》うが、いつか、まゆみの側に立っている読者をやきもきさせながら、まゆみはそれらの嘲笑に一つずつむくいて、あざやかな身ごなしをみせる。

未亡人の好意で綾子と同じミッションスクールへ入れられたまゆみは、フランス語の時間、フランス人の尼さん先生の質問に、流暢なフランス語で答える。パーティではすすめられるとピアノで弾きがたりさえ、した。乗馬も堪能であった。上流社会の令嬢として育てられたことが次第にあきらかになるが、それとともにまゆみの心はいよいよ、かたくなになって、珠彦との間にも摩擦を生じる。純子が心配して注意すると、はじめてまゆみは涙を流した。

〈わたしは決して誰からも愛されない人間なんです。反抗心の強い女の子なんです。先生がやさしくして下さるのにごめんなさい。でもわたしは自尊心がありすぎるんですわ。人の慈善の対象物になって、居候の生活するの、悲しくてはずかしくって。先生、なまいきなわたしを許して下さい〉

　純子はまゆみの涙をはじめてみた。

〈まゆみさん、それはあなたの恐ろしいひがみよ。あなたがこのお屋敷に引きとられて勉強するのだって、みな神さまの思し召しですよ。神さまは一羽の雀さえお見すてにはならないと、聖書に書いてございましょう。まして人の子をどうしておすてになるでしょう。必ずその子たちを救って、幸せになるように道をひらいて下すったのですよ〉

〈神さまですって？　先生、わたしもう、神への信仰はすてましたの。去年、汽車でかあさまがお亡くなりになったとき、わたしの信じていた神さまも死んでしまったんですもの。〝神は愛なり〟そんなこと嘘、――ほんとに神さまがいらっしゃるなら、あんなにむごたらしくわたしたち二人の子供からたった一人のかあさまをお取り上げになるはずはありませんもの。……この世で頼りになるのはわたしだけなんです〉

　純子もいまは時間《とき》がまゆみの心をほぐしてくれるのを待つばかり、と思う。いま何かいえば反抗心を煽るだけであろう。まゆみは珠彦にも綾子の学友にも、辻家の使用人にも肩肘張っている。みなしご、行倒れの子、などと侮辱したらゆるさないぞ、と突っぱっている。美しいけれどニコリともしない少女になっていた。論争になると自分の意見をあくまで通してその場をこじらせてしまう。……まゆみのために周囲の人々の軋《きし》みは多くなる。まゆみは章一だけを邸に残し、身をひこうと思った。暖い辻家の人々――今は珠彦もまゆみの理解者になっている――や純子には申しわけないが。……純子に置き手紙をしてまゆみは伊香保の辻家の別荘から姿を消す。彼女を乗せてどこともしれず去った馬は、やがて別荘に人を乗せずに帰ってきた。

鞍に山百合を一輪、くくりつけて。

まゆみのいない間にまゆみも知らぬ彼女自身の身もとが、紅雀を彫った珊瑚の帯止めからわかった。まゆみの父は由緒ただしい公卿の名門出身なのだった。パリで客死した父方の叔父は純子と将来を誓った人であったこともわかった。母方の叔母もみつかった。そして伊香保で馬車屋を手伝っていたまゆみも発見される。貧しい馬車屋一家と暮したまゆみは、俗世の生活苦というものにはじめて直面する。馬車屋の爺さんたちはいい人であったものの。――今にして辻家の人々の示してくれた恩愛が思われる。金持の自己満足の慈善事業で、あんな真情がそそげるものではないと理解する。仄《ほの》かにようやく、まゆみの心はやわらかくほとびてきていたのである。そういうとき、学友にまゆみはみつけられたのだった。

紅雀の珊瑚の彫刻が三つそろい、まゆみは再び辻家の人となる。ただし、その指には珠彦からのエンゲージリングがあった。……

いかにも少女の夢をそそるストーリィ。少女は軽侮に敏感なもの、好ましからぬ批判や陰口を耳にしたらすぐ身構える、そそけ立ったまゆみの心理に同感する少女も多かったろう。〈女は愛嬌〉という時代風潮の中で、それに反発する潔癖な女の子もいた。まゆみはそれら少数派少女の代表選手である。

信子は少女の反抗心や自尊心を育て、やがて独立心へ、と希求したのであろう。それが「かくあるようにと！」という信子の叫びであろう。

『からたちの花』は不美人の少女が美人の姉と比較されてねじけていく物語である。子供の数の多い戦前は出来のいい兄、美しい姉（あるいはその反対の、弟妹）などと対比されてせつない思いをする子供たちも多かった。ヒロインの麻子はひがみ、愛情に飢えてゆく。

——敏感で愛を求めること人一倍の血の熱い子だというのに。

そして麻子の母や姉や兄がからかうほど麻子は醜貌ではなく、それはむしろユニークな美しさというもので、個性を磨けばいよいよ美しくなるという美人のタイプなのだった。それを教えてくれたのは母ではなくて、偶然麻子の苦境をたすけた、〈よそのおばさま〉である。そしてその娘とも麻子は親友になる。

麻子が彼女らによって自分に自信をもち出したのはいいが、それが過剰になり、傲慢となり、……また軌道修整しつつ、……と、〈みにくいあひるの子〉麻子の人生は曲折多い。

そしてついに、

〈わたしはいつまでもわたし――でもそれでいいのだわ、このわたしをこのままに大切にもって――〉

と思うようになる。少女は自愛を知る。内山基の思い出によれば、信子はこの作品の題を「みっともない子」としようとしたと。

「こんどは少し今までのテーマと変えて、ひとりの容貌美しくない子の、魂の発展を主題に書いてみようと思うんです」（『からたちの花』ポプラ社、昭和52の解説）

しかし内山は編集者として困ってしまう。も少しロマンチックな題を、と希望した。

〈そうねえ、少しリアルすぎるかしら〉

と信子は『からたちの花』にした。連載が展開するにつれ、内山は信子の意欲を強く感じる。

少女が容貌の劣等感になやみつつ、内面的成長をとげてゆくという、今までなかった新しいタイプの少女小説を書こうと信子が志していること。

やはり、この小説のタイトルは「みっともない子」にすべきであった。

「大衆受けのみを考える編集者のさかしらが、せっかくの作家の創意もまげて『からたちの花』にしてしまった後悔が、その後いくたびか私の心の中にうずくのであった」（『から

たちの花』解説）

『小さき花々』（実業之日本社、昭和16、「少女の友」連載は昭和十年一月号から十二月号）。

　これは短篇集である。

　この短篇集は中々よくできていていわば珠玉短篇集といってもいい。八篇の短篇と、一篇はキャサリン・マンスフィールドの短篇紹介、一篇はエッセーという構成、この一冊は少女小説ながら、私の愛惜措《お》くあたわざるもので（私は昔、戦前発行のこの本を持っていたが戦争のときに焼失したのか、散佚《さんいつ》したのか、手もとにはなく、あるのは戦後再刊されたポプラ社の、それもコピーであるが、一篇一篇おぼえているので、コピーでも差支えない。そのかわり私は綺麗な表紙を作って綴じてある。表紙に中原淳一の絵――絵葉書になっている――を貼りつけるのも忘れない。やはり吉屋信子と中原淳一は出会いものである）、清冽《せいれつ》なせせらぎのような短篇集だ。

「小さき花々、／籠に摘みてまいらす。／好めるを、／おん手に取りたまえ。吉屋信子」

　信子は扉にそう書く。

「素直な心のひと」――には、零落した家の素直で純情な少女ふじと、富裕な家の娘、傲慢で虚栄心にみちた少女を描く。信子は〈悪人は描けない〉というが、〈大人の女〉のいやらしさをそのまま縮小したような、いやな女の子を描くのも巧い。

　まち子とふじさんは幼な馴染、小学生の頃から仲よしだった。まち子のおとうさまは大学教授で理学博士、小さい二人の女の子にあるとき琥珀《こはく》のなりたちを話して下さる。松やにが長く地中に埋もれて化石となり宝玉となる、というふしぎな話。〈ふじさん〉は、〈まあ！〉と椅子から飛び上りそうに驚いた。そしてあとでまち子に、

〈まち子さんのおとうさまはとっても偉い人ね、なんでも知ってる、えらい神さまみたいなひと！〉と感動する。まち子は得意だったが、それをおかあさまに告げて笑う。おかあさまはいわれる。

〈あの子は素直な心の子ねえ、まち子のようなおませさんと違って〉

ふじさんはあるとき松やにを持ってきてこっそりまち子にささやく。これを土に埋めて琥珀にしましょう。……まち子のほうは何年埋めたって琥珀になるはずはないと知っている。気が遠くなるような先の話だもの、……しかしふじさんはいつごろ琥珀になるのか、そっとおとうさまに聞いてね、というのだ。まち子は春になれば、と平気でうそをつく。ふじさんは待ち遠しかった。まち子の早熟なところは自分も一緒に待ち遠しそうな顔をしてみせたのだ。そして春。ふじさんはいつ掘り出そうかとわくわくしている。まち子は困った。松やにのまま出てくればふじさんはおとうさまに不信感を持つだろうし。……

（そうだ、盗まれたことにすればいいわ）

まち子はこっそり松やにを掘り返し、いそいで台所の塵《ごみ》箱に入れてしまう。ある日二人で掘ったが、当然そこには何もなくふじさんは〈なくなっちまったわ……〉と泣き出しそ

うだった。〈きっとぬすまれたのよ、誰か知っててみつけたのよ〉とふてぶてしくいうまち子。

〈そうね。惜しいわね。どんなきれいな琥珀の玉になっていたでしょう……〉とふじさんは心から残念そうだった。まち子は胸が痛くなった。ごめんなさい、本当は……といいかけてついにいえなかった。

それは小学校三年の話。女学校は別々になった。まち子は東京の有名女学校（学力よりも家庭環境や資産が入学資格として考査されるという、上流階級のお嬢さま学校であろう）へ、ふじさんは近くの私立女学校へ。

そのころから二人は次第に疎遠になる。ふじさんはあいかわらず遊びにきたけれど、まち子のほうが変ってしまう。女学校の友人はスマートで才気があって気の利いた少女たちだった。まち子はふじさんが愚鈍な田舎娘にみえて、対等にしゃべれないという、思い上った気になる。ふじさんが日曜に遊びにきても冷淡にあしらい、しまいにふじさんにもわかったとみえて、しょんぼりと悲しげに帰ってゆく。そしてやがて日曜日にも来なくなった。おかあさまが、〈このごろふじさんはちっとも遊びにみえないわね〉といわれると、

〈あんな低級なひと、問題じゃないわ〉

と平然とうそぶくまち子になっていた。

やがてふじさんの家は零落して土地も家も手放し、浅草へ引っこすことになった。まち

子はさよならもいわずふじさんと別れたが、もとより関心はなかった。とっくの昔に友人でもなくなった、と思っていたから。……

女学校三年の秋、まち子は仲よしの友人と映画を見にいったが、日劇ではもうやっていなかった。浅草の××館にかかっているというので二人は出かけ（ほんとうは保護者同伴でないと映画館の出入りは出来ないのだが、大胆なまち子は学校の方針なんか気にもしていなかった）、二階の特等席へ入った。廊下に懐中電灯を持った案内人の少女が、お仕着せの紺サージの服を着て立っていた。少女はこちらへ、と案内しかけたが、

〈あ、まち子さん。まあ〉

と嬉しげに飛びつくようにいうではないか。ふじさんだった。〈まち子さん、会えてうれしい！〉ふじさんは涙ぐまないばかりだった。

しかしまち子はすっかり面くらってまっかになる。同行した友人の手前、映画館の少女案内人から〈まち子さん〉とお友達扱いにされたくないと思うのだった。友人は伯父さんに国会議員、父に有名な生命保険会社の重役をもつ令嬢だったから。――

見栄っぱりのまち子は苦笑して、ちょっと首をさげたまま、冷く黙っていた。しかたなくふじさんは二人を席に案内する。重役令嬢はふしんそうに、〈どうしてあの人、あなたを知ってるの？〉という。

〈あのひとね、私の小さいころうちの近くに住んでたの。私、子供のころ遊んだもんだか

ら、向うじゃいまもおぼえていてなれなれしくするの、いやだわ、困っちゃう〉
まち子は弁解する。一つの映画が終るとお昼時分だった。まだあとに見たい映画がある。そこへふじさんが再びやってきた。手にしたものをまち子の膝に置き、〈まち子さん、おなかへったでしょう、これおあがんなさいね〉という。見れば館内で売っているらしいカステラをパラフィン紙に包んだもの二つ、ラムネ二本だった。重役令嬢はふき出し、まち子は〈低級なひとって困るわ〉、友人の手前、恥かしいばかりだった。

映画が終って二人はそそくさと立ち上った。

〈これ、どうしましょう?〉

まち子がつぶやくと重役令嬢は〈持って出るわけにはいかないわ、ホ、、、かまわない、椅子の下へ投げこんでいらっしゃいよ〉。

ふじさんにみつからぬよう、まち子らは映画館を飛び出してほっとする。その晩、まち子はおかあさまに、ふじさんに会ったこと、カステラとラムネをもらって〈お育ちのいい〉お友達の手前、大いに恥をかいたことを、面白半分に報告した。〈ふじさんが親切に持ってきてくれたものをどうしたの〉とおかあさま。

〈手もつけずに椅子の下へ投げこんで飛び出したのよ〉とまち子。

〈まあ、あなたはなんて思いやりのない子!〉おかあさまの声はきびしかった。〈まち子、ふじさんは、子供の頃からの友達にめぐりあって嬉しかったのよ。もし、ふじさんの心がひがんでいたら、あなたたちを見ても知らん顔してたでしょうに。それをちゃんと名を呼んで会えて嬉しいなんて。貧しくて女学校もよして映画館で働いているんでしょうね、自分の僅かな月給から、お昼になればせい一ぱいのご馳走するつもりで、カステラとラムネを持っていったんじゃありませんか。そのすなおな、やさしい心を考えると、おかあさまは涙がこぼれそうに、ふじさんが可哀そうです。それをあなた方は冷笑して椅子の下へ投げこんで帰るなんて、なんという思いやりのない、たかぶった女の子でしょう。どうしておかあさまは、まち子のような思いやりのない女の子を生んだのかしら……〉

まち子は自分の部屋で長いこと考えていた。

次の日曜、まち子とおかあさまは雨の中を浅草の××館へゆく。美しいチョコレートとデパートの商品券、そして〈今度の公休日には遊びにきてね〉というまち子の言葉も添えてふじさんに手渡すつもりだった。しかしふじさんはすでにやめていた。病む父のために埼玉の料理屋へ前借金で奉公にいったと。——

信子が、少女たちに教えたかったのは、人間の真情、そして自責の念ではなかったか。まち子は自分の思いやりのない、心ない態度を烈しく悔いるのである。悔いても返らぬものがあるのを知れ、と信子は少女たちにいうようだ。……

2

久米《くめ》正雄を中心とする鎌倉在住の文士たちによって作られた出版社、「鎌倉文庫」は、初めは成功だった。雑誌「人間」はよく売れた。そのころの映画で（何だったか題名は思い出せないのだが）私の見たのに、インテリという役どころの男が、小脇に抱えていた雑誌が「人間」だったのを、記憶している。〈いかにもいかにも〉の小道具で、少し、クサい気味はあったが。――インテリ払底の敗戦直後だから、その演出は説得力があった。

その出版社から最初に「現代文学選」として刊行されたのは里見弴《とん》の『潮風』、活字に飢えた人々に喜び迎えられ「飛ぶように売れた」（『全集』月報10「吉屋信子略伝」巌谷大四）。

これにやや遅れて出たのが「大衆文学選」シリーズ第一回は信子の『良人の貞操』だった。戦災で蔵書を失なった人も多く、また戦時中の長い文化空白時代に、小説にめぐりあえなかった人々が争って求め、貪り読んだ。『良人の貞操』は戦後もなお、新鮮な刺激性を失っていなかった。

戦後すぐ再発足した〈女流文学者会〉の会長はやはり信子だった。キャリアからいっても包容力のある人柄からいっても、かつ、何となく〈華がある〉としかいいようのない押出しからいっても、女流文学者たちのまとめ役は信子しか、いなかったろう。純文学・大衆小説を問わず、信子のもとへ女流たちは翕然《きゅうぜん》として集った。イロハ順の会員名簿。
——

池田みち子、池田小菊、林芙美子、大原富枝、岡田八千代、岡田禎子《ていこ》、大谷藤子、大田洋子、川上喜久子、吉屋信子、吉川江子、横山美智子、堤千代、壺井栄、中里恒子、村岡花子、宇野千代、野溝七生子《のみぞなおこ》、真杉静枝、松田解子《ときこ》、小糸のぶ、小堀杏奴《あんぬ》、小山いと子、円地文子、阿部（三宅）艶子、網野菊、佐多稲子、北畠八穂、美川きよ、宮本百合子、芝木好子、平林たい子、森三千代、森田たま。
——大衆小説・純文学入り乱れるどころではない、プロレタリア文学者も耽美派も私小説作家も中間小説派も同舟の和やかさである（巌谷氏は「野上弥生子を除いて、殆どすべての女流作家が文学上、思想上の立場を越えて参集している」と）。

昭和二十一年（一九四六）四月に「鎌倉文庫」から「婦人文庫」が創刊され、信子は「婦人文庫」に早速、『花鳥《かちょう》』を連載した（昭和21・6～22・6）。正確にはこれが戦後初めての長篇小説である。信子が戦時中から親しんだ俳句への愛執を、美しく凝集したような、〈俳句小説〉とでもいうべき作品。挿入される俳句は信子の作品で、私は俳句に迂遠な輩《ともがら》だが、中々にたのしい小説に仕立てられている。

ただし鎌倉文庫はほどなく解散、文士の商法、などといわれたが、昭和二十五年、用紙の割当て統制が撤廃され、出版界は自由競争の市場となり、当時の物価の不安定などとと

もに、出版業も難しい時代に入ったのであろう。信子は「婦人文庫」の責任編集をもちかけられたが、
「作家生活は台なしになる」（日記、昭和24・9・28）
と判断してことわっている。「婦人文庫」は昭和二十四年廃刊となるが、女流文学者会が設けた女流文学者会賞はのち昭和三十六年に中央公論社の主催となった。「婦人公論」が従来の女流文学者賞を吸収して、〈女流文学賞〉を創設し、現在も女流文学の振興発展に寄与している〔二〇〇〇年まで〕。

信子は昭和二十六年二月号の「婦人公論」に発表した短篇『鬼火』で二十七年度の女流文学者会賞を得た。この作は二十六年秋の日本文芸家協会編の「創作代表選集」にも入った。推薦者は瀧井孝作、他委員も承認したもの。

戦後いちはやく長篇小説に手を染めながら、一方で信子はまた、短篇の魅力にとりつかれ、堰《せき》を切ったように、矢つぎ早に秀作を放つ。そのきっかけは『海潮音』だった。

昭和二十二年の頃はまだ食糧難で、信子の家でも庭に山羊や鶏を飼い、野菜作りをしていた。そういう最中《さなか》、六月から七月にかけ、信子は夢中で中篇『海潮音』を書きあげた。
「どういうわけか憑かれたように、そしてまるで文学少女時代のような熱情を以て書きあげた」「自分でも気に入った変り型の作品だった」

二十二年九月号の「小説倶楽部」に百四枚そっくり掲載され、好評で大衆雑誌懇話会賞

を受けた。大衆小説の分野だけではなく、次々に発表する短篇は、文壇の具眼の士をも瞠目させた。川端康成は『鶴』を賞め、宇野浩二は昭和三十一年春の東京新聞文芸欄の小説評で信子の短篇を評価している。『鬼火』は新東宝で、『見合旅行』は大映で映画化されたが、両作とも映画評では好評だった。「原作者のうぬぼれかも知れませんが、緊密に書いた短篇の方が長篇の場合よりいい映画になる気がしました」と信子はいっている。

　しかし何よりも信子自身、短篇を書く面白さに開眼した。

「私はながいこと——じぶんは長篇よりほかかけないと思い込んでいた。

譬《たと》えば、新聞や婦人雑誌の連載ものには私のペンは向くが、短篇作品はひどく苦手だと諦めていた。

　ところが戦後、中間小説という名称が生れ『オール讀物』や『小説新潮』がそうした作品の舞台になるにつれて、私も短篇を書かねばならぬ機会が生じた。

　そして書いてみると……なんと書けばかける気がした。……その上これは一つの愉しい仕事であった。

　そして——珠のように掌中にあたためてつくったじぶんの短篇や中篇の作品に私は深い愛着を覚えた」（短篇集『もう一人の私』あとがき、中央公論社、昭和30）

「（私の短篇の）たいていは、いわゆる中間小説といわれるものかも知れぬが、作者の私自身はそんなことを少しも考えずただじぶんの創作の一つとしていつも書いていた」（同）

「短篇を書くなら単に筋で読ませるだけでなく、そこにほのぼのとした匂いと小曲の音楽の漂わすような余韻がこもっている作品を描《ママ》きたいというのが念願です」（短篇集『嫉妬』あとがき、新潮社、昭和32）

『嫉妬』や『晩春の騒ぎ』など、そういう傾向の作品といえよう。

『西太后の壺』はじめ『蕃社の落日』『バタビアの鸚鵡《おうむ》』など外地を舞台にするのも信子は好む。北京、台湾、バタビア、みな信子の曽遊の地でなつかしいところだった。

　そして、やがて何ものかに導かれるように信子は幻妖な作品風土に到達する。

「わたくしはある時期、作品のテーマに現実の世界のどこかにふいと漂う妖《あや》しさ、幻影、奇妙な運命……を取り上げて、それにとりつかれたように、むやみと書きたくなりました。

　それは――あの戦後の混乱した世相のなかに身を置いての刺激が生んだせいかも知れませんが、またそればかりでなく、わたくしにはそういう幻想に魅《ひ》かれる気質があるからでしょうか」（『千鳥』あとがき、読売新聞社、昭和45）

「いわばわたくしの描いた〈世にも不思議な物語〉のたぐい」

「もうおそらく二度とはあれほど夢中になって書けるとは思えぬ作品」「けれども、作者だけがいい気持になるだけでは困ります」「どうぞ愉しく作者と共にこの幻想の世界に遊んで下さる読者があるようにと切に願っています」

　さきには信子の少女小説の魅力についてのべたので、ここでは、語られること少なき、信子の短篇のすばらしさを紹介したいと思う。

実をいうと信子の短篇は大正末・昭和初期にも多く書かれていたが、発表舞台が「婦人倶楽部」や「婦人公論」で、不幸にも男性読者の目に触れることはなかった。終戦後は掲載誌が「文藝春秋」「オール讀物」「中央公論・文芸特集」「改造」「小説朝日」「小説新潮」と、社会的に大きな拡がりをみせたので反響が大きかったもの、と思われる。

戦前の作品では滞欧中に材料を得た『巴里の塩鮭』（「文学時代」昭和4・12、『全集』2所収）や『日本人倶楽部』（報知新聞、昭和6・5）などが佳《よ》いが、ここでは『日本人倶楽部』を。

戦前、それも一九二〇年代後半の、古き佳きパリ。そこの日本人倶楽部の描写も面白い。ところはデパルカディルの裏通りの中程。

小さい入口の、灰色のコンクリートの飾り柱には小さい日の丸の旗が張りつけられ、その下に、〈Cercle Japonais〉と、「いさゝかはにかんだやうに」記してある。

つまり、日本人会。

倶楽部の入口、地階《レ・ド・ショーセ》の左手は付属の食堂、入口からすぐの階段を昇ると倶楽部の「大部屋」。「日本の新聞雑誌の類、碁盤、花札、蓄音機、レコードは義太夫、端唄、清元、そして君が代——大日本帝国海軍々楽隊の奏する『海ゆかば』もある」と、いうのが、昭和三年、パリの日本人倶楽部のたたずまい。それだけではない。

「正面のマントルピースの上に富士山の日本画の額が幅広くかけてある。横手の壁にも額、国威発揮と墨で大きく日本で有名な名士の署名がしるしてある。その下の花台の丸谷焼の赤つぽい壺には花はなくて、絹うちはが二本さし込んである。うちはには京都の舞妓の写真がすりこまれて、口紅とだらりの帯とに赤い彩色がしてある。その外には日本郵船会社のポスターとカレンダーがさがつてゐる」――という、蕪雑なる雰囲気。

地下の食堂に集うのは遊学中の医学士や、競馬ですっていつも素寒貧の新進画家、やたらご婦人にもてる美少年《ボウギャルソン》の画家の卵や、その先生の洋画壇の権威やら、彼らが入れ代り立ち代り、この日本人倶楽部にあらわれ、母国語の会話と食事に解放感を味わう。缶詰とはいいながら筍のうま煮や、船で揺られてやってきた菊正宗が、ここでは楽しめるのである。

食堂の入口近く日本文の紙がピンで貼ってある。「警告」として。

「佐藤儀八郎（或ハ石橋某トモ称ス）

右之者常ニオペラ通リモンマルトル辺ニテ通行ノ同邦人ニ、帰国ノ旅費ノ寄附ヲ懇請《コンセイ》ス。然ルニ同人ハ何等帰国ノ意志ナク、カ、ル行為ヲ常套手段トスル浮浪者ナレバ同邦旅行者各位御注意ヲ乞フ

日本人倶楽部」

――そういうところへ入ってきた女。黒い帽子の下の黒髪。口紅も頬紅も薄いが、「何

かはげしく人を撃《う》つまなざし」の美しい女。

細身にぴったりした紺のスーツ、その肩から背へ灰色のみごとな銀狐をすらりと。隅のテーブルにそっと坐る。ここのボーイは彼女の身もとを知っている。女は定食の二十五フランにチップも同額、リラ色のフランス紙幣を一枚（それは五十フラン札である）カードのように無造作にテーブルに置き、

〈お世話さま。しっかりお稼ぎなさいよ、ロンドンでみたいに飲んで打っちゃ駄目よ〉

〈奥様、どうも恐れ入ります〉

それとなく見ていた男たちには胸のすくような、女の物腰である。

ボーイの話によれば女はもと横浜の本牧《ほんもく》で外人相手の商売女だったが、東京でもかなりの男たちが彼女にのぼせて入れ揚げたという。そのうちある実業家がロンドンへ赴任するとき、妻子は日本へ残して、彼女を家政婦という名目で連れていった。ダンスとゴルフが巧くなってすっかり貴婦人然として皆に〈奥様〉といわれていたと。その後、実業家は帰国したのに、彼女一人、飄然とパリにあらわれている。

〈お品よくみえて、あれで昔は「クレオパトラの公子《きみこ》」って鳴らしたもんですぜ〉

女が二階から下りて綺麗な横顔を見せ、しなやかな脚でハイヒールを蹴立てて出ていくと、男たちは目をさまよわせ、昂奮して悪だくみを思いつく。画家の卵（麟二）にパリゴロの佐藤某を演じさせ、今から追いかけて〈もしもし〉と百フランでも二百フランでもせ

しめて来い、というのだ。鱗二は良家の坊ちゃんだけに、友人たちに煽てられて女を追いかけてきたものの、生れてはじめてのタカリに意気地なく声がつまり、〈もしもし〉が出てこない。勇気を出して女の前に立ちふさがり、

〈ぼ、ぼくは、さ、佐藤というもんですが、日本へ帰る旅費が足りないで困ってます。もう少しあればシベリアの三等で帰れるんですから、少し、同国人のよしみで……〉

　小学生が暗唱するような、我ながらまずいいいかた。

　女はふき出そうとするのをがまんして紅い唇をかみしめ、美しい艶《えん》な眼でじろりと鱗二を見、

〈そんないい男のくせに、女からただお金をもらって法があって？〉

〈えっ〉

〈ただじゃいやよ〉

　とやさしく甘い声。からかうように青年にながし目を送って、〈ね、ただでは一文もあげないわよ、ね、一つぶたせてよ〉。

　いうなり、あっという間もなく絹手袋の右手をあげて、青年の髭のそりあとの青い頬の上へ、ぴしりと打つ。その痛いこと。

〈ホホ、いい男のぶたれ賃は高いでしょう、いくらさしあげましょう〉

　女は微笑して手提げの口を開ける。

〈千フラン！〉青年はうわずった声。

〈そう、ちょっといい値だわね、でもいまそんな現金持っていないの、あたしって、からっきし見かけ倒しよ、ごめんなさい、これじゃいけない？〉

手首に光る黄金の腕輪をぱちんとはずした。小さいながらダイヤがいくつか白い星のように入っている。アクセサリーの骨董店へ持ってゆけば、安値に踏まれても千フラン以上にはなろう。麟二は呆然とするばかり。

〈はい、ぶたれ賃〉

女は麟二のてのひらに腕輪を握らせ、さっさと歩き出す。一台の空《から》のタクシーが通りかかる。そのパリの安自動車の黄色いシトロエンを女は呼び止め、かなり高く張った声で、

〈オテル・モンフロリー、アベニュー・ド・ラ・グランタアルメ！〉

運転手《ショファー》は、私は耳は悪くないよ、というように〈ウイ。ウイマダム〉とにこにこし、すぐ車は町の灯の彼方へ。……

麟二は（やられた）と思う。たかが知れた本牧出身の、日本のあばずれ渡り女《もの》とあなどったのがまちがい、どうして向うは段違い、

（おれはシャッポをぬぐよ！）

麟二がオテル・モンフロリーへ女を追っていったのはいうまでもない。美しい凱旋門を中央に、星型に通る道の中心エトワールの広場を目の前。後ろにはボア・ド・ブーローニ

ュ、五月のマロニエの若葉のシックな通りにホテルはある。小ぢんまりと綺麗なホテル、入るなり、〈あら、やっぱりいらしたのねえ、先ほどは失礼〉と涼しい声。女は着替えている。淡青いジョーゼットの夜会服《ソワレ》の裾長く、夜の化粧の匂う首筋に紫水晶《アメジスト》の首飾りも冷たく清らかだ。麟二は招かれてサロンの長椅子に並んで坐る。女はしなやかな白い指先で男の片頬をやさしく撫で〈ごめんなさい、さっきは痛かって？〉

　青年は赤くなる。〈僕、これをお返しするために来たのです〉腕輪を渡そうとする。

〈そんなもの、あなたをおびき寄せるに役立ったらもう要《い》りませんわ〉

　女は見向きもしない。

〈でも僕、こんなもの持っていても仕方ないんですよ〉

〈あなたぐらいの好い青年《おとこ》は自分の部屋に女の持ちものの一つや二つ散らかして置くものよ！〉

　いいこめられて、なるほど、とポケットへ入れる麟二の素直なお人よしぶり。女は麟二の肩に手をかけて身を寄せる。香水が匂う。

〈ね、何だってあんな下手なお芝居なすったのよ〉

〈友達の奴が、あの、競馬に負けたんで少しでも金が欲しいてんで考えたんです。で僕……〉

〈おだてられて引き受けて、へまをやって私につかまったというわけ？〉

〈そ、そんなわけです〉

〈おかわいそうに！〉

にっこりした女は、男の肩に置いた手に力を入れて引き寄せると、顔を近づけて彼の片頬にすばやくキスする。

〈さっきはこの代りにぶったのよ！〉

いたずらっぽい流し目。麟二は息がつまった。……

麟二の恋の始まり、そして女の恋の始まりでもあった。二人は並んでホテルを出て歩く。女は銀狐の毛皮を衿と袖口につけた白いベルベットの夜の外套をまとっている。パリ、エトワールの夜の舗道の快さ。遠近《おちこち》の空に、すっきりしたネオンサインが細くきらめいて。


――


うぶな麟二と、過去の多い女との恋の行方はどうなったろうか。女はやがて知る、自分はかつていっとき、ある素封家の男の思い女《もの》であったが、麟二はその男の息子だったのだ。

女は去ってゆく。麟二は逆上する。（親父の女だったのがなぜいけない）と思う。

〈なぜ、そう、そのことに拘わるんです。今更あなたらしくもない〉

女は刺されたように痛く目を伏せる。

〈あなたまでそんなことをおっしゃるの。やっぱりあなたも〝男〟ねえ〉

これは男の偏狭な固定観念への反抗であろう。女はほろりと涙する。

〈おっしゃる通り、私はこんな女ですわ、でもその私がたった一つ持っている「潔癖」まで、あなたはなくさせようとなさるの?〉
麟二は再び、彼女に打《ぶ》たれたといっていい。女のすずやかな心根を示されて、恥じ、怯《ひる》むのである。

――中篇、というべき『日本人倶楽部』は当時のパリの風光と日本人社会が活写されており、なかんずくヒロインの公子が印象的である。信子は彼女がよほど気に入ったとみえ、のちに『女の年輪』で、公子をほうふつとさせるヒロインを造型している。一九二八、九年のパリに、公子のような女が闊歩していただろうかと想像するさえ楽しい。

戦後の短篇に目を移してみよう。信子が短篇の面白さに目覚めたきっかけという『海潮音』(「小説倶楽部」昭和22・9)。

炭坑夫から身を起して、一代で炭坑王となった地方成金の跡取り息子、慶之助《けいのすけ》。わがままいっぱいに育ち、欲望を自制できない。それも一風かわったものを盗んで蒐集するという偏執狂である。何を見ても感動することはなく、ただあるものにふと目も心も捉えられると欲しくてたまらない。乞えば与えられる境遇の上、同じものを求め得る資産もあるのに、彼はそれを盗みたいのである。矯《た》められぬ悪癖である。それに成功したときだけ、何ものにも無感動な彼が、狂おしく感動するのであった。幼い日には歯医者の歯鏡であり、少年の日には名流夫人の持つ水晶の数珠だった。青年になると、家同士がきめて婚約した娘を厭い、結婚したくないばかりに、卑劣な策略をめぐらし、婚約指環を盗む。花のような顔立ちの若者は冷血動物の如き心情なのである。

彼は渡米して留学することになったが、航海の船上で一人の女性を見初める。かつて女人に心を動かしたことも関心を持ったこともない彼が。その女性は福祉事業家の娘で、自身も父の遺志を継ぐため、アメリカへ資金の寄付を募りにゆく途上の、高潔な、精神的水位の高い美しい娘だった。慶之助は彼女に心動かされ、わがものにしたいと強く思う。それならば、世の常の慣行では求婚するところであるが、異常心理の慶之助は、あるとき娘がひとり甲板で海を眺めている瞬間をねらって、やにわに彼女を抱きしめ、みずからも身を躍らせて海中へ投ずるのである。死を賭して一人の人間を〈盗んで〉しまうのだ。

信子が憑かれたように書いたと告白する通り、文章も緊密度高く、作者自身が偏執狂のような、執念《しゅうね》き熱意に溢れている。

どこからこういう想を得たのか、創作の秘密はあきらかにされていないが、不気味な慶之助の精神風土が説得力をもって描かれている。

『鶴』も好短篇である（「中央公論文芸特集号」昭和25・7、『全集』10所収）。私はむしろ林芙美子の『晩菊』より『鶴』の文学的完成度を買いたい。芙美子の『晩菊』は世評高いが、かねて私はヒロインの芸者あがりの中年女に、芸者臭が足りぬことを不満に思っている。『晩菊』については後述する折があろうけれど、『鶴』は詩情を湛えた悲しい物語である。

信子は『鶴』は、たびたびラジオで朗読放送されたという。文章が滑らかで、なるほど耳に入りやすいであろう。

「――右のお肩がたいへん凝っていらっしゃいますね、やはり右の手先をお使いになるからでございましょう、今夜よく揉みほぐして差し上げれば、明日の朝は大分お楽におなりになります。こうしてお客様のお身体にさわって療治をしておりますうちに、お客様のお気質から、どんなお仕事をしていらっしゃるか、すぐにわかるものでございますよ、それどころか私の亡くなった父は、人の身体《からだ》の中まで透視出来ました」

――『鶴』は全篇、告白体ともいうべき、マッサージ師、ゆきの語りから成っている。不思議な体験から人の体内まで透視できるようになったゆきの父。父もマッサージ師であった。母を亡くし、まだ幼なかった娘のゆきと二人ぐらし、九州の霧島温泉で泊り客の療治をして暮していた。ある春の朧ろ月の夜、〈ちょっと月を見に、山まで登ってくる〉といって霧島山へ登ったきり、帰ってこなかった。父の出入先の温泉宿のおかみさんが幼いゆきを憐れんで、宿で寝泊りさせ、地許の青年団の人々は山頂まで父を捜してくれたが、ついに父をみつけることはできなかった。仕方なくゆきは宿屋から小学校へ通い、女中さんの手伝いのような仕事をして、淋しく暮していた。秋になって父が消えた山の登山口の紅葉が綺麗だった。ゆきはその山に消えた父が恋しかった。

ある日の暮れがた、温泉町に幾軒も軒を連ねた宿屋の、二階三階に梔子《くちなし》色の灯が白い障子にぼっとにじむ頃、ゆきがその宿の娘、ときちゃんと上り框《がまち》の板の間でおはじきをしていると、店先に、ふらりと髭だらけの男が立ち、〈ゆき！〉と呼んだ。父だった。父はひょっこり、帰ってきたのだ。

父の話はこうだった。今年の春、月を見に霧島山へぶらぶら登ったら、帰る道がわからなくなってしまった。道はなだらかで、今まで何度も来たのに、どうしても下りられなかった、という。夜が明けてみると見当もつかぬ山の中にいた。空腹で足も疲れ、動けなくなってじっとしていると頭上を八十羽ぐらいの鶴が、ひと固まりになって渡ってゆくのがみえた。鶴の渡るのは限りなく美しい。鶴は雁のようにへの字型にはならず一列になるという。飛びながら廻れ右をするように空の方向をかえるとき、拡げた翼が白妙の袖を風になびかすようにひるがえって、それはそれは美しい。……鶴は秋の強い西風に乗って来て、春は東風の吹く日に、それに乗って翼を帆に拡げてシベリアへ帰る。父の見たのは引鶴《ひきつる》――帰る鶴だったのだ。

父がああ綺麗だなと見ているうち、鶴の列に少し後れた一羽の鶴が父の頭上あたりへきたとき、きりきりと舞いおちた。そして父のところからすぐそばの林の中に降り、地にも立たず、ぴったり地面に羽を伏せてしまった。父は我を忘れて走り寄り、抱きあげてみると、片脚を痛めていた。脚の骨が折れていたのだ。

父は人間の治療はしたが鳥獣にはしたことはない。しかし父の手はよく人を癒やす力をもつので、鳥にもあるいは役立つかと、鶴の脚に手をあて、一心不乱に念じて療治をしてやると、どうやら鶴の脚はだんだんよくなる様子。父は木の芽や、その山の名物のつつじの花を取って食べて空腹をしのぎつつ、鶴の脚に手を当てたまま、幾日も過した。父の感じでは十日ぐらい過したかと思ったが。……やがてようやく鶴の脚が立てるようになったとき、

「鶴は喜んで父のまわりをぐるぐる舞いながら、だんだん空へ上って行きましたって……。丹頂の紅が落椿を一輪頭に載せたように、雪の翅《はね》を拡げて追々に高くなって行き、そして雲の間に入って行ったそうです。父は吻《ほっ》と安心して、よい功徳《くどく》をしたと思ってこれを見送り、それからどうしても麓へ帰らねば、娘の私が途方に暮れていると思って気が気でなくなり、無我夢中で山を降りた時、今度は迷わずに山を降りて来られました。そして父は初めて我に返ったそうです」。十日ほどと思った山中生活が、春から秋にうつろうていたのだ。以来、父は何かの霊力を得たのか、人の体が透けてみえ、患部がありありとわかるようになった。

　そののち父はゆきを連れて東京へ出、マッサージや指圧をゆきにも教えた。ゆきは〈女も自立できなくては〉と考えて免状も取り、年々体の衰える父を、できるだけ休ませて自分が働いた。やがて戦争になった。そして大空襲。近所の人は明治座へ逃げこむ。ゆきももんぺを着、かねて用意の手廻りの荷物を持って、目も脚も弱っている父を助けて明治座

へ逃げこむ。〈私がしっかりしていなくては〉ゆきはそう思い、どんなことがあっても父を助けよう、と思った。父の手を絶対、離すまいと思った。倒れている人を跨《また》がり火に追われ、逃げ道もなく、いよいよ駄目かと思ったら、手を引いている父が、

〈鶴が来た！〉

と叫ぶ。しかしゆきには見えない。荷物と人と煙ばかり、ようやく表玄関の階段のところへ、いつのまにか転がり出ていた。

〈鶴と行け！〉

父の声がする。表玄関の扉を押したのか引っぱったのかゆきにはもう、おぼえがない。やっと体一つ通れる隙間ができた。通りはすでに火の粉と煙だった。しかし父の眼に見える鶴が行くならどこへでも行こうと、父を引っ張り出すようにして明治座から逃げ出した。空まで届くような炎のあかり。まだ火のつかぬ家の植込みに腹這いになり、父と一緒に死ぬなら、それも仕方ないと思った。持っている荷物も失ない身一つだった。

そのうちやっと空も明るみ、火の粉も飛んでこなくなった。

〈ああ助かった、と思いました。そして、自分が生きてると思った時、思わず「南無阿弥陀仏」と言いました。そして、地面に腹這いになっていても、片手は放さなかった父の手を揺《ゆす》り、「お父さん、もう大丈夫よ」と声かけて地面から立ち上ると、「うん」と言って、やはりすっくと立ち上った父の顔を見ると、「あッ！」と私は肝が冷えました。

それは父ではなく、見たこともない若い男の顔でした。父だとばかり思って、ずっと手を引いて火の粉と煙の中を潜《くぐ》って逃げて来たのに、手をしっかりと引き合っていたのはその若い男でした。

がっかりしたというか、驚いたというか、私はへたへたと地面に坐り込んでしまいました。そして男との手を放そうとしましたが、その男の人は私の手を放しません。なお、きつく握りしめて「あんたのお蔭で助かった、よくあんたはうまくここまで連れて来てくれたね、えらい人だなあ」というのです〉

ゆきのほうは男が憎らしくなる。父は、それでは私にはぐれてあの中で死んでしまったのか。声を放って泣くゆきを男は慰めた。男は信州の林檎《りんご》園の息子だった。果物を東京へ売りに来て空襲に巻きこまれ、東京の地理にも慣れず一人ぼっちで心細かったところを、女の人がぐいぐいと手を握って案内してくれるのでついてきたという。いつ父と入れ代ったのかわからない。……ゆきは父がたすけた鶴のこと、火の中で父が〈鶴が来た！〉と叫んだことなど男に話した。生死を共にした男には、いまは何でも話せる気分だった。

〈じゃ、僕をその鶴の生れ代りと思ってくれればいい〉

と男がいったとき、ゆきは、ああそうかもしれない、と思う。

男も一緒になって父を二日、捜してくれたがわからず、家も焼け、寄るべのないゆきは誘われるまま男の故郷へたどりつく。男の父は亡く、母が広い林檎園と家を采配していた。

火の中から息子を救ってくれた女、というので、ゆきは大事に迎えられた。林檎園の手伝いをし、人々にマッサージをして喜ばれた。やがて男も応召した。出発の前の晩、ゆきは男とひっそり夫婦になった。鶴の生れ代りの男なら、父も許してくれるだろう、と思った。

その年に終戦になり、男も無事に帰ってきた。ゆきとの間は人目を忍んで続いていた。やがて男に縁談が持ち上った。林檎成金の母親は、いいところの娘を嫁に取りたいと話をすすめていた。しかし男は、母のいう通りにする気はないという。母親はその頃にはゆきにきびしくなり、邪魔者扱いにし、男と会うのもままならぬようになった。……

翌年の春頃、男はうつうつと物思わしげで、ゆきにこんなことをいった。――お母さんとお前の間に挟まって苦しい、いっそ鶴になって空へ飛んで帰りたい。……

ゆきは泣いた。しかしこのままみすみす男をほかの女に渡すくらいなら、いっそ鶴になってしまってくれた方がいい、と思った。

ある西風の荒い日の朝、男はふっといなくなった。男はほんとうに鶴になって飛んでいってしまったのだ。ゆきは鶴になれない。一緒に飛んでいけたらどんなにいいだろう。でも鶴は寿命の長い鳥、きっと男はいつまでも生きて秋には日本に戻り、春には帰り、行ったり来たりして、いつかはゆきの目に姿を見せてくれる、とゆきは信じた。

息子が失踪して母親は血眼になってゆきにただしたが、ゆきは知らぬと言った。男が鶴になったのは、ゆきのほか誰も知らないのだ。男の失踪をゆきのせいのように母親がじゃけんに当るので、ゆきはその家を出た。東京にいたころ可愛がってくれた、お出入りの旅館のおかみさんが、伊豆の温泉町で営業をはじめたのを頼り、泊り客の療治をして暮していた。

　あくる年の正月、その宿へ、ゆきも見知っている信州の金持の旦那さんが避寒に来た。ゆきをみつけて、かわいそうに、という。あの男は母親としめし合せてどこかへ姿を消し、ゆきがあきらめて家を出てから、帰ってきて嫁を取ったというのだ。

　そんなばかな。世の中の人は目にみえることしか、わからない。あの男は鶴になったのに。――でもゆきは何もいわず微笑《わら》っていた。

　その春、ゆきは国府津《こうづ》の宿までお帳場さんの紹介で療治に出かけた。一晩泊らせてもらい、翌日ゆっくりして、夕方汽車で帰る前に浜を歩いていたら、少し風があって青い海に波頭《がしら》が立ち、空は晴れていた。

　その時、海の上を二、三十羽の鶴が渡ってゆくのがみえた。夕日に白い翅《はね》がまばゆいほど照り返し、一筋に連なって。……ゆきは涙で顔を濡らす。ああ、あの中に男がいる、それで私は今、何かの力で国府津の浜まで来たのだ。

「また秋にはあの男が渡ってまいります。国府津までその頃にはまいって、あすこの宿に泊って治療をしているつもりでございます」

この作品の、すがすがしくも一種、凜烈なつよさは何だろう。美しくはあるが、それより雄々しい、静かな気魄がただよう。人の世をつきぬけて〈何か〉を視てしまった女の、すずやかな誇り。信子はそれを謳《うた》いあげる。文章も美しく、愛すべき佳篇である。

3

信子の短篇を、あと数篇（いずれも『全集』10所収）。

夢幻的な作品をもう一つ。『井戸の底』――

未婚の娘の〈私〉は、東京近郊の温泉街から更に山道を四時間歩くという、鄙《ひな》びた山の温泉宿めざして出発する。同行の約束をした友人二人が来られなくなったため、一人ぼっちのハイキングだった。山の宿はまだランプだという。……大きな炉端では竹串にさした岩魚を焼くという。……心そそられる宿だが、友人たちが揃って行けなくなったのは、いまいましい。来月に延期してよ、といわれたが〈私〉は意地になって勇躍、出発。

リュックには、セーター、フード付きレインコート、食糧、魔法壜に紅茶。地図に磁石。スラックスに運動靴という、いでたち。

駅からのバスの車掌嬢に、山の温泉宿のことを聞いたら、麓の温泉街からすぐだという。温泉街のお客さんも宿の丹前に下駄ばきで登っていって夕方帰るとのこと、大げさなリュックなんか担いでいって、ちょっときまり悪い、と〈私〉は思った。……

五月晴れで山の眺めはすばらしかった。芒《すすき》の原にさしかかり、ガサガサと泳ぐようにかきわける。弁当はさっき木かげで使って、腕時計は二時。山の温泉宿は地図に赤鉛筆でシルシをつけてあるが、芒の原のことは地図には載っていない。早く目印の渓谷の小道へ出たい。だんだん焦ってくる。

（やっぱり、一人は心細いわ。……）

身の丈より高い枯芒の中を泳ぐうち、

「ずしんと足許の地面が陥没したみたいに私の体は下へ下へ——と落下した。あっ！」

芒の下は崖だったのか。……烈しい勢いで体は谷底へ叩きつけられ、脳震盪《のうしんとう》を起した。

そのときだ。

「『やったな！　君も』

こんな声が聞えたのは、しばらくして私がまだ死なないと確信出来た時だった。

そして私が墜落したのは崖ではない暗い深い穴だともわかった。その穴の底に芒ヶ原から斜めにさし込む陽の先が三角形に細ってその尖端が私の頭のあたりに僅かに仄明りを示す。そのなかで、おぼろげながらも、も一人の人間を私は認めた。

若い男——青年、大学の制服……それがこの穴の底のも一人の姿だった。

私より先にこの墜落者がすでにいたのだ！」

――絶妙の語り口に読者は眩惑される。青年はいう。〈君ィ、水筒持っている？〉さし出すと、ごくごく飲んで、しかし、とっておかないとあとで困る、と返す。克己心のある青年らしい。

ここは昔、滅びた小さい城の井戸だったんだろう、井戸に落ちて水に不自由するなんて皮肉だね、などと青年はいい、〈いつ落ちたの？〉という〈私〉に、〈さあ、もう一年前かな〉。

こんなときに、ひどすぎる戯談《じょうだん》だわ、と〈私〉はくやしくなる。〈たすけてェ〉と力いっぱい絶叫したが、穴のまわりの岩壁に声が吸いこまれてしまう。しかし青年は自若として〈私〉をからかうようなことばかりいう。

〈伝書鳩を持っていたら――でもぼくも君も持っていないからね〉

〈ピッケルとザイルを持ってればよかったわ、そしたら岩にハーケン打って……〉

〈君もぼくも井戸の底からロック・クライミングするとは思わないものね〉

ついに〈私〉はしくしく泣き出す。「泣くことはこの悲痛や苦悩を紛らす一種の麻薬」なのだ。青年も慰めかねてか、沈黙する。

夜になり月がのぼった。月光はやさしく井戸の底へ明りをもたらす。二人の夕食は〈私〉のリュックから取り出した板チョコを半分ずつ、そして魔法壜の紅茶をちょっぴりずつ。

〈まだ何かあるのよ、でも取っておきましょうね〉

〈うん、ここじゃ運動不足だからいいさ〉

酸素が欠乏していないのもありがたい。二人は壁に上半身をよりかからせて眠る。狭い井戸の底は二人の体に埋まり、彼の肩は〈私〉に触れる。〈私〉はレインコートの半分を、彼の着たきり雀の制服の上にかける。

（田辺注、現代では大学生の服装は自由だが、昭和二十年代三十年代の大学生は、黒い詰衿の制服に、角帽と呼ばれる角《かど》の立った帽子を着用し、外出には大抵、学生の身分を証明する制服姿であった）

〈よかったわ、私、井戸の底で一人ぼっちでなくって！〉

と、〈私〉は心からいう。もし一人だったら精神錯乱を来《きた》していたろう。

〈君、奇蹟的にここから救出されたら記念に結婚しよう〉

と彼は真剣にいう。〈私〉は承諾する。ここから救出されさえすれば、結婚だって離婚だって怖いものはない。青年の名を訊《き》くと、

〈名なんかどうでもいいじゃないか、君ィ、ここにいるのは君とぼくだけだもの、男と女しかいないよ〉

〈でも「おいッ、男」と呼ぶのも変よ〉

〈君が呼びかけるのは、ここにぼくひとりよりいないじゃないか〉

たしかにそう、しかしこの男ってなんて〈理詰め〉なんだろう。

〈私〉はこの婚約者が早く眠ってくれればいい、と願っていた。排泄《はいせつ》作用の必要が起っていたのだ。やっと彼がかるい寝息を立てたらしいので、待ちかまえていた〈私〉は、そっと立ってスラックスをおろした。そして狭い井戸の底でともかく彼に背を向けてその姿勢になったとき、

〈君、それ流しちゃ勿体ないよ、うまくこれに入れてくれよ〉

と空っぽの水筒がさし出される。彼は眠ってはいなかったのだ。〈私〉は暗いのに顔も体も真っ赤になってのぼせあがる。

〈ぼく、この春胆嚢炎《たんのうえん》をやったんだ。ここへおっこちて地べたに寝ると痛むんだ。湯たんぽが必要なんだ〉

アルマイトの水筒に排泄液体を上手に入れることはじつに困難だった。しかしいくらかは入ったらしい。〈私〉はこのせっぱつまった運命の井戸の底で、彼がからかうわけもないだろうと思って、真剣にその作業にとりくみ、濡れた水筒のまわりをハンカチで拭いて彼に手渡した。

〈ありがとう。助かるよ〉

彼はその水筒を胆嚢のあたりにぴたりと手で当てているらしい。……

朝がきた。井戸の上空に五月の青空がぽっかりみえる。〈私〉は目ざめてはっとする。いつの間にか彼の胸に顔を埋め、彼の肩に手を廻して眠っていたのだ。青年は〈私〉にク

リームを持っている？　という。髭を剃りたいというのだ。彼は立ち上って〈私〉のコンパクトの鏡をたよりに折鞄の中の安全剃刀で髭を剃った。〈私〉も負けずにルージュを塗った。鏡の中の〈私〉ははっとするほど美しかった。私はこの井戸の底で彼を恋し、彼と婚約したのだ。

　朝の食事は残りの板チョコと数粒のドロップ、そして魔法壜にわずかにのこる紅茶。

〈ねえ、肩車してくれない。私、大きな声で助けを呼ぶわ〉

〈だめだよ、この井戸の深さはぼくの身長の五倍はあるんだよ〉

こともなげに冷静にいう彼。また夜がきて、ピーナッツの幾粒かとドロップ数個、最後の晩餐《ばんさん》だ。二人は抱き合って眠った。互いの体温だけが頼り。朝がきたが起きる気力も体力も失なわれていた。

〈死んじゃいやよ、死なないでね〉

と〈私〉は力なく、幾度も彼にいう。……どれだけ経ったか。やがて井戸の上から騒がしい人声、重なりあった人の顔。……助かったと思うと、〈私〉は意識を失なった。

　気がついてみたら温泉街の病院の一室だった。ランプを使う山奥の温泉ではなく、バスを降りた賑やかな温泉街のほうの。……ベッドの枕もとには母がおろおろと坐っていた。

〈あのひと、どうして？〉

〈誰のことといってるのよ、あなたは芒の原で道に迷いこんで倒れていたのよ。ゆうべも帰

らないし、山奥の温泉にも来ていないというので、捜索を頼んでやっと助けられたのよ、
　どんなに心配したか〉
地方紙に遭難記事が出ていた。〈山道に迷いつつも沈着に構えて彷徨《ほうこう》せず体力の消耗を避けていたので、捜索救出が早かった〉云々《うんぬん》……
井戸の底、とは書いていない。私は一人で芒の原にへたりこんでいたというのか。
「新聞の嘘つき！」
　——これが短篇のラストの一行である。
　ここには信子の持つロマンチシズムが、時代の政治的制約や文芸風潮に、何ら拘束されることなく、のびのびと謳いあげられている。
文章にはすでに戦前の佶屈《きっくつ》な美文調は失なわれ、かわりに広大な平野におどり出たような、品のいい平明さを獲得している。それにしても〈私〉の見た夢の、なんとみずみずしくせつないこと。……もしやあれが現実《うつつ》で、いまの現実が夢ではないのか。
「まことより嘘が愉しや春灯《ともし》」　信子
　読者もまた、ページを閉じて、〈新聞の嘘つき！〉と心中つぶやくであろう。読者と〈私〉にとっては、あの〈井戸の底〉こそ、人生の真実だったのだ。縹渺《ひょうびょう》と美しい可憐な一篇（初出は昭和三十八年五月号「オール讀物」で、信子はすでに六十七歳になっている。六十七歳にしてこの足どりの軽さ）。

もう一篇『マカオの露台』——東京の遊覧バスのガイド・ガールだった文子は、マカオで歯科医院を開業している日本人歯科医師、草田猛と結婚して、マカオへ渡る。戦前の話である。実は、草田は東京へ嫁さがしに戻ってきたのだ。が、これというひともなく、あきらめてマカオへ戻る前、せめて新しい東京見物でもと、母を伴って遊覧バスに乗ったのだった。そこでガイド・ガールの文子を見染めたのだ。草田は苦学生あがりで歯科医の免状をとったのち、同郷の歯科医が香港で開業しているのを頼って、長いこと助手として働いた。だからこのたびマカオに開業し、結婚を思い立ったといっても、もうかなり中年になっていた。

　文子はといえば、猛より十七歳も年下の若い娘ながら、ベテランのガイドだった。丸顔に笑くぼの浮かぶ愛嬌、鍔《つば》なしの紺の制帽に紺の制服、白レースの折返しの襟、中背できりっと清潔な容姿。「見るから敏捷で利発そうなはきはきしたサービス振り、東京名所説明のその言葉の味わいも柔かく魅力がある」

　ハワイの日系一世の老人たちの団体にもやさしくていねいなので文子は評判よかった。名所巡りを終えて観光団の宿泊する旅館までバスは一行を送り届ける。

「遠路はるばると懐かしいふるさとの国をお訪ねの皆さまの御案内をふつつかな私がさせていただきまことに光栄に存じます——お名残惜しゅうはございますが、これで皆さまとお別れの時となりました……どうぞ母国観光の愉《たの》しい御旅行をあちこちつつがなくお続けの上、常夏《とこなつ》の楽園ハワイへ無事お帰りを祈り上げます」

――会社作製のテキストではあるが、文子は棒暗記ではなく、優しい、娘らしい情感をこめていい、団体の老人たちを感激させた。

そんな文子が結婚して夫に伴われ、着いたマカオは、つい近くの香港とことかわり、古びてモッサリした、沈滞した田舎まちだった。

夫の診療所も古ぼけたビルの、二階だった。

文子は夫の仕事の一部を手伝った。夫は文子に、この町の日本人社会では、バスガイドをしていたことは秘めよ、という。領事館員や一流商社員の夫人連は職業婦人を下にみる風があるから、と。文子はいやな気がしたが、淋しいこの町では日本人にもあまり会わないし、土地の人々とは言葉が交せないので、前職のことを話す機会も別になかった。

あるとき、隣の露台に出ている支那の老婦人をみつける。籐椅子に坐り、膝に白猫を抱いて、薄暮の街やはるか海岸の並木通りをぼんやり眺めていた。文子に気付き微笑する。文子も、こちらの露台からはにかんで会釈する。綺麗な面輪《おもわ》の老婦人だった。

やがて彼女が、診療所へ義歯の調整を頼みに来て身もとが分る。香《シャン》夫人、もとの日本名は井上コウ、江戸っ子だという。十八の歳に、中国留学生洪《ホウン》氏に見染められ広東《カントン》へ連れていかれた。夫はマカオに支店を開いたので以来、彼女はこちらに住んでいる。洪氏は大きい商売をしていたが、二年前老衰で死に、夫の弟からの仕送りで香夫人は暮していた。

最近、その仕送りも絶えたので家を畳み、亡夫の知人が構えている事務所の、空き室へ移ってきたという。文子が訪れると喜んでそんな話をした。親兄弟もおり、昔は手紙を出すと必ず返事がきたが、あの関東大震災以来、ふっつり音信がない、家は神田の三崎町、身内はみな震災で死に絶えたのだろうねえ、いちどお詣りしてやりたいけれど。……

何十年も前に離れた母国、ふるさとの町を思って、香夫人はおぼつかない日本語を辛うじてあやつりつつ、なつかしむ。

〈奥さん、いまの東京、たいへん変った？〉

文子は最近の東京名所の絵葉書を自分の住居から持ってきて見せてやる。バス会社が遊覧客に配る名所絵葉書の一組だった。文子が東京をしのぶよすがに、額《がく》に入れて壁にかけようと思って持ってきたのだが、前身がガイド・ガールだったことはいうなと夫にいわれて、鞄の底に秘めたままであったものだ。香夫人は文子がざっくばらんにガイドだったと告げると、

〈へえ、奥さんえらいねえ、それ、たいへんよ、学問ない女、出来ないねえ〉

と無邪気だった。二重橋は香夫人もおぼえていた。九段の靖国神社のことは〈招魂《しょうこん》さま〉という。古くは招魂社、といったからである。

老眼鏡をかけた香夫人はじっと絵葉書に見入りつつ、文子のガイドの文句を聞きたがる。

われわれ読者も、戦前の東京遊覧バスの名所説明など聞くことは、まあ、ないと思われ

るので、ここは香夫人とともに、文子のまだ忘れぬ案内の名文句を聞いてみよう。靖国神社の説明。

「……鳥羽伏見の戦より近くは満洲上海事変に至るまで、十二万八千三十一人というたくさんの英霊が祀《まつ》られてございます。その内四十七名は日本赤十字社の看護婦として戦地で亡くなられた方々でございます……」

（この数字は日中戦争、対米英戦争の犠牲者を含まない）

香夫人はためいきをつく。

「へえ……わたし日本を離れている間に招魂さまの神さまふえたねえ……満洲事変あったからここの支那街の人も日本人嫌い、日本のもの買わないよ。そして洪《ホウン》の弟わたしに仕送り止《や》めたよ」

文子は明治神宮、乃木大将邸、と案内してやる。香夫人は揺り椅子に移り軽く揺すりつつ、バスに乗っているつもりで、

〈さあ、ガイドさん、次、どこへいきます？〉

と子供のようにはしゃいだ。文子も笑いながら、〈では次に泉岳寺へお詣りしましょう〉というと、〈あ、子供のときいったよ、河豚《ふぐ》の提灯《ちょうちん》売ってたよ〉と香夫人はなつかしさのあまり昂奮状態だった。次には本所の〈震災記念堂〉――文子はちらと思う。（なんて東京名所には哀しいところが多いのかしら、靖国神社に乃木邸

——ここでは夫妻殉死のあとが示され、愛息二人の戦死した二百三高地の模型がある——、それに泉岳寺……）そして〈震災記念堂〉もまた。

「このお堂は両陛下の御下賜金を元として昭和五年九月に出来上りました。全部コンクリートになっております。仏閣と神殿とのよい点を合せた建築でございます……後の約百五十尺程の高い塔は納骨堂でございまして、その地下室には二斗入りぐらいの磁製の函《はこ》二百六十個に当時の震災死の方たちのお骨が納め祀られてございます……」

香夫人は身悶えして泣き出す。ああっ、わたしの親兄弟の骨、みんなここにあるのね、ああ、お詣りしてやりたい。……

烈しく泣き、気がたかぶったためか、老夫人は脳溢血をおこし、そのまま倒れて息を引きとってしまう。

いまは夫人の露台にはたたずむ人もなく、白い猫もどこかへ姿をかくし、文子はあわれな香《シャン》夫人、井上コウのことを忘れることができなかった。やがて日中戦争が起き、マカオにも排日気運がたかまってきたので、文子夫婦は太平洋戦の起る前に、二人の子をつれて日本へ帰国した。小さい町でささやかな歯科医院をひらく。その子の一人が、今年から父の跡を継いで青年歯科医となっている。文子はたまに東京に出ると震災記念堂に詣る。かつての香夫人に代っての心づもりであった。……

——この作品には、流離の人の望郷の切なさにからんで、女のやさしみ、ぬくもりが添いまつわり、読後感がしっとりと仄甘い。いかにも〈女手《おんなで》〉の小説であるが、女臭さはなく、淡泊な味わいが好もしい。これは昭和三十六年六月号の「オール讀物」。

さて、信子の短篇の代表作とされる『鬼火』についても言及しなければ、作品自体から文句が出るであろう。

『鬼火』は昭和二十六年二月号の「婦人公論」に発表された十七枚の短篇、編集者の三枝佐枝子が、多忙を理由に渋る信子に強引に迫って書かせたもの。「女人創作十人集」と銘打って当時の有力女流作家十人（宇野千代、中里恒子、大田洋子、池田みち子、北畠八穂ら）が勢揃いしているので、信子もことわりきれなんだのであろう。これは実をいうと長く暖めていた題材だったが、――と信子はいっている。

――瓦斯《ガス》の集金人、忠七はその職が気に入っている（田辺注、昭和二十年代三十年代ではガスも水道も集金人が現金を集めて廻るのだった）。

東京もその頃になるとガス事情も復活していくら使ってもよいようになり、集金の金額も多くなった。しかしインフレのせいか、ガス代が払えぬ家庭も出てくる。かなり大きい構えの家でも、〈いま奥さんがいないからまた来て頂戴〉と女中さんがいうところもある。忠七は押売りじゃないからひけ目を感じないで要求できる。それが忠七の陰湿なる喜びである。

〈すみませんが、もう少し待って下さいな〉

と割烹着でぬれ手を拭きながら奥さんに、した手に出られると忠七は悪い気はしないのであった。旦那さんは大学出だろうな、と思われるのでよけい優越感をもつ。

そんなある秋の日、貧しい家へ忠七は集金にいく。いつも居留守を使っている陰気な家だ。勢いこんで戸を開けると、やつれた女がガスこんろに小鍋をかけていた。忠七は、あまりガス代をためると、ガスも止められますぜ、と凄む。女は、主人が長々病気をしているので、と哀願して、でもガスは止めないで下さい、主人の薬を煎じるのにどうしても要るんですから。……帯も結ばず、よれよれの着物に細紐一本の、哀れげな女の風情にそそられた忠七の口調は、次第に尊大にやくざっぽくなってゆく。

〈ガスを止められたくなきゃ、あんた、おれんちへ来な、今夜。そしたらガス代ぐらい、おれがたて替えてやるぜ〉――忠七はやつれた主婦に〈女〉を感じてしまったのである。小銭を渡して、これは電車賃だ、来ればすしぐらい奢るぜ、〈だが帯だけはして来なよ、体裁が悪いからね〉。

しかしその夜、女は来ない。数日してまた集金にいってみると、誰もいない台所のガスコンロにつけっぱなしの火が燃えていた。

忠七が声をかけながら奥へ入ってみると、座敷で寝ているとみえた男はすでに死んでおり、女は鴨居に細引をかけて首を吊っていた。

やはり細紐一つで帯はしていなかった。忠七は〈かんべんしてくれ、おれは坊主になる！〉とわめいて駈け出し、それきり行方を絶つ。

——玄人受けする小説だ。この作品が第四回女流文学者会賞を受けたのは先述した通り。大衆小説作家として長いこと文壇からまともに評価されなかった信子にとって受賞は嬉しいことだったが、そして『鬼火』はたしかに巧者な小説であるのだが、現代の私からみて、『鶴』や『井戸の底』や『マカオの露台』に、ずっと心をそそられる。〈物語〉に市民権がなかった時代とはいえ、あまりにも信子に批評家は冷い。

しかし『鬼火』がみとめられたのはせめてもの信子の幸福であった。この短篇の中で信子は〈男〉を活写している。ガス集金人忠七のねじれた優越感、それに弱者（女）に対するときの強者（男）の残忍な征服欲、ごく短い文章の中でびしっと押えるゆえに、忠七の人間像が浮きあがる。

信子は戦後もなお、男性のたたずまいに関心が強い。これは昭和二十五年の短篇『生《いき》霊《たま》』の中のセリフ。口にするのは別荘番の爺さん。

「男はいくら男らしくっても、半面にはそうした優しい気持を持たなくちゃいけない、このごろのアプレゲールとかいう若いやつ等は、夜道で女に暴行したり締め殺したり強盗に入ったり、近ごろの青少年の犯罪てのはたいへんなもんだってじゃありませんか、まったく戦《いくさ》ってものは〈男性悪〉ってやつをすっかり増長させたんですね、恐しいこった。台湾や朝鮮がなくなったより日本にとっちゃ損失ですよ、それが——」

信子には男性に対する理想が強すぎる嫌いもあるが、それゆえにこそ、男への関心が強く、観察は冷厳で容赦ない。だから忠七などのタイプも創造し得るのであろう。

しかしこのころでも、なお信子は文壇雀の男たちから揶揄《やゆ》嘲弄《ちょうろう》されつづけている。彼らは、戦前と同じく戦後も引き続き、あまたの読者を吸い寄せ、社会的にも成功者となっている大衆作家が目ざわりでならぬのである。そういう男性作家もたくさんいる。吉川英治然り、獅子文六然り、だが文壇雀は男性作家を噂話の種にしない。これはなぜだろうか、女性が群を抜いて成功するのを快く思わぬのが、文壇雀の体質なのだろうか。

信子の資料には珍らしく日付と掲載紙の明記がある、〈断簡零墨〉資料のうちの一片。

昭和二十七年十二月七日、時事新報。——この時点で、毎日新聞連載の『安宅家の人々』は十か月前に終っている。総タイトルは「女流作家のうらおもて——吉屋信子の巻」そしてこの日のタイトルは「知識は机上の勉強のみ」というもの。署名はふざけて「大方宗多」。

「吉屋信子のテーブルスピーチは才気煥発、彼女の頭の良さを示して遺憾がないがこの才女またナカナカの努力家。古い古いといわれる『安宅家の人々』など戦後の新聞小説ではクリーンヒットにぞくする。美男美女を主人公にしなければ新聞小説はあたらないという俗説をみごとに蹴破った」

とまず、ほめておいて、これから衣の下の鎧をちらちらさせる、底意地わるい趣向。

——何十年もの昔から文壇雀男どもが信子に加えてきたマンネリの罵倒が並ぶ。

戦後七年も経っているのに、彼らの芸のない口上はちっとも進歩していない。さすがに現代ではこの手の幼稚な感情批評は跡を絶った（その代り、もっと辛辣な変化球になっているかもしれないが）。

『花物語』でそのかみの女学生ファンを湧《ママ》かして登場。古風な美文調が受けて通俗作家の大ヴェテランとなったが、なお今も純文学への憧れ止み難く『鬼火』その他で女流文学者賞を貰ってうれしがるあたり、まさしく万年文学少女。ついに独身を通したことも同性から崇拝される一原因だが、果して一人の女としての彼女は幸福だったろうか。ひとりトボトボ銀座を歩く彼女のうしろ姿の淋しさは、ただ年齢によるものとのみはいえない暗さをただよわせている。

独身で通したオカゲかどうか知らないが、彼女は男が全く書けぬ。彼女の小説に出て来る男はいずれも血が通わぬデクの棒。男を知らぬ吉屋信子が頭でつくりあげた偶像ばかり。これだけは机上の勉強では書けぬ問題。

いったいに彼女の知識は体験でも見聞でもない机上の勉強によるもので、それだけに現実味が不足している。おまけに彼女は常識人。通俗物ならそれでも結構だが、純文学のつもりで書いたらしい諸篇も要するに常識で割り切っている点、通俗物と本質的に少しも変らない。悪も悪人も書けない彼女には純文学は無理と知るべし。批評家が誰も取り上げぬと憤慨していたそうだが、あれでは取り上げぬのが当然だ。なにも通俗作家だから軽蔑しているなどと大袈裟に考える必要はない。作品としてつまらんからである。彼女ほどの才と努力の持主にして、なお自分の作品だけは全然客観できぬとは、吉屋信子も所詮はカヨワキ女なりけるかも」

――『鬼火』の忠七ではないが、ゆがんだ男尊優越感が臭う文章。現代なら誰だってもっと芸のあるワルクチ――ワルクチこそ、一読、頤《おとがい》を解かせるユーモアや機智で飾られねばならぬ――を書いているだろう。半世紀近い昔はジャーナリズムもまだ成熟していない。

この雑文家、〈大方宗多〉氏が現代の女性を見たら驚倒するだろう。殆んど百パーセントに近く結婚していた過去の日本女性と違い、非婚を選択する女性は現代では多い。「ついに独身を通した」一般女性も女流芸術家も山ほどいる。しかも「一人の女性」として、結婚を選択せずとも十分幸福な人もおり、一人で歩いている「うしろ姿の淋しさ」など、クスリにしたくもなく、活気と自信にみちているのを見て、ムカシの新聞風にいえば、
〈果して大方宗多氏の感慨や如何《いかん》〉
というところだ。その点でも信子は時代の尖端をゆき、実行した。信子の資質にもよろうけれど、性を超越して人生の伴走者に同性をえらんだ。常識を蹴とばしてしまったのだ。

悪や悪人を書けないのではなく、書きたくない、という作家も作風もある。信子は字にもきわめて強い嗜好があり、不快な字は小説でも使わないといっている（先述した宮城音

彌との対談（〔中巻305頁参照〕）。たとえば〈月経〉〈蛇〉など、字面でもいやだという。

信子の小説は〈机上〉でつくりあげた知識、というのも、一部では頑固に信じられた偏見だった。朝日新聞社刊行の『吉屋信子全集』の月報6に湯浅芳子が「ちょっと一言」として寄稿している。その中に、

「（前略）吉屋さんが朝日新聞の懸賞小説に当選して華々しくデビューしたのはいつごろのことなのか、おぼえていないが、もうその時分は私の一生の業となったロシア文学の方へ足を入れていたので全く関心をもたなかった。そして吉屋文学については最後まで知らず、読まず、だった。しかしこのひとの文才については終始敬意をもった。ほんのちょっとした雑文、短文にもすぐれた才気がほの見えて、感心させられた。折々見かける俳句もなかなかいいものがあった。

ただ吉屋さんの一生の生き方があまりにも単調にすぎたことは、文学する人の一生としては慊《あきた》りぬ。文学芸術ほど、それを営むひとの人生の生き方と密接な関係をもつものはない。（中略）もし吉屋さんがあの豊かな文才をめぐまれた身で、もっと人生を勇敢に、多角的に生きていたら、彼女の文学は深さにおいて全くちがったものになっていたろうに、と惜しまれるのである」

湯浅芳子が信子にどんな期待を持っていたか分らぬが、「一生が単調にすぎた」というのは彼女の独断偏見であろう。信子の生涯の業績を俯瞰すると、よくこんなに振幅の多い

作品群を一人で網羅できたものだと驚かされる（「吉屋文学については最後まで知らず、読まず、だった」というような人物に、月報原稿を依頼する編集者も編集者だが、それを引きうけるほうも肝太き文筆家であるわい、と後の世の私どもにはおかしいが）。

　信子の人生はそれなりに風餐《ふうさん》露《ろ》宿《しゅく》の旅であった。われわれからみれば、婦人雑誌や各新聞社の要請に応じるとはいえ、こんな煩雑な取材やルポにまでつきあって――と思うこともあるが、のちにそれらはみな作品に生かされている。尼寺の尼僧の訪問記事はそのまま、『徳川の夫人たち』の美しき尼君のイメージをかたちづくった。林芙美子と派遣された東西の国立公園早まわりルポでは日本各地への見聞を拡めた。戦時中、軍部や翼賛団体の命令で、中国戦線や東南アジア進駐日本軍を慰撫訪問させられたが、その経験すら、のちに生きた。各地の風光の見聞は信子の詩《し》嚢《のう》を肥やし、十何年たって美しい短篇として結実した（『西太后の壺』『蕃社の落日』『バタビアの鸚《おう》鵡《む》』など）。

　それでいえば信子は「婦人公論」の依頼で他の女流、円地文子、真杉静枝、村岡花子、平林たい子ら二十人と共に「東京案内・女流作家ペンリレー」に加わっている。市中遊覧バスに乗せられ、受け持ちの各所について短文を書くのである。信子は「黄昏の泉岳寺」を受け持った。両親に連れられて詣った昔の思い出、お土産屋が並んでいて河豚の提灯があったと。バスガイドは女流作家たちを四十七士の墓へ案内する。……これは昭和二十六年十一月号にあるが、この体験が『マカオの露台』を書かせたといっていいだろう。取材活動は広範囲で綿密、エネルギッシュである。とても机上の空想では書けない。

人生の楽しみでいえば、昔も今も信子はとびきりのおしゃれ好き、戦後いち早く、（もう〈ぜいたくは敵だ〉といわれることもなくなったので）アストラカンの毛皮外套をつくっている。俳句を好み、句会に出席し、昭和二十五年の東京在住以後は復活した歌舞伎や宝塚、新劇などの観劇も熱心だった。信子は骨の髄から芝居好きだった。

ゴルフは戦前から好き、そして馬。

文壇人に（男性作家、それも信子と親しい菊池寛や吉川英治）馬好きが多いので親しみやすかった、と信子はいっている。競馬に熱中しているだけではあきたらず、馬主となって五頭の馬を次々に持つ。人との交流を好み、あいかわらず後輩の女流たちによく親しんだ。——書く仕事が多すぎる、という、ぜいたくな不平を除けば信子の人生はみち足りて、「一人の女として」「幸福だったろうか」という低次元の同情は全く無用である。更に信子をつねに喜悦させ緊張させるのは、次作への尽きることないアイデアを暖めることだった。

しかし信子の人生を更に深くする悲しみも待ちかまえていた。昭和二十五年、新年句会に、

「初暦知らぬ月日は美しく」

が虚子選に入ったというのに、松飾りがとれて間もない一月十四日、母のマサは急逝した。まことに「知らぬ月日は美し」かった。まさかの唐突な別れであった。

4

信子が死別したのは母のマサだけではなかった。戦中・戦後、あわただしく人々は散っていった。昭和十七年（一九四二）に與謝野晶子。信子を愛顧して、信子がパリへ赴くときには和歌十首をお餞別に与えてくれたひと。

「杯をあげて清らに若きひと銀河のもとを西へおもむく」

　信子は晶子の華麗な歌才と、鋭く的確な評論を敬愛していた。すでに鉄幹を昭和十年に喪《うしな》っていたが、晶子の批評眼は曇ってはいない。昭和十二年に文部省が帝国芸術院を創設したが、このとき当然選ばるべき歌壇の耆宿《きしゅく》、晶子は選に洩れている。そのかみ「君死にたまふことなかれ」と日露戦に従軍した愛弟に向って、公然と反戦歌をうたいあげた過去が、当局の忌諱《きい》にふれたと噂されていた。晶子は怯《ひる》むようすもなく、見解を披瀝する。

〈われわれ文学者はいつも政府の無理解な圧迫の下に耐えて真理を求め説いて、今日《こんにち》に成長してきたのだ。いまさら政府の権力のもとに庇護を受けようと願うひとはあるまい〉

　米英との間に戦端が開かれたが、晶子は東京大空襲を見ることもなく逝った。一部の晶子の歌に戦争讃歌があると言挙《ことあ》げする人もあるが、信子は「君死にたまふことなかれ」より「はるかに余韻深い」（『私の見た人』「與謝野晶子」）反戦歌があると一首を示す。

「たたかひは見じと目とづる白塔に西日しぐれぬ人死ぬ夕べ」

また——若い日の信子を感動させた田村俊子。『木乃伊《ミイラ》の口紅』の作者は若くして文名大いに揚ったが、文学的に行き詰り、いさぎよく日本と訣別してアメリカゆきの船に乗ったのである。若い信子はそれを悲壮な美しい旅立ちだと感動した。それは大正七年（一九一八）だったが、十八年たって昭和十一年、俊子は帰朝する。

日本も文壇も、さま変りしていた。若い女流が輩出し、信子は人気作家になりおおせている。田村俊子帰朝のニュースもごく小さかった。彼女の文名も忘れ去られ、年も五十歳をすぎていた。新聞記事によれば、記者の質問、〈最近の日本の作品をあちらで読まれましたか。どんな作家の作品に感心されましたか〉に対し、彼女は答えている。

〈女の作家では窪川稲子さんの作品、男では島木健作さんの『生活の探求』です〉

——この答えは、当時のたいていの日本の作家たちに苦笑をもたらしたであろう。この時代（一九三六）の世相や文学史を知る人々は、この答えの〈大人げなさ〉を洞察するはずである。当時、窪川（現・佐多）稲子は左翼文学者といわれており、作品も社会性の強い傾向のものだった。そして『生活の探求』は当時のベストセラーであった。つまり、文壇最新の傾向、田村俊子は長年日本を離れていても、日本の文壇事情に疎《うと》くないと誇示したのだ。ことさら炯眼《けいがん》の人でなくても、その意図がみえみえであった。信子もその記事を読んで「微笑した」。

――といって信子は俊子に対して、そのかみの感傷的な感動を忘れていず、大先輩として敬愛の気持を失なっていない。が、中央公論社の招いた宴で俊子をはじめて見たとき、一見、山の手の奥様風の着物姿、どこにも在米十八年という雰囲気は感じられなかった。

その夏、軽井沢で偶然会い、信子は喜んで山荘に招待し、夕食を供した。俊子も快く招きに応じた。その晩秋、東京の家に帰った信子の前にふらりと田村俊子が現われ、茶菓を喫《きっ》したのち、おもむろに彼女独特の粘りつくような語調でいう。〈五百円、貸して頂戴〉

信子は腰を抜かしそうになった。当時の五百円は大枚の金額だった。ハンドバッグの中に十円札を何枚か入れておけば、銀座での買物に不自由しない頃だから。

俊子はいう、帰国に際し、多少の用意はあったが、帰国後の生活でまたたく間に費消した、いま長篇を書こうとしているが、その稿料で返済する、と。

信子は返済をアテにできぬと本能的に感じる。しかし昔の、彼女の生きかたに感じたセンチメンタルな感動と心寄せを思えば、〈思いがけない光栄かもしれない〉と思い、献上することにきめた。といっても大枚のそんな金が転がっているわけはないので、しばらく待たせ、何とか工面《くめん》して渡した。

その翌年、外出の用意をしている信子の前にまたもや突然現われ、〈菊池さんにお金借りたいから頼んで頂戴〉……

信子から借金したのは忘れた顔だった。信子は小人だから仰天してしまう。結局粘られて、やむなく菊池寛に取り次いだ。菊池は若い文学者の面倒をよく見、金銭的援助も惜しまぬ文壇の大御所だった。信子もパリ外遊の折、過分の餞別を貰ったことがある。しかし菊池には彼なりの選球眼があるらしく、認めない人間には援助を峻拒する。

〈ぼくはあのひと嫌いなんだ。いつか手紙をよこしたが返事もしないで放ってあるんだよ、君ィ、そんな使いさせられるなんて意味ないよ、もうよしなさい〉

田村俊子は帰国後、二、三の作品を発表したが、いずれも出来のいいとはいえぬもので反響もなかった。昭和十三年に信子はくねくねした筆蹟の手紙を俊子から貰う。近く〈支那〉に渡る、あなたへ不義理したまま去ってゆくのを許してほしい、というもの。帰国後三年足らずで俊子は日本にもいられなくなったのだ。浪費癖は直らず、友人にも嘘をいい、利用し、果は友人の夫を奪い、小説も書けないまま、追われるように中国へ渡った。そして敗戦間近のころ、彼女の死を聞く。上海で婦女宣撫機関誌を編集していた田村俊子が、上海の街の通りで行き倒れ同然に死んだ、と。それでも生前の彼女に迷惑をかけられた友人たちが集って、鎌倉東慶寺に彼女の墓を建立してやった。費用は戦後出版された文学全集の、彼女の印税だった。田村俊子に遺族がなかったのでその印税はまた、田村俊子賞として後輩の文学者に贈られることとなった。友人らに迷惑をかけ通した俊子としては皮肉なものだ。

信子は田村俊子と心の通いあうつきあいではなく、金銭的な便宜のための関係だったことがさびしい、といっている。そして才をまたたく間に散らし、放埒無残な女の人生を送った田村俊子に、同性としての感慨と哀愁と、作家としては尽きぬ興味をかきたてられた如くである。信子の『自伝的女流文壇史』では田村俊子は「上海から帰らぬ人」として冒頭に据えられている。菊池への借金の使いが失敗に終ったことを、律儀に俊子に告げにいったら、そのアパートの部屋はがらんとしていた。俊子は着物の裾を長めに引くようなだらしない着かたで、スリッパをずるりずるりと引きずって歩き、信子のお詫びを〈そう〉と平然と聞き、折から運ばれてきた鮨を余念もなく、箸も休めず食べつづけていたというのだ。荒廃の鬼気が感じられ、一個の文学者である信子の〈眼〉のたしかさを示す。

俊子とは心の通い合いはなかったけれど、ずっと親しく交際していた菊池寛の急逝は悲しかった。昭和二十三年三月六日に菊池は狭心症の発作で倒れた。信子は翌七日の電話で菊池の死を知る。千代とすぐ上京した（信子はまだ鎌倉の家にいた）。久しぶりの菊池邸へ入ると、久米正雄がすでに来ていた。階上の寝室の寝台に、亡骸《なきがら》は白毛布で覆われていた。戦時中ペン部隊として海軍に配属され、一緒に軍艦へ乗ったこと、信子の人間と文学を評価してくれて、会えば暖い微笑と言葉をかけてくれたこと。ご馳走をよく奢ってもらったり、講演会に連れられて地方の名所旧跡を見せられ、歴史に造詣の深い菊池にあれこれ教わったこと……稚気のある男《ひと》で、甘いおはぎなど好み、おいしそうにいくつも食べた。

――講演旅行で信子と一緒になったとき、あるところで鉢植の沈丁花を見て、〈沈丁花は庭か垣根に植えるものだ、あれは沈丁花じゃないよ、きみ〉と独特のキンキン声で断じる。

〈わたし、『花物語』の作者よ、先生。鉢に植えられようと垣根に植えられようと、沈丁花は沈丁花だわ、京都の大学へ持っていってもらって鑑定してもらうわ、あれは沈丁花よ！〉

信子もソプラノを張りあげて譲らない。そんなお俠《きゃん》も、意地っぱりも、菊池寛の前では平気で出せる信子だった。

〈女のひとは言い出すと、きかないねェ……〉

菊池は愛用の煙草《たばこ》〈キャメル〉の灰を振り落して、苦笑する。……菊池寛は信子より八歳年長だったけれど、信子にはまるで叔父さんか長兄のような存在に思えた。

菊池は人の面倒見がよかったが、それもさっぱりと合理的で、しかも暖かった。信子は菊池にいわれて、もと新橋の美妓・小《こ》かねに三千円貸したことがある。小かねは菊池が後進作家を招待する料亭の座敷にはいつも呼ばれ、菊池の贔屓《ひいき》にする妓《こ》だった。尤《もっと》も彼にいわせると、〈このひとは綺麗だが、イット（田辺注、当時の流行語で、性的魅力というほどの意）がないから、ぼくとは何のかかわりもないが、気性のいい妓《こ》だから呼ぶんだよ〉ということだった。清潔な美貌でさっぱりした気性なので信子も好きになり、家へも遊びにきたことがある。小かねはその後結婚して妓籍を退《ひ》いたが、のち離婚し、再び左褄《ひだりづま》をとるというのだ。芸妓に戻る仕度金が要る。それを菊池に頼みにいったのだが、その際の菊池の対応が面白い。小かねを伴って、菊池同様、人気作家で資産家でもある信子のところへ来たのだ。

〈ぼくが貸したらこのひとたちは決して返しにこないからね。きみが貸せばきっと返すよ。ぼくが保証人になる。抵当にはこれを置く〉

菊池は所有の安田靫彦《ゆきひこ》の画軸を置いていった。額の花を描いた、美しい画だった。信子は欲しくなって、小かねが返済しなければこれが手に入るのだけれど……と考えていた。

小かねは芸妓に復すると、またすぐ売れっ妓《こ》になったので、ただちに借金を返し、絵は菊池家に戻ることになった。信子は菊池から利子としてガラスの美しい花瓶をもらった。

信子はそのときのことを思い出す。ときどき呼ぶだけの妓にも、頼られれば抵当を投げ出して助力してやる男の優しさ。ぼくが貸せば返さないだろう、きみならきっと返す、という人情の諸訳《しょわけ》に通じた苦労人の感覚、合理的な、それでいて暖い対応。信子は書いている。

「そのむぞうさな書生風のやり方、ほんとに天衣無縫である。おかげで私も先生に少しお役に立った事があったかとうれしくなった」（『私の見た美人たち』「沈丁花匂う頃」）

さまざまの思い出が信子の胸にあふれる。告別式は三月十二日、冷い小雨の中を音羽の護国寺で。葬儀委員長は久米正雄だった。久米によれば「『とにかく世の中も平和になったのだから、お互いに楽しく長生きをしようじゃないか、みんなして元気な集りをしよう』と話しあったばかり」といったよし（『菊池寛伝』菊池寛記念館、平成5）。

菊池が愛し信頼し、後事を托そうと思った親友の横光利一はすでに前年に長逝していた。葬儀には政財界、文壇関係者、貴顕が参列したが、一般告別式には七千名列し、中でも主婦の姿が多く目を引いたと新聞に報じられた。大衆に愛された人気作家らしかった。そののち信子は沈丁花の花を見るたび、

（ああ、菊池先生のご命日が近いわ……）

と思うようになった。

信子の『私の見た人』は昭和三十八年二月五日から同七月七日にわたって、朝日新聞学芸欄に連載され好評だったもの、はじめ十回との約束が、続篇を求められ、とうとう通算「五十人の人とその傍系の人間像」を書くことになった。信子の辿った道の、幾山河で出あった人の追憶を書いている。多くは故人で、その人々に捧げる鎮魂歌であった。「その世になき人たちが私に残されたものはたいてい美しき記憶であったのは幸福だった」と信子はあとがきに書いている。

菊池寛が逝った昭和二十三年の暮れ——まだ新聞が粗悪な紙質の、一枚ぎりのものだった頃——そのすみにごく小さく、

「平出《ひらいで》英夫氏〈元海軍少将〉去る十五日（十二月）青森県三沢町の自宅にて死去、五十三歳。同氏は太平洋戦（争）中海軍報道部課長を勤めた」（『私の見た人』）

信子は感慨に打たれずにいられない。一九二八年の秋、パリ駅頭で出会ってから何年か。

……

読者はご記憶であろうか、信子のパリ外遊のとき、列車がパリのギャール・ド・ノール（北駅）に到着すると、凜々しい日本の海軍将校が進み出て迎え、信子の鞄に手をかけたことを。それは同列車に乗り合わせていた海軍技師吉田氏のと間違えたのだった。〈これはこれは。……どうもご婦人が海軍技師のはずはないと思いました〉明るい笑いに包まれて、信子もその海軍将校に好感をもった。それがパリ大使館付武官、海軍少佐平出英夫だった。

パリ滞在の間、信子は平出少佐にずいぶん世話になった。陽気で明るいだけでなく、よく気のつく親切な人柄だった。〈若いご婦人のホテル住いはいけない。早くフランスの家庭へ入りなさい〉と個人の物堅い家庭へ下宿させられた。十一月三日の明治節には早朝、彼はやってきた。海軍の大礼装、金の房《ふさ》の肩章《けんしょう》もまばゆく金モールの礼帽（信子は仁丹の広告みたい、といっている）、まことに花やかないでたちの美男海軍将校の姿に、下宿先のマダム・ブリュンヌも、艶な流し目を送るほどだった。

やがて中佐に、イタリア大使館付武官に、海軍報道部課長平出大佐に、と昇進してゆく。海軍のスポークスマンとしてはまさに適材適所、彼の声はラジオからつねに流れるようになった。歯切れのいい美声、力強く流暢な言葉。しかし聞いていて信子は驚いた。それは

昭和十六年の海軍記念日（五月二十七日）のラジオ放送であったが、

「今日《こんにち》の世界情勢から日本が参戦することなしとだれが断言出来よう。その万一の場合においても何等驚くに足らぬ準備すでに完了……我に艦艇五百、海鷲《うみわし》四千機、必殺戦法我が海軍に在り！」（同）

（あっ）と信子は思う。（そんな景気のいいことといっていいの、平出サン？）

――というのは信子は海軍通の人に情報を耳打ちされていたのだ。現在の艦艇は三百、海軍機は千五百にすぎない、それに海軍は陸軍と違って、日米開戦には自重派が多いからね。……

平出サンが浮かれてそんなことをいうのが信子は心配だった。

しかしついに開戦の日が来た。緒戦の日本の勝利が花々しかったので、その大本営発表を告げる平出大佐の写真も派手にかかげられた。一躍、彼は時の人となった。有能で颯爽とした人だから、婦人雑誌でも講演会でも争って彼を起用し、人気者だった。そのうち戦局は日に日に不利となり、平出大佐は報道部をしりぞきフィリピン大使館付武官を経て帰国した。信子が、久しぶりで会ったのは、終戦の年の七月二日、鎌倉八幡宮で挙式した知人の披露宴の席である。平出サンはいつものように機智に富んだ座談で宴をにぎわして、以前にかわらぬ好紳士の海軍少将だった。しかし信子の見るところ、どこか寂しい影があった。それは敗戦、一と月半ばかり前のことだった。信子は帰京する平出サンを駅まで送った。「パリ駅頭での初対面から十七年後の鎌倉駅前が平出さんとの永遠のお別れだった……」（同）。小さな死亡記事。……

「もし戦争がなかったら平出さんはあざやかなフランス語を生かして欧洲各都の大使館付武官として平穏な生涯だったろうに……」

と信子は悼む。

陸軍では長勇《ちょういさむ》を信子は書いている。満ソ国境でも会い、また昭和十六年、仏印へ雑誌社から派遣されて出かけると、そこの最高指揮官が長勇陸軍少将だった。文学趣味のある長はことさら信子にねんごろな庇護を加えてくれたので忘れがたい。最近出た、阿部牧郎氏の『豪胆の人　帝国陸軍参謀長・長勇伝』（祥伝社、平成9）によれば長は艶福家としても鳴らした男らしいので、女性にやさしかったのだろう。

豪快で陸大出身のエリートでありながら、全陸軍の名物男だったという。最後は沖縄防衛軍の参謀長として、軍司令官牛島満《みつる》中将と共に自決した。昭和二十年六月三十日の新聞（というからまだ敗戦前）に大きく報じられた。

「二十七日午後五時のサンフランシスコ放送にて、沖縄島西南海岸の石の墓の附近より沖縄最高指揮官牛島中将と参謀長長勇中将の死体が発見されたが、両将軍とも軍服着用、腹を十文字にかき切り首は介錯《かいしゃく》者により切られていた」――と。（同）

――哀しき英雄たち、と信子は思う。信子は靖国神社に春の夕べ、詣って社頭にかしわ手を打つ。その音は〈チョーサン、チョーサン〉とひびく気がした。……雪のように乱れる花吹雪の下で。

「夕刊に世相険《けわ》しや冬灯《ともし》」

虚子庵での昭和二十五年新年の句会でほめられたものだ。二十五年の正月を信子は希望をもって迎えた。去年の暮れ、突然、長篇の構想が浮んだのだった。「眠れぬままにふと浮びしテーマ、書き方、ふんいき、われを心地よく引き込ましむ。これを朝日にかきたしと思ふ、ひそかに――千子《ちこ》に話す」（日記、昭和24・12・25）

戦前の毎日新聞との専属契約、主婦之友社とのそれも、現在は終ってはいたが、それでもまだ毎日夕刊に『妻の部屋』を連載し、九月に終ったばかりであった。ずいぶん長く、一年一作の約束で毎日に書いてきたので、こんどは朝日に書いて気分一新したかった。信子は鎌倉から東京へ戻ろうとしている。平和が戻ったいま、もう一度、本腰を入れて仕事に打ちこんでみたい。しかし砂土原町の邸は空襲で焼亡し、そのあとへ戦後、小さい家を建てて次兄道明夫婦が母とともに住んでいる。

信子は麹町二番町に新築するつもりでいる。

一月十二日は信子の誕生日で、お茶の関係の婦人たちを招《よ》んで女ばかりの小宴を張った。信子はこの日五十四歳、お茶、長唄、英会話など習いはじめて意欲的である。ショートカットの黒髪の両サイドをかきあげ、前髪を額におろしてアクセントをつけ、やや肥り気味で重量感はあるが、子供のように邪心のない笑顔は昔のままだ。アルバムに、大仏さまの前で巨大なセパードと写っている写真があるが、これが日記にある、愛犬〈クーペ〉だろうか。

誕生パーティの翌日は門馬千代と車で上京した。男性運転手を雇っていたが、勤務態度がアテにならないのでやめさせて、千代が運転免許を取ったのだ。信子は職務にルーズな人間を極端に嫌う。清書係りの女性にも運転手にもそうだ。

その日は新居の上棟式だった。今度の設計も吉田五十八、赤飯、酒肴、祝い金など大工・棟梁に配り、ついで毎日新聞へ寄り、阿部真之助に宴に招かれる。『妻の部屋』が完成した祝いだろうか。

やっと宿屋・福田屋に戻った。ここが東京で泊るときの定宿だった。就寝して間なしに枕元の電話が鳴った。本郷の兄、三兄忠明が鎌倉へかけ、留守番の女中に聞いてようやく福田屋へ通じたのだ。

〈お母さんが危篤だ〉

信子は動転して千代と共に深夜の砂土原町へかけつけたが、すでに母は絶命したあとだった。十四日の午前一時を過ぎていた。

（年始にもっと早く来ていたら……）

信子は慟哭する。

今年の新年句会、ラジオで録音した句は、

「初暦知らぬ月日は美しく」

だったが、いまは、

「母逝く日ありしと知らで初暦」

であった。納棺に千代が買ってきた白菊で棺を埋めた。〈千代年譜〉には信子は「棺を抱いて号泣した」とある。十五日の葬儀には長兄夫婦、四兄も集ったが、弟・義明は病気で来られぬと返電があった。一番可愛がられた末っ子なのに、と信子は憤慨する。

「出棺さいごの蓋をなすとき悲しさ胸を刺し、われ泣き兄も泣く。さらば、うつし世に母娘の縁うすかりし母よ！　それがかなし」（日記、昭和25・1・15）

棺の上に花束をのせて火葬場のかまどへ母は入った。信子は頬を濡らして立ちつくす。

「冬木立一壺《いっこ》となりし母軽し

ゆたんぽはまだ熱《あつ》かりきその時も

雪晴れや昨日は母を葬むりし」

信子の「冬木立」の句は悲傷を抑えて感傷に溺れず、好句であるが、このとき虚子の示してくれた弔句も、さすがに挨拶句にすぐれた虚子らしくていい。

「美しき老刀自《おいとじ》なりし被布《ひふ》艶《えん》に」　虚子

　マサはずっと前に夫を亡《うしな》ってから髪を古風な茶筅《ちゃせん》に結い、夏冬改まった時は黒の被布を着、信子の友人知己が来るとその姿で出て、儀礼的なかた苦しい陳腐な挨拶をした。父祖代々長州・萩の城下の侍だった家の母にはそういう形式的な処があり、気質の違う信子の好まぬ点だった。今年の年賀に母のもとを訪れてやらなかったのは、信子に悔いを残したが、母のもとを訪れるのが気重でもあったのだ（日記、昭和25・4・1）。

　去年、今年、信子は競馬に夢中で、中山に府中に通いつめ、繁忙な仕事の慰め、せめてもの娯楽と思っていたが、母をたずねないで競馬場へばかり足を向けた罪悪感に責められもした。

「母永久《とわ》に留守の離室《はなれ》や梅雨しとど」

　なぜ母と気が合わなかったのだろうか。宿命としかいいようがないのだろうが、信子の生きかたが母マサの思い描く、あらまほしい女の一生とことごとく食いちがっていたからだろう。マサは狭量の人だから理解の外へ逸脱《いつだつ》してしまった娘を、それはそれとして受け入れる、ということをしなかった。信子は母に会い会話を交すたび、骨や棘《とげ》を感じ、不協和音に悩んだのであろう。八十七歳の母に五十四歳の娘が、〈会うのが気重かった〉というのは、それこそ、重い言葉だ。

　仲のいい母と娘、たとえば林芙美子のように一卵性母子のごとく密着している関係を、信子はどんなに羨んだろうか、母歿後一か月の日記に、林芙美子が「子供（田辺注、芙美

子の養子・泰）を学習院へ入れたよし」と書いて、

「……母あり子あり　けっこうな人」

　とためいきのような一行を書く。

　しかし母の初盆には早や気をとり直す。

「亡母にその前年、年末年始に不可抗力のごとく訪れざりしことくやしく、また哀れに母子のゑん（縁）つたなきに泣かる、されどいたし方《かた》なし……前進し少し大人になれ、つよく沈着に考へぶかく。……」（日記、昭和25・8・13）

　信子は暖めている長篇の題をはじめ、「神人」と名づけ、ノートにあらましのおぼえをしるしはじめる。この時点でも、「婦人世界」「主婦と生活」「婦人倶楽部」「講談倶楽部」「中央公論文芸特集号」「オール讀物」に、連載あるいは単発を発表しつづけているのだった。書きたいことを書くには忙しすぎた。

「しみじみ雑誌多すぎとうらみをおぼゆ」（日記、昭和26・11・25）

　ただし、このころから発表しはじめた短篇に見るべきもの多く、具眼の士から注目されたのは先述の通り。

『鶴』は宇野千代や森田たまが賞めてくれたが、仲間うちだけでなく、交流のない純文学系の男性作家、宇野浩二や中河與一も注目してくれた。

　しかし信子は只今のところ「神人」の構想に心を奪われている。これは『安宅家の人々』

の原題で、神のように純粋無垢な知的障害者を主人公に据えて、その周囲の人間関係を書こうというものだ。信子はこの作品に自信があった。

「外の雑誌のもの力節《せつ》してよき作一つに毎年専念、人生のたそがれによき仕事をかき残すべし」（日記、昭和25・4・6）

たそがれといいながら信子は意気たかく、朝日新聞の門田勲氏にかけあいにゆく。腹案成り、ノートはラストまで構想が完成している。「これをひつさげ朝日紙上にまみえんとして依頼にゆく」（同4・4）というのだから、積極的売りこみである。

ところが朝日はすでに来年は林芙美子にきまったというのだ。東京朝日は信子に好意的だったが、大阪がぜひ林を、と望んだよし。信子はくやしい。

「私は大阪朝日の懸賞出身だのに！　よる眠れず」（同）

しかしその小説の構想を昵懇《じっこん》の毎日の記者山口氏に告げたところ、氏はいそぎ学芸部長高原氏に話し、高原氏はすぐ総務に告げたという機敏な動きがあった。

一方、朝日新聞でも学芸部の扇谷正造氏と門馬義久記者が訪れ、内実はわが社内でも信子を推す人が多しという。更に扇谷氏は、最近の信子の短篇に感じ入ったといい、今回は林さんにきまったが、将来自重して機をお待ち下さい、と理解ある言葉だった。信子はやや機嫌をなおした。

しかし毎日の態度がいまひとつきまらない。すでに何年も信子の作品で小説欄は飾られており、このへんで異色のものを、という営業的見解もあったのであろう。ただし直接担当の山口氏はすこぶる懇ろで、このたびの作風こそ異色である、という信子の説明を受けて幹部を説得したらしい。信子との間に、強い信頼関係があったのだろう。

最終的に毎日が腹をきめたのは、このころ読売新聞が信子に接触して朝刊の長篇連載を打診してきたからである。信子は率直に毎日との交渉を打ちあけ、それがきまってから、といった。ついに毎日新聞連載がきまり、昭和二十六年、前連載が終り次第、ということになった。タイトルは「神人」から「憂愁夫人」へ（このタイトルは千代が喜んだ）、と転々したが、最後に山口氏と二人、いろいろ考えあぐね、電話帳を開き、姓名を按《あん》じぬいて、山口氏の案で『安宅家の人々』ときまる（日記、昭和26・7・12）。

昭和二十五年の秋に信子は新居に入り、再び東京暮しとなって気力の充溢するのをおぼえた。競馬にもよく通えるようになったし、これからは歌舞伎座にも音楽会にも芝居にも気軽に出られる。女流作家仲間とも交流できる（現代の作家たちより、もっと交遊は密だったらしい。尤も人なつこい信子を中心にしたせいか）。家はまだ建築統制下で、ささやかなものだったが、信子は希望にあふれた。

二十六年四月にいよいよ林芙美子の朝日新聞連載『めし』がはじまった。芙美子とはどんな因縁か、いつも朝毎二紙での競作になる。

信子は自作に自信があったので、芙美子との競合も微笑ましかった。

女流文学者会でも会い、信子と芙美子のつきあいは以前に増して親しくなった。五月二十二日には女流作家たちがそろって木更津へ遊びにいった。そのときの写真が残っているが、伝馬船の中でレインコートの信子と、着物すがたの芙美子が隣り合せ、ともに煙草を手にしている。これは毎日新聞の肝煎りである東紅《とうこう》会のつどいらしい。木更津ホテルで一泊した。芙美子も元気そうだし、信子は靴をぬいで手にタモを持ち、くるぶしまで海水に漬かり、はしゃいでいる写真さえある。

六月二十日の夜、「婦人公論」で女流作家座談会が行なわれた。築地の錦水亭だった。出席は林芙美子、平林たい子、佐多稲子、それに信子（宇野千代も予定されていたが風邪で欠席）。

芙美子は中々来なかった。

やっと到着すると二階座敷へ上る階段の途中で息切れがするということで、〈いま階段の途中で休んでいられます〉と編集者の報告、一同思わず笑ってしまった。芙美子の命を奪う症状を、誰もかるく考えていたのだった。

やっと席についた芙美子は、早速、丸まっちい手に〈光〉の赤い箱から一本だしてくわえ、

〈わたしね、煙草中毒よ、いま日に五十本〉

といった。それに睡眠不足だと訴える。

「婦人公論」（昭和26・8）の座談会でみよう。

「林　（仕事は）夜半、二時ごろ。……夕御飯食べるとすぐ、八時ごろ子供といっしょに寝ちゃうんですよ。そして一時ごろ起きて、濃いお茶飲んでタバコ吸って、それから始める。そのまゝ朝まで起きているの」

信子には超人間的な創作生活に思われる。

この座談会は女ばかりのせいか、そして気心の知れた仲間同士のせいか、かなり女の本音を出して示唆に富むが、ここでは林芙美子の発言に注意しよう。芙美子はいう、

「いま死にたくないという気持ありますよ。ねェ、若いときはいつ死んだっていいなんて、命を粗末に考えたわね」

それに対して佐多稲子が「そうよ、わたしつい最近まで死ぬこと平気だったの。やっぱりこれが妄執っていうのかしら」といったのを受けて芙美子はいう、「死ねないわ。だんだん世の中が面白くなってきたわね、ある意味で。だから、体のことが非常に心配になったの。われわれはいま人生の夕映でしょう、夜のくる前ぶれね。それまでに、何かまだいいことがありそうな気がする。説明はできないけれど。……」

そこでは珍らしい話を佐多稲子は洩らしている。佐多が若くしてカフェに働いていたとき、林芙美子が詩人らと飲みに来た。そして佐多の肩を抱いて、わたしこの人気に入ったわ、堕落しないでね、といったというのだ。更に芙美子はいう、

「今年の秋は、わたしフランスにいって、アジアの憂鬱を題材にした小説を書きたいの、それをフランス語に訳して、向うで出版するつもり。……でも考えたら、こう心臓が悪くちゃ、タバコを少し止めるようにしなくちゃ、飛行機の中でウーン（笑声）。どこで死ぬやら。……」

夜更けて信子らは錦水亭を出て別れた。そのときが、古い仲間、芙美子を見た最後だった。

その六日後、信子は『安宅家の人々』取材のため、一人、山口県萩に取材旅行に発《た》った。そして二十八日、鍾乳洞・秋芳洞に入る直前、毎日新聞支局の人があわただしく現われ、〈いま東京本社から電話がありまして、ゆうべ林芙美子さんが急逝されたので、追悼文を書いて頂きたいとのことです〉。――

信子は呆然自失、

「ガクゼン、カンガイムリョウ」……

日記に乱れた片仮名でしるす。なんでそんなことが。……一週間前に別れたものを。

春晝

1

昭和二十六年（一九五一）六月二十七日、林芙美子は「主婦之友」の「私の食べあるき」という連載のために銀座の「いわしや」へ取材にいった。

このときの写真がある。黒っぽい着物の芙美子は右手の箸で皿のたべものに触れ、左手はかろくまるめて卓上に置いている。ここではあまりたべものに手をつけなかったというが、うつむいて皿に見入る顔に疲れはあまり見えない。髪も黒々と光沢《つや》がある。

そのあと芙美子の奢りで、記者たちの慰労のため深川の「みやがわ」に廻った。その玄関で、「う」と書かれた看板の横に芙美子は立った。そのときの写真が、生前最後のものとなった。そう思ってみれば疲れているようにもあって無表情である。

帰宅後、午後十一時すぎに苦しみ出し、翌二十八日午前一時に永眠、心臓麻痺だった。享年四十七の若い死。

信子がその訃報を聞いたのは、『安宅家の人々』取材のため、山口県萩市に赴き、秋芳鍾乳洞に入る前だった。地元の観光課から案内されて、料亭で昼食を供されているとき、毎日新聞支局の記者が急報してすぐ追悼文を、と乞う。別室に記者用のザラ紙と鉛筆を数本、机まで用意されたが、信子は「まったく私は呆然自失だった」（『自伝的女流文壇史』「林芙美子と私」）。

それでも何か書いて、告別式には間に合わぬので、長文の弔電を打った。

そのあと鍾乳洞へ案内された。現代でこそ、洞内の照明も明るく、エレベーターまで完備して、近代的観光名所となっているが、当時はまだ裸電球がところどころ仄かに光っているだけ、観光客もまばらだったという。

奇怪な形の鍾乳洞内を足もともおぼつかなく辿るうち、信子はいつか知らず、このうつし世の外の世へ踏みこんでいく気がした。……

（あっ）

と信子は思った。

先をゆく小さい人かげ、いま枝わかれした洞窟にふっと消えたそれが、

（芙美子さん?……わたしに別れを告げにきたの?）

という気がして、どきっとしたのである。

ほかの観光客のおぼろな姿を錯覚したのだ、と理性ではわきまえながら。……

その、鍾乳洞前での信子の写真がある。男性六人（男たちの足もとは長靴か、ズボンをまくりあげた藁草履《わらぞうり》ばき、当時の洞内の事情がうかがえる）。

信子は白いスーツに白い靴（長身の信子は男たちとそんなに背丈は違わない）。しかし信子の表情にはこれから取材、というのにどこか放心したものがある。アルバムには写真の横に信子の筆蹟で書きこみがある。

「『安宅家の人々』取材に萩に。山口県秋芳洞入口にて。林芙美子さんの急逝を聞きし直後」

信子はそのあと萩へ廻り広島へ寄り、そして七月一日に京都へ入った。柊《ひいらぎ》家旅館で宇野千代と会う約束をしていたのだ。

この頃の千代は宮田文子とヨーロッパ漫遊から帰ったばかりだった。彼女と夫の北原武夫の経営するスタイル社は全盛中で銀座に社屋を新築、去年には中央区木挽町《こびきちょう》の豪邸を手に入れ、三年前に熱海に別荘を買っている。

戦前のスタイル社は昭和十九年に一旦解散したが、戦後すぐ、昭和二十一年から再出発した。食物もなく化粧品も売っていない敗戦直後の焦土の日本で、ファッション雑誌が名乗りをあげたのだ。まだまだ多くの人々が敗戦で呆然自失、虚脱しているときに、宇野千代はアメリカファッションを引っ提《さ》げておどり出た。颯爽《さっそう》としたスラックス姿で信子の前にあらわれた宇野千代は、

〈「スタイル」を復刊するわ。長篇小説を連載してよ〉

とさわやかにいった（このときの連載小説が『夕月帖』である）。

「スタイル」は売れに売れた。何しろ、復刊を告げる新聞の三行広告だけで、為替がどっと送られてきたほどである。まだ雑誌は世の中に現われていない。長い暗黒時代を耐えぬいた人々の烈しい渇望が「スタイル」という、〈おしゃれ雑誌〉を支持したのであろう。スタイル社は世の中にブームをまきおこす。

スタイル社副社長の宇野千代は、「鼻紙のようにぐるぐると巻いた札束でふくれ上ったハンドバッグを持って」信子をあちこちの高級キャバレーに伴った（吉屋信子「宇野千代言行録」）。

信子はおかげで戦後の半狂乱の享楽面を見学できた。ともかくこの頃のスタイル社がいかに景気がよかったかといえば「夜ごとトラックでキャバレーにくり出し、定期購読者の送ってくる為替の封筒でお風呂を焚くという蕩尽ぶりだったという」（川崎賢子「スタイルを読む――雑誌編集者としての宇野千代」「鳩よ！」平成4・6）

このとき千代五十四歳、なおあでやかに美しく、着物すがたも洋装もよく似合った（信子は一つ年上の五十五である）。

終戦直後の日本で「スタイル」がバカ売れした、というのは、人々の買ったのは〈夢〉だったからであろう。私が古書店から入手した昭和二十一年四月号と十月号を見ると、人々は闇市をあさり、食糧調達に必死というときに、「メイキャップポイント、眉はどうお化粧するか」「ジャズの聴き方」「洋装の基本知識」「ペディング（肩芯）を入れたカーディガン」「エチケット講座　御婦人と食事をする時は？」「お洒落《しゃれ》男子部　洋服の型について」という具合。……

人は一瞬、現世の窮迫を忘れ、夢に夢を見る心地にさせられる。戦前のモダニズムを知る人にはなつかしく、知らぬ若い読者には斬新なショックであったろう。四月号四円五十銭、十月号六円と悪性インフレの嵐の中で、「スタイル」は若者の夢を煽って売れ続ける。

——そんな時代の、宇野千代だ。

信子と千代は柊家旅館の檜《ひのき》風呂に身を沈めながら、芙美子の急逝の驚きを語って倦《う》まなかった。湯舟からあがっても、体の冷えるのも忘れ、話しこむ。千代は湯を肩にかけながら、しみじみいった。

〈やっぱり生きていなくちゃだめよ！　わたしは八十までも九十までも生きていたいなァ……〉

そしてまた、その念願への水垢離《みずごり》のように湯舟の湯を、ザザーと肩にかけた。

信子は、千代のその言葉をいつか、どこかで聞いたと思った。そうだ、三宅やす子が、これも急逝したとき、——千代と二人、通夜のかえり、夜おそく電車を待っていたとき、しんとしたホームで、千代は突然、声をあげたっけ。……

〈やはり仕事よ。よい仕事をするだけよ、私たちは〉

その夜、蚊帳《かや》を吊った座敷に寝て、信子は、あれ、と思った。その部屋は終戦直後の文芸講演会に、久米正雄、川端康成に伴なわれて、信子・芙美子、ともに来て泊った部屋だった。一つ蚊帳の中に彼女と寝たっけ。大阪の宿でも二人は同室だった。……人なつこい芙美子の無邪気な笑い、

（もう寝た？　吉屋さん……）

とひそやかな声。ううん、起きてる、と信子がいうと、芙美子は勢いこんで何か話し出す。まるで女学生の一泊旅行のように物珍らしく楽しく。……

そんなことを考えているうち、目尻に涙が滴った。今日七月一日、東京では告別式が行なわれている。信子は参列できないが、帰京したらすぐ遺族のもとへお悔みにかけつけようと思った。夫の手塚緑敏の悲しみもさりながら、信子と違ってあれほど仲よく密着していた母娘《おやこ》、娘に先立たれたお母さんのキクの悲嘆を信子はいたましく思いやった。

林芙美子の告別式は自宅で、川端康成を葬儀委員長として行なわれた。近所のおかみさんたちが大勢焼香に訪れて、会葬者を驚かせたというが、菊池寛と同じく、大衆に人気ある作家だったからだろう。

大衆には人気のある作家であったが、同業者、ことに同性作家にはどうであったろうか、

また編集者への対応ぶりは如何《いかが》なものであったろうか。

林芙美子がライバルの進出に対して神経質で、ときには故意の妨害や、あからさまな排除を示した――という話がある。その手の噂は昔から芙美子にまつわりついており、変らぬ友情を保ったのは吉屋信子と平林たい子だけである。信子は小説の分野が違ったから、芙美子が心をゆるしたのであろうといっている。

平林たい子は、元来古い友人だった。平素交流が密、というわけでなく、芙美子の死亡当時は遠のいていたのだが、「絶交でもなかったので、当事者の希望で」葬式に参列した、といっている（平林たい子『林芙美子』）。

たい子によれば、芙美子と女流作家たちとの友情はよく途中で断ち切られる。葬儀のとき、昔親しかった女流の姿はほとんど見えなかった、と。

芙美子の亡骸の枕頭に坐っていたのは、古い友人のたい子がほとんど知らない顔で、昨日今日親しくなったらしい、文学以外の職業の女性だった。広い庭には木かげに卓がしつらえられていたが、編集者らしい人々が大部分で、無数に並んだ花輪を眺めて、〈安井都知事の花輪より、こっちの方が多いぞ〉などと軽口をとばし、芙美子の急逝を悼む雰囲気は稀薄だった。たい子自身もそんな気分だった、と告白している。

芙美子の死で未完となった連載は多い。朝日新聞の『めし』、「中央公論」の『漣波《さざなみ》』、「婦人公論」の『女家族』、「主婦之友」の『真珠母』……世間では芙美子はジャーナリズムに殺されたのだ、という声が高かった。

たい子が芙美子に最後に会ったのは昭和二十五年だった。そのときすでに芙美子は、

〈階段を登ると息が切れて、とても大変なのよ、それに時々脈がとまることがあるわ〉

心臓弁膜症だという。たい子は他人《ひと》の仕事に干渉するように聞えることを怖れつつ、いわずにいられない。

〈気のせいかも知れないけれど、仕事の量が多すぎるのじゃない？〉

林芙美子が文壇ジャーナリズムの寵児となって（また彼女ほど文学的腕力のある作家は、少数を除いて、戦後いなかった）遮二無二、要求に応じ、書き続けてきたのは、他の女流作家に仕事を廻したくないための作戦だという噂は、早くからあった。芙美子は知ってか知らずか、同性同業者の怨嗟《えんさ》や遺恨《いこん》を買っているらしかった。

それに編集者に対しても尊大で恣意的だともいわれた。現代のようにファックスやパソコンのある頃ではなく、編集者は作家の肉筆原稿を取得するためには仕事場へ出向くか、指定の場所へ馳せ参じないといけない。平林たい子によると、林芙美子は編集者が集って原稿を待っている状態が好きで、わざと同じ時間に、幾人もの編集者に参会するようたくみ、指示したそうである。しかもその場所が熱海だったり京都だったりしたというから迷惑な話だ。行ってみると、何人かの編集者がわざわざ東京から呼びつけられていたよし。

そういう編集者たちが芙美子にどういう感情を抱かされたか、分明ではないが、葬儀の

時にも軽口を叩くような雰囲気になったのはわからないでもない。

　葬儀は盛大だったが、悼む気分の感じられない、ただ雑然としたものだった。

それが一変したのは、葬儀委員長・川端康成の挨拶だった。川端は芙美子にまつわるかんばしからぬ風評や、後進の同業者たちの怨嗟、反感を仄聞《そくぶん》していたらしく、文学者らしい率直さで触れた。

「故人は自分の文学的生命を保つため、他に対して、時にはひどいこともしたのでありますが、しかし、後二、三時間もすれば、故人は灰になってしまいます。死は一切の罪悪を消滅させますから、どうか故人を許して貰いたいと思います」（板垣直子伝える処、と『新潮日本文学アルバム　林芙美子』にある）

――このときはじめて「このお葬式は引締ってすすり泣きが起った」と平林たい子はいう。「私も涙が溢れて、彼女を悼む心がはじめて充ちた」（『林芙美子』）

　火葬場にゆくとき、真杉静枝が、

〈ねえ、みんなで、林さんのことを話し合おうじゃない？〉

といった。話し合うという言葉は複雑だった。芙美子には大なり小なり、不快な経験を与えられている同業者たちだから、話し合えばワルクチ大会になるはずだった。毀誉褒貶《きよほうへん》というけれど、芙美子に関する限り、謗《そし》り貶《けな》す話題ばかりが多いのはわかっていた。殊にも世に出るきっかけを作ってくれた、恩人ともいうべき長谷川時雨《しぐれ》への背反は、世間には溶けぬ蟠《わだかま》りの印象を与えている。

言い出しっぺの真杉静枝自身、芙美子と衝突している。戦後、ある人の出資で静枝は雑誌「鏡」をほんの一時期だが発行していたことがある。宇野千代の「スタイル」に憬《あこが》れてのことだろう、と信子はいう。三号雑誌の称呼の例のように、ほんとに三号で潰れてしまったが、信子も座談会に乞われて出席したり、したことがある。その座談会の会場に林芙美子は自宅を提供すると買って出た。静枝は感謝してそれを受けた。ところがあとで芙美子は、

〈真杉さんて、私に無料で座談会の料理をつくらせたのよ〉

と宣伝してまわったという。平林たい子は〈みみっちい話〉だ、といっている。芙美子と友人の間にはこの種の小さな問題が多い、とも。

尤《もっと》も、そのときの静枝の提案には時が時だけに、乗る人はいなかった。が、気持の上ではあとを曳いたのか、次に集ったときには追悼気分どころではなかった。「大変なものだった」とたい子は書く。たった一人北畠八穂が弁護にまわって大奮闘していたのが印象的だったというから、誹毀《ひき》、ワルクチの大コーラスになったのであろう。しかしそれもこれも、常人のスケールをはみ出た林芙美子という作家の面白さ、といえよう。

信子は十日間の長い単身取材を終えて七月六日、やっと帰京する。帰途は宇野千代と同行で「はと」の展望車に乗った。仲のいい二人の旅は楽しかったが、列車が、

「東京に近付くと宇野さんと二人、頭がいたくなる。東京の仕事のおそろしさ」（日記、昭和26・7・6）

――超流行作家の信子、スタイル社の業務多端の千代、ともに人生の働き盛りなのだった。

それでも信子は久しぶりで門馬千代に会うのが少女のようにうれしい。母に向ってはこんな素直なよろこびが表明できなかったのに。――

「十日目でチキ（田辺注、門馬千代の愛称の一つ）のゐる空気のなかに浸るうれしさ」（同）

信子は翌日すぐ新調の喪服で林芙美子の家へ弔問に向う。おくればせながら焼香し、花を捧げたかった。

暑い日だった。芙美子は白布に包まれた遺骨の箱に納まって、その書斎の床の間に置かれていた。「純徳院芙蓉清美大姉」（納骨は八月十五日、中野区の万昌院功運寺）。遺骨の前には告別式の供花の名残りが七月の陽にしおれ切っていた。書斎のすみでは芙美子の養子の泰ちゃんががんぜない姿で、お供えの下《さが》りらしい西瓜を食べていた。お母さんは黒い単衣《ひとえ》に帯を低く締めて物静かに挨拶した。夫の手塚緑敏は、芙美子急逝の夜半のことなど委しく語ったが、〈心残りはあんなに欲しがっていた自動車を買わないうちに死んだことです〉といった。

信子は思い出す。戦後再び東京在住となったとき、映画の試写会で芙美子と一緒になったことがある。そのときも、いかにも疲れているようだったので、信子の小さい車で、彼女の下落合の自宅まで送ることにした。芙美子は自動車の買い方とかガソリンのこと、運転手のことなど、くわしく聞いていた。……健康上の必要もあったのは無論だろうが、その上に実人生の物質的充足、という欲望があったのではないかと信子は推測している。これは芙美子への親和感と別の、作家らしい洞察だろう。

放浪の子だった芙美子は幸いに世に出、大いにもてはやされ、欲しいものはすべて手に入れることができた。豪邸を建て、母・夫を持ち、養嗣子は学習院に入れ、李朝の壺、ルノアール、ローランサンの小品も備え、そして自家用車に及ぼうとしてそれは果し得ず逝ったらしい。……

「芙美子はジャーナリズムに殺された」という世評に対し信子はいっている。

「むしろ林さんがジャーナリズムの寵児の位置をいのちを懸けて死守した感もある」（『自伝的女流文壇史』）

芙美子は後進や同僚の活躍に過敏だった。岡本かの子が歌人から作家に転身して「絢爛たる大作発表の頃のある日」芙美子は信子の家へ来て文学談の折（そういうことができるのは、芙美子にとって信子一人だった）話したそうである。

「岡本さんのものはまるで七宝焼のように彩色過剰ですよ、だからわたしには心に沁みる

ところがないんですよ」(同)

信子は首肯している。信子の印象によればかの子の作品が大がかりの管絃交響楽なら、芙美子の作品は「一管《いっかん》の細き明笛《みんてき》か一茎《いっけい》の草笛に思いを託して泣くがごとくむせぶがごとく……ではなかったろうか」(同)――信子の直観的文学批評も中々のもの。

そして芙美子はあとから追いついてくる俊秀たちを振り切ろうと必死だった。追い越されはしまいかとつねにおびえていた。彼女の口癖は、

「ジャーナリズムってのはほんとに薄情なんですからね。いつ棄てられるかちょっとも油断は出来ませんよ」

信子は「この言葉を何度彼女の口から聞かされたことか!」(同)。

しかも芙美子は死の一週間前の信子らとの座談会で、二階への階段すら歩きなやみながら気焔だけはものすごく、〈この秋はフランスに行って、アジアの憂鬱を主題に書いて、向うでフランス語で出版するつもり〉と意気さかんだった。信子はそんな野心など片鱗《へんりん》もないから、

〈へえ!……〉

とただただ、芙美子の壮大な野望に感心していた。

それが何という運命の皮肉であろう。芙美子はジャーナリズムの波に乗りつづけようと、深夜、煙草を唯一の楽しみとしてペンを走らせ、雑誌のためとあればたべもの探訪まで引

き受けて体を酷使したあげく討死にしてしまう。信子のほうは思わずも『安宅家の人々』が仏・独・伊語に訳されることとなった。芙美子は野望の大きさに心身をすりへらしたのではないかと信子はいたましく思いやっている。

しかしそれもこれも、作家の業《ごう》のようなもの、信子だってつまりは同じ道すじを辿ることになるのを誰が知ろう。……

ここで林芙美子の残した業績を瞥見《べっけん》したい。

平林たい子のさきの本によれば円地文子はいったそうである。

「林さんは幸福な人ですね。失礼だけれども、実物より写真顔の方がずい分よく、実際の人より小説の方がずっとよろしい。死と一緒にわるいものは皆なくなって、よい所だけ残ることになった」

わたくしごとながら私は若いときから林芙美子のファンだった。このことは『ちくま日本文学全集　林芙美子』の解説に書いている（筑摩書房、平成4）。現在も好きな作家の一人であるにはちがいないが、若いころには見えなかったものが今は見えた、ということもある。

私が最初の本『花狩』を出版してもらったときもう三十歳だった。遅い出発だったが、初めて東上し、何もかも夢見心地であった。この小説を連載して下さったのは「婦人生活」でそれも不思議な縁だった。実は前年の懸賞募集に応じて佳作となり、小さく名が載っただけだったのを、編集部からの声で、〈どうもユニークな持ち味だから、ひとつ長篇でも書いてもらったらいかが〉ということになったらしい。私は苦労してどうやら書きあげ、何とかめでたく本になったというわけだった。東京へは全く初のお上《のぼ》りさんで、西も東も分らぬ私を、ねんごろに引きまわして下さったのは、当時の婦人生活社の社長でいられた原田常治氏だった。

氏はすべて若い作家に親切だったが、ことに女流には親切でこまやかな応対だった。現代とちがい、女流には文壇・出版社も高姿勢の風当りだったから、氏の暖かなたたずまいは嬉しく有難かった。原田氏は東京でまずどこか行きたいところはあるか、見たいものがあるか、と、吹けば飛ぶような小ムスメ（三十歳になっていても、私にはてんで貫禄というものがなかった）に、鄭重に訊《き》いて下さった。私は林芙美子の墓へ詣りたい、と告げた。

〈ふうん。あなたはおフミさんのファンかね……〉

と氏は興深げにいわれた。〈さて、おフミさんの墓はどこなんだろう……〉とつぶやかれたので私は記憶しているままに、

〈中野の万昌院功運寺とありました〉

とすらすらいった。

〈ほう！ 中野にあった⁉〉

とこのとき、氏はほんとにびっくりされたようにいわれた。私はかねて東京へ行ったらまっ先に芙美子のお墓に花を捧げようと期していたので、私にすれば当然のことなのだが。そのとき私は氏の乗用車に乗せられ功運寺に連れていかれ、氏に買ってもらった花束を供えた。お墓は立派なもの、という印象だった（作家はその死後もファンや読者が詣って、心の拠りどころとしたり、心の絆《きずな》をむすびたいので、出来得ればやはり作家の墓はあらまほしいものである）。

——それはともかく林芙美子の著書は私の少女時代からの愛読書だった。芙美子の本を空襲で焼くまいと身廻り品を取り出しても、非常持出しの鞄に入れていた女学生の私。同じくそこには吉屋信子の本も菊池寛の本もあった。『風琴と魚の町』など大好きだった。そして中年になった私は『牡蠣《かき》』や『晩菊』を愛した。

しかし老齢の私から見ると、『牡蠣』や『晩菊』は巧緻《こうち》ではあるが、これくらのレベルなら、たぶん、追い抜く後進は将来、出るだろう。後生《こうせい》恐るべし。これは一つのピークではあるが、より魅力的なピークは出現すると思う。

『牡蠣』は詩人から出発した芙美子が昭和のはじめにはもう詩が書けなくなり、小説に転向しようと志し、徳田秋聲に近付いて自然主義文学の風韻とタッチを会得しようとし、そして書いたものだ。小道具の使いかたが巧いが、いまこの頽齢の私から、〈大いなる僻言《ひがごと》〉ともいうべき私見を忌憚なく述べると、人の心を打つ作品ではない。あるお茶道具の銘に、

「出来過ぎ」というのがあるそうだが、出来過ぎてソツがない。

『晩菊』もまた、短篇の尤物《ゆうぶつ》と評価は高いが、そして中年熟年期の私（そのころには出発の遅い私も、さすがに何とか物書きの片はしにとりついていた）もそう思ったが、老境に入りそめた私からみると、もうひとつコクのない小説である。芸者あがりの老女きんは小金を貯めてそれを人に貸して暮している。怱忙《そうぼう》の戦後のこと。そこへ昔の男田部が訪ねてくる。きんは一瞬、心をときめかすが、田部は借金の無心に来たのだ。興ざめ、男に心が冷えるきん。戦後の荒廃の象徴のような田部がよく書けているが、これは平林たい子の研究によるとモデルがあり、芙美子が熱烈に恋した人であったが、のちこの男は零落して芙美子が死ぬや否や、芙美子の恋文を売りに出した。よほど金に困っていたのだろう。しかも彼は〈実名を出してもよい〉という条件で、芙美子の恋文を骨董屋に若干の金で売ったのだが、その前に彼は巧妙に自分の恋文は取り返している。「詐欺漢よりも智恵のある知能犯である」とたい子はいっている。そんな男のタチを、世間に苦労しぬいたはずの芙美子が見抜けず、恋には目が眩んで可憐な小娘になっていた。彼の恋文を彼自身が、「ほとんどお持ちかえりのようでしたけれど、また何かのお役にたてばと、一応まとめてお送りしてみます。御好意あらばまた御返送願わしくぞんじます」と、芙美子は恋文に書く（平林たい子『林芙美子』）。なんとかわいい甘ちゃんの芙美子。

　平林たい子は彼が芙美子から相当な金を借り出したと推察し、『晩菊』の田部のモデル

ではないかという。小説とはシチュエーションが少し違うが、
「二人の男の共通点には、これというとらえ所はないけれども、だらしないような、ぬけ目ないような所が争えないほど同一人らしい特徴をそなえている」
『晩菊』の田部には実在感があった。そして全篇を掩《おお》う、やりきれないニヒルの陰。戦後の読者は現実の喪失感を、かえってこの小説に救われ、癒やされ、慰められたのであろう。
――しかし歳月の波に洗われてみると、いささか輝きを失ってみえる。第一、きんに元・芸者の風合が感じられない。作者がわけ知り顔でいるのが見え見えである。

私には吉屋信子の短篇『鶴』のほうが、『晩菊』より、はるかに風韻があり、清麗高雅に思われる。芙美子は高く買われすぎ、信子は低く買われすぎである。

芙美子の短篇・中篇で余人の追随《ついずい》を許さないものといえば私にはやはり、『風琴と魚の町』・『清貧の書』だと思われる。彼女の天賦の詩才が矯《た》めても矯めてもキラキラとあらわれる。芙美子は小説を書くのに当時、七転八倒していた。『放浪記』以来、元来、詩人の芙美子が作家として扱われることになったので、急ぎ、小説の勉強をしなければならなかったのである。

詩なら十行で書き尽くせる情熱を「湯をさますようにして五十枚にも百枚にも伸ばして書く小説体と云うものが大変苦痛だったのです」（林芙美子『創作ノート』酣燈《かんとう》社、昭和22）と芙美子はいい、『風琴……』は、

「大人の童話のようなものでした」

といっているが、これは永遠の青春小説でみずみずしい。

これは私の独断だが、詩人でかつ、エンターテインメントも書けるという作家は、近代で二人しか思い当らない。林芙美子と井上靖である。『井上靖全詩集』が新潮社（昭和54）から刊行されているが、この高踏的な散文詩集に、私は井上さんが物語作家として大衆から激しく愛されたルーツを見る。『あした来る人』『氷壁』などの文学的基盤に、氏の鬱然たる詩人の才能があり、大衆はその香気に酩酊するのであった。

芙美子の『泣虫小僧』や『稲妻』はリアリズムに徹し切れないで、何となく低徊趣味の意気上らない作品であるけれど、その手重い昏《くら》さに読者はかえって慰められる。一片の詩情がいい匂いを漂わせているからであろう。

好き嫌いでいえば、その低徊的な庶民世界の短篇の中では『下町《ダウン・タウン》』が私は好きだ。『魚介』といい『河沙魚《かわはぜ》』といい、暗い作品が多い中で『下町《ダウン・タウン》』は悲劇なのに不逞な明るさを放っていて暖い。

しかし結局、芙美子の代表作といえば、私は短篇としては初期の『風琴と魚の町』、長篇は晩年の、詩性とリアリズムが美しく融合し、芙美子の持てる佳《よ》きものが集大成された『浮雲』だろうと思う。いろんな男を見てきた芙美子は、インテリだけれども元来がアナーキィな富岡という男をみごとに造型する。祖国の敗亡という運命に遭遇して呆然自失、為すべもなく、雪崩《なだれ》おちてゆく何かを手放しで見ているだけ、といった荒廃の男。
それこそ日本の敗残そのものの象徴である。

芙美子はよく日本の〈敗戦〉を描き切った。それは、彼を愛した幸田ゆき子というヒロインを鏡として反映させたから、可能だったのかもしれない。ゆき子は富岡と違って、混乱の世を果敢に生きぬく。二人は戦時中、仏印にいたのだった。ゆき子はそこで富岡と恋に落ちたのだ。美しい東南アジアの風土と恋の思い出。敗戦で内地へ戻り、一転、うらぶれた世の中でもがきまわるうちにも、その夢の思い出はフラッシュバックしてゆき子を感傷的にし、富岡を更に絶望させる。もつれ、ほどけたりしつつ、生活力のあるゆき子なのに、敗残の富岡と別れきれない。富岡が屋久島へ赴任するのは現世からの逃避といった気分であるが、ゆき子はついていくしか、ない。そして雨に降りこめられる現地の官舎でゆき子は一人死ぬ。残された富岡の慟哭。

男と女の流転を前景に、敗戦前後の日本の崩壊がそのうしろに描き込まれている。芙美子の人生、芙美子の才華《さいか》のすべてはこの一作に結実した。まことに円地文子のいう如く、芙美子の「よい所だけ残ることになった」。

私たちは今世紀の文学的収穫の中に、『浮雲』を加え得たことを慶賀したい。

さて、信子の代表作とされる『安宅家の人々』も、その年の八月二十日、毎日新聞に第一回が載った。芙美子の『めし』（朝日新聞）は連載九十七回で中絶であった。もし芙美子健在ならば、再び朝毎二紙で、二女流の花々しい競作が見られたものを。

信子は第一回の載った新聞を、書斎の陶製の観音像に捧げて無事の完結を祈った。早速村岡花子より〈キタイス〉と激励の祝電が来た。

「友情ありがたし」と信子は日記に書く。

二十二日に改造社の山本実彦の公職追放解除祝いに出席すると、宇野千代も来ていて、第一回の批評をいってくれた。

〈道の描写がとってもいいわよォ〉

『安宅家の人々』は小田急沿線鶴間駅から十分も歩く〈安宅養豚場〉付近の描写からはじまる。埃と草いきれの野道をてくてく歩いていく、伊達な身なりの若い男譲二（主人公の弟）と、それを迎える色気のない律儀な嫂《あによめ》、国子。

〈だけど人間の描写は少し甘いんじゃない？〉

〈うーん、そうかもね〉

信子は千代の批判を素直に受け入れる。千代に私心のないことをかねて知っているからだ。（人間に力強く取り組まなくては）と信子は奮い立つ。

そしてもう一人の千代——信子のパートナーたる、チコ、あるいは、チキ、は、信子のことだから間違いはないわと思いつつも、

〈ねえ、……朝々配達される朝刊に、この主人公でいいのかしら？　支障が出ないかしら、あちこちから……〉

と危ぶんでいた。

〈大丈夫、まかせて！〉

と信子は力強くいう。主人公の美青年、安宅宗一は知的障害者なのだった。しかし神のように汚れなき心の。……

信子は原題を「神人」とした如く、この青年に夢を賭けていた。

「春晝《しゅんちゅう》を遅々《ちち》と字を生む原稿紙」　信子

2

宇野千代のほめた『安宅家の人々』冒頭、描写された〈道〉を、われわれも辿ってみよう。

「――神奈川県高座郡大和町……小田急の沿線鶴間駅……積木《つみき》の家のように可愛い小駅の傍に荒物屋薬舗《くすりや》電気器具店、低い屋根を連ねて〈町〉がひとつかみぽつんと置いてある。

その町を横に見棄てて、まるでなんの関係もないように、広い道路が一筋まるで水の涸《か》れた河底のように通っている。

近くの厚木飛行場へゆききの、米軍のトラックやジープが巻きあげる砂埃で、その両脇に密生する松、杉、檜その他夏になるともりもり茂り出すさまざまの灌木の葉に灰をかぶらせたように見える。（中略）そのあたり一軒も家はなく、ただ森林地帯。東京の傍にこんな森の野原があったかと、初めてそのあたりを見る人はちょっと驚く」

――平成元年（一九八九）八月二十六日付の朝日新聞「アベニューかながわ」に、『安宅家の人々』の舞台となった農場の探訪記事がある（記事は堀江浩記者）。信子が書いたときより三十八年後の風景は――

「起伏のない住宅地は、きれいに区画整理されていた。その西隣に、松や杉の生い茂るうっそうとした林があった。林は金網によって区切られ、道路一本へだてた所まで住宅の波が迫っているのに、人を寄せつけぬ静寂に包まれていた」

現在はさらに変貌しているであろうが、大和市の北西部、厚木基地の北側にある住宅地とその隣の林が、『安宅家の人々』の舞台となった所である。

信子はここにあった岩崎農園を執筆前年（昭和二十五年〈一九五〇〉）取材している。この農園は三菱財閥の創始者、岩崎弥太郎の甥に当る輝弥が経営していた（昭和二十九年に小田急に売却するまで。のちは「子安農園立川養豚場」となる）。種豚を生産していたという。敷地は約二十ヘクタール、その一角に鉄筋コンクリート造りの豚舎六棟、倉庫、飼料室、管理棟、従業員宿舎などがあった。豚舎には運動場と水浴び場があり、飼料室とを結ぶトロッコの線路が農園の中を走っている。豚の餌を煮るためのボイラーも設置され、その煙突のてっぺんは林の上に突出していて遠くからでも養豚場の位置がわかる（信子は右のような現実のたたずまいを作中の〈安宅養豚場〉にたくみに取り入れている）。

取材に訪れた信子と、ちょうど入口の門ですれ違ったという、当時従業員だった女性の証言が「アベニューかながわ」にある。彼女、Nさんはそのとき四十二歳だった。信子は、〈オカッパ頭で洋服を着て颯爽とあるいていた〉という。この洋装はスーツとおぼしい。まだこのあたり、そして養豚場で働く女性たちの目には場ちがいな風俗に映ったであろう。

〈少女雑誌では見たことがあったけど、このへんで見る人じゃあないなあと思った〉

というのがNさんの感想のよし。

更に信子は連載開始直前の七月二十三日には保谷市の滝ノ川学園も見学している（実をいうと、その日は府中競馬場へ持馬の〈クロカミ〉の出走を見にいった帰りなのだが）。信子は知的障害児を収容、撫育するこの学園を取材して、「大いに得るところあり」と書く。故人だがこの学園の創始者、石井亮一の「尊敬すべき人となりをしみじみ知る」とも（それらはことごとく『安宅家の人々』で生かされた。尤も信子の文学者らしい観察力は冷静に働いたとみえ、「但し今は活気なし」と続けている）〈日記、昭和26・7・23〉。

実をいうとこの石井亮一は門馬千代の父の友人で、千代は少女時代、父の使いで何度か学園に来たことがある。信子はそのことを聞き、滝ノ川学園を取材したのであろう。

腹案はすでに成り、プロットは組み立てられ、悠遠のテーマに向って登場人物は動き出す。そして信子のペンに活力を与えるのは、神のように汚れなき心の主人公宗一に加えて、その彼が慕うヒロイン、雅子である。信子は〈久遠《くおん》の女性〉を書こうと熱中し出すとエネルギーがふつふつと滾《たぎ》るのであった。のちに彼女は、（ヒロインの）「幻影と朝夕起臥を共にする思いでわが精神のあらん限りを雅子に集中した」と告白している（朝日新聞「〝わが小説〟『安宅家の人々』について」昭和36・12・16、『全集』7の「あとがき」にあり）。

『安宅家の人々』を読んでみよう。

戦後の混乱期、名家・富豪の零落が珍らしくなかった時代。一代で巨富を積んだ安宅家の当主はすでに亡く、遺された事業を継いだ次男の譲二は放漫な遊び人で、とても混乱の時代を乗り切る器量はない。次々と事業に失敗して、ついに住む家にも困り、長男の宗一の経営する〈安宅養豚場〉へ身を寄せるべくやってくる。兄に分けられた遺産をアテにしているのだった。

長男の宗一と譲二は異母兄弟である（譲二は妾宅の子だ）。宗一は不幸なことに知的障害者だった。生前の父は将来を憂慮して養豚事業を経営させようとした。もとよりその能力は宗一にはなく、名義上のこと、実質の差配は、妻の国子が引き受けていた。国子は安宅家の執事の娘で、いわば主家のために犠牲になった形だが、宗一をよく守り、決してないがしろに扱わず、対外的にも夫に権威を持たせた。「自分の良人《おっと》を侮《あなど》る事は、とりもなおさず妻の自分を自分で侮ること」と思うような、聡明で理智的で、しかも農場経営者としての手腕も充分な才女である。宗一はこの妻にしっかり守られ、すべて妻に頼りきっている。

宗一は幼少から特殊児童教育の財団法人小桜学園に預けられ、学園長の故岩井篤輔氏（これは石井亮一がモデルであろう）の薫陶を受けた。誠実なキリスト者で慈しみ深かった岩井氏は撫育した宗一を評して、

「智能不幸にして普通人の標準に劣り欠陥ありといえども、性甚《はなは》だ温順、快活、愛情の念発達し、一切の邪悪の気質全く無く、他人の毀誉褒貶を意に介せず、自らを守る本能皆無にして他人の為に自己の幸福を犠牲にする宗教的観念を有す」

これを信子は説明して、「彼は怖ろしき強食弱肉の人生に、男一匹として投げ出してはおけぬ保護を要する小児性男子だったのである」。

しかし「白痴でもない、精神異常者でもない彼は、一見普通人と異ならぬ容貌どころか、たしかに美男である」。

母ゆずりの長い眉、曇らぬ黒い瞳、気品ある美男。その宗一が立派な書斎の中で何をしているか？

とうもろこしの茹でたものが机に一本ある。彼は丹念にそれを一粒ずつ取る。そして女の子たちのおはじきを数えるしぐさで、二粒ずつ、〈ちゅうちゅうたこかいな〉と数えて

ゆき、十個ずつ、ひと山に並べてゆく。遊びではなく、宗一は数学の勉強……だと、確信している。

狡猾な譲二は障害者の兄を軽侮し、いずれはこの農場も兄から取り上げ、資産も着服するつもりでいる。

そんな譲二にくらべ、彼の妻の雅子は美しくも心ゆたかに、誠実な女性だった。なぜ譲二のようにこすっからい、品性劣れる男と、高雅な雅子が結婚したかといえば戦時中の事情からだった。萩出身の玉木中将の娘、雅子と、当時、軍需工場に重点をおいた安宅家の息子・譲二は、周囲の功利的な思惑によって結ばれたのである。もっとも譲二のほうは雅子の美しさに一も二もなかったのであるが。

譲二夫婦は養豚場の一角の小さい家に住みはじめる。森林に囲まれた養豚場内の風趣、清爽な自然のうつりかわりが精緻な筆で、しかし饒舌感はなく簡素に、清潔に描写される。そのうちにおのずから、国子の性格、雅子の人柄、それにからむ宗一の肖像があきらかになり、それはやがて息もつかせぬ人間ドラマになってゆく。〈安宅家の人々〉は顕《た》ちあがり、あるきだすのである。

国子はなるたけ、夫を人前に出すまいとしている。人なみでない夫を庇い、夫を嗤《わら》いものにしたくないと緊張しつづけ、心は硬ばっている。

雅子は義兄の不幸な生れつきについて仄かな知識はあった。しかし近くに住むようになってはからずも義兄のたたずまい、そのやさしい神のような心に触れる。そのきっかけは偶然、雅子が鳩時計を贈ったことだった。宗一は無邪気に驚喜する。宗一は国子から、義妹といっても元来他人なのだから、心を許してはいけない、侮りを買わぬよう、言葉も極力交さぬように、とあらかじめ釘をさされている。しかし鳩時計を貰ったうれしさに、宗一は無防備に心をひらいてうちあける。秘密やかくしごとのできぬ生れつきであるゆえ。

……

「ぼく国子がついていてくれなければ、ずるい人たちにだまされて財産を取られて乞食になってしまったかも知れない、国子はぼくの奥さんでそしてママで、家庭教師で、そしてこの養豚場の支配人でよく働いて、ぼくを守ってくれるんです、だからぼく国子のいうことは、なんでもよくききます」

雅子は涙ぐんでしまう。彼女の心に国子の奮闘の人生への思いやりとともに、義兄の素直さへの愛憐がみちてきたのである。

「ぼく、国子がいてくれなければ駄目になるんです。国子が頭の弱いぼくをいやになってどこかへ行ってしまったらどうしていいか、わからない、国子はぼくが気が付かないで、うっかり人の前でばかなことをいったりすると、とてもいやがるんです。『私ははずかしくて、もう御一緒にはいられません』て――ぼくはそんな時、泣きたくなるんだ……」

雅子のほうが涙がこぼれそうになる。この神より弱い男に、そんな残酷なことをいうなんて。——しかしそう振る舞う嫂もあわれと思う。……雅子は、〈それはお嫂さまのご冗談よ、ご心配なさらないで〉と慰めずにいられない。

「ぼくね、でも国子に叱られるの、とても怖いんだ。ぼく国子が機嫌が悪いとちぢまってしまうよ——そんな時、ぼく、夜中でも眼がさめると、隣のベッドに寝ている国子が、どこかへ行ってしまったかと心配なんだ、『国子国子』って呼ぶの——『貴方《あなた》どうなすったのです』って、国子が声かけてくれると、やっと安心するんだ……」

雅子はこれ以上、義兄夫婦の生活の内側をのぞかせられるのが苦痛で、さりげなく辞去したが、何だか月世界から来た不思議な男と話している気がした。

「この世の卑俗を、人間の小智恵のいっさいから切り離されて、なんという純粋な無垢な——嬰児《みどりご》のような魂を持つ義兄だろう……雅子は全身ゆすぶられる気がした。そして彼の妻の国子は、あまりに世間の外側への虚栄心のために、良人の愛すべき魂を見失っていると思えた」

雅子はいじらしい童子のような義兄の精神生活に、何か役立つことをしたいと思う。それがひいては嫂・国子への協力になると考える。

テニスやピアノを義兄に教えているうち、宗一は妻にはない雅子のやさしさに惹かれてゆく。国子はそれを察して愕然とする。雅子が義兄への同情から、そして国子を側面からそれとなく援けるために、宗一にやさしく接してくれるのだ、と、怜悧な国子にはよくわかっていた。それでもむらむらと湧きあがるのは思いもかけぬ嫉妬であった。あの、人なみでない夫を、妻として看護婦として、家庭教師として庇護してきた代り、夫から世界中でただ一人の女性として信頼され、より縋《すが》られ、母のごとく慕われていると思っていたのに。国子は鏡を見る。――激しい労働に、髪もそそけ、頬もやつれた姿。美しく若々しい雅子にくらべて……。

　国子は雅子を宗一から遠ざける。雅子を慕う宗一を書斎に閉じこめてしまうのである。

　譲二は事業の失敗後、養豚場の事務長として働いていたが、若い従業員を煽動してストライキを起した。雅子はその黒幕が夫の譲二だと知る。飼料倉庫にたてこもるストライキ団にりんとして雅子は声を張る。いまは夫の譲二より、嫂の側に立つ雅子だった。

「みなさん――私も安宅家の者の一人としてお願いします。皆様の御希望――は、お嫂様にも必ず考えていただいて、改革することはします、ですから、もうしばらく忍耐強く、お嫂様と協議を重ねることになすって、事の成否のはっきりするまで、御自分たちの大事な職場を棄てずに、各自責任は立派に果していて下さい、これが単に機械の運転というならともかく、豚は生命のある動物です、それに飼料を与えぬというストライキ戦術は人間として無慈悲な無残な恥ずべき行為ではないでしょうか」

　従業員はいう、奥さんの旦那さんだって我々の立場を理解してるんだよ。雅子はたじろがない。

「譲二がどう考えようとも……それは私は知りません、私は私として、お嫂様の立場をこそよく理解しています」

雅子は、豚の世話、農園の経営に心を砕く嫂の日々の生活を若い心にしっかりと見知っていた。譲二は陰では〈執事の娘のくせに〉とか〈国子のやつ、玉の輿に乗って、兄貴の頭が足りないのをいいことに尻に敷いて女将軍のつもりでいるんだ〉などという罵詈《ばり》を洩らすが、それについていつかしら夫に反発し、批判するようになった雅子だった。雅子は必死に従業員らを説得する。

「貴方たちはお嫂様に対して、要求も希望も、おっしゃりたければなんどでも、解決のつくまでおっしゃればいいのよ——それも試みず折角自分たちで守りあげたこの養豚場を荒してしまうのは、自分の職分を自分でいやしめ軽んじることじゃなくて？……お嫂様が皆さんにだけ労働させ、御自分は白い手をして享楽の生活など送っていらっしゃらないことは誰よりも貴方がたが、よく見て御存じでしょう……朝早くから夜まで、いつでもお嫂様は先頭に立って苦労をいとわず皆さんと一緒に働いていらっしゃるのよ！　世の常の資本主とかいうものの観念とよほどその点ちがいましょう——それわかって頂戴……そして今日のこんなことが、お嫂様にどんなひどい打撃と失望だったか……考えて頂戴……」

罷業はくいとめられたが、安宅家の身内としては避けがたいしこりが残った。国子は譲二夫婦の立ち退きを求め、譲二は憤るが、雅子は嫂のいうのも尤《もっと》もだと思う。傷心の身をひとり故郷の萩へ戻った雅子はもうはっきり譲二と別れる決心をしていた。

萩にいる間、雅子は父と父の友人の案内で秋芳洞を見る。その間、雅子の考えているのは義兄の宗一だった。今こそ思う、森の中の養豚場に住み始めてからの生き甲斐は、宗一だったこと。……いたわりかばい、テニスやピアノを教えて宗一を喜ばせるのが、どんなに自分にとっていきいきした張り合いだったか。

雅子は帰りたい、と思った。あの、神と人の間のような義兄のいるところへ。……

そのころ宗一もまた、雅子のまぼろしを求めて農園の森をさまよっていた。宗一にはその思慕が恋だとは知らない。雅子を求めてラケットを振る。草深い中に球は没し、それを求めて入った宗一はつまずいて、もんどり打って転倒する。そのまま身じろぎもせぬ彼の顔に、鼻腔と口から鮮血がほとばしった。

通夜の席へ、雅子は父とともにかけつけた。弔問客や夫の譲二にも目もくれず、〈お嫂様〉と呼びかけ、二人は相擁して嗚咽する。やがて宗一の書斎へ雅子をみちびき入れた国子はいう、宗一の急死以来、誰よりも待っていたのはあなたでした、と。

「貴女《あなた》となら一緒に手を取って泣いて、私の気持がわかって下さる世界でただ一人のひとですから……」

国子は夫が急死してからはじめて気付く。なぜ私はあの人の好きなこと、したいことを心ゆくまでさせてあげなかったのだろう。……雅子は慰める。お嫂様はよくしておあげになったわ。お義兄《にい》様は幸せでしたわ。……

「ちがいます！ 主人は貴女を好きでした。主人に生れてはじめて女の美しさや優しさを覚えさせ男の恋を知らせたのは、雅子さん貴女でした……妻の私はそれを知っていました！」

国子は泣き濡れた顔をあげる。

「雅子さん、私はいま死ぬほど後悔しています……なぜ私は、主人に心ゆくまでピアノを習わせ、貴女とテニスをさせ、そして、そして——貴女に優しくいたわっていただくようにしなかったのでしょう……あ、あの可哀想な人にそれも許さぬ私は……鬼でした……」

国子は慟哭する。

葬儀のあと、遺産相続をめぐって争いとなるが、国子は養豚場一切をあげて、亡き夫の学んだ特殊教育の小桜学園に寄贈する決心を告げる。自分もそこの保母《ほぼ》の一人となり、「良人にそそいだ愛を、たくさんの生徒に献《ささ》げてこれからの一生を送ります」。

雅子はそういう国子に、〈私もご一緒に、ここの分校の保母にさせていただけません？——玉木雅子にかえって。亡くなったお義兄《にい》さまの為に……〉。

『安宅家の人々』は長篇とはいいながら他に比べて短いもののほうである。舞台も、彦根や京都、萩とワンシーンずつ挟まれているものの大半は養豚場内であるが、内容的には多彩で波瀾多い。そしてここでも玲瓏《れいろう》と唱いあげられるのは女性の聖性である。

世俗を代表する譲二に対応して、国子の妹の次枝というのが登場する。これまた抜け目ない悪がしこい莫連女であるが、ワルの二人の描きかたはやや類型的といえよう。しかし国子の存在感は、宗一という不思議な人物の設定によって実に重い印象である。付随して雅子も、これはなみの小説なら「あまりに女主人公を美しく御立派に九天の高きに持ち上げ過ぎる」（朝日新聞「〝わが小説〟『安宅家の人々』について」昭和36・12・16）といわれるところだが、これも宗一という反射鏡のおかげで、充分実感せられ、読者を酔わせる。

信子は聖性を持つ女人に対抗する男は、もはや神と人の間のような存在になってしまう、と示唆したいのかもしれない。ともあれ、国子と雅子は相嫁同士ではなく、ラストはただ二人の女性として理解し合い、相擁して泣く。国子の悔悟、雅子の共感。二人はこのとき、二人の聖母マリアになっていた……構成も緊密で渋滞がなく、満を持して放った作者の気魄が感じられ、大衆小説の枠を脱した佳篇である。

この小説は完結後、マリー・バタイユ夫人の仏語訳でパリのストック社から刊行され、次いでデンマークのステーマン夫人の同国語訳でコペンハーゲンのダンスク社から刊行された。信子はそれを誇りにもし、この作品は信子のそれまでの生涯で、最も愛する作品二つのうちの一つとなった（他は『良人の貞操』。右の朝日の文章による）。

戦後の文学復興期、信子自身の、再起を賭けた挑戦は成功したといってよかった。障害者に対する社会の認識や理解はまだ稀薄な時代、あえてそれをテーマに挑んだヒューマニズムも、外国の読者に共感されやすかったのであろう。

この連載は昭和二十七年二月に完結し、五月には早くも大映で映画化された（監督・久松静児）。

私はこれをリアルタイムで観ている。冒頭安宅宗一に扮した船越英二が二階から下りてくる。この役者さんは元来、飄々とした持味の人だが、ことにもこの、〈神と人との間〉というような無垢な魂の、知的障害者という役所、まことに絶妙の演技で、いまだに忘れがたい。巧いなァ……と舌を捲いた記憶がある。

国子に田中絹代。けなげでしっかり者の処女妻。生硬で律儀な役を田中も好演している。

雅子は百万ドルの笑くぼ、とうたわれた若く愛らしい乙羽信子。田中絹代と乙羽信子はこの時期、よく共演している（「お遊さま」など）。

この映画が好評だったのも信子には嬉しいが、五月、短篇『鬼火』で第四回女流文学者会賞を受けたのも更に嬉しかった。ただ欲をいえば、精根こめた長篇『安宅家の人々』で受賞したらもっと嬉しかったろう、と思われた。そのときの候補作品推薦のアンケートに瀧井孝作が、

「目下連載中ですが、『安宅家の人々』」

と書いていたのには、信子には「飛び上るほど嬉しかった」——新しいタイプのエンタ

ーテインメントの誕生を瀧井は予感したのであろう。社会的反響も大きく、〈美男美女を主人公にしなければ新聞小説は当らないという俗説を破った〉ともいわれ、〈安宅宗一はドストエフスキーの『白痴』のムイシュキン公爵を思わせる〉ともいわれた。

　しかしながらこの年、悲報もあった。長年の友、久米正雄が三月一日、夕食中に脳出血で倒れて亡くなったのだ。閏《うるう》年の早春。

　久米とは家族ぐるみのつきあいだった。美しい艶子夫人とともに遊んだパリ。戦時中の鎌倉。B29に東京の家を焼かれて鎌倉へ逃げこむと、もとから鎌倉住人だった〈久米さん〉に暖く慰められた。

〈しばらく筆を休めて休息するんだね。こんな時代がいつまで続くものか〉

　作家の集る宴では、興たけなわになると〈久米さん〉は必らず〈わたしのラバさん酋長の娘……〉と歌いながらハワイのフラダンスのような腰つきで踊った。〈久米さん〉のあるところ、百燭光の明るさだった、と信子はいう。

　しかも何をしても「万年大学生の知的なひらめきは離れなかった」と。洒脱で陽気で派手好きで、しかも暖い肌ざわり。……

　お通夜は文人こぞって集り、割れ返るようなにぎやかさだった。こんな時こそ〈久米さん〉は「私のラバさん」を踊りたかったろうと信子はせつない。

　信子たちは火葬場に向う棺につき添った。

大佛《おさらぎ》次郎がぽつんといった。

〈ぽっかり穴があいた感じでさびしいね〉

信子の舌禍事件といわれるものがこの時期ある。尤も信子は自分では〈舌禍〉とみとめず、直言が誤解された、として反駁している。

昔、『女の友情』を読みもしないで酷評した小林秀雄に対して面詰した気概は失せていない。

そういえば平林たい子も昭和二十四年に『日本共産党批判』を発表し、反進歩的、反共的立場に転じて、昭和三十五年の安保反対闘争（日米の安保条約によって日本は再軍備を強化し、その結果、過去のように言論・学問・思想の自由を阻まれるのではないかと一部進歩派文化人は憂い、一般大衆も日米の軍事的相互防衛関係が強まることで、再び日本が戦争に捲きこまれる危険はないかと不安感をもち、広範囲の反対運動が拡がった）や昭和三十八年の原水協（原水爆禁止日本協議会）の分裂について率直に批判し、物議を醸《かも》している。

（原水協は原爆を受けた日本にとって保守革新を問わず結成された運動であったが、次第に政治色が濃くなり、ついに昭和三十八年分裂する。社会党系が〈一切の核実験反対〉を主張したのに対し共産党系は〈帝国主義国の核実験と、社会主義国の核実験を同一視して

はならない〉と譲らず対立、分裂したのである）

作家の苦言や直諫《ちょっかん》は歯に衣きせぬだけに往々大衆の感情的反応を引きおこしやすい。この時代、進歩的文化人の指導力は強く、現実直視の冷静な判断をもつ人は口をつぐむことが多かった。

　信子の事件は昭和二十八年三月号の「婦人公論」「吉田首相を囲んでの午後」なる座談会での発言である。出席者は信子、西崎緑（日本舞踊家）、木暮実千代《みちよ》（映画女優。「帰郷」その他でいまもファンが多い）、それに首相令嬢の麻生和子氏。――この顔ぶれでわかるように、吉田茂首相に向って、おめず臆せず活発明朗に発言しているのは、ほとんど信子一人である。信子このとき五十六歳、ほっそりして洋装である。吉田首相は例によって和服、西崎緑も着物姿。一人、首相のうしろに起つ麻生和子さんはすっきりしたスーツ姿で美しい。

　冒頭、信子は首相に話しかけて笑い声をあげさせ、早くも一座に和やかな空気をもたらす。

「吉屋　わたくし吉田首相という方をよく存じ上げなかったのですけれど、去年の秋でしたか、国会である議員が、日本の女性は戦争後たいへんお行儀がわるくなったとか頽廃的だとかで、女子の教育をしっかりしなくちゃいけないというようなことを仰有《おっしゃ》った、そうしたら首相がお立ちになって、日本の女性は男子よりいいと思う（笑声）、むしろ教育す

べきは男性である、とおっしゃった、あれから私は吉田首相を認めました。（笑声）
吉田　（笑いながら）それはありがとう」

吉田首相は〈日本女性はすぐれている〉とマッカーサーにも力説したという（田辺注、マッカーサーは昭和二十六年解任）。

マッカーサーは〈日本人は勤勉だ、その証拠に何より婦人がよく働く〉という。吉田首相は女はよく働くが男はどうだか怪しい、というと、マッカーサーは、そんなことはない、婦人の家庭教育のせいだ、おっ母さんがいいから子供が働くんだ、だからこそ、日本は復興できたのだ、といったそうである。

信子はたしかに女性の労働は男に比べて大変なもの、それにしては与えられるところ少い、歓びが少い、と訴えている。ひとしきり女性礼讃論が続いたあと、信子は大胆に切り出す。

「吉屋　私ずいぶんいろいろ考えて、戦争はいやだったのですけれど、再軍備やむをえないと思うんですの。日本じゃ平和論とか絶対軍備反対とかいえば何か知識人のように思われるので虚栄心から申しますが、私そうは思わないのです。日本だけが軍備を撤廃しても仕方がない」無防備の中立は成立しないと信子は思う。

昭和二十七年四月に占領は終り、対日講和条約が発効して、日本は独立したが、アメリカの極東軍事戦略に組み入れられるのではないかと国民は危惧し、独立祝賀気分などなかった。その年のメーデーは突然の警官の攻撃で血のメーデーとなった。「再軍備反対」「戦争反対」のプラカードが多かった。共産党は武力革命をめざし、火災壜騒乱事件が頻発する。警察予備隊から保安隊が誕生した頃。基幹産業のストは相次ぐ。そんな時代背景での信子の発言だ。〈軍備するなら堂々とすべき〉と主張する信子は、

「勿論それは侵略するためのものではなく、平和を守るために」

と強調している。対して吉田首相の弁。

「吉田　まあそれはいろいろ議論はありましょうが、われわれの考えは、今のお説のとおり日本の独立の安全、民族の安全というものはこれは自らの力でいたすべきもので、よその国の力によって、いたすべきではない、これは当然の話。しかしながら同時に、国民が軍備は必要だという気持にならなければ、その気持なくして軍備してはいけない。だからあまり急ぐことはない。しかし国民が軍備の必要を感じ、独立して真に国民の手で国を守るという観念ができて、しかる後に軍備をしてゆかなければいけないと思います。今日《こんにち》はまだフワフワしていてそこまで行っていないです。（後略）

吉屋　そうです。精神が抜けております。

吉田　精神がない。

吉屋　そうですわ、自分の息子を喜んで国の楯に捧げることに誇りを感じなければ……。

吉田　その誇りを持たなければ軍隊持っても軍隊になりませんから。軍隊は大砲でもな

ければ鉄砲でもない、ほんとに精神が大事だと思います。お話のようにそれを名誉と考える、誇りと考える気持ができないと……。
吉屋　ええ、ただ過去の軍隊はたしかに非人間的で、人間性を抹殺したのですし、いろいろひどいことをしました。ですから、過去の軍隊がそっくりいまの日本にできるのではないことをはっきりさせなければいけませんね。近代の軍隊はどうあらねばならないか、過去の軍隊の悪弊とされたものを一掃して、こんどは公正な軍隊をつくるのだということを納得させなければ……」

更に信子が真に言いたかったのは次の意見である。

「吉屋　過去の軍隊が悪かったことは、日本の国全体に窮屈な封建的な、権力を持った者が下の者の人間性を虐殺するような思想があったからです。国民の生活にそれがなくなれば、軍隊だってよくなるのではないでしょうか。私そう思います。対人間的な、人格を重んじることが家庭にも浸み透っておれば、軍隊だってどこだってそうなるのです」

——これを唱《い》う信子の脳裡には、萩の武家育ちの母・マサの、極端な男尊女卑思想で固まった家庭教育、横暴で女性蔑視の兄たちに虐げられ、反発と憤懣のみを育ててきた少女時代の思い出があった。それがひいては日本の家庭の、いわれない女性差別視への公憤となっている。だから彼女の社会観は机上の空論ではないのだった。国民にプライドを、と思う気持での発言だったが、たまたまその中の、「自分の息子を喜んで国の楯に捧げること誇りを感じなければ」という部分が、ある種の人の心を逆撫でしたであろうことは想像にかたくない。朝日新聞への一主婦の投書を「天声人語」がとりあげたことで、ニュースとなった。しかし主婦の投書はいささか、女にありがちの的はずれのねじこみかたに逸脱している。

「母になったことのない吉屋さんが、人の子をあっさりと心易く楯にささげよと世の母親たちに要求されますが、これを迷惑と抗議するのは間違っていましょうか」。この主婦は応召された夫が病患を得て復員したのを八年来看とり、息子二人は「命にかえても戦争にはやらぬと心にきめ」ている。「吉屋さんも何とかして男の子を生んで下さると、この気持がわかって頂けると思います」

　これに対し、ただちに信子は「声」欄で反駁する。

「私が再軍備論で触れた点は、あの無残な敗戦で、国民に国家と民族を身命をかけて守る精神が喪失している、その精神が形の軍備よりも先決問題だと申しのべたのです。その精神が過去の盲従と違った国民各自の認識からわきあがらねば致し方ないと信じているからです。何故なら、あの一主婦のような心境を数多く私はきもにきざんで知っていたからです。それであの一言が出たのです。あの問答のすぐ後に私の言葉が活字になっています。『過去の軍隊は非人間的で人間性を無視し、ひどいことをしました。ですから過去の軍隊がそっくりいま出来るのでないということをはっきりさせねばいけません……』と。その全部をあの主婦は読まれたのでしょうか。座談会の内容はただ一節の言葉だけでは結論が出ません。私が男の子を持たぬからとの形の上の盲点を突かれたのは、いささか投書された一主婦の女らしい狭いお考えと思います。子を持つ母の切なる愛情が、少しもわからずに筆をもつほど文学の道は甘っちょろいものでしょうか。実子は愛しても、継子は愛し得ぬ悲劇の起る中に、戦災孤児や精神薄弱児の収容学園で、子を持った経験もない若い保母たちが、献身的にそそぐあの深い人間愛につながる広義な母性愛の発露の姿を一度ごらんになって下さい。私は一主婦に新しき認識の生じるのを祈るや切なるものです」――信子は『安宅家の人々』での取材を思うて書いたのであろう。私のカンではこの投書主婦は信子の読者ではあるまい。

3

敗戦後十年。この前後、逝った信子の知己友人は多い。苛酷な戦時中・終戦直後の苦難を乗り越え、ほっとしたところで斃《たお》れたのであろうか。

宮本百合子の急逝は昭和二十六年一月二十一日だった。

百合子は終戦後、たかだかと凱歌のような作品を発表しつづけた。湯浅芳子との濃密な〈同性との同棲生活〉を断《た》って、共産党の闘士であり、プロレタリア文学の評論家だった宮本顕治と結婚する。宮本は治安維持法に触れて投獄されるが、非転向を貫いて、終戦後釈放される。網走刑務所から帰ってきた宮本は「凱旋の感じ」で、「それを迎えに行く百合子さんに春は立ち返った」と信子は書いている（『自伝的女流文壇史』）。

　戦時中は執筆禁止など百合子にとって長い隠忍の時代だったが、宮本が獄中に在って転向を肯《がえ》んじなかったように百合子も戦争に狂奔する国と軍部への批判をかくし持って動じなかった。敗戦によって共産党は合法政党となり、拘束された党員たちは解放された。

　一陽来復、百合子は『歌声よおこれ』を、終戦年末の「新日本文学」準備号に書く。そして『風知草』『播州平野』『二つの庭』『道標』……堰《せき》を切ったように百合子は書きに書く。しかし百合子に残された時間は僅かだった。

　信子は百合子に対し、少なからぬ親愛とある種の情感を持っている。右の『自伝的女流文壇史』では「白いおでこの印象――宮本百合子と私」でその長い交情を（といっても、信子の側からの一方通行かもしれないのだが）感慨こめて書く。百合子が大正五年（一九一六）いち早く『貧しき人々の群』で文壇にデビューしたとき、当時の文学青年子女はどれほどショックと羨望を感じたかわからない。信子は百合子より三歳年長で、やはり作家志望があったがまだやっと少女小説にとりかかったばかりだった。しかし百合子の成功がよき刺激となって、信子を奮起させ、その三年後、朝日新聞の懸賞小説を書かせたといえるであろう。

はじめて百合子に会ったのは昭和二年、信子も文壇デビューを果して、そろそろ売れっ子作家の仲間に足を入れかけたころ。初対面の信子は、百合子に歯切れよく、

〈わたし、あなたに好意持ってるのよ〉

といわれてしまう。……（現代感覚でいえばこれはご引見《いんけん》賜わった貴人のお言葉のような匂いがしないでもないが、それゆえにこそ信子が何十年も忘れかねたセリフであろう。しかしそこには悪意はないと信子は気付いている）

奇しくも、信子と門馬千代が外遊したとき百合子と湯浅芳子にモスクワで会っている。モスクワ駅で二人に見送ってもらった。そして翌年はパリで再会。帰国後はまたもや百合子と湯浅芳子は二人して、下落合の信子の家を訪ねている。

しかし戦時中の暗い谷間の時代、信子は全く百合子に会っていない。新聞の写真で見るばかり。その写真では信子はおどろかされた。

昔は洋装だった百合子が小母さんじみた着物すがたで、しかも〈でっぷりふとられた〉――しかし特徴ある彼女の白いおでこは、いかにも叡知に輝いて健在だった。

信子は戦時中の百合子のエピソードを紹介する。〈文学報国会〉なるものが内閣情報局の命令で創られたとき、その会の編集で時局にふさわしい作品を集めて刊行されることになった。

百合子も一篇の作品を送った。それは原稿を依頼されたからかどうかはわからないが、

百合子がかねて懐抱する信念と、〈文学報国会〉の理念とは背馳《はいち》するはずである。果して、百合子の作品は、この時局下、活字にしがたいとかで送り返された。予想された反応だが、百合子としては、

「みんなを離れてただ一人穴に閉じこもっているようでたまらなかったから」（同）

とのちに説明している。信子は感動する。

「わたくしはその百合子さんの当時の気持にほんとになつかしい人間的なものを感じて涙ぐましかった。あのひとにもそんな弱さが時としてあったということは、かえってそのひとの魅力の気さえした」（同）

昭和二十六年一月、信子は京都の淀の競馬場へ行った帰りの寝台車の中で、新聞を拡げて百合子の急逝を知る。

戦中戦後、交りは中断していたが、しかし宮本百合子は、信子の心の中ではやはり抜きがたい文学の僚友であった。寒い告別式に、信子は出かけていった。一月二十五日、本郷動坂《どうざか》の中条邸。かつて娘の信子は、その邸と背中合せになる駒込林町の忠明兄の家に同居していた。『貧しき人々の群』の処女作で一躍文壇に出た天才少女の生家の門を、〈羨望の限り〉と思い、やるせない憂悶に包まれながら、わざわざ信子は眺めにいったものだった。

……

広い邸内は人の渦で、いろんな弔問客に会う。棺は赤旗で以て掩《おお》われていた。焼香中も

マイクで故人の経歴を讃える声が、鉛色の冬空のもとにひびきわたった。

宮本百合子を語るには、自分より湯浅芳子さんや佐多稲子さんが適任であろうが、と信子は書く。

「けれどもわたくしもまた私なりに宮本百合子そのひとからじぶんの生涯に何かを受けている。忘れ得ぬひとである。そして女流文壇に一つの異色ある大きな足跡を残した作家である。そのひととあるひととき交わりのあったことをわたくしは幸福に思う」(同)

——例によって忌憚なく私見をいえば、私個人は、宮本百合子の『伸子』に若い日、魅了されたものであった。この作品は傑作だと思う。殊にも若い文学志望少女を刺激し鼓舞し、〈目から鱗がおちた〉思いにさせるものだ。挫折した結婚、夫婦の越えがたい人生観、生活習慣の溝、苦悩の中から自我を守り、育てあげてゆくヒロイン。怜悧で情感ゆたかな娘が、陰気で変哲もない中年男に惹かれてゆく。娘はイメージをあまりに自分の思うようにふくらませてしまったのである。男の、神秘的にさえみえるアンニュイな気配は、ただ人生と社会に疲れた生活のシミだったにすぎない。男の化けの皮はどんどんはがれてゆく。

——といって男が悪いのではない。〈伸子〉が恣意的に思い描いた〈あらまほしい〉虚像だったのだ。……

若いときの私には、伸子の失望も悔恨もよくよく、身に沁みてわかり、面白かった。共感すること、感動すること、ひととおりではなかった。

いま人生の終りに近付いて『伸子』を読んでもやっぱり面白い。――そのわりに、大作といわれる百合子の『道標』になんの感動もないのはなぜだろう。私は、ヴィクトル・ユーゴーを評した芥川龍之介の皮肉を思い出す。「全フランスを蔽ふ一片のパン。しかもバタはどう考へても、余りたつぷりはついてゐない」（『侏儒の言葉』）

昭和三十年に真杉静枝が逝った。

昭和のはじめ――信子が真杉静枝にはじめて会ったころは、静枝は武者小路実篤の愛人で、つつましやかな、清楚な美女だった。美女好きの信子はいっぺんに好きになってしまった。事実、武者小路から愛されていたころの静枝は〈女の幸福〉にみち足りて、いかにもやさしげで、それでいて控え目だったから見る目にも好ましかった。明治三十四年（一九〇一）福井生れ、父の仕事の関係で台湾で育ち、若くして結婚に破れ、大阪へ逃げて自活していた。武者小路と知り合ったのは、新聞記者をしていたころで、のち別れてやはり作家の中村地平と同棲していた。静枝は文学で身を立てたい宿望があった。最初の創作集『小魚の心』はタイトルのように、つつましやかな、いじらしい女心が描かれた佳品でもあり、結局、これが彼女の代表作であろう。

日米開戦のころから静枝と中山義秀の仲が人々の口にのぼるようになった。中山は昭和十年代半ばから旺盛な作家活動に入っていて『厚物咲《あつものざき》』『碑《いしぶみ》』など、高い評価を得、また一般社会人にもファンの多い、人気作家だった。清冽《せいれつ》な骨格の大きい小説で、ある種のにがみがよく効いて、小説にこういう評はどうかと思うが、いうなら〈男らしい〉小説だった。当時、少女だった私も、〈義秀さん〉の作品は好ましく、愛読した。

中山義秀は先妻を亡くして二人の遺児を福島の母にあずけ、独居していた。信子は真杉静枝には女臭い〈英雄崇拝〉の傾向が強かったという。文壇の大御所、武者小路もそれだったし、戦時中の作家の戦地慰問では、そこでいろいろの配慮を受けたある将官に、熱を上げた。

〈ほんとうに立派な偉いかたよ。東条さんのふところ刀よ〉

東条さんとはむろん、戦時中の昭和十六年から十九年まで首相をつとめた東条英機陸軍大将のこと（東条は戦後、戦犯として刑死）。

そして『厚物咲』で芥川賞を得、精力的に佳篇を発表している中山義秀のことを、

〈中山義秀ってこのごろ日の出の勢いね〉

と信子に静枝は耳打ちし、信子はそれも彼女の〈英雄崇拝〉熱のせい、と思っていた。

そのころには静枝は信子になど人生相談はもちかけなかった、と信子はおかしそうに書いている（『自伝的女流文壇史』「小魚の心」）。

静枝は変貌していた。もう昔のつつましやかな気配はかげをひそめ、男から男へ渡り歩く逞しい女の貫禄を備えていた。中山義秀とのことでも、『色ざんげ』を書いた情理《わけ》知り

の宇野千代あたりには打ちあけて相談していたらしいが、信子などは、
〈かわいそうな万年少女の哀れなるものよ〉
と軽侮していたらしい。あるとき宇野千代の家で麻雀の卓を囲んだとき、（宇野千代といい森田たまといい、女流作家には麻雀好きが多かった）静枝は信子の下手さに呆れて、
〈あなた、まだ幼稚園のお子さんよ、ヒヒヒ……〉
と笑った。

それは麻雀についてだけではない、男女の機微、恋の蘊蓄《うんちく》について（それはつまり人生そのものについて、というに等《ひと》しいではないか）信子は〈お子さまランチ〉の段階であると諷されたように、信子には聞えた。

その判断のもとになる人生への姿勢が、信子には好ましくなかった。
（真杉さんは、私なんかとは次元のちがう女《ひと》になってしまったわ……）

信子はそう思って悲しみ、以来、彼女との友情は薄れていった。

しかし静枝と中山義秀との結婚披露には招待された。昭和十七年、もう食糧もおいおい窮屈になっていたが、目黒の料亭での料理はなかなかのものだった。中山はいつもの蓬髪《ほうはつ》だが、紋付に袴《はかま》で堂々としていて、静枝は幸せそうだった。崇拝する男性の、妻の座をやっと手に入れたのだ。――しかしそれも長くは続かなかった。

東京空襲が激しくなり、信子が鎌倉の大仏裏の家に移ると、中山一家も同じく鎌倉・極

楽寺に疎開してきた。偶然に同じ町に住み、いつとなく静枝とまた往来がはじまった。

　中山家には先夫人の遺児の、もう大きい兄妹が引きとられていた。折からの食糧難の頃（どこの家でもそうだったが）、主婦は日々の食事の調達に血まなこだった。静枝にそういう世俗的才覚があればよいが……中山にはさまざまな不満も噴出したであろう。実をいうと信子も真杉静枝を嗤えない。日常生活力はほとんどなく、門馬千代が采配し奔走してくれたから、食糧難の時代ものりこえられたのだ。静枝は静枝なりに買出しの苦労などを信子に語ったというから、できる限りの努力はしたのであろうが、……何しろ食糧の徹底してない時代だった、ひとにぎりのメリケン粉、三、四個の馬鈴薯、配給のひとつまみの岩塩、何合かの米、萎れた青菜、……そんなもので何人かが何日を過ごさねばならぬという時代。現代では想像もできない食糧難の世の中で、義理の仲の家族関係は軋《きし》みやすかったろう。……

　決定的に中山と静枝の仲が壊れたのは、静枝の実家の家族が台湾から引き揚げ、静枝を頼って極楽寺に別に一家を構えてからだった。

　静枝は実家の家族も抛《ほう》っておけず、しばしば世話のため家をあけ、中山の憤懣を助長した。昭和二十一年、二人は協議離婚する。

　そののち信子の家に静枝はあらわれなくなった。進駐軍将兵を招いたバザーや慈善舞踊会の利益を、戦災孤児の施設に贈るなど、静枝は文学よりも社会活動にエネルギーをそそいでいるらしかった。

静枝は原爆少女たちの治療のために尽力したことも人々に記憶されているが、信子はそれは書いていない。——昭和二十八年の世界ペンクラブ大会がダブリンで開かれたとき、静枝も日本代表の一人として出席することになった。このときは静枝の節度のない行動が一行の顰蹙《ひんしゅく》を買ったと伝えられた。静枝が化粧に手間取ったり、強壮剤を注射したり、で、時間や約束にルーズで、ついに一行が汽車に乗りおくれたときも、平然として、

〈日本のペン代表のため次の駅で汽車を待たせて置くよう、駅長に電報打ちましょう〉

といって一行の男性作家を唖然とさせたりした。

それを伝え聞いた信子らは〈真杉さんが髣髴《ほうふつ》とするわ〉と笑ってしまった。少しずつ少しずつ、世間の規矩《きく》から逸《そ》れ続けてゆく真杉静枝という〈女〉の本体を見馴れ、いまでは〈彼女らしいじゃない〉と笑い過せるようになっていた。

その後は杳《よう》として消息を聞かなかったが、宇野千代から、彼女が甥の家で病んでいるというニュースを聞く。信子は心を痛めて、ささやかながら見舞の金品と見舞状を送ったが、一片の返答もなかった。不幸な状態の中でみじめな便りを書きたくないという彼女の気持もわかるので、そのままにしておいた。

しかし信子は女流文学者会の会長という役割もあるので、そちらからすれば抛っておくわけにはいかない。このころの女流文学者会は相互支援の絆もかたく、信子は平林たい子

や宇野千代らとはかり、静枝の療養費を作るため、広く文壇や雑誌社その他へ奉加帳をまわした。静枝はどうにか小石川の東大分院へ入院できることになった。

信子は花を持って見舞にいった。青葉の窓の個室で、静枝は花模様の浴衣を着て髪をおさげにしていた。先客に旧知の外国人神父がいた。そして信子は知る、静枝がすでに先日カトリックの洗礼をうけたことを。

それまで静枝とは宗教について語り合ったことがないので、信子は意外だった。

静枝については意外な印象ばかり与えられると信子は思う。かつての若い日の清楚な印象が年とともに頽《くず》れてゆくこと。仕事の上では『小魚の心』に信子は感動し、武者小路との愛の思い出を大切にあたためて、もっと深化した長篇でも書けば、と期待していたのに、外国旅行の直前に刊行した小説は、武者小路との一件をモデルにしつつ、猛々しい女心とナルシシズムばかりで、「武者小路氏がもし読まれたらさすがに愉快ならぬ思いをされるかも知れぬと、私はひとごとながらヒヤヒヤした」「その作品はどうやら〈やぶれかぶれ〉のおもむきだった」（同）。

そして病んでのちの受洗。

（真杉さんも心細くなったのかしら？）

と信子は思う。そういえば——昔、田山花袋門下に、水野仙子《せんこ》がいた。自然主義派の女流で歌人服部躬治《きゅうじ》の妹である。田村俊子、素木《しらき》しづなどとともに新進女流作家として活躍したが、肺を病んで草津のキリスト教経営の病院に入院、危篤の枕頭に牧師が立って洗礼をすすめたが、最後の力をふり絞って首をふり、洗礼を拒んで瞑目した。「自然主義の文学魂をじぶんの生涯に貫かせ」「肉体の滅びと同時に精神の滅亡を覚悟する知性を誇」（同）って息絶えた。信子の若いころに読んだ話だ。信子は畏敬におののいたものだが、静枝は水野仙子とは文学観も人生観も違っているだろう。受洗で心の平安が得られればよいではないか。——信子はそう思った。

それから一月足らずの昭和三十年六月二十九日、真杉静枝は逝った。肉親の家に戻りたくないと故人がいったというので平林たい子の奔走で、講談社の倶楽部の一室を講談社の好意で借り、そこに棺を置いて通夜をした。

その席に中山義秀が黙然と座していた。

それが「真杉さんには百千の供華にまさる手向《たむ》けであったろう」

と信子はしるす。葬儀は四谷のイグナチオ教会で行なわれた。そのときひと悶着《もんちゃく》があった。航空会社から未払いの代金を払ってほしいと要求されたのだ。二年前のペンクラブ大会出席に際し、静枝は渡欧の搭乗費を支払っていなかったのだ。当人の死去で香奠《こうでん》の中から支払ってほしいという。またもや、

（真杉さんらしいわねえ……）

と信子らはむしろ感心してしまった。支払いをひきのばしひきのばし、して、香奠から

払うなんて、
（できないわよう、誰にも……）
　悲しいなかにもおかしかった。あちこちに不義理し、顔向けならぬことをしつつも、友人の女流らによって、いっかど花やかな葬いとなった。田村俊子の場合と同じだった。信子は告別式が終ってから、女流文学者会の代表として、平林たい子や宇野千代ら四、五人で、病院と講談社へ礼にいった。

　昭和三十二年、この年信子は六十一になった。長年共同生活してきた門馬千代を養嗣にした。千代は両親を引きつづいて失なっており、心おきなく吉屋の籍へ入った。

古い、なつかしい昔馴染みがつづけて歿した。羽仁もと子に徳富蘇峰。みな若い日の信子に暖い手をさしのべてくれた人々だ。

ああ、でも私も人生の持ち時間は日毎に少なくなっていると信子は思う。信子には心に秘めている望みが幾つかある。

　その一つは、
〈歴史小説を書きたい〉
　ということだ。

今まで信子は現代小説ばかりを書いてきた。それはいまも続いている。

〈信子はとぎれ目なしに連載や単発の短篇を発表しつづけている。『安宅家の人々』が終ったあと、主な長篇だけあげても、

『月から来た人』〈日経、昭和28〉
『黒髪日記』〈「婦人生活」、昭和28〉
『苦楽の園』〈中日ほか三紙、昭和28〉
『由比家の姉妹』〈「主婦と生活」、昭和29〉
『貝殻と花』〈毎日、昭和29〉
『私は知っている』〈七社連合、昭和30〉
『硝子の花』〈「婦人生活」、昭和30〉
『父の秘密』〈「婦人倶楽部」、昭和31〉
『待てば来るか』〈東京、昭和31〉
『片隅の人』〈京都ほか八紙、昭和32〉
『風のうちそと』〈読売、昭和33〉
『女の年輪』〈読売、昭和36〉……書ききれない。このほかに短篇、エッセーがある。驚くべき仕事量だが、これだけの物語を紡ぎ出す能力というのも怖るべきものだ〉

　世にはさまざまなタイプの作家がいるが、〈怖ろしい作家〉というのもある。これだけ書いて同工異曲というのがなく、それぞれにちがうストーリイと、人物が造型される。

――ただ、右の長篇のうち、入手できずに未見なのもあるが、総体の感触では、やはり「作家は処女作に還る」というごとく、『花物語』と『地の果まで』のトーンは終生、信子の作品に香気をもたらしているもののようである。『花物語』はその華麗な装飾に惑わされてはならない。人間洞察力、人生観照の奥行きの深さを、『地の果まで』は、ストーリイテラーの才能を示唆している。何にしても数多い長篇を書きこなす活力、やっぱり〈怖ろしい作家〉だ。

信子は昭和二十五年に東京二番町の新居に入り、東京暮しをたのしんだ。好きな芝居も観られるし、競馬も楽しめ、ゴルフにもいきやすい。

競馬は見るだけではつまらなくなって馬主になった。息つく間もない仕事の合間の、ほんとにこれは息ぬきになった。最初にガーネット（誕生石にちなみ命名した）を持ったがこの馬は心臓の痼疾《こしつ》でだめだった。次のクロカミはスタートのときいやがって石のように動かない。先頭の馬がゴールに近付いたころやっと走り出すという次第で、泣くにも泣けない。次のイチモンジは昭和三十年五月八日、東京競馬場で、吉川英治の持馬ケゴンとＮＨＫ杯を競って優勝した。

次のギンヨクは同じく三十二年のダービーで三着になった。ハツワカは京都・淀の競馬場の菊花賞レースで五着、しかし賞金はわずかながら十二万円とれて、馬主仲間に旅費は浮きましたね、といわれた。

この競馬熱は四、五年続いたが、やがてゴルフに興味がうつる。『吉屋信子全集』12（朝日新聞社）の随筆に信子は「片恋ゴルフ」として書いている（「GOLF」昭和35・8）。

「そもそも競馬というものは、いかに馬主であっても、自分が馬を調教し、それに乗って鞭打って勝負を決するわけにはいきません。専門の調教師がいて、馬を仕込んでくれて、騎手が走らせるので、馬主はただ胸ときめかしてそれを見て一喜一憂するだけです。馬主のできることは厩舎《きゅうしゃ》で、馬に人参をやるぐらいがせいぜいです。

そこへいくとゴルフは重いバッグをかついでくれるキャディさん以外、誰の力にもよらず、あくまで独立独行――それだけに少しでも成績のよい時のよろこびは天にも昇る心地です。

ただしいまのところまだ天にも昇るよろこびなぞ与えられませんが、ともかく競馬よりはるかに〈自分でやるスポーツ〉としてゴルフの方がたのしい魅力です。

ゴルフ！　ああ、わたくしはほんとうに好きになったのに、残念なことにゴルフの方ではさっぱりわたくしを相手にせず……ほんとに哀しい片恋です。……（後略）」

信子はついでに門外不出というゴルフ俳句を掲げる。

「ともかくもボール飛びけり青嵐
　雲の峯はるかに遠きグリンかな
　ビール苦《にが》し今日のスコアのわるいこと」

ゴルフと共に信子の楽しんだのは文士劇であった。文藝春秋社企画の愛読者大会に人気作家やイラストレーターが出演する。信子の初舞台は昭和二十九年十一月二十九日、歌舞伎座で催された文士劇「海の勇者」の、漁師の女房およしだった。佐佐木茂索社長のお声がかりで信子に役が振られたとあって、信子は奮起して必死の舞台をつとめた。少女のころから好きだった芝居なので、われながら演技力はあるように思えた。声もよく透ったと思う。

観客の杉村春子さんからお誉めのおことづけが楽屋にあり、信子は感泣、という場面もあった。楽屋は阿部艶子といっしょで、宇野千代や森田たまから花籠がとどくやら、女流の楽屋は花々しい。しかし他の人気作家の楽屋も見舞やひやかしが絶えず、にぎやかだった。

翌月十二月十一日には文士劇出演者一同、大阪に乗りこみ産経会館で再演、翌日は京都の歌舞練場の舞台で。

その夜は祇園の一力《いちりき》で打ち上げ祝い、――何とも楽しい日々だった。

昭和三十年は東宝劇場で昼夜開催の文春まつり、愛読者大会、演《だ》しものは「屋上の狂人」、信子は巫女《みこ》の役。「すっかり芝居づいてしまった」とエッセーに書いている。

こんな催しは現代でも評判になるのだから当時のように読書人口が多く、人気作家の多かった頃は世間の人々を熱中させたことであろう。三十一年には石川達三の宮本武蔵に信子のお杉婆。翌年は「忠臣蔵」の顔世《かおよ》御前。

「臆面もなく演じ続けて……」

と信子はエッセーに書くが、文壇でも親友の多い信子は、彼ら彼女らにまじっての出演が嬉しく、例によって門馬千代が、〈よかった、安心したわ〉と励ましてくれるのが、千万の味方だった。

昭和三十五年の文春まつりでは「父帰る」の母親。なかなか貫禄のある舞台写真が残されている。

信子は東京の騒音と公害に堪えかね、昭和三十七年に再び鎌倉へ戻り、長谷に家を建てた。

そのころから信子は二つの目標をたてはじめたらしく思われる。

一つは歴史小説を書くことだ。昭和二十七年に吉川英治と「婦人公論」（昭和27・5）で対談したとき、吉川から、

「吉屋さんもいずれは歴史小説でしょう？　お書きなさいよ」

と使嗾《しそう》されている。

「古典を発掘すると、吉屋さん、まだ無尽蔵ですよ。それこそ長生きして……」

信子は「そうですね、老後のたのしみに、大事に――」と答えたが、どんな風な歴史小

説を信子が考えていたかというと、

「古い歌舞伎などでもいまの感情を入れて書き直すことができると思うのですよ。あの中に出てくる人物を現代の人間がうなずけるようにできるのですよ」「いまの時代に歴史上の人物をどんなふうにだって解釈できるのですから、もう一度見る必要ありますわ、日本人というものを研究するために——」

信子の期待のもう一つは、調べて書くことのたのしさ、取材の面白さだった。調べる小説（歴史小説は自然、そうなるが）、ノンフィクション文学の新鮮さだった。

いままでにも信子は婦人雑誌の特派員として各地へ派遣されたり、対談や取材をかず知れず消化《こな》している。快活で率直な信子は初対面の人でもすぐふところへ飛び込むので、臆したり気ぶっせいになることはなかった。それが取材では大いに役立つのだが——〈調べて書く小説の面白さ〉をはじめて知ったのは、昭和二十八年のハワイ旅行の収穫、『苦楽の園』と、中篇『二世の母』からではないだろうか。

昭和二十八年六月十七日の信子の日記に毎日夕刊の記事が貼ってある。「吉屋信子さん月末ハワイへ　日米映画〝二世部隊の母〟の取材に」とある。

第二次大戦で功績を残した日系米人の二世部隊、第一〇〇大隊及び第四四二部隊を顕彰するためハワイで映画「二世部隊の母」が企画されているが、これは第四四二部隊の除隊兵クラブが中心となって運動したもの、同地の興行会社の肝煎《きもいり》で、日米提携製作となるはず。信子は二週間滞在し、二世部隊の母たちに会い、ストーリイの取材をすることになっている、主演女優は田中絹代の予定、というもの。

信子は千代と共に出発、「アメリカ文化に、椰子の木が生えているようなところ」を精力的に見てまわり、日系一世のハワイ移民が味わった艱難辛苦をつぶさに取材する。男も女も、正直・勤勉だった。

信子はその一方で、移民を送り出した明治の庶民たちを思う。明治・大正・昭和、と見てきた信子には、時代の歴史知識の復習は興味深いことだった。信子は多くの人々に取材してなまなましい事実を聞く。そして書いたのが映画のための中篇、『二世の母』、新聞連載の『苦楽の園』だった。

取材して書いたせいか、信子は『苦楽の園』を「いまも気に入っている作品の一つ」とエッセーにいう（「わが日記物語」「文藝春秋」昭和39・3、『全集』12にあり）。「だがあまり誰からもなんとも言って貰えない作品だった。ハワイの新聞がほめてくれただけである。悲しいかなと日記にある」（同）

――『苦楽の園』は明治以来の庶民の歴史が綴られてゆく。明治天皇崩御、大正の世界大戦後の不景気、関東大震災、そして昭和の戦争。信子は〈調べる小説〉の面白さを全身で味わう。

人の生涯を調べて書く、ということは信子の精神を活性化した。新しい経験だった。

昭和三十三年末、信子は人を介して、元梨本宮《なしもとのみや》妃伊都子《いつこ》さまにお目にかかり、お持ちの日記を拝借した。明治三十三年十一月、宮家へ入輿《じゅよ》以来の日記を持たれることを知って、信子の好奇心はむずむずして、ついに拝借を願い出たのだった。そのとき梨本伊都子夫人は八十歳をこえられていたが、明朗にさわやかなご気性通りの、高雅な眉目。すがすがしくも美しかった。読者はご記憶であろうか？　少女の信子がかつて父の任地宇都宮にいたとき、日光でふとお若い梨本宮と妃殿下にお目にかかったことを。あれから半世紀ばかり、すでに皇族は直宮《じきみや》をのぞいてみな臣籍降下され、いまは梨本伊都子夫人。未亡人になっていられたが、簡素な生活をたのしんでいられる。日記は墨の文字も美しい和綴の五巻。信子はひたむきに読みふけって驚嘆する。明治・大正・昭和の三代の天皇を中心に皇族妃の生活記録が綴られ、それはまるで『源氏物語』さながらだった。――信子は宮廷行事や皇族の記録も資料に加え『香取夫人の生涯』を四年がかりで書きおろす。資料から構成した小説で厳密なノンフィクションではないが、調べる面白さにつき動かされて書きあげた作品だった。

4

「昭和三十六年一月一日

書斎に入る心地よし。ストーブ春の如し。
今年書かんとするノート机上にせいりす。
(或る妃殿下)なり」

信子の日記である。

その前年の半ばごろから『或る妃殿下』(のち『香取夫人の生涯』)に着手していたらしいが、日記冒頭の「新年の言葉」には、

「七、八月までには書きあげること」

とあるから、その決意のかたいのをみることができる。

次々と長篇・短篇を放って、よくも続くものだと感嘆させられるが、その舞台裏はさすがに凄絶である。信子の日記でみれば(日記が必ずしも真実を伝えるかどうか、客観的にみれば第一級資料とはいえないかもしれぬが)次々に書くべきことの手を打っている。昭和三十五年の「新年の言葉」には、

「材料を用意、資料を調べて待機　書けることは書いて置け。すべて煮つめてよくかけ」

その下に赤インキで、

「これは一九六一年に実現に入ることになり、うれし」

とあるのは、この「三年日記」(昭和34―36)のあと、昭和三十七年に書きこんだものであろう。『女の年輪』のことらしい。

かねて信子は読売新聞から再び連載を、と乞われており、心積りがあった。思いついたヒントや、かねて書きたかったことを創作ノートにひたすら綴り、浮んだおぼろげなかたちを忘れぬうちに書きとどめ、やがてそれに肉付けしてゆく。

この昭和三十四年、五年、六年、信子は片方で短篇やエッセーを書きつつ、一方では二つの長篇の腹案に夢中だった。その一つが『或る妃殿下』、――これは梨本夫人とも会い、資料も集め、当時の歴史的背景も調査取材して、着々とかたちをとりつつある。

もう一つはのちに『女の年輪』というタイトルを与えられた長篇である。

信子は長いこと、世間に家庭小説、女性小説といわれる作品を書いてきた。それの集大成が『女の年輪』になりそうであった（以後信子は評伝や時代小説などの、〝調べた小説〟に傾斜してゆき、再びロマンスは書かなくなっている）。

思うまま空想の翅《はね》を駈って、愛するヒロインと自在にたのしんで生きたい。信子は眷恋《けんれん》のヒロイン像を徐々にまとめはじめる。

「よる書斎にて突如とイマジネーション起り、深夜十一時頃まで雲のわく如し」（日記、昭和35・10・29）

それより前から「『三才女』のノートつくる」（同9・29）などとあるのは、のち改題して『女の年輪』となったものらしい。信子はよくタイトルを変更するので、「日記」も注意して読まないといけないのだが、書きおろし『或る妃殿下』を根気よく書きすすめつつ、短篇も消化《こな》しながら、そして昭和三十六年から「小説中央公論」に連載すべき『自伝的女流文壇史』の資料をあつめながら、想をあたためてゆく。

　そういえば『或る妃殿下』も最初のタイトルは『美しき檻《おり》』だったらしい。

「よる書斎へ入る。かくことのあるうれしさ。テーマ二つ持つよろこび。

『美しき檻』

『三才女』

かき上げてよき仕事とせん」（同10・1）

「『三才女』の筋だんだん考えてうろちょろ書斎を歩くことしきり。夜までノート取り」（同10・2）

「『三才女』紀子（田辺注、ヒロインの名）であたまいっぱい」「よる『三才女』ノートまたみて喜久（田辺注、登場人物の一人）について新しき発見あり」（同10・4）

「『三才女』のノートつくる。夕《ゆうべ》、名月、まん月。ひとまずノート成る。これをひたむきにかゝん。うれし。女主人公御代紀子《みしろのりこ》こそわがながらく求めし〈安宅家の人々〉ヒロイン、あこがれ愛しわが胸中に生くる女性。こゝに得てうれし、うれし」（同10・5）

「『三才女』紀子のイメージに酔うごとし、ノートとるももどかし」（同10・7）

「よるも紀子でいっぱい願くば彼女を美しくしんじつ描き上げさせ給へ《ママ》よ、さんたまりあ。内容年齢変更す」（同10・8）

「御代紀子の顔考える」（同10・25）

この年十一月には正力読売新聞社長の選挙応援にかり出され、富山県高岡へ行ったが、スピーチしたり、色紙を山ほど書かされたりした代り、ヒロインとその恋人が過す舞台に、高岡を使うことにしていろんな人に案内してもらった。捺染工場を見学したり、宇奈月温泉を見物したりして、取材の収穫があった。書きあげるまではそれこそ、七転八倒の苦しみといえよう。それにしても信子はやはり〈物語〉派の作家だった。あたまのなかで紡ぐロマンを追っているあいだ、身も世もなくそれに溺れてしまうようである。

そのせいか、『女の年輪』は、信子の最後のロマンスというべく、つややかにしっとりしてまことに豊穣な物語となっている。文章も洗練され、ヒロインも臈《ろう》たけていながら、新時代の女性らしくヴィヴィッドだ。新しい女性美に信子が敏感であるのがわかる。

このころ、昭和三十五年、信子は六十四歳であるのだが（おお、『花物語』の作者も、いつか、そんなトシになってしまった）——なお、永遠のパートナー〈千子《ちこ》〉（千代）に対する愛と信頼は変質していない。信子は昭和三十五年の「新年の言葉」に書く。

「千子と二人仕合せに、生涯の第三期を愉しくむつまじく暮して、悔なからしめよ」

この情感が、小説の艶《つや》を生むのであろう。

信子の〈調べる小説〉の手はじめとなった『香取夫人の生涯』から読んでみよう。尤《もっと》も、本質的には先述したごとく『苦楽の園』と『二世の母』が先行するであろうが、一応この二作品はフィクションの範疇に入れるべきだろう。『香取夫人の生涯』も手記をもとに、信子がエピソードや事実を按配して作品のかたちを成したものだから、ノンフィクションとはいえない。

　このモデルである梨本伊都子夫人については、信子は『私の見た美人たち』の冒頭に、「梨本伊都子の日記」として書いている。

　梨本伊都子夫人は、美しい貴婦人の多い竹の園生《そのう》の中でも、ひときわすぐれて美しいかたであった。私もごく小さい子供のころ、祖母や母たちが「皇族画報」の写真の梨本宮妃を〈まあおきれいなかた〉と感嘆するのへ、子供ながら、

（ホントウだ）

　と思った記憶がある。すらりとしたお姿の、お顔は昔風の形容でいう、〈明眸皓歯《めいぼうこうし》〉というのか、いや、お口はほころばせてはいられぬけれど、お眼が意志強くぱっちりして、表情に生気がおありだった。

　信子も美女好みの例の性質《さが》から、梨本宮妃にことさら関心を持たずにいられなんだのであろう。

　梨本伊都子夫人は、明治十五年（一八八二）イタリアのローマで誕生、それにちなんで伊都子と命名される。父君はイタリア全権公使、鍋島直大《なおひろ》侯爵、母君は権大納言《ごんのだいなごん》広橋伯

爵の姫。生後一年たたぬうちに、イタリア婦人の乳母に抱かれて父母と帰国する。赤坂溜池の空にそびえる洋風建築の鍋島邸に育つ。

鍋島家は外交官の父と、闊達な気質で語学に長じ社交的な母とのおかげで、当時珍らしく、いきいきとした自由な家風だった。伊都子姫はのびのびと少女時代を楽しんで過ごす。

そういう姫に、梨本宮へ入輿が命じられる。

そして花やかな成婚。

自由な家風の生家から、いきなり、京都風の古典的な宮家に入っての気苦労のかずかず。

第一王女方子《まさこ》姫を挙げられるが、この方子姫こそ、のちに韓国の李王世子と縁組されたかたであって、伊都子夫人は近世日本の歴史の証言者のお一人といっていい。

信子は少女時代、菊池幽芳《ゆうほう》の愛読者だった。幽芳は明治大正の家庭小説の大家で、当時の東京日日新聞（のちの毎日新聞）にたびたび長篇を連載している人気作家だった。

そのころすでにいっぱしの文学少女だった信子は、幽芳の小説にも何かと批判的だったが、幽芳の『自伝的回想記』（田辺注、『幽芳集』〈至誠堂、大正4〉のことであろうか）を読んだ時は、

「幽芳先生をちょっと羨望した」

と書いている（『私の見た美人たち』「梨本伊都子の日記」）。

なぜなら、その昔、幽芳がフランス留学のため渡仏したとき、偶然、同じ船に梨本宮妃

殿下（明治四十二年のことなので、当然、宮妃である）がいられた。妃殿下の愛読なさった『己《おの》が罪』の作者・幽芳が同船と聞かれ、その作者をご引見、いろいろご下問の栄に浴したという一節に、信子は、

（すてき。うらやましい）

と思った。仄《ほの》かにあこがれを捧げる美貌の宮妃に、したしくお言葉を賜わったなんて。

——

そしてその妃殿下が小説類を愛読され、作家から文学談をお聞きになるような、開明的なご気質でいらっしゃることにも、

（すばらしい宮妃殿下）

と思ったのだった。……当時の硬直した皇室観では考えられぬこと、天皇は現人神《あらひとがみ》で、ご連枝《れんし》もまた、菊のカーテンのかげ深くへだてられた時代だったから。……

ところで、この〈ご下問を賜わった〉菊池幽芳の報告をみよう。

幽芳は明治三年（一八七〇）水戸生まれ、本名清。大阪毎日記者、のち文芸部主任となり、同紙に『己が罪』を連載して人気を得る。語学の才に恵まれた人で、海外作品の飜案も多いが、たくみに日本の社会事情になずませて、かつ、女性の暖い愛の力を讃美したから、家庭小説として成功をおさめた。

幽芳が外遊したのは三十八歳のときである。

右の『幽芳集』によれば明治四十二年の一月十六日、見送りの人々と共に郵船会社の賀茂丸に乗り込んだとき、上甲板の欄干に梨本宮妃殿下が倚《よ》っていられたという。

お写真ではたびたび拝見していたので、すぐわかったという。妃殿下はそのとき、背の君、梨本宮守正《もりまさ》王殿下の待たれるフランスのマルセーユへ赴かれるところであった。守正王はフランス陸軍大学の留学を終え、帰途に妃と、欧洲巡遊の計画を立てられたのだった。

このときの幽芳の見た〈梨本宮妃殿下〉の描写がいかにもいきいきと好もしく、彼もまた、やはり一個の文学者であるという感慨を持たされるので、「賀茂丸より」を読んでみよう。これと信子の『香取夫人の生涯』を重ねてみると、信子が書きたかった、〈明治・大正・昭和〉を生きた貴婦人のおもかげが髣髴とする。

幽芳がお見受けしたときの宮妃は二十七歳、すでに二王女を挙げていられるが、「まのあたり拝見した」妃殿下は、

「血色のお麗《うる》はしい、活々《いき》として冴えたお顔立の、お目の涼しい、濃い三日月眉の、そして写真よりも一倍お美しい花やかなお姿」

であった。

幽芳はマルセーユまで、この美しい妃殿下と同行するのかと思うと愉快と安心と光栄を感ぜずにいられない。

事実、妃殿下はこの八千五百トンの美しく新しい欧洲航路船、賀茂丸の女王《クイーン》として約五

十日間、船上にいつも春の陽光のような暖く明るいオーラを放たれるのである。
妃殿下の随従員は、日高御用掛《ごようがかり》、渡辺式部官《しきぶかん》、村地医学士《むらじドクター》、それにお付きの桜井夫人、竹原家従《かじゅう》、というごく少い人数であった。

幽芳が同船しているというので妃殿下より、謁見を許される。美しく笑ませられて心安く、〈わたくしも愛読者よ〉と仰せられる。

――「品位に富ませられて毫も尊大の風の無いお方である」と幽芳は感激している。

玄海灘をゆくころ、夜九時半、渡辺さんや村地ドクター、近藤事務長らと食堂へ入り、番茶を頼んで待っていると、食堂の上は吹きぬけの硝子《ガラス》窓、まわりは一等船室の廊下になっていて下の食堂が見おろせるのだが、そこに妃殿下が立っていらした。水色の美しいドレスで、〈村地の瞼はたいそう仲が好さそうに見えるよ〉
と笑われる。村地ドクターは夜が早く、九時すぎには眠る人なのである。村地ドクターはあたまをかき、皆、失笑する。妃殿下は花やかな、若々しいお声で、
〈何だか会議でも始まりそうじゃない〉
といわれる。番茶が中々来ないので、一同手持無沙汰でいるところだったから、このジョークにはみな噴き出す。剽軽《ひょうきん》な村地ドクターはすかさず、〈只今、内閣会議を開くところでございます〉と答え、妃殿下はお笑いになって部屋へ入られた。

船は揚子江《ようすこう》へ入った。左岸に一列、帆船の並んでいるようなのがみえる。中々壮観であ

る。村地ドクターは、〈たくさんの船でございます〉と甲板の妃殿下に注進する。

〈あれは並木じゃなくって？〉と妃殿下。

〈いえ、船でございます〉

〈村地は法螺《ほら》博士だから〉

〈とんでもございません〉

お付きの桜井夫人は妃殿下の肩を持って並木といい、幽芳はどっちともいえませんと唸るのみ、そこへ竹原家従が来たので妃殿下は双眼鏡を取りにやられる。それでみると果して並木で、妃殿下の勝ち、しょげた村地ドクターに妃殿下はいたずらっぽくいわれる。

〈それではあの並木の数をよんでご覧〉

〈いやあの木の数なら、五百十七本でございます、毛頭《もうとう》、まちがいございません〉

〈だから法螺博士というのよ〉

一同大笑いになった。村地ドクターの愛嬌あるキャラクターも航海には貴重な存在だが、何より妃殿下のいられるところ、誰もみな、胸はずむ雰囲気になるのであった。

上海へ着くと妃殿下は早速上陸、観光される。治安上危険といわれる城内もご覧になったよし、好奇心のいきいきと強い方でいられるらしかった。

幽芳は緊張がやや緩んだものか、やっと乗船一週間目ぐらいに自著『乳姉妹《ちきょうだい》』『月魄《つきしろ》』『琉球《りゅうきゅう》と為朝《ためとも》』などを妃殿下に献上していねいなお礼の言葉があり、幽芳は感激した。

十日ほどたつとかなり南へ来て暖くなる。朝デッキに出ると、妃殿下は和服、矢はず崩しのようなお召《めし》に、紫綸子《りんず》の被布《ひふ》を召されていたそうである。ご乗船以来、はじめて召された和服である。むろん幽芳はそのお姿をひとしお、お美しいと思う。あるいは特別食のことをちらと聞かれて、妃殿下は和服をお召しになったのか、昼食は久しぶりの日本食であった。日本人船客は歓声をあげる。元来船では一切和食を出さぬきまりで、食器もないのだが、今回は妃殿下のため、特にその用意をし、日本料理のコックも乗り込んだという。

妃殿下とは毎日のように幽芳はしたしく会話する。お付きの桜井夫人は朝のオートミールが好物である。村地ドクターは大嫌いだという。

〈あれをみると猫のヘドのようで胸が悪くなります〉

皆、妃殿下の前で失礼な、と抱腹し、妃殿下も甲板のてすりに身を投げかけて両腕にお顔を埋めて笑われ、

〈ずいぶん思いきったことをいうのね〉

といわれる。ご挙措《きょそ》のいちいちが、失礼ながら愛らしかった。シンガポールでは幽芳は勇気を出してドリアンを食べた。これは美味だが臭気の甚だしい果物である。幽芳は妃殿下にすすめ、妃殿下は、〈では村地にまず毒味させましょう〉といわれる。その地の領事がお止《と》めしたよしだが、ぜひにと取り寄せてあがられ、

〈なかなか、おいしかったわ〉

と高貴の人に似合わぬ、好奇心つよく素直な方なのであった。

船は南下してアフリカを望む。六尺に余る二頭の大海豚《いるか》が船と並行して競争をはじめ、しばらくすると肥った体を躍らせて水上高くジャンプする。妃殿下は大喜びで拍手され、

〈よく太った海豚ね！　上手だわ〉

とおほめのお言葉だった。——

幽芳はいう。

「数十日間、妃殿下に親炙《しんしゃ》し奉つた経験の上より判断し奉ると、妃殿下こそ正しく、少しの曲るところもなく、素直に円満に利発に生立《おいた》つた日本婦人の標本であらせられる」（「加茂丸より」）

「かく円満なお方である上に、往々上流婦人に見るやうな陰鬱な点が少しもない。春のよ《ママ》うに快活な、同情に富まれた、そして少しも尊大な御気風のない、最も御聡明な婦人である。妃殿下はまた非常に好奇心に富ませられる。人の話は喜んでお聞きになる。名所の御見物にはお付きの人が困る位、精細な観察を遊ばされる。その上に驚くほどご記憶がよい。われ等の忘れてゐる事柄をよく覚えていらつしやる。妃殿下のお身の廻りには不断の春がある。妃殿下に近づく何人《なんびと》も春の光の温味《あたたかみ》を感ぜずには居られない」（同）

……

信子はこういう妃殿下の日記から、その人間性に魅力をおぼえ、長い準備期間を経て筆をおろす。

　華族の姫が皇族として入輿し、さまざまの試練や初経験を経て人間的に成長してゆく過程をえがく。戦前の皇室は、制約や禁止が多く、そこへ入った女性はさながら鳥籠の小鳥である。

　そして信子は、日本の貴族社会の排他性とともに男尊主義の尊大を見ぬき、やさしげな妃殿下の手記、というかたちの中で、その点をするどく衝《つ》く。物珍らしい上流社会の内幕暴露ではなく、その男権思想の砦《とりで》の中で若い妃がどう苦しみ、どう生きぬいたかを描く。世は昭和の激動期となっていた。

　そして若い妃にも衝撃の運命が訪れる。海軍将校として遠い軍港に勤務していた夫の香《か》取宮《とりのみや》紀久《のりひさ》王殿下は花柳界の女に子供を生ませていた。高貴の家ではそれを正妃の子として届けたりするが、潔癖な若い妃は敢然と拒む。夫の殿下は何ごともないような、感情の起伏を全く示さない顔だった。やがてその子はどこかへもらわれて、闇に消えていった。女の子だからそうもできたがもし男の子であれば、宮家の世嗣《せいし》として本邸へ入ることになったかもしれない。……非人間的な慣習が大手を振ってまかり通る社会なのだ。

　ただ宮妃を慰めるのは、母宮との心の通い合いだった。姑にあたる母宮は、やはり自分の子を持てずに、侍女の生んだ男子を息子として育てた人だった。それだけに、母宮の、若い妃に対する思いやりはやさしかった。

〈当香取宮が世子なく後々当家廃止となりましょうとも、宮と妃が睦まじく愉しく一代お過しならそれが却って人の道に適うと思われます〉――妃の心を犠牲にしてまで世嗣は求めぬ。母宮の敢然たる言葉に若い妃は涙ぐむ。

二・二六事件を経て、日中事変、太平洋戦争、……果しもなく戦いは拡大してゆく。ついに東京も大空襲に見舞われる。皇居炎上、焼失した宮家の邸の中に、香取宮邸もあった。そして敗戦。

皇族たちは特権を失なう。直宮を残して臣籍降下となる。

皇族の身分に袂別《べいべつ》する日。各宮家の人々は宮中へ集り、最後の宴のとき、陛下のお言葉があった。

〈皇族の籍を離れ一般の世に出られても、私としては少しも今までと変ることなく以前同様にあなた方を思っている。今後といえども変らず、折々は出て来られてほしい――〉

宮妃は涙ぐむ。かつては皇族の身分の窮屈さに、それを〝美しき檻〟と思ったこともあったのに。

一切の資産を売り払い税金を払い、母宮を葬《おく》り、肩書きも資産も失って、いまは夫と妻、二人だけになった。妻は椎茸栽培を思いつく。事業が軌道に乗った十年目に台風で全滅、しかし元宮妃は再び起ち上る。夫、香取紀久を励ます妻として。いま二人は協力して、椎茸製造業者として生きている。子もなく、名誉もないけれど、なつかしく身を寄せ合う一組の夫婦として。

この三年がかりの労作は昭和三十七年、新潮社から刊行され、幸い、好評で版を重ねた。皇族生活の内幕、という興味もあるが、そこからすべてを失なって、一平民として生き直す元宮妃のさわやかなたたずまいが、読者の感動を呼んだのであろう。敗戦のあと旧宮家や元華族家から流出した資産は莫大なものだったと庶民は知っている。日本の富はひとにぎりの人々に蒐められていたのだ、と今更のように気付いて、特権階級の没落にひややかな目を向ける人もいた。

このヒロインの元宮妃は、平民的に育って宮家へ入っただけに、庶民的感覚が旺盛だ。身分の高い人はそれだけの苦労を引き受けなければならないのだ、と思い、戦況が逼迫《ひっぱく》しても何の口出しもしない貴族たちを歯がゆがったりする。大衆の共感しやすい、明晰で活発な女性で、そこが読者の意に適った。

私たちは菊池幽芳が描写した、美しき妃の印象と、香取夫人が相似形であるのに気付く。信子は梨本伊都子夫人の手記から、みごとにそのエッセンスを抽出して造型している。

ただこの時期、昭和三十四、五、六年は騒然として荒れすさぶ年だった。新日米安全保障条約が調印され、自民党は衆議院で批准案を単独採決する。反対デモは五百八十万人に達し、全学連主流派のデモ隊が国会内外で警官と衝突して、樺美智子さんが死亡したのは、三十五年六月十五日である。

その十月十二日には社会党委員長、浅沼稲次郎が右翼少年に刺殺されている。越えて三十六年の二月一日、「嶋中事件」が起きる。深沢七郎の『風流夢譚』（「中央公論」昭和35・12）に憤ったべつの右翼少年が中央公論社社長の嶋中鵬二邸へ乱入して殺傷事件を起こしたのだ。

右翼テロに言論界は震え上った。

何もいえない……という気配で、マスコミに自主規制が強くなる。信子はその日の日記に書く。

「『或る妃殿下』うっかり書けぬと悟る。……」（昭和36・2・1）

信子も取りようによっては批判めいたことを特権階級に対して書いている。しかしそれは庶民感覚でやむにやまれぬ公憤からのこと、それは全篇読んでもらえばわかるだろうけれど……と、信子は不安な気もした。

しかしこの小説は皇族の生活、宮中の四季の行事が流麗に描かれ、それの印象が強いせいか、幸い、信子はテロの対象に選ばれずにすんだが。

（わたしの小説をゆっくり読んで楽しんでくれたら、テロなんて野蛮なこともなくなるのに）

信子のもっとも憎むものは暴力だ。

『香取夫人の生涯』より本来はもっと早くとりかかるはずだった『女の年輪』は、昭和三十六年十二月二十日から三十七年十月二十二日まで読売新聞夕刊に連載している。秋までにノートはできており、〈紀子〉は動きはじめていた。信子は十二月に入って第一回の稿を東京、麴町の家の机で書き出した。

元男爵夫人、御代紀子《みしろのりこ》はほんの短い結婚生活で夫を亡《うしな》い、娘と義妹を抱えて斜陽族の暮しである。

冒頭、叔母の登世《とせ》に呼ばれて日本舞踊の会へ姿をあらわす紀子。そのたたずまいは——

「黒にこまかな地紋のカクテルスーツ、帽子も靴もハンドバッグも一色のアンサンブルに真珠のネックレースとすらりとした背をすべるストールの栗鼠《プチグリ》のグレイがきわ立つよそおいに、彫りの深い顔立に鼻梁《はなすじ》の通ったせいか、やや冷い感じ」……

そういう良家の夫人ふうのひとが、家元温習会でプログラムを買おうとして、ハンドバッグから百円銀貨を出すと、売り子が、

〈もう五十円頂きます〉

〈あら、高いのね〉

と率直、闊達な声。さばっといって微笑むと売り子は笑う。

じつはこの踊りの会を見る、というのは口実で、登世はまだ若い姪を再婚させようと、相手の男をひそかに呼んでいたのである。

その男、丹下竜吉はアメリカ、イギリスに留学と称して渡り、身を持ち崩して香港やくざの不良邦人になったり、放浪して十年を海外で過していたが、いまは堅気な貿易商である。先妻に死なれ、一人息子を抱えてのやもめ暮し、登世はもしや姪の紀子なら、と思って、当日、竜吉も呼び寄せておいたのだ。この竜吉は外国暮しが長かったせいで、日本のものはことごとく、好みに適《あ》わぬという男。描写がちょっとモッチャリしている気味だが、竜吉の風貌はというと——

「仕立のいい杉綾縞《すぎあやじま》のダブル釦《ぼたん》を着た肩幅も逞《たくま》しく好みのいいネクタイをちぎれるほど引き絞ったのが隆起した咽喉仏に喰い込むようなカラーの白に映えている。

小麦肌の顔に鋭くぎょろりとした大きな眼に太く濃ゆい眉、大きく締った唇、これもまた大きくぴんと張った耳の脇のもみ上げから両の頬へ青々とした剃り跡、さぞ安全剃刀がそこにジャリリと鳴ったことだろう。俗に言う〈苦み走った〉というそれにそっくり当てはまる風貌《ふうぼう》だった。そのせいか普通の中年紳士の観念からはみだした何か一種の感じがあった」

どこか不逞な匂いのする中年男である。

登世はこの男には見合い、ということはいってあるが、紀子には伏せているので、紀子のほうは全く何も知らないわけだった。外交官を父に持ち、ウィーンで生れて早く父を亡った紀子は母の手一つで育てられた。美貌を望まれて御代家へ嫁入りしたが、母同様に早く未亡人になってしまった。戦後の混乱期、幼い子を抱えて自分の才覚一つをたよりに資産を切り売りしてしのいでいくには、あたまも胆力もいる。そうでなくても、しゃきしゃきしたお俠《きゃん》な紀子に、〈お見合いだ〉などといったらどんなに怒られるかしれない。……それでこっそりお見合いをセッティングしたのだが、そのあと竜吉に登世はいう、

〈丹下さんはお酒も日本のものはお嫌いですね。国産はいっさいお気に召しませんのね。日本の女もお嫌いでしたね。日本の女ってやつはすぐ泣くかすぐ寿司を喰いたがるより、ほかに能はないとかいって……〉

　竜吉は困るわけである。たしかに今まではそう思っていたので。

〈いや、どうも……〉

　登世はつづける。

〈ところが先日御覧になった姪の紀子は、あなたお寿司お汁粉いっさい嫌い、わたくしが鮪《まぐろ》のトロを食べたがると、「まああんな犬か猫の舌を切ってぺろんとおにぎりに載せたようなものどうして召し上るの叔母さま」と言うんですから……変ってますよ。ウィーンで生れて一年二か月で帰ってもやはりちがうものでしょうかねえ〉

　丹下竜吉はそういうイキのいい女が好きだ。

はじめ登世にすすめられて見合いの席に出かけたときは、元男爵夫人《バロネス》なんて有難くないなあ、と思ったのだが。……

登世にいわせれば、紀子もそうだという。うっかり登世が、彼女をバロネスなどと紹介しようものなら、〈叔母さま、古着屋にぶらさがっている大礼服を自慢なさるようなの、やめてよ〉と不機嫌になるという。

竜吉は（うまくいうぜ）とそれも気に入った。なんで竜吉があの日、彼女にひと目惚れしたかといえば――

馴れない日本舞踊で食傷気味の竜吉が廊下へ一服しに出ると、目のさめるような――竜吉にいわせると、〈日本の女ばなれした〉若夫人がつかつか入ってくる、まっすぐ廊下の向うへいってプログラムを買い、

〈あら高いのね〉

と、率直で拘わらぬ朗らかさ。

（いいなあ、チェッ。姿も何も、めちゃめちゃ気に入ったぜ）

と遠くから眺めていると、登世が彼女を呼びに来て場内へ連れて入るではないか。

まさか、あの若夫人が、見合いの相手ではあるまいが……と、竜吉はあわてて自分の席へ戻ってみると、

〈奥さんのとなりにちゃんとさっきの若夫人がいるじゃないですか、ぼくはまったく、か

っとのぼせて――〉

〈へぇ。それじゃ明日にも紀子を正式に会わせましょうか、あなたに〉

竜吉はそれはやめてほしい、という。その代り、女の細腕で生計を支えている紀子のために、そっと知られぬように生活を援けることはできぬだろうかという。登世には竜吉の気持がわからない。……

横浜の自宅へ帰った竜吉は浴室でシャツをぬぐ。その裸の背にはあざやかな紅白の牡丹にたわむれる唐獅子。放浪時代のよしなきたわむれの結果だ。こんな背中を持って、

(なんであの御代夫人に図々しく結婚が申し込めるんだ)

竜吉はそう思いながら苦い顔でシャワーを浴びている。……

期待のもてる書き出しである。

5

『女の年輪』の構成はたいへん手が混んでいて、登場人物も多く、筋は輻輳《ふくそう》するが、すべては大団円でどんぴしゃりとおさまる、〈物語〉の常道をゆく。その点は通俗大衆小説の枠から出ないようにみえるが、ヒロインの御代紀子が、卓抜した魅力で、ぐんぐん読ませる。それに男のほうの主人公、丹下竜吉も、それまでの信子の小説には出てこない、野性

味たっぷりの線の太い存在、信子は戦後の混乱を生きぬいた新しい人物像を造型し得た、といっていい。

そして『香取夫人の生涯』の取材で触れた上流社会の貴婦人たちの戦後の生態もいくらかは『女の年輪』に取り入れられている。紀子は元男爵夫人《バロネス》だが、その年上の親友で情理《わけ》知りの、人の世のもつれを取り捌《さば》くのに慣れた北河原喜久子は元伯爵夫人《コンテス》である（信子は終戦後の社交界で、進駐軍将官らと親交を結んだという鳥尾子爵夫人の資料なども読んでいたことが、日記ではうかがえる）。

ともあれ、御代紀子は斜陽貴族の未亡人として娘と未婚の義妹を抱え、生活設計に手いっぱい、美しいくせに異性に見向きもせぬ堅物《かたぶつ》である。元来がカトリック系の学校出で清純な少女だった紀子を、美貌好みで妻にした夫は、華族の若様として、若いくせにもう蕩児だった。しかし紀子と結婚後二、三か月で不慮の事故で急逝、紀子は結婚と出産をあわただしく味わい、結婚にはなんの夢も持っていない。

〈もうたくさん、あんなこと！〉

といつになく強硬である。銀婚式を迎える北河原喜久子は、結婚なんて、二、三か月でわかるものではない、というと、

〈いいえ、よくわかりました〉と譲らない。

〈おや、どうおわかりでした？　伺いましょう〉

〈結婚なんて……女を動物性に堕落させるだけのもの――おかげで出産というなさけない醜態をさらして……〉

――というような女で、紀子はあるのだが、ただ一つ経験しなかったのが心残り、という、それは、

〈Amour《アムール》!〉（恋愛）

頬染めていうところ、まるで十七、八の娘のよう。〈おくてねえ、紀《のり》って……〉と喜久子は呆れるが、彼女はこの堅物の、美しい年下の友人が好きだった。闊達で陽気で奔放な喜久子は、紀子にふさわしい男が現われて幸福な再婚をするようにと願っている。世間知に長《た》けた喜久子は、紀子の心身が性的に未成熟で青い果実のままであり、深いまどろみから醒めていないのを疾《と》うに見抜いているのであった。――そして戦後の女性解放の勝利のような見識を、作者の信子は作中人物の喜久子の口からいわせている。原文のまま紹介すれば、

「ねえ、紀、あなたますます魅力的よ、女性は三十過ぎて初めて成熟の花満開だって、ボーヴォワールがちゃんと書いてたけど、ほんとうだわ。わたしがもし男だったらあらゆる手を尽して紀をじぶんのものにしてしまう！」と彼女は戯れて紀子の手を引き寄せるのである。

「日本の男ってばかが多いな。この紀を放っておくなんてもったいない……いったい彼ら

に女性美についての認識なんてあるのかな。女は若いに限るのバカの一つ覚えで、まだ酸っぱい葡萄やどこか渋い柿をかじって恐悦しているのよ。まったく野蛮未開人種じゃない。そこへゆくと女性尊重の伝統ある国の男たちはちがうわ。あの頃、GHQの高官連には私たちのグループの三十代のマダムの方が、若いお嬢さんたちよりはるかに尊敬されたしモテたのよ」

しかし紀子自身は自分を中性と称し、叔父が冗談に未亡人の欲求不満などというと、眉をきりりと吊りあげて、不潔なことを！　と怒ったりする女である。ところがその潔癖屋の紀子が思わぬ恋に落ちてしまう。

住み家《か》の古い洋館の修繕工事に、建築設計家の青年がくる。誠実で温良で内気で、——よく物を落したり忘れたりする、おっとりと間抜けな一面が憎めないといった男。紀子はその男、末弘滋をいつか愛しはじめる。

しかし滋には知的障害者の妻ゆきがいた。両親を早く失った彼は、本家に庇護されて成長したが、ゆきは共に育った幼な馴染の従妹だった。知性には欠陥があるが、心は無垢《むく》で純な彼女を、滋は昔からいとおしんで可愛がっていたから、一生守ってやろうと結婚したのだ。

それに滋は一種の女性ノイローゼで、女の才智や嘘や駆引がいとわしく怖かった。世間なみの知能を持たぬ妻といると、心からほっとした。

ところが御代夫人と知り合ってから、滋は変る。紀子のこまやかな取りなし、打てばひびく才気、それが圧迫感を与えず、かえって慕わしく好もしく滋を魅了する。そうなると、猫や人形相手に無心に遊んでいる妻との生活が滋にはみち足りない。「今まではこの頭脳の稚《おさな》いままに停止したような妻をかばい守ってやるのに、たしかに一つの意義を感じていた――だが最近はこの生活がじぶんの頭を鈍らせ低下させてゆくような恐怖と悲哀におびえてしまうのだ。

ゆきに対すと針のない時計を眺める気がする。カチカチと生命《いのち》の秒をきざみながら肝心の針を備えぬ悲しい哀れな時計……。

あの御代夫人は女の才知と感情の長短の針の刻《とき》をなんとあざやかに示す美しき時計であろう！」

紀子も恋の陥穽《おとしあな》におちる。滋の急病や奈良での再会が二人を近づける。紀子はついに恋を知るわけである。（もう自分を偽われないわ）内気でいつまでも積極的にならない滋に紀子はじれじれする。そして滋も妻と離婚する決意を固めていた。しかし、

〈そんなことだめ、奥さまを不幸にしないで〉――紀子は自分は日陰の女でもいいとさえいう。あの潔癖屋だった紀子が変貌して。……

〈いいの、その苦しさも恥も、あなたのためなら我慢してよ〉

堪えきれず迫る滋に、それでもなぜか拒んでしまった紀子。部屋を飛び出し交通事故に。

それまで紀子を恋しながらためらっていた丹下竜吉が、どんな傷を負っていても紀子と結婚するといい出す。この竜吉はそれまでちょくちょく小説の彩りのように登場していたのだが、ここから出番である。

幸い、紀子の傷は軽くてすんだ。登場人物——脇役もそれぞれ結婚してカップルとなり、その最後の組が紀子と竜吉だった。

ふつうの大衆小説であれば、結婚がラストであるが、この小説はそこから更にひとひねりしてある。過去を忘れようと紀子は竜吉と結婚する。その夜——このあたり、浴室のオーデコロンの匂いもむせるばかりの濃密な描写なのだが、紀子は早くも夫の背の刺青を知る。竜吉は、こんな自分がいやなら去ってもよい、と紀子にいうが、紀子は怖くも恐ろしくもないわ、と竜吉の胸に身を投げる。

——このとき恐ろしいのはむしろ紀子の女ごころというべきか。紀子の瞼に浮ぶのは、滋の幻なのである。竜吉を通じて彼女は見果てぬ夢となった滋との恋を成就させようとし、竜吉は疑似恋愛とも知らず、恋妻を得た喜びに陶酔する。……

この『女の年輪』は連載中から好評で、読売新聞からもう少し延ばして下さい、と依頼されること二度に及んでいる。しかし信子のノートはきちんと構成がなされているはずなので、細部はともあれ要望に応じて書き足したものとは思えない。

紀子は結婚後、竜吉ともっと近くなりたいと思う。愛されているのはわかる。しかし、愛するよろこびを知りたい。だがそれは夫に通じない。紀子は夫の気に入るような妻になろうと思うが、（それは就職ではないか、結婚という職場への……）と気付く。映画のセットのような豪邸、家計にも夫の仕事にも一切タッチしない生活。紀子は愛されながら奇妙な欠乏感に苦しむ。そういうとき、滋に再会する。結婚した紀子は大胆になっている。白いハンカチにルージュで電話番号を書いて滋に渡す。物を落しやすい滋がうっかりと失なったそれを、竜吉の知人が悪用して、竜吉は海上保安部から捜索を受ける。その知人は金塊密輸や偽造米ドル事件についてのおたずね者で、紀子の秘密を握って、竜吉に会社の一室を貸すよう強請したのだ。竜吉はそのハンカチが知人の手にある間中、妻が苦しむと察して、ハンカチをとり戻すのと引きかえに、一室を貸したのだった。知人はそこに隠れ、機を見て国外へ逃亡したのである。

　竜吉はそのことを紀子に話していない。紀子は検察庁へおもむき、検事に面会して、竜吉に犯人隠匿の意志はなかったこと、夫の災厄は自分が招いたことを告白するのである。

　アクシデントが二人を結んだ。互いの愛を二人は初めて確認しあう。おそらく紀子は以後の人生、心身あげて竜吉を愛するにちがいない。……

　——これは一人の女性の成熟の歴史、変貌の記録でもある。喜久子の洒々落々《しゃしゃらくらく》ぶりも面白いが、お俠《きゃん》で利かん気の、おくての女が恋を知り、次第にかわいた心がほとびて、滴りおちる恋に人生もしとどにぬれる、その紀子の、虹色に面《おも》がわりする過程が美しい。……

このエピローグは苦心したとみえ、

「竜吉の結末大思案」（日記、昭和37・8・22）

とか、

「フィナーレ肝要」（同8・27）

などとある。横浜の海上保安本部、検察庁、などと信子は精力的に取材に廻り、昭和三十七年はこの作品で暮れた。三十六年の十二月に第一回の稿を東京麴町の家の机で書き出し、五月に鎌倉の新居へ移ってから（騒音と公害の東京に堪えかね、鎌倉、長谷に新築して移転したのだ。〈千代年譜〉には四月とあるが、日記では昭和三十七年五月十六日に引越ししている）、書斎の新緑の窓で書き続けた。そして秋深む夜の灯のもと——ついに書きあげる。ノートからいえば三年ごし。信子はギイと廻転椅子をまわして、うしろに立つ紀子の幻影にわかれを告げる。

「書斎にとじこもり『女の年輪』完結にとりくむ。三〇二回、三〇三回、三〇四回で——完。擱筆、すでに夜明けの三時近し、千子《ちこ》も起きていて世話してくれた。紀子よさらば！とベッドへ入る」（同10・14）

〈千代年譜〉に、この作品は「思うままに興にのり楽しみながら書いた」とあるが、筆致がのびやかでまことに奔放なる感じ、信子最後の大ロマンス、それもつやっぽい作品に仕上り、信子自身も、この手のものはこれが最後、と思っていたのではないか。

現代《いま》読めば会話はすべて饒舌の気味あり、やや煩わしいが、饒舌は平安女流以来の伝統であろうから、これも女流文学の、そして信子の一特色だ。しかし激情をよく捉え、艶冶《えんや》な沈黙を行間の空白に匂わせるのに成功している。

信子の得意としたラブロマンスの、大団円スタイルの作品として、業績の掉尾《とうび》を飾る一作となった。

この昭和三十七年は信子にとっていい年となった。『女の年輪』を完成させた上に、『自伝的女流文壇史』が中央公論社から刊行されたのだった。二一四ページ、各女流作家の写真入りであっさりと瀟洒《しょうしゃ》なつくり、田村俊子、岡本かの子、林芙美子ら、先輩同輩の女流作家をしのぶ信子の筆はやさしく暖く、この本は信子も思いがけないほど、江湖《こうこ》の讃辞をあびた。

この仕事はそもそも昭和三十四、五年の〈文春講演会〉が発端だった。信子は堀田善衞らとともに三十四年夏は伊勢、静岡方面へ、三十五年春には四国地方へ（このときは小林秀雄も一緒だった）講演旅行に出かけている。ことに四国では高松での銅像除幕式など菊池寛顕彰祭の式典に参列したことでもあり、旅のつれづれに菊池寛や徳田秋聲の思い出話を信子は堀田善衞に語った。

堀田善衞がそれを「世界」に伝えたらしく、まず「世界」の企画で、昭和三十六年一・

二月号に、寛と秋聲の思い出を書くことになった。これらはのちに伝記的エッセー『私の見た人』に収録され発展してゆくことになる。ついで中央公論社から依頼があった。物故女流の伝記エッセーを、という。『自伝的女流文壇史』というタイトルは中央公論社の提示したもので、信子はショッキングな題に二の足を踏んだといっている（「サンデー毎日」「読書室――自著自評」昭和37・11・18）。

しかし書き進むにつれ信子は興が乗って、自分とかかわりあった故人の女流作家群像を書きつくすことになってしまった。

宮本百合子、三宅やす子、真杉静枝、長谷川時雨、ささき・ふさ、山田順子……みな、信子の文学的人生に何ほどかの影響を与え、薫染《くんせん》を及ぼしてくれた人々であった。

信子は彼女らを書いたことでいっている。

「思い出のイヤな面に、わざと目をそむけて、傷をつけまいとしたことはなく、なかには、多少の屈折はあったにしても、みんなよい印象ばかりで、けっきょく、善意の筆になってしまいました」（同）

それも、ことさら善意に――と仕向けたわけではなく、信子の裡なるユーモア精神がおのずと仄々したやさしみを添えるのであろう。

この時期の信子の句、飄逸の雅趣が深くなって、老来、信子の人間性の深みをみせる。

「おでんやがよく出るテレビドラマかな

蚊帳《かや》釣りて険しき世をばへだてたり
銭湯ののれんを出れば良夜かな」
それでも信子は女流作家たちのことを書いて発見があった。ノンフィクションに興味を持ったのだ。

「筆を置いてみて、フィクションの小説を書くだけでなく、時には事実を書いてみるのも楽しいものだという発見をしました。それでいま歴史小説の処女作に私なりの新鮮な野心を燃やし、こつこつ資料を調べています」

「老いてなほ夢多くして雛祭
書きかけて去年《こぞ》今年なき原稿紙」　信子

夢は次々にふくらむ。この時点で信子が「歴史小説の処女作」とめざしたのは江戸の大奥女中・絵島だった（のちの『徳川の夫人たち』の母胎となったもの）。――資料を調べている、というのは三十七年一月に一万二千円で購入した『徳川実紀』だろうか。信子が実際に書き出すまではつねに長い時間がかかるが、『徳川の夫人たち』にとりかかったのは昭和四十年のこと。あれこれと並行して仕事を消化《こな》しながら、つねに〈老いの夢〉は、さきへさきへと花開くようである。

さて、朝日新聞学芸欄に随筆を十回書くようにいわれて、信子は女流文壇史と同じような心持で、いままで人生で出会った、印象深い人々に材を求めようとした。昭和三十八年二月五日の初回は、田中正造であった。ついで明治の名妓、万龍《まんりゅう》・照葉、徳富蘇峰《そほう》、三浦環……社会運動家も名士も芸術家も実業人も学者も……信子の才気ある麗筆で千姿万態、読者を楽しませることとなった。

　こういう評伝とも印象エッセーともつかぬものを書かせると、文士の力倆、手のうちのほどがわかるもので、信子は楽しみ弾んで書きながら、要所要所のツボを押えてはずさない。そこには自分の目で捉えた興趣と発見、驚きがあり、他人や世間の評価に惑わされぬ、生々溌剌たる私見がある。しかも文学者である信子の私見は偏向したり歪曲したりしていない。無邪気でしかも公正だ。読んで面白いのはそこに信頼が置けるからであろう。信子このとき六十七歳、ようやくに人生の美味もにが味も味わう舌が肥えていた。

　これは好評でその年六月末まで七十一回にわたって続き、五十人をとりあげることになった。読者、及び文壇の支持は信子を勇気づけ、自信を持たせた。

　こんなに長く続けさせられるとは思わず、信子は「〈ひょうたんから駒が出る〉……ということわざみたいなことになった」と書いている（『私の見た人』あとがき、朝日新聞社、昭和38）。

「初めはそれこそ小さなひょうたんでも造り、くびりに紅ひもでも結んで記念に取って置こうぐらいの気持で書き出した原稿だった。それでも書くからにはやはり――〝くくりゆるくて瓢《ひさご》正しき形かな〟久女――のようにと心をこめるつもりだった」

しかし好評に応《こた》えてここまで続くからにはもうひょうたんではなく、信子の心象カメラで捉えた人々のスナップのアルバムとなった。

それゆえ信子は『私の見た人』は私小説的コントだという。追憶の虫干しをしつつ、めぐりあった人々に献《ささ》げる鎮魂歌を、信子はうたう。

「その世になき人たちが私に残されたものはたいてい美しき記憶であったのは幸福だった」（同）

それにしてもこの顔ぶれはじつに多彩で、信子が人々との出会いを虚心にたのしんださまがうかがわれる。湯浅芳子がかつて評したように、信子の人生は平坦でも凡庸でも世間知らずでもない。あらゆるジャンルの人々にたちまじり好奇心を発動させ、怯《ひる》むこともためらうこともなく、〈無邪気〉で〈率直〉な気性のままに、めぐりあった人々を愛したのだ。軍人がいる、教育者がいる、歌舞伎役者がいる、中国の政治家、茶人、力士、映画女優……信子の生きた時代の、これは、

〈人間曼陀羅〉

といっていい。……そしてそれを綴り合せるのは信子の才気と愛とユーモアであった。

物故女流作家、一般名士の次には、信子の当然書きたくなったのは、ことさら信子の好むなる俳句のよしみから、俳人たちの伝記であったろう。それらを集めたのが『底のぬけ

た柄杓《ひしゃく》——憂愁の俳人たち』(新潮社、昭和39、『全集』11所収)である。
杉田久女「私の見なかった人」をはじめ、富田木歩、岡本松浜、渡辺つゆ、尾崎放哉、高橋鏡太郎、安藤赤舟・林蟲、岡崎えん、石島雉子郎、村上鬼城ら、有名無名あわせ、十一人の俳人列伝である。

信子自身、あるときまで全く知らなかった俳人もいる。信子は何らかの興に引かれて調べはじめ、やがて当人の句と生涯の運命の転変に惹溺して作家的感興をそそられ、筆をとったとおぼしい。ことに兄の渡辺水巴に尽して女の一生を終ったつゆ女のことは信子の創作意欲を刺激したらしい。

そういえばそれぞれが数奇な運命を与えられていた。そしてどうしようもない才とそれは裏腹に貼り合されていた。手重すぎる才能は、それに見合う人生的腕力の中でこそ生かせるが、その均衡を欠くと無頼の世界へ傾斜せずにいられない。……信子はそんな才子たちの境遇に感慨をもったようだ。

信子はこの作品の中で、石島雉子郎を取りあげた。すぐれた俳人であると同時に、石島は救世軍士官だった。学生時代、山室軍平の講演を聞いて感動し、救世軍に身を投じている。このとき雉子郎の取材で、山室軍平長女・民子に会い、信子は感動した。廃娼運動に生涯を捧げた「聖家族」(のちの『ときの声』という作品に結実する)軍平とその一家の献身を書き、廃娼運動そのものも世につたえたいと心を動かされた。一つの仕事がまた次の夢を生む。

——ところでこの『底のぬけた柄杓』では冒頭の、「私の見なかった人〈杉田久女〉」に注目したい。これは評伝というより、むしろ創作というべく、それにしては実名、実作の句が採られているので、久女研究家にとってはちょっと困った作品になっている。ストーリイテラーたる信子は、恰好の素材にめぐりあうと、思わず知らず、ペンが奔《はし》ってしまうのであろう。

久女を題材にした創作では、松本清張の『菊枕』があるが、これは創作というべきであろう。主人公の名もちがい、実作の句も掲げられていない。ただ、シチュエーションが実在の久女に酷似しているので、発表時、久女側の遺族と物議を醸《かも》したと伝えられたが、一応は創作のジャンルに入れるべきか。松本清張の短篇には、世に容れられず悲憤して人生に呻吟する人々がよく登場する（それはあるいは『断碑』であり、あるいは『或る「小倉日記」伝』であり、また『啾々吟《しゅうしゅうぎん》』の主人公たちである）。

久女の、——世に行なわれているイメージはまさに、それらの主人公たるにふさわしい素材であった。清張はみずからの作品のためにそれを利用した。さればそれは『菊枕』の三岡ぬいであって、杉田久女そのひとではなかった。それでもいつのほどにか、ぬいと久女が重なってそのイメージが大手をふって歩きはじめた。

それが昭和二十八年。

そこへ信子が「私の見なかった人」で、右の『菊枕』を踏襲するかのような久女像を提示し、ここに久女神話が定着してしまった。

それは昭和三十九年。

久女研究家はまずこの二作を小説と認めるところから、作業を始めなければならぬ。この二作は全くフィクションである。実像を離れること遠い。

それではどういう久女像を彼らは描いたか。

わが才を恃《たの》み日本一と自負し、功名心に駈られ、野心のない夫に歯がみしつつ、

「足袋つぐやノラともならず教師妻」　久女

と憤激する女。そして彼女の才を愛顧した虚子に心酔して執拗につきまとい、同門の女流俳人に嫉妬し、ついに虚子に破門されて精神に変調を来した、と――そういう、悲劇の女流俳人……と思いたいらしい。

元来、信子が久女の句を知ったのは昭和初期、三、四年の〈円本《えんぽん》〉による。定価一円なので円本とよばれる。円本は各出版社からも出たが、改造社のそれには、現代短歌集と現代俳句集が合併して一巻となっていた。当時まだ句作をはじめていない信子だったが、何となく俳句には親しみがあり、現代俳句集を熱心に読んだ。その中で女流はわずか四人だったという。長谷川かな女、本田あふひ、久保より江、杉田久女。

信子はその中で久女の句に感嘆する。

「夕顔やひらきかゝりて襞《ひだ》深く」　久女

に、ホトトギス派の写生の妙味を知った。

ついで、

「朝顔や濁り初《そ》めたる市《まち》の空」　久女

にはうーんと唸ってしまった。どんな人だろうと思ったが、当時信子は作家とつきあいはあるが交友に俳人はなく、消息が知れなかった。戦後、虚子の門を叩いて俳句に親しんだ頃にはすでに久女は世を去っていた。

信子は久女に親愛感と敬意を持ちこそすれ、はじめは全く、白紙の状態で久女に対していたものと思われる。

それがどうして途中から奇妙に逸脱していったのであろうか。実は私も五年がかりで『花衣《はなごろも》ぬぐやまつわる……わが愛の杉田久女』を書いた（集英社、昭和62）。私も信子同様、初めて久女の句に接したとき衿を正す思いになったのだった。その句柄《くがら》の大きさ、品格の高さ。しかるに清張『菊枕』、信子の「私の見なかった人」を読むと、あまりにその作品と実人生の乖離《かいり》が甚しすぎるではないか。

杉田久女って本当はどんな人生を送り、どういうことを考えて生きていた人なのだろう？

私はその時点ですでに信子のこともいずれ書きたいと思っており、信子の作品と人生に昵《なず》んでいたから、その信頼すべき信子が書いた久女像を信ずるはずだった。しかし直観的にこの久女像は、あまりに面白すぎる、という気が退《の》かないのだ。これは歪曲された虚像ではないのか？ 偏見と独断と故意のデマで塗り固められたものではなかろうか？

　こんな人物が、

「鶴舞ふや日は金色《こんじき》の雲を得て」　久女

や、

「谺《こだま》して山ほととぎすほしいまま」　久女

などを詠めるであろうか。豪宕《ごうとう》で凛然として、美しくものびやかな佳句のかずかず。

……

　そして私は私なりに久女像をもとめはじめた。そのころには久女の遺族が編集された『久女文集』も世に出ていたし、何より、増田連氏という久女研究家の『杉田久女ノート』（裏山書房、昭和53）が刊行されていた。この本がなければ、私の久女探訪はもっと困難になったことであろう。

　増田氏は信子のデマ、清張の誇張、そして虚子の記憶の思いちがいについて、いちいち綿密に追跡立証されている。私もその跡を辿りつつ、あるいは久女がそこで没した太宰府病院へ、また東京の俳句文学館へ、小倉へ、夫の杉田宇内が帰郷した奥三河（愛知県西加茂郡小原村・松名《まつな》（現・豊田市松名町））へ、と取材の旅をつづけた。そして久女伝説のモトは、終戦後、師の虚子が書いた一文（「ホトトギス」昭和21・11）「墓に詣り度いと思つてをる」に胚胎《はいたい》していることを知る（久女の死は昭和二十一年一月二十一日）。久女遺族の長女・石《いし》昌子さんは、母が戦争中にも胸に抱いて守った句稿を整理し、句集を出そうとする。生前、久女がその希望を娘に委託していたのだった。久女の宿願にこたえ、昌子さんは、虚子の悼句か序文でも頂ければとねんごろな手紙を母のもとの師へ書く。右の虚子の一文は昌子さんの手紙をのせ、更に久女の思い出を書く。このとき虚子七十三歳。

「久女さんの俳句は天才的であつて、或時代のホトトギスの雑咏欄では特別に光り輝いてゐた。其《それ》が遂には常軌を逸するやうになり、所謂《いわゆる》手がつけられぬ人になつて来た」

　そして久女に最後に会った思い出を書く。昭和十一年二月二十二日、虚子の乗った箱根丸を久女一行がランチで追っていっせいにハンカチをふった。「其中に久女さんは先頭に進み出て千切れよとばかり手を高く上げて振つてゐた」虚子はその物狂おしい行動に周囲にも気を使い、興がさめた、と。フランスからの帰途も船が門司港へ入り、虚子が人々に擁せられて上陸のるす中、久女が面会を強要し、

「泣き叫んで手のつけられぬ様子であつたといふ。其時久女さんが筆を執つて色紙に書いたものだといふものを楠窓氏（田辺注、機関長にして俳人の上ノ畑楠窓）は私に見せた。其は乱暴な字が書きなぐつてあつて一字も読めなかつた」

　これで久女乱心が決定的に天下にイメージされてしまった。ところが増田氏の緻密な調

査によると、久女は虚子の乗った箱根丸をランチで見送ったりしていない。久女指導の女流俳人の会「白菊会」の人々をつれて箱根丸を訪れたが、虚子に会えず、ランチで門司港へ戻って岸壁から見送った。船との距離は遠く、とても虚子の顔など見分けられなかった、と――これは「白菊会」生き残りの久女門の俳人の証言。

更に帰路の久女の奇矯な振舞。これも増田氏によれば箱根丸は帰路は門司に寄港していない。虚子自身、『渡仏日記』に、

「短夜を寝ず門司の灯を見て過ぎん」

と詠んでいる。往路と帰路をとりちがえているにしても、上ノ畑楠窓は虚子の案内役でそばを離れず、観光ドライブへもついていっているから、久女に逢っていない。かつ久女が乱暴な字をかきなぐったという色紙も他の俳人の証言によれば、それは往路、久女が師の鹿島立ちを祝って訪れた際、短冊に、

「虚子たのし花の巴里へ膝栗毛」　久女

と書いたものであるらしい。実見した俳人が書きとめている。

久女にはそのたぐいのデマが限りなくある。信子の「私の見なかった人」では虚子の愛嬢星野立子が女流俳誌「玉藻」を発刊した。その創刊号が久女にも送られたが、久女はその袋の封も切らず返送した、という。

「その玉藻誌の入った紙袋の表には久女の文字が幾行も落がきのように記してあった。

『まだ貴女が俳誌を出すのは早いと思う。もうしばらく勉強を乞う』というような意味が書き付けてあった。虚子門の人々は子煩悩の先生の子女をうやまうことひとかたでなかった。だが久女はどうかしていた。もう誰をも見さかいなくまるであばれん坊の振舞を人に示した」

これも増田氏の調査によれば捏造《ねつぞう》で「玉藻」創刊号には久女の「御創刊を祝して」と二ページにわたる文章がある、と。

私は俳句文学館で昭和五年六月一日発行の一巻一号の創刊号を閲覧させてもらった。まちがいなく久女は女性俳誌の発刊を喜び、星野立子を暖く励ましている。かつ、後ろの星野立子の「消息」欄によれば、「杉田久女さんよりの御寄附を嬉《ママ》んで御受けいたしましたことを附記します」とまであるではないか。信子は真実を知らず「虚子側」の風説流言を信じて書いたらしい。それはよいが、この信子の文章が「信子の聞き書き」とされ、戸板康二氏も昭和五十七年十月の「オール讀物」〝泣きどころ人物誌——高浜虚子の女弟子〟で久女を取りあげた中に久女資料としては信子の「聞き書き」が、

「最も信憑性が高い」

とされている。これは全くのあやまりで、読みものとしては「私の見なかった人」は面白いが、資料とするのは危険、実名・実作を以て虚構を真実の如く世間に流布させてしまった信子の罪は重い。

信子は久女が長谷川かな女をライバル視し、「虚子嫌ひかな女嫌ひの単帯」という句を作ったという。「驚いたのは東京下町のむかしの正しい躾《しつけ》を身につけた柔和な性格のかな女である。――『呪ふ人は好きな人なり紅芙蓉』――と柳に風と優しく受け流して周囲をホッとさせた」……

――物語作家だなあ、と信子をつくづく思うのはこんな時だ。かな女の句は大正の句で、久女の句は破門後の昭和十二年、同時に発表された句に「張りとほす女の意地や藍ゆかた」などある（「俳句研究」昭和12・10）。

信子は制作年代の違う両者の句を巧みに拉して来て、たちまちオハナシを作りあげる。これは私にもよくわかる、物語作者の、手の内であるが。……俳壇の大家、虚子に嫌厭《けんえん》されたばかりに久女にはダークなイメージがついてまわった。信子がもし久女を「見」ていたなら、きっと別の久女を書いたろう。「見なかった人」として書くなら、反対サイドの人の評も聞くべきであった。情報源が一方に偏向したのは全く信子の手落ち、この一篇は、私見によれば信子作品の中から除外すべき失敗作と断じたい。

くわしい久女像は拙作『花衣ぬぐやまつわる……』に当って頂きたいが、久女は謙譲で誠実でありながら、それがかえって周囲に摩擦を生じ、敬遠されていった。誠実なればこそ芸術的自負では譲れなかった。才能と識見を人に認められながら、それが人と親和させず、かえって反発されていった不幸。……誠実が誤解を生み、情熱が忌避されていく久女の苦しみ。……信子にあらたな久女像を書いてほしかったなあ、――と思う。

6

信子の日記は三年連用日記だ。昭和十三年から三年連用日記を用いはじめている。途中戦争時の物資欠乏で日記を入手し得ないときもあったが、町に出廻りはじめると、早速また愛用した。

「日記買ふことが愉しく買ひにけり」　信子

昭和三十年代のラストは、三十七年から三十九年までのもの、冒頭の〈新年の言葉〉の欄は、毎年新年には書かず年末に書いている。

その昭和三十九年を省みての感懐――

「けっく、よい年であった。

感動。まだよく働けるのがわかった。そうあらねばならぬ。

だがあまりよくばっていそがしがらず、ゆったりとたのしくこの世を見て過そうよ。千代子にふかき感謝を。

彼女を得て私は幸福を知った」

――あまり欲張って忙がしがらず……というのは、この年信子は三本の仕事を並行して果しているのだ。

一つは「小説新潮」に連載した女流歌人伝である（のち『ある女人像——近代女流歌人伝』としてまとめられた）。

また一つは「文藝春秋」に連載した『私の見た美人たち』。

そしてもう一つ。秋からはじまった読売新聞の連載は、救世軍の山室軍平を描く『ときの声』だった。

『私の見た美人たち』はさておき、あとの二つは資料調査や取材を欠かせないので、いつも多忙な信子だが、この年は殊にも繁忙をきわめた。その上、『私の見た人』の朝日新聞連載が好評だったので（去年、昭和三十八年）、朝日からは二、三年後の連載の話も出ている。信子はここへ、〈野心作〉ともいうべき『徳川の夫人たち』を書きたいと思った。

『ときの声』の取材に東奔西走しつつ、一方では早くも『徳川の夫人たち』の資料を読んで構想に取りかからねばならぬ。このあわただしさは、多年、信子の経験してきたことではあるが、……信子もすでに六十八歳だ。この頃の写真でみれば、あいかわらずのショートカット、いささか白髪は見えるが、豊頰に皺はない。写真ごとに違う服、やっぱりおしゃれ好きらしく、そのどれもが趣味のいい、目立たぬところに金をかけたという感じのもの、太りはじめた軀によく身についたスーツ、さぞかしカッティングのいい店の仕立てであろう。カラーでないので不明だが、杉綾、畝《うね》の太いコーデュロイ、格子縞ウール、みな良質の生地らしく、ファッションセンスも中々のもの。千代の示唆に負う所多いのか。

　まなざしは鋭い中にもあたたかく、そして首筋の太さ、二重顎のたくましさは、もうすでに、男流女流を超えた、〈物書き〉の個我と貫禄を示して余りある。絶えず先へ先へと、夢を追いつづけ、面《おも》ざしは老いても表情はいまなお花やいで若々しい。


「千代にふかき感謝を」とあるのは、前年昭和三十八年（一九六三）、千代がレントゲンを撮《と》ったところ、胸部に大福餅様の影があり、それを仔細に検査すべく、千葉・稲毛の国立放射線研究所へ入院したのだった。幸い何事もなく、二週間のち退院し、信子をホッとさせた。「迎えにゆきしうれしさを忘れず。感謝す」とその年の終りに書く。

　信子の人生にもう千代は欠かせぬ存在だ。座談会に出て真珠の首飾りを落したときも、千代に〈厄落しよ。あなたの厄を持っていってくれたんだわ〉と慰められれば、そうかと思ってたちまち元気になるし、千代の縫った普段着用のジャンパーなどを、お正月から着初《ぞ》めして、楽々と着やすく、暖なのを愛する。日常の家事、税金のこと、浮世の瑣事のもろもろをすべて千代が肩代りしてくれるので、信子は書き、調べ、人と会い、ラジオで話したり、していればよかった。千代が家にいてくれるので、気が向けば茅ヶ崎のゴルフ場へ出かけることも出来る。飼犬アルが庭の水仙花壇を荒して信子が不機嫌になれば千代は犬の調教師を呼んできて躾けについて相談する。

「犬眠るその犬小舎に春の雨」　信子

信子は犬好きだが、「犬の神経」に「こっちの神経が反射して気を使うとたまらなくなる」（随筆「擬人法」〈『全集』11「随筆小片」〉所収）といっている。

「朝から忙しく少しも犬をかまってやらない時、ふと眼をあげると書斎の窓の下に寂しそうな愛情に饑え切った犬の顔を見出してぎくりとする。そうなるとこちらが重荷でやり切れなくなる」（同）

というような犬の対し方である。だから気の向いたときだけ犬の相手をする。それができるのはいつにかわらずやさしく犬に接し、世話を焼き、躾ける千代がいればこそ、だった。

ショートカットはしばしば手入れを要するヘアスタイルで、信子は息ぬきをかねて美容院へいくのが好きだった。お気に入りの美容院へいけば正月にはお年玉など与え、美容院の句も多く詠んでいる。いくつになっても美容院は女の心をときめかせ、花やぎを与えてくれるところなれば。――

かの、情理《わけ》知りの宇野千代が、どこかに書いていた。〈失恋したときは美容院へいきなさい。美しくなれば気をとり直せるから……〉

「歳晩の灯も華やかに美容院」　信子

折々は宝石商を自宅へ呼び、デザインの新しい真珠の指輪を買ったりしている。

芝居は歌舞伎も新劇も好きだった。

「歌舞伎座を出れば夜寒の木挽町《こびきちょう》」　信子

千代と連れ立っての散策も、たまさかの楽しみ。新居の庭の追々にととのうのも嬉しいが、鎌倉のまちのそぞろあるきは人をくつろがせ、なぐさめる。

「鎌倉の社寺佛閣に日短か
大佛は猫背におはす冬木立」　信子

――仕事仕事で、寧日《ねいじつ》ないであろうと思われかねない信子だが、日常の些事の中で楽しみはいろいろ見付けていたらしい。

この昭和三十九年一月一日の夜、信子のラジオドラマがNHKから放送されている。〈千代年譜〉には昭和四十年の元旦として、「珍しく書き下ろしの『夜の鶴亀』をNHKラジオで放送」とあるが、これは三十九年に初放送のもの、好評につき翌年の正月にも流したのではなかろうか。

この書き下ろしラジオドラマは『全集』にも収録されていず、調べる術《すべ》もないが、幸い、三十九年の日記に、新聞切抜きが貼ってある。ラジオ欄へ聴取者が投稿したものらしい。たしかに信子のラジオドラマは「珍し」いので、その投稿を辿ってあらすじを想像してみよう。

元日の夜、老夫婦は「鶴亀」を習っているが、そのうち子供の話になる。妻はつい愚痴をこぼす。子供は三人もいるのに、いまは老夫婦ふたり。長男は嫁をもらって九州に住み、娘は北海道へ嫁いでいった。次男はスキーにいってしまう。……果しない愚痴のうちに、夜更け訪れる若い男女。真珠の首飾りを落したので懐中電灯を貸してもらえないかというのだ（信子は作家らしく自分の体験を早速使っている）。貸してやったが、こんどはその二人が懐中電灯を返すかどうかで老夫婦はいさかいになる。しかし若い二人はちゃんと返しにきた。そしてそこへスキー場からの次男の電話。〈おめでとう！〉と。……

投稿者はいう、

「元日の夜、さびしいがお互いにいたわりあい、頼りあう老夫婦の姿がよく浮き彫りされて、心にくいまでにその心理の動きを描いていた。すばらしいドラマだった。（群馬県館林市、R・I）」

信子自身にもその放送は納得いくものだったらしく、一月一日の項に、

「『夜の鶴亀』よかった」

とある。

一月十二日は信子の誕生日だ。今日は自宅で句会をしようというのである。

「大門あけて客設《もう》け。たのし」

と日記にあるごとく、この鎌倉長谷の新居は何とも宏壮なものだった（現在も吉屋信子記念館として一般公開されている）。瓦屋根を頂いて、延々《えんえん》めぐらされた赤壁の門、大門

はひときわ大きく、昔の武家邸のそれのようだ（信子はこの邸と庭を愛していた）。ただし、家自体は門ほど凝ってはいず、山を背にした横長の平家で機能的に建てられている。

この日の句会は『吉屋信子句集』に出ている。「一月十二日、誕生日。わが家にて、立子さん（田辺注、星野立子）、高木夫妻、真砂子さん、佐藤治子さん」として、

「枯芝を踏んで矚目《しょくもく》初句会」　信子

この日の最高点は千代の、

「移し植えて花美しきしだれ梅」　千代

だった。料亭〝たじま〟から取り寄せたふぐ料理で客をもてなし、信子は友情と句会を存分にたのしんだ。

『底のぬけた柄杓――憂愁の俳人たち』で十一人の現代俳人の生涯を書いた信子は、次には歌人伝を書きたくなった。これは女流歌人のみ九人をとりあげ、先の書の姉妹篇とした（『ある女人像――近代女流歌人伝』）。石上《いそのかみ》露子、山川登美子、原阿佐緒・石原純、茅野《ちの》雅子、三ヶ島葭子《よしこ》、川端千枝、藤蔭静枝、杉浦翠子、今井邦子である。この歌人列伝について信子は新潮社刊（昭和40）のあとがきに、

「歌人伝では女流歌人のみを描きました。それを描きつつ、筆者が発見したのは、同じ女

性でも俳句と短歌の世界ではいかに女の生き方がちがうかということでした。女流歌人のなかには、俳句の杉田久女のようなわれと自ら苛烈な人生を辿った破滅型は見当らず、むしろ人生行路のいかなる不幸にも隠忍と諦観を持して静かに生きる型の多いのに十七文字と三十一《みそひと》文字の詩の持つ運命の差を感じました」

信子は女流歌人の歌は、その人生と切り離して考えられぬと思う。あるいは旧家の重圧に屈し、あるいは親や夫の意向に逆らえず生きながら、わずかに歌を自我発揮の最後のよりどころとしている。……そんな女流歌人たち——その中のある人らはもう世の中から忘れられている——の人生行路と歌を探ってみることに情熱を持った。

大阪府南河内の富田林《とんだばやし》に石上露子の面影を求めて信子はさまよう。廃屋になっているが、城廓のごとき豪壮な旧家。露子の研究者である松村緑教授をその東京女子大研究室まで尋ねてゆく。また、若狭の小浜市に山川登美子のあとを取材する。與謝野晶子と、二人の師鉄幹を争って破れたという風説にまつわられる、薄幸の歌人である。そして一世に名高い恋愛事件として人々の口の端にのぼった科学者石原純と、原阿佐緒。……

信子の選んだ歌人を見れば、おしなべて美女であるようだ。信子は美しい女たちの織りなすロマンに、殊更なる興趣をおぼえずにはいられぬらしい。それらの〝物語〟は信子の手に適《あ》うものだったのであろう。同じ美女でも、杉田久女は〝物語〟にはなりにくい。信子の手に適わない難物だった。信子には久女は書けないジャンルの人物といってもいい。

『ある女人像』はそれぞれの軌跡が興ふかく語られ、引かれる歌も信子の解説とともに面白いが、いまひとつの長所は、女流文壇史の一側面、ともなっていることである。ことに杉浦翠子と今井邦子の項は貴重な資料ともいえる（この小稿のはじめ、——邦子や若山喜志子、そして生田花世らの暖い友愛に触れたのを読者はご記憶であろうか？　彼女らは少女雑誌の投書家で、誌面で馴染んで友となり、互いに扶《たす》けあって若い日を文学に精進したのだった）。

信子の美女好みは、ついに『私の見た美人たち』と実に直截なテーマに発展する。信子は「よい題でありがたい。〝ゴキゲン〟」と日記にしるす（昭和39・1・7）。

これには梨本伊都子、中上川《なかみがわ》あき（藤原あき）、古河不二子（男爵・古河虎之助夫人、西郷従道の娘だから、隆盛の姪になる。この人の美貌も、夙《つと》に有名）、万龍（有名な芸妓）、入江たか子、栗島すみ子（ともに女優）、北村兼子（功名心に燃えた婦人記者）、平塚らいてう。……

人選も面白く、好個の読みものとなっているが、中で注目すべきは「尼寺巡礼」であろう。

大阪の河内や奈良には尼寺が多いが、信子は道明寺・法華《ほっけ》寺・興福《こんぶ》院をとりあげ、法嗣の尼君たちの美しさを讃えている。道明寺の六条照瑞尼《しょうずいに》はもと勧修寺《かんじゅじ》伯爵の令嬢、美貌で才気煥発の「御前様《ごぜんさま》」、法華寺の久我高照尼、尼門跡寺院四十五代目の御門主さまは久我常道伯爵のお姫さまだったかた。映画スター、久我美子さんの叔母君で、気品も美しさも、さすがに……といったかただと信子は眩惑されている。「白綸子《りんず》のお召しものに紫の被布《ひふ》のまったく嫋々《じょうじょう》とした姿」

そして縁先の庭には馬酔木《あしび》の花がほそい雨に打たれていた。信子は白日夢を見る気がする。自由な立ち居振舞の中に身についた典雅な気品。

興福院の住職は墨染に袈裟《けさ》のほっそりした美しく若い尼君。少年のようにすがすがしい眉目《みめ》の、日野西徳明住職である。中津川の遠山子爵の姫君だった。尼君たちはいずれも美しく、匂うような気品だった。格式ある寺院は皇族や貴族の姫たちを迎える伝統ではあるが、それにしても、尼僧たちの、化粧気もないながら、輝くばかりの美しさ。

〈どうして尼さまには美人が多いのかしら？　ふしぎねえ……〉

首をひねる信子に、奈良在住のインテリ夫人が、

〈そういえば思い出すことがございますわ〉

という。奈良でやはり有名な門跡尼院の門主のこと。ちょうど終戦直後の社会状勢の激変で、寺院経営も困難をきわめたときに（それは右の三寺、みなそういう運命に見舞われたのであるが）、心労のあげくの精神的動揺のせいか、お茶の弟子の、はるか年少の青年と恋に落ちた。あげく寺院から脱出して還俗、当時の新聞を賑わしたものだった。夫人はその事件のヒロインの尼さまをよく知るという。

〈門跡寺のなかでも、一、二といわれる美しい御門主でしたのに、紫のお被布も白綸子のお召しものも、法衣も袈裟もいっさい脱ぎすてて、髪をおのばしになり、普通の女の着物や帯をなすったら——まあ、どうでしょう、尼さま時代の美しさもお品もすっかりなくなって、ただもう、ありふれたそのへんの女に見えてしまったのですよ。ほんとうに私、びっくりしましたわ〉

信子は感慨に打たれ、しんとしてしまう。

尼僧たちのあの若々しさ、美しさ、匂やかさは、仏弟子としての忍苦のきびしい修行から生れたものであろう。かつ、運命のみちびきで法燈を嗣ぐべく定められたわが身を喜悦し、使命感に心身を引きしめて……それがかえって、自由で大らかな明るさと、気品を生むのであろう。信子は思う。

（たいへんな道をえらび、歩んでいられるかたがたなんだわ。——大慈大悲のみ仏はそれを見通して嘉《よみ》せられ、かわりにあのかたがたに、永遠の若さと美しさの〈尼僧美〉を与え給うたのかもしれないわ……）

そういう感動が、ある一つのイメージを生んだ。信子がいつからとなく書きたいと願望しはじめた伊勢慶光院の若き尼君。十七歳のうら若い紫衣《しい》の尼君は、道明寺の、あるいは興福院の法嗣のようであったろうか。……ああ、『徳川の夫人たち』の想がかぎりなく湧きおこる。早く書きたい！

しかしその前に『ときの声』を仕上げなければならない。

「私にはずいぶん骨が折れた作品だった」（読売新聞「『ときの声』を終えて」昭和40・4・24）

と信子は書いている。これは読売新聞が企画した〈名勝負物語〉の中の一篇として構想されたものだった。はじめは競馬について書けないだろうか、と示唆されたが、それを信子はことわり、廃娼運動をテーマにしたい、といったのだ。国家・社会を相手にとっての廃娼運動、どっちが勝つか負けるか、異色ながらこれもたしかに近代の名勝負だ。これを書くのは冒険ではあるが、信子は救世軍や矯風会の廃娼運動の記録に深い感動を受けている。友人の中には、

〈え？　救世軍だの矯風会だのって、そんな固苦しい色気のないもの、読む人があるのかしら？〉

と心配してくれるのもいたが、信子は自分が意欲を燃やしたら、ヒトの忠告や助言など耳に入らない。資料は早くから心がけて蒐集していたが、信子が書く昭和三十九年には、過去の廃娼運動の記録は散佚《さんいつ》、あるいは流出して入手しがたかった。「いまはまったく一種の近代稀覯《きこう》本だった」と信子はいっている。

救世軍の創設者、山室軍平の娘、民子さんや、子息、武甫氏から信子は協力を受け、記

録類を調査することができた。

遊廓はすでに廃されているが、信子は新聞社の協力で多数の関係者から取材することができ、その跡も見て歩いた。――この連載に関する限り、女性からの手紙より、男性からのほうがずっと多かったのもおかしい。男たちはもう地上から消滅した〈遊廓〉に、その時でなお興味と関心を失なっていないらしい。

「遊廓については古書、文献もあさったが、なかには読者の有志の方が実験的資料を書き送って下すった」（同）

と信子はいう。おかげで信子は資料に忠実に密着して、全くのノンフィクションで書き終った、という。

――女性の自我の確立、尊厳、自由を追求し、それを圧迫する者に強い義憤をおぼえてきた信子としては、廃娼問題というテーマに逢着《ほうちゃく》するのは当然のながれであろう。そのかみ、南洋で見た〈からゆきさん〉たちの可憐な墓が思い出される。

『ときの声』は昭和三十九年十一月六日、読売新聞で連載がはじまる。これこそ全くのノンフィクションであるゆえ、文章から贅肉が失なわれて、きりっとしている。

（『徳川の夫人たち』の直前に、『ときの声』を書いたのはよかった。ノンフィクションで鍛えられた信子は、文章から冗長な形容詞や感傷的口吻《こうふん》を追放するのに成功している）

その夏は〈観測史上二度目の暑さ〉という日もあって、三十度以上の暑さが二十日も続いた。その暑さの中、七月九日、阿部真之助が長逝する。毎日新聞の社友として信子がずっと連載小説を書きつづけたのも阿部の推挽《すいばん》によるものだった。戦後はフリーの評論家として、政治評論や社会時評に活躍した（ただし、伊藤整のチャタレー裁判では、検察側証人となって人々に意外の思いをさせたが）。信子には頼りになる、なつかしい知己だった。

「ショックだった」（日記、昭和39・7・9）

二十五日の追悼会には「涙が出た」（同7・25）。

美人伝や「若狭の登美子」を書きながら、

「山室軍平伝　資料しらべ、ノートづくり、いろいろなす」（同8・30）

「救世軍本営に山室民子氏を訪れ、写真、資料を借る、米人司令官に会う」（同8・31）

と、いそがしい日々。

『ときの声』は昂ぶらず、低声で、しずかに語りはじめられる。

三輪《みのわ》の浄閑寺が冒頭、紹介される。

この寺が、徳川時代からの吉原遊廓の娼妓の亡骸《なきがら》を葬ったところ。――そして、廓内の遊女の、悲惨な運命が冷静に語られる。寺には古くからの過去帳が保存されている。まさしく公娼哀史である。

安政の大地震にも関東大震災にも、遊廓の楼主たちは、遊女の逃亡を恐れて大門木戸を閉めてとじこめたから、横死した女たちの数ははかり知れない。

吉原の遊廓史から信子は説き出し、幕末の日本へ来た欧洲の知識人たちが、殷賑《いんしん》をきわめる売春施設に驚倒して、

「日本人はこの遊女屋への出入りをいささかも恥じない。遊女屋は国法により皇帝に保護されている。高官も賓客を遊廓へ案内接待する。節制という大切な美徳を国民は知らない。まことに淫慾の強い国民で全然羞恥の観念が欠けている」〈『全集』12〉（信子の省略抜萃による）

　これは安永四年（一七七五）長崎に来たオランダ人ツンベルグの『日本紀行』（山田珠樹訳註、雄松堂復刻版、昭和41）の一節である。

　明治五年（一八七二）のマリア・ルース号事件（明治五年、ペルー国船マリア・ルース号の中国人苦力《クーリー》解放をめぐり、日本は人身売買を人道上の問題とする国際輿論の支持を受け、国際裁判に初めて勝った。それは同時に、日本国内に於ける人身売買—芸娼妓解放令を布告する契機ともなった）以来、廃娼論もさかんとなって機運も盛り上ったが、廃娼令は各県の知事の裁量に任された。妓楼経営者ならびに婦女売買ブローカーたちと廃娼運動家たちの熾烈な闘争がはじまる。

　ことに明治二十四年十月の濃尾地方の大地震では、人買いが跳梁して、多数の娘たちが続々と全国の遊廓へ連れ出されてゆく。

　当時、地震罹災者の救援に当っていた外人宣教師たちはこの実情を知って慄然とする。

国家の公許による公娼制度の悪の根源を、心ある人々は深刻にうけとめ、欧米にその実態を知らせる。アメリカの万国婦人矯風会が動き出し、日本では矢島楫子《かじこ》を会頭とする東京婦人矯風会が全国的組織に発展した。

救世軍がはじめて日本にやってきたのは明治二十八年、ライト司令官は〈日本人をして日本社会を救わしめよ〉という使命を与えられていた。

若い山室軍平は信仰と人生に悩んでいたが、ついにめぐりあうべきものにめぐりあったというさまで、救世軍に身を投じ、ライト司令官を喜ばせる。軍平は公娼廃止を将来の目標にする。それは以前和歌山で、少女がわずかな金で売られようとするのを、みんなで奔走して金を工面し救った体験からだった。

果しもない売春業者との戦いがはじまる。

信子は名古屋の元遊廓業者に会いに、勇躍、取材ノートを手に新幹線へ飛び乗った。廃娼論者のほうの取材ばかりではフェアではないだろうと、かねて考えていたのだ。

名古屋の中村地区は戦火もまぬかれて、遊廓廃止後もたてものは軒を並べ、料亭、旅館になっている。信子はむかしは大籬《まがき》（大店）だったという店の主人と話したが、その人は店のしごとにタッチしていなかったよしで一向、埒はあかなかった。

軍平たちは救世軍宣伝紙「鬨《とき》の声」を抱えて廓の大門を入ってゆく。吉原開闢《かいびゃく》以来のこと。国法を動かすのはむつかしいから、娼婦たちの自主廃業を応援しようというのだ。

妓夫用心棒たちに撲りかかられながら、太鼓を叩いて叫ぶ。「こは、はらからをほろびより／すくわんための、いくさなり／ひくなすすめよ、救世軍／すすめ、すすめハレルヤ！」

救世軍は負傷したが抵抗せず、告訴もしなかった。〈彼らを相手にしない。救世軍は社会悪の公娼制度と戦うのみ〉――

しかしマスコミや世論が救世軍の味方についた。救世軍の行動を激賞し、遊廓側の行動を非難攻撃した。

信子は遊廓史もかなりくわしく調べ、貧窮の人民が娘を売る理由を考察している。東北冷害のときは、耕作用の馬は手放しかね、まず娘を売る、と。

借財のためといっても、父兄の賭博の損失を埋めることも多い。〈兄弟の学資のため〉というのには殊にも信子を憤激させる。

「息子に教育を受けさせるために娘を醜業婦に売る親の感覚はどうであろう」

なんで一家の貧苦や乏しさの屈辱的犠牲はみな娘が負わねばならぬのか。

「この不思議な習俗はどうして起るのであろう。

これこそ日本の社会的伝統の〈女性蔑視〉が原因だったと思う。

男性中心のこの国家で人権を認められるのは男性のみで、女性は人間の形はしても、人権上はコンマ以下だった証拠である」

信子の肉声がきこえるので、資料をあまた援用した文章であるけれども、決して無味乾燥ではない。

信子は前借金、娼妓の取り分をくわしく調査する。稼ぎが悪いと絶食させるという残酷な実例は江戸や明治どころか昭和の初めでも行なわれた。搾取手段のあれこれを信子は克明に書く。

このノンフィクションの作品に男性読者の反応が大きかったというのもうなずける。

業者はひたすら政府と権力者にすがる。国会議員、府会議員、市会議員を買収して、法令改正を食い止めようとする。

公娼必要論を宣伝せんとする。

軍平の誠実はよく救世軍の理解者・支援者をふやした。そしてあとに続く若者たちを作った。

しかし双方の攻防のうちに戦争に突入し、廃娼運動どころではなかったが、戦後、やっと売春防止法案が国会を通過する。昭和三十一年、凡《およ》そ四世紀にわたるこの国の公娼制度はやっと崩壊する。直接的には参政権を得た女性たちの発言が強くなったからでもあるが、その種火を燃やしつづけた山室軍平たちの業績も忘れられてはならない。……

信子は終章でようやく現在の吉原を見にゆく。廓は廃墟となって倉庫が建っていた。

「空の空なるかな。ただ白けた埃っぽい舗装道路が縦横に通じていて、トラックやタクシーが通りぬけてゆくだけ、ほんとに殺風景な（乾いた街）なのに、がっかりした」

しかし、信子が娼妓たちのあわれを、また廃娼運動に身を挺した救世軍の人々のことを書いたお蔭で、総霊塔（横死した遊女らの合祀塔）に祀られた彼女らもなぐさめられたのではないか。

克明で貴重な廃娼運動資料ではあるが、よく血も通い、暖みのある記録文学となり得ている。この作品は信子作品に点のからい男性評論家にも受けがいい。

信子はノンフィクションライターとしても出色の才人であることを立証した。

『ときの声』を擱筆《かくひつ》するなり、信子は資料を『徳川の夫人たち』のものと入れかえる。

「〝徳川の夫人たち〟早く書きたし。但し歌人伝まだあり、川端千枝これから」（日記、昭和40・4・14）

――『ある女人像』も評判よく、すでに連載中からラジオで朗読されたりしているので信子も気が入り、取材にも積極的だった。

しかし『徳川の夫人たち』は初めての時代ものだ。時代考証をかっちりやらなければならない。何より伊勢の慶光院を探訪せねば。

そもそも、なぜ信子が『徳川の夫人たち』を書きたくなったかといえば、『幕府祚胤伝』家光の巻の、

「永光院於万方《おまんのかた》」の略伝、わずか九行の文学にロマンをそそられたからだった。

「六条宰相源有純女、伊勢州度会郡内宮、慶光院為住持。為継目御礼登営之時、依命還俗、称於万、田安屋敷住、後御本丸奥勤。

明暦三年、御本丸炎上之時、共中丸殿無量院江御立遁御逗留」

――これは読み下すとこうだろうか。

「六条宰相、源有純《ありずみ》の女《むすめ》、伊勢の州《くに》、度会《わたらい》郡内宮の慶光院の住持となる。継目《つぎめ》御礼の為、登営《とうえい》（江戸城登城）の時、命《めい》に依って還俗《げんぞく》し、於万《おまん》と称す。田安《たやす》屋敷に住み、後、御本丸の奥勤め。明暦三年（一六五七）、御本丸炎上の時、中の丸殿と共に無量院へ御立ち遁《のが》れ御逗留さる」

そのあと正徳元年（一七一一）逝去、無量院へ葬られたと二行。

信子は雲のわくようなイメージがひろがる。美しい紫衣《しい》の尼君。道明寺の、法華寺の、興福院の、尼君が目に浮ぶ。

権力者の目にとまって還俗を強いられた、十七歳のうら若き尼僧はどんな思いでいたろうか。

けれどもその運命を逆手にとって、彼女は美しく雄々しく、地平を拓いていったかもしれない。……

信子はそんな女人を書きたいと思う。信子にいつも意欲を持たせるのは、心魂を奪うような、気高くもりりしい志操の女人だ。

尼君からお万の方へ。

女人の転変を、すずやかに美しく書きたいと思う。しかし江戸城大奥とはどんなところだろう？　家光とはどんな男だったのだろう。彼には悪名高い春日局《かすがのつぼね》がいる。……

いやお万の方だけではない、徳川の大奥の女人たち、昔から書きたかった絵島、そして和宮。また大奥取締りのトップは、さだめし才幹ある女たちであったろう。彼女らのことを書きたい。……信子の空想はとどまるところを知らぬ。

面影つかのま

1

昭和四十一年（一九六六）元旦。七十歳の信子は心こめて日記冒頭「新年の言葉」に書く。

「『徳川の夫人たち』朝日新聞夕刊一月四日よりの掲載のわが初めての時代ものの成功を祈り、専心努力のこと」

――思えば吉川英治と昭和二十七年に「婦人公論」で対談したとき、吉川はやさしく励ましてくれたっけ。

〈吉屋さんもいずれは歴史小説でしょう？　お書きなさいよ。古典を発掘すると、吉屋さん、まだ無尽蔵ですよ。それこそ長生きして……〉

信子は〈そうね、老後のたのしみに、大事に……〉と答えたものだった。信子にやさしかった吉川英治も昭和三十七年の九月七日に長逝した。古い仲間、知己が次々、ときの流れの波間に姿を没してゆく。信子はひとり荒海に小舟を漕ぎつづけなければならない。

書きたいロマンとイメージだけをゆく手の目当ての星として。……

そして時代小説は〈老後のたのしみに〉と思っていた信子だが、はやその日は須臾《しゅゆ》にして目前にきた。

去年四十年いっぱいを信子は資料蒐集に、取材旅行に、と大いそがしだった。

（それでいえば〈千代年譜〉にある昭和四十年の日記抜萃は、私の持っている信子の日記と異同がある。あるいは『徳川の夫人たち』専用のノートでも別にあるのかもしれぬ。とりあえず私としては、まちがいなく信子の書いた「あとがき――『徳川の夫人たち』について」〈朝日新聞、昭和41・10・27〉に拠りたいと思う）

信子はまず伊勢の慶光院について調べねばならぬ。慶光院の名は『徳川実紀』（家康から第十代家治に到る間の和文の編年体実録。幕府の企画による）や、『御湯殿《おゆどの》の上の日記』（禁中御湯殿の上に侍《じ》した女官の日記。文明頃〈十五世紀後半〉から江戸末期までの記録が現存する）などにもしばしば現われる。

しかし明治維新の神仏分離で廃寺となっているので、信子は手がかりを失なったかと落胆した。

ところが伊勢神宮司庁秘書課長に慶光院俊氏がいられることを知った。もしや慶光院の関係のお血筋であられるのではないかと信子は思い、希望にみちて、「図々しくも未見の慶光院氏にお手紙を差し上げた」。

早速の返事は信子を感激させた。まさしく氏は、慶光院十五代門主の賀陽宮《かやのみや》朝彦親王の姫宮が、廃寺後還俗《げんぞく》されて迎えられた婿養子、二条利敬氏（二条公爵令弟）の長子だった。お返事に添えられて「慶光院世代書」の写しと、お万の方《かた》・永光院の資料としては「上野御法号記」の写しがあった。

「かたじけない御親切だった」（「あとがき」）

と信子はしるす。

ここでちょっと注を入れねばならないのは慶光院のことであろう。読者は、なんで伊勢に——あらゆる神さまの大本であるような、神さまのお社《やしろ》、伊勢神宮のお膝元に、お寺があるのであろうかと疑問を持たれる向きもあろう。

もともと仏教が日本へ渡来して以来、それは日本固有の神道といつかまじり合い、融け合うようになった。少くとも人々はそう考えるのを好むようになった。為政者の政策ばかりでなく、また僧侶の仏教流布《るふ》の方便ばかりでなくて、温和な日本人の心情や歴史風土に適合した考えかたであったのだろう。

日本固有の神さまは仏さまが化して神さまと現われたもの、と考えられた（本地垂迹《ほんじすいじゃく》説）。神仏習合は千年以上にわたり、日本人に信じられた宗教現象であったのだ。

しかし明治政府は神仏分離令を発して、神道を国教とする政策をすすめる。ご神体が仏像である神社、ご本尊が神体である仏寺は大混乱をみた。神社から仏教色が払拭されたのは政策上のことであったが、その波に乗って全国的に廃仏毀釈《きしゃく》の運動が拡まっていったのは（その時代のあらがいがたい風潮とはいえ）、文化的には一大痛恨事であった。

　由緒ある寺々が廃され、建物は毀《こぼ》たれ、仏像・仏画・仏具・経典類は惜しげもなく破却された。どれだけ多くの文化財が灰燼に帰したか、その損失ははかり知れない。

　明治維新は多くの犠牲を生んだが、文化の中のあるものもまた消失してしまった。

（右の現象は、維新というような国家の非常事態だけにみられるものではない。人間がみずからの文化に愛着を持たないとき、それはただちに現われる。近来の地名変更の暴挙をみるがよい。古くからの地名を改悪して恬然《てんぜん》としている。地名は歴史文化の伝統だけではない、地霊と現在生きている人々とをつなぐ文化の臍の緒、といってよく、古い地名を伝え続けてゆくことは後世の人々への義務である。地名を改めることは罪悪である。大阪でいえば天満のあたりはもと奉行所のあった地ゆえ、同心町、与力《よりき》町といった地名が残っていた。それを改悪後は西天満で統括してしまった。あれは昭和の愚挙だったと今でも私は思っている。便利になればいいというものではなく、七桁番号など郵便に書かせてどうしようというのだろう。数字よりも県名を書かせたほうがいい。そうすると日本地図のあらましが、郵便利用者のあたまに入ってくる。県のイメージも顕《た》ち、それによってあたまも活性化するであろう。便利性ばかりを追求してゆくと文化は消滅する。古い文化に愛着し

ない、奇妙に開化意識ばかり突出した、日本人の後進性が躍如としている）

さて、慶光院である。

神さまのお膝元にある尼寺だが、ここもまた、伊勢神宮を守るためのお寺らしい。信子によればこの尼院の遠祖は後醍醐《ごだいご》天皇の皇女祥子内親王であるという。内親王は伊勢神宮の斎王であられたが、元弘の乱で父帝が笠置山に遷幸《せんこう》された時に、内親王も尼僧となられて庵《いおり》を結ばれた。それがこのお寺の由緒だという。『国史大辞典』（吉川弘文館）に拠れば、慶光院のあとが絶えていたのを守悦なる人が中興して初代院主となったと。守悦は五十鈴川の宇治大橋が流出して内宮の参詣者が難渋しているのを嘆き、諸国に勧化《かんげ》して、永正二年（一五〇五）にこれを架けた（信子によれば、この守悦上人は京都の公卿・飛鳥井《あすかい》家の姫であったと）。三代目の清順も、勧進によって天文十八年（一五四九）宇治大橋を造営している。このとき以来、慶光院は伊勢神宮の式年遷宮に尽力することになる。ときの帝、後奈良天皇は嘉《よみ》されて慶光院の称号を許された。代々の院主はこれにより〈慶光院さま〉と呼ばれ、上人号と紫衣《しい》を勅許される。慶光院の経済的地盤が確立したのは豊臣秀吉の寄進による。五代目の上人である周清《しゅせい》がまた、なかなかの実力者であった。『国史大辞典』によれば、早くから公武の間を往来し、春日局（徳川家光の乳母で、当時有名な女傑である）とも昵懇《じっこん》であり、家光の将軍家襲職にも功があり、千《せん》姫の依頼で、先夫・豊臣秀頼の怨霊しずめの祈禱も行なった。かつ、後水尾天皇中宮・東福門院の帰依《きえ》をも得て京都に邸宅を賜わったという。慶光院の本来の事業である伊勢神宮の遷宮についても、四代の周養《しゅよう》上人を扶《たす》けて皇大神宮、豊受《とようけ》大神宮、両宮の正遷宮を果している。戦国時代は異能の男たちを輩出させたが、また、女たちの世界でも有能辣腕の人を生んだとみえる。

この周清上人が、『徳川の夫人たち』にちらと出てくる。周清尼は春日局に親昵《しんじつ》したおかげで、徳川の世になっても家康、秀忠からも寄進を受け、家光の代に院主参府の宿泊用の邸を拝領した。寺領も四百九石となり、準尼門跡、臨済宗比丘尼《びくに》寺の権威は高い。院主相続は代々将軍家から命じられる。

周清上人は六代周宝に院主を譲ったが、この人は病弱だったので、喝食立《かっしきだち》（寺小姓）として院主候補の教養・学問を修行していた、京都の公卿、六条有純《ありずみ》の姫を七代に立てた。七代上人の晋山《しんざん》式、若く美しき新院主をはじめて見た善男善女は、一せいに感嘆の声をあげる。

寛永十七年（一六四〇）四月はじめのころのこと。

剃りたての頭《つむり》も青々と、紫の衣を身につけた若い〈慶光院新院主さま〉の美しさ、気高さ。――実在のその尼君こそ、『徳川の夫人たち』のヒロインである。

「ぷろろーぐ」として昭和三十三年（一九五八）八月三日から始まった芝公園増上寺の徳

川家墓所発掘のニュースから信子はときおこす。このニュースは、歴史の闇の彼方に没し去ったような徳川時代が、なまなましくよみがえったような感を人々に抱かせたので信子もペンをおろす初めに、まずその感興をしるしたかったのであろう。徳川家の六人の将軍とその夫人、子女たちの墓であったが、十四代家茂《いえもち》とその夫人、静寛院宮《せいかんいんのみや》のことを信子はことにくわしくしるす。先立った二十一歳の夫の棺に、静寛院宮はわが髪の毛を入れていた。そして自分の棺内には、夫・家茂の硝子《ガラス》板《ばん》写真を。……（これらの人々は『続・徳川の夫人たち』に登場する）

七代新院主の、さしあたっての仕事はじめは、徳川将軍に院主相続のお礼を申上げるべく、江戸へ下ることであった。

新院主が公卿の姫として生れながら、尼となったのは、みずからの意志によるものだった。

母を失なったのを契機に、この姫はいつの頃からか、比丘尼寺でみ仏に仕えたいと思うようになった。公卿の世界でも幼いころから評判の美貌で、しかも利発、『古今』『源氏』の歌も諳《そら》んじるという、天与の才智に恵まれている。父の六条有純卿は宮仕えに出させようと思ったが、本人はひたすら尼寺へ、と望んだ。周清上人は六条卿から、姫の望みに親としては困っていると相談を受け、

「それほどに申さるるなら、ひとまずこなたでお預りいたしましょう」と身柄を引きうけた。十三歳の少女がそこへ連れてこられた。上人はその姫の「息の詰るほどの美しさ」に驚かされる。

父君は〈当人の気のすむまで預ってもらおう〉と思い、周清上人も、〈やがては六条家へお返しせねばならぬ姫〉という予定で、彼女は上人に伊勢へ伴なわれる。

慶光院では喝食立の姿となったが、美しき〈預りびと〉として大切に扱われていた。姫は周清上人のあとを継いだ周宝上人にさまざまな学問を授けられる。周宝は病弱だったが、周清よりはるかに学識があった。姫は周宝上人から、

「文学は『源氏』や『伊勢物語』、歌道は『万葉』『古今』、漢学は『大学』『中庸』『論語』に『孟子』、仏教と禅学は『仏祖三教』『臨済録』『四部録』その他を吸い取るように学び、音曲は寺院でしばしば催す謡曲を傍聴して親しんだ。読経もみごとに見習って美しい凜《りん》とした声だった」（『徳川の夫人たち』「魅惑者」）

これらの尼君の教養については、信子は伊勢神宮勤務の慶光院氏に示唆されたのであろうか。

信子は氏からのねんごろな返書に勇気を得て、はるばる神宮司庁へ氏を訪ねる。

（句集に「伊勢いすず川」として、

「水底の石みな透ける涼しさよ」　信子

とあるのは、六年前の文春講演旅行のときの感懐だが、いよいよ慶光院・お万の方を書くときめて身に触れる伊勢の風物は、ひとしお信子にはゆかしいものであったろう）

伊勢はまことに神の聖なる地、風の匂いさえ違う。檜《ひのき》の大橋の清らかさ、山々のかぐわしい緑、そして五十鈴川の清らかな流れは、すべての人々の身心を引き緊める。その上、その神々しさは決して冷厳で近よりがたいものではなかった。伊勢のおやしろは、女神を斎《いっ》きまつるせいか、柔和であたたかい感じである。人々を双手《もろて》で迎え包んで下さるふるさと、という感触がある。

信子もそう思って伊勢神宮の神域を歩んだことであろう。

神宮司庁の白木造りの応接間で待つと、ほどなく秘書課長・慶光院俊氏が現われられた。神職であるから、白羽二重《はぶたえ》に紫の袴《はかま》に身を包まれた氏は、長身白皙《はくせき》、さすがに公卿の二条家のお血すじらしく、典雅な紳士であられた。

信子はただいま構想を練りつつある、お万の方の心の恋人、鷹司信平《たかつかさのぶひら》の面影を氏に重ねて、思わず動悸が烈しくなった。美男好みの信子ではあるが、彼女は美貌に知性や見識の裏打ちがないと認めない。慶光院氏の風貌容姿は信子の意に適い、好感をおぼえずにいられなかったのであろう、「あとがき」にも明記している。ともあれ、氏にお目にかかって、信平のイメージをつかめたことも、かずかずの示唆とともに信子には嬉しい収穫だった。

その日、旧慶光院の遺構を見ることもできた。

「古色蒼然としてはいるが、立派な表門はいかにも紫衣常用の尼君の比丘尼寺の格式がしのばれた」（「あとがき」、『全集』8所収）と信子はしるす。

本坊はいまはなく宿坊のみ、そこは神宮祭主の職舎にあてられている。

宿坊の広間へつづく杉戸に唐獅子が描かれているが、その胡粉《ごふん》も消え落ちていた。

広間の縁からみごとな庭園が見渡せる。

小堀遠州作、と伝わる庭だ。すでに数百年の歳月を経た池や樹木であるが、そのたたずまいは、十七歳の新院主の眺めたころを思わせる。やがて将軍側室となる運命をつゆ知らず、この庭を朝夕ながめたであろう紫衣の尼君。

信子はこのとき、はっきり、お万の方のイメージをつかんだ。

「その日以来、美しきお万の方はわたくしに憑《つ》いてしまって離れなかった」（同）

この作品のために信子は史実では中村孝也博士、考証で稲垣史生氏ら「多くの方々の御教示と助言」（同）を授かったと感謝している。

東大史料編纂所、内閣文庫、日比谷図書館、上野博物館、名古屋の徳川美術館、さまざまのところにも便宜を図ってもらった。足のふみ場もないほど、書斎は資料でうずたかくなった。

信子が『徳川の夫人たち』を書き出したのは（日記によれば）昭和四十年九月二十九日

である。

「〃徳川家《ママ》の夫人たち〃第一回ぷろろーぐ書き出す。

増上寺発掘の場面なり。

十二時すぎねる。

神よ守らせ給へ《ママ》。

無事りっぱに心ゆくばかりかき終らせ給え」

――信子の日記には「神」が散見し、仕事についてはつねに神の加護を祈っているが、信子が特定の宗教を信じた形跡はなく、日本人に多い、〈困ったときの神だのみ〉風な心境であろう。

しかし芸術作品はある種のデーモンの憑依で具現することも多いから、めでたきデーモンが落ちてきて〈神がかり状態〉のインスピレーションに恵まれることを信子は願ったものとおぼしい。

こうして『徳川の夫人たち』は出発する。

信子は〈神がかり状態〉をいみじくもセーブしつつ、悠々と筆をはこぶ。ほどよい緊張と、それをやわらげるゆるみを調和させつつ、物語ははじまる。

ほそい源流が時代と人のあいだを縫いつつ潺湲《せんかん》と流れ、やがて洋々たる大河となってすべてのものを浮べ、映して海に入る。……そういう思いを抱かせる大作である。

信子の文章は、豊穣を示唆しつつ単純になっている。冗語は省かれ、装飾語も注意ぶかく落される。手練の手わざといおうか、もうデビューして半世紀だ（『花物語』第一話「鈴蘭」が「少女画報」に採用されたのは大正五年〈一九一六〉、信子二十歳のときだった）。

五十年、〈物語〉を、倦《う》むことなく語り続けてきたのだ。その手法もコツものみこんでいる信子であるが、それらをいっぺん払拭してあらたな出発をめざそうとする。……『徳川の夫人たち』の、ケレン味のない素直さは、「ぷろろーぐ」に、徳川家墓地発掘の、感情をまじえぬ記述（それでいてとどめかねる感興が行間にあふれる）に早くも示唆されている。

時代小説をはじめて書く信子は、〈資料〉と〈物語〉のめでたき媾合《こうごう》に、五十年みがいた腕を撫《ぶ》し、はやる心を抑えつつ、自分もたのしみながら、にんまりとペンを走らせたのであろう。

さて、六条家の〈預り姫〉を第七代院主に立てるには、周清上人の政治的思惑もあったと信子は指摘する。このやりての〈ご隠居〉上人は、京の堂上家の姫君を新院主に立てれば、いよいよ慶光院の格式は上り、寺運隆盛まちがいなし、と見たのであろう。

もとより本人の姫がそれを望んだとあれば、父君の六条卿ももはや反対できなかった。

こうして若く美しき院主〈慶光院さま〉が出現した（タイトルは朝日新聞との打ち合せの末、十二月に至って『徳川の夫人たち』に決定している）。

寛永十七年（一六四〇）四月下旬、慶光院七世新院主の一行は江戸をめざして出立する。一老さん二老さんと呼ばれる長老尼僧につき添われ、幕命で山田奉行から道中警護の徒士《かち》数名が従う。道中は御朱印《ごしゅいん》の公用旅行者の扱いである。

伊勢から四日市、そこから江戸まで九十九里八丁、新院主は黒漆に蒔絵の駕籠にゆられ、長い道中のあいだ、はじめて世間を見る。

貧しい暮し、痩せこけた人々――新院主は仏法で人間の魂を救うより、その前の生活を救わねば――と考え、使命感と理想に燃えると信子は書く。若い新院主は思う。

〈いにしえの光明皇后の悲田《ひでん》院、施薬《せやく》院を忘れては尼僧院のありかたはない〉と。――

――やがて一行は江戸へ着き、拝領屋敷に入る。

「玄関式台に横づけの乗物から、新院主がすらりと嫋《たお》やかに抜け出た姿に、一瞬そのあたりが灯ともしたように明るくなった感じだった。

白綸子の裾ながきにうす紫の被布姿、惜しみなく青々とそり上げられた円頂の端正な形が黒髪を誇る女よりさわやかに不思議に幽艶にさえ見える。

紅も白いものも刷《は》かぬ、素顔のままにととのった眉目のすがすがしい清浄感」

そういう尼君の裾に真白い小猫が、緋の首輪の鈴を鳴らしてじゃれつく。

「ここに、おちゃちゃがいるとは！」

と尼君は驚く。愛猫は、江戸へ先着した小尼《こあま》、玲貞《れいてい》がこっそり連れこんだもの、やんちゃな小尼らしいと院主はほほえむ。

「道中さぞおちゃちゃは生きたお荷物で手がかかったであろうに」

「いいえ。おとなしいおちゃちゃさまであらしゃりました。本陣の宿で二老さんと小尼はお精進、おちゃちゃさまはいつもおとと（魚）で、あのようにまるまると肥えました」

尼君は笑声をたてる。自分を見舞う運命を知らず、愛猫とめぐりあって喜ぶ、愛らしくて清らかな尼君である。

彼女は公卿の出身ゆえ、江戸城で家光夫人にも会って挨拶したいと、気軽なことを考えていた。三代将軍の御台所《みだいどころ》は五摂家の鷹司家から入輿した姫である。

しかし御台所は家光とむつまじからず、別の御殿に住んで中の丸殿と呼ばれていることを尼君は知って心ふさぐ。

鷹司家の姫をそのようにつれなくあしらうとは、と、まだ見ぬ家光将軍に反感を抱く。

家光の威光をかさに権勢を振うと聞く、乳母の春日局にも、京の宮廷人は好意をもてない。もう十年余の昔だが、春日局は京都へあらわれ、後水尾天皇の中宮、東福門院の御所に伺候した。家光の妹に当られるから、それはさもあろうことだが、春日局はそれだけで引き下らず、帝のご拝謁を強要する。皇室の威はふるわず、京都所司代の干渉に甘んじなければならなかったこの頃のこと、拒絶するわけにいかなかった。宮廷人士はあげて徳川家の横暴をにくみ、春日局の強引に憤激した。

まだ幼なかった尼君も、父君の語られる話で、春日局にいい先入観は持てない。そして尼君は批判力もある。

伊勢神宮に奉仕の比丘尼寺ゆえ、継目御礼も京の禁裡《きんり》に伺候して申しあげるべきなのに、はるばる江戸まで下って武門の将軍に言上するとは筋目ちがい。紫衣常用のお許しも禁裡からこそ賜わるべきなのに、……と朝廷のご威勢のおとろえを嘆くのである。

江戸城の休息の間で謁見を前に休んでいる尼君を、春日局が訪れる。老いてはいるがやはりなみなみならぬ手腕と実力をもつ女、と尼君は評価する。そしていよいよ将軍・家光の謁見、その応酬、さらに拝領屋敷に戻っての、一老さんと二老さんとのやりとり。

一老さんは善意だけの老尼だが、二老さんはしっかり者で、尼院内の庶務を処理し、世故たけた才人である。二老さんはお城へあがれないから、一老さんから、くわしく事情を聞こうとする。――というのは、家光からゆっくり江戸へ逗留せよ、とお言葉を頂いたことに驚いたのだ。今まで代々継目御礼にうかがった院主にもそんな先例はない。慣例の、家光から頂く金一封はいつもなら三十両なのに、百両が与えられた。

(これはただごとではない)

しっかり者の二老さんは、一老さんのうかつさが歯がゆい。

〈今日の江戸城にての春日局どのの、新院主さまへのご様子、くわしくお話し下され〉

このあたりの不安感・緊迫感は快い。そして性格ドラマでもある。高圧的な春日局に対するに、一老さん・二老さんに代って尼君に付けられた大奥の女中、藤尾の、やさしい献身ぶり。

信子は男性を描くとき、久遠《くおん》のあこがれのような男とか、俗悪な品下《しなくだ》れる男とか、とかく極端に走りがちで、それが大衆の意に適うとはいえ、通俗的になりやすかった。しかし『女の年輪』で新しい男性像を造型し、『ときの声』で理念に殉じた男の生きかたへの感動をノンフィクションでまとめた信子は、ここでやっと等身大の、地に足をつけた男たちを描く。徳川家光がそうである。

さて、はじめて家光謁見の日。

紫綸子《りんず》の法衣に金襴の袈裟《けさ》、水晶の数珠を手に、尼君は白書院に入る。畳の上に平伏するが、畳につく両手は、数珠をたなそこに納めて手の甲を畳へつける。

神聖な紫衣と数珠に触れるてのひらは畳につけないのが作法である。

寺社奉行が謁見者を紹介する。上段の間に簾《すだれ》が半ばたれており、家光は着座しているが顔は見えない。このあたりの応酬を原文でみよう。

「勢州度会《わたらい》郡宇治郷内、慶光院比丘尼、継目御礼に罷《まか》りのぼられました」

寺社奉行の声に対して尼君はわずかに面をあげる。

「このたびは先代跡目相続仰せつけられ有難くぞんじ奉ります」

読経の音律に通うしらべは美しい。尼君は再び白いうなじをたれる。御簾のうちから家光の声がかかる。

「それへ」

近う進め、の御意だが、形式的に膝をすすめる型のみ、尼君は示す。

「伊勢からの道中、女性《にょしょう》の身には大儀であったろう」

「御朱印のおかげをこうむり、伝馬も戴き道中つつがなく、拝領屋敷に到着いたしました」

「江戸を見るのは初めてであろうの」

「はい、京で育ち伊勢に参りし身には、関東は初旅にてございました」

「さらば江戸にゆるりと逗留されよ」

「ありがたき御意《ぎょい》ながら、法灯を継ぎましてまだ日も浅く、新院主の修行の数々もひかえておりますゆえ、心せかるるままに——増上寺御廟所、上野東照宮参拝の一両日後は伊勢へ向かう所存でございます」

一問一答まことにあざやかで、才気煥発、その沈着な尼君の態度に、なみいる近侍も感に堪え、春日局も、（これは！）という表情を示す。家光はしばし言葉もなく、やがて、

「春日、初の参府の慶光院をようもてなせ」

と命じて去る。

尼君の応対ぶりで、彼女の才気と性格を暗示する信子の作家的手腕はさすがである。

二老さんは一老さんが語る話にいよいよ不安をおぼえる。

「あのように、あまりにお美しくあらしゃるのが、かえって禍いをお招きになるということも……」

あっと一老さんはおどろく。

そしてなお、伊勢の人々を恐慌させることがおきた。

江戸城の徒士頭《かちがしら》、岡田重治《しげはる》なる武士が、尼君を田安台御用屋敷に迎えに来たのだ（ほんの少しばかりのシーンであるが、信子はこの武士を、重厚で教養ある男、と描写し、それに成功している）。

やがて田安台に送りこまれた尼君を待っていたのは、還俗して側室に、という家光の意向を伝えた春日局の言葉である。

尼君はあっとばかり魂も消え、失神してしまう。

おちつきをとり戻した尼君は、一老・二老を呼んでほしい、と藤尾に頼む。しかしすでに一老さん二老さんは、春日局の指図で、一同そろって伊勢へ旅立っていた。そして新院主を立てよ、という家光の命令はもっと早くに伊勢へ発せられていた。

尼君は慶光院の実権者、周清上人に烈しい幻滅をおぼえる。新院主を将軍に侍らせるのに、なんの異議も示さなかったとは。

尼君は藤尾に頼む。「一生のお願い！　こなたをいまここから逃して下され」

藤尾はもとよりやさしい女なので、惑乱する尼君の味方である。しかし心を鬼にして説得しようとする。

天下びとの思惑にそむいて、もし伊勢の慶光院にまで迷惑がかかることになれば。……上様お怒りのあまり、お取り潰しなどということにならぬとも限りませぬ。

尼君はなおもあらがう。上様の側室となれば、中の丸様に仇《あだ》なす女となります。同じ公卿の息女として堪えられぬこと。……

潔癖な尼君はいちずにそう反駁するが、藤尾はいう。彼女は尼君が望むなら逃がしてあげもしよう、自分があとで責めを負うて、懐剣で咽喉をつけばすむこと、と思っている。しかし尼君よりは世間を知る藤尾は、この先、尼君を待つ運命が目にみえている。「いずこでなり果てようともいといませぬ」と尼君は思いつめるが、尼君の身をおちつけるところは、天下びとの意に逆らったいま、広い天地にどこもないのだ。むしろ捨てた世にもういちどお戻りになり、「上様のお傍に召されて玉の輿——」。

みなまでいわせず、尼君は痛憤していきりたつ。

「玉の輿とな！　こなた幼少より仏を慕いて浄土の蓮のうてなを望みこそすれ、穢土《えど》俗世の玉の輿など耳にするもけがらわしいに」

尼君の倫理観は側室という立場にも反発する。

しかしこれは藤尾の論理の前に崩れる。藤尾はいう、

「おそれながら、いにしえより京の禁裡におかせられても、后《きさい》の宮のほかにあまた御寵愛の女御《にょうご》がおわすと承りますが……女御もおおかた公卿の御息女同士と伺います」

禁裡の後宮が出されては尼君も一言もないのだった。藤尾は諄々と説く。家光は夫人との仲がわるいばかりでなく、側室も置かない。世継が生れないとの春日局のすすめでお振《ふり》の方を召したが、これも女子を挙げたのみで病みつき、それからも大奥に側室はいない。女人ぎらいの家光が、はじめて見初めたのは尼君で、「きつい御所望、上様三十七のおんとしでのこれが初恋かと拝されます……」。

〈伊勢の尼君〉に同情する人もいた。春日局の腹心で姪でもある素心《そしん》尼である。法体《ほったい》のせめて形ばかりなりと還俗の姿ととのわぬうちは残酷、というのである。春日局としては一日も早く大奥へ押し込みたいのだが。

尼君が追いつめられて還俗を諾《だく》するのが早いか、次々と田安の邸に、華麗な衣裳がはこびこまれる。

決定的に尼君が還俗、大奥入りを覚悟した契機を（慶光院への影響、周清上人への幻滅

など、どれも決定的ではあるものの）、信子は華麗な衣裳、として書いているのは、まことに女流作家らしい着眼で、このあたり目が覚めるように面白い。この作品には書かれていないが、幕府開基間なしのこの時代、徳川家は裕福だった。そして衣裳もまた、時代が平和になるにつれ、華美になっていった。

新調の錆朱《さびしゅ》に銀箔の青海波《せいがいは》を見たとき尼君は着てみたいという気がうごく。折から雷がとどろく大夕立の中を、彼女はかもじをつけ、銀箔の青海波の衣裳をまとって、鏡に見入る。——新しい自分がいた。生れかわった女がいた。

……このあたりの呼吸、説得力あり魅惑的で力づよい。読者も青海波の銀色がまなうらにおどる気がする。

2

お万の方の資料としてごく一般的なものでは、『国史大辞典』に、

「一六二四―一七一一　徳川三代将軍家光側室。お梅の局《つぼね》ともいう。寛永元年（一六二四）に生まる。父は六条宰相有純。はじめ伊勢慶光院の住持となったが、同十六年、御目見のため出府した時、家光の寵を得て召出され、還俗して大上臈となる。故あって子女は儲けず、弟戸田（六条）氏豊が召出されて高家《こうけ》に列した。慶安四年（一六五一）家光没後、剃

髪して永光院と称し、正徳元年（一七一一）十月十一日没す。八十八歳。小石川無量院に葬る」

『日本人名大辞典』（平凡社、昭和54）では、

「お万の方（　―一七一一）将軍家光の側室で、また、お梅の方とも称す。六条宰相有純の女。十六歳で伊勢慶光院に入ったが、寛永十六年三月継目の礼として幕府に出で、家光その姿色を愛し、とどめて江戸に置き、還俗せしめてお万の方と称せしめ、本丸奥勤《おくづとめ》となり大上臈といった。しかし老中方の内意があって懐妊を禁じたから子がなかったという。正徳元年十月十一日歿。永光院相誉心安法寿大姉と号す」

お万の方の異母弟、戸田氏豊については、『国史大辞典』に（戸田氏一族系譜の次に）、

「江戸幕府の旗本・高家の家柄。初代は氏豊《うじとよ》（忠元）といい、公家衆村上源氏、六条宰相有純の男、母は近江国大津（のち膳所）城主、戸田一西《かずあき》の三男為春の女。姉に三代将軍徳川家光の側室お万の方（永光院）がある。はじめ母の縁故で大伯父、美濃国大垣城主戸田氏鉄《うじかね》のもとに寄食し、のち慶安二年（一六四九）幕府に召し出されて知行千石を賜い、翌三年従四位下侍従に叙任し、土佐守《とさのかみ》に改め高家に列した。子氏興の時に加増されて家禄は二千石となり、家系は断絶することなく幕末に至る」

高家というのは江戸幕府の職名の一つ。幕府の儀式、典礼、勅使の接待や朝廷との間の諸礼をつかさどる。京の公家出身の氏豊にはうってつけの役であるが、公家の若様と生れ

た氏豊が幕府に仕えるようになったのも、縁なのか。

　ついでに、お万の方の心の恋人と、作中で設定された鷹司信平《たかつかさのぶひら》の資料を見ると、これは兄の信尚《のぶひさ》の項に出ている。信尚は、

「天正十八年（一五九〇）四月十八日誕生。父は信房、母は戦国の武将佐々成政女。妹に三代将軍徳川家光の室、孝子（中之丸《なかのまる》殿、本理院）、弟に幕臣に召し出された信平（室は紀伊和歌山城主徳川頼宣女、松平姓を称し、孫信清のとき万石に列す）がある」

――これで見ると、家光の正室・側室の、それぞれの弟たちが幕府に取り立てられ、公家から武家への変身をとげて、みごとに一家創立の礎《いしずえ》を築いているようである。

信子は右の資料（それにむろん、『徳川実紀』『柳営婦女伝系』『幕府祚胤伝』『玉輿記』なども広く渉猟《しょうりょう》したであろうが）を縦横に駆使して、多彩絢爛たる物語を紡ぎ出す。紙上の〈資料〉たちがたちまち、生命を得て動き出す。

信子の作品でもこの『徳川の夫人たち』は、（短篇を抜きにして）特別な秀作、と思われる。連載当時から評判高く、早くもテレビ化の話が押し寄せ、読者を熱狂させていたが、現代では未読の人も多いのではあるまいか。入手しがたいこともあるかもしれぬ。しかしこの小説の魅力はいまなお褪せず、物語に陶酔する喜びを満喫させてくれるので、能う限り原作の香気を失なわぬよう、紹介したい。本当はじっくりと原作につきあって下さるといいのだが。――

お万の方という名は家光自身が与えたものだった。元来、家康の愛妾だった女人の名で、彼女は徳川ご三家のうち二家（紀州家藩祖頼宣《よりのぶ》と水戸家藩祖頼房）の生母となった。そのめでたき幸運にあやかれという、家光の愛情ある思いやりからだった。

大奥での地位は大上﨟《じょうろう》。公家出身の姫君だけに許される尊称だ。またいえば、〈方《かた》〉が付くのは〈お腹《はら》さま〉になった側妾《そばめ》たちだけだが、お万の方は、その高貴な出身と共に、慶光院住職だった教養と識見を斟酌《しんしゃく》されたのである。

還俗したお万の方は、〈五欲煩悩の俗世穢《え》土《ど》に生きよう、一女人として〉と決心する。それを家光は忍耐強く待つ。権力者としてすぐにも大奥へ呼び寄せることもできるのに。

家光は田安台邸内の大榎に落雷したと知って蛍籠を見舞に届けたりするやさしさを見せる。――お万の方は家光の人となりを知りたいと思った。「絶対者の権力に強いられてむざと還俗させられて仕えるからには、その人となりを探求もせずに身をゆだねるのは、卑しい娼婦にひとしい。けっしてそうであってはならない」と思えばこそ。……

お万の方は改まって藤尾にいう。

〈上《うえ》さまはどういう御気性をお持ちの方か、そなたの知るかぎり教えてほしい〉

かたちとしては権力者の意志に服従したようであるけれど、人間と人間の魂が触れあう可能性があるかどうか、かなわぬまでもそれに夢を托したかった。宗教者として育てられ、精神性の優位を信ずる彼女にとっては、さもあろう希求である。

藤尾ははっと、責任感をおぼえる。うっかりしたことはいえない。といって嘘もいえぬ。

上様は祖父・父と二代続いたあとの、生れながらの将軍ゆえ、若い時は血気にはやって驕慢でもあられたがおいおいに寛容の徳もそなえられて……

〈寛容とはどのような〉とお万の方はただちに質問する。彼女の鋒《ほこ》先はするどい。

家光は入浴の際、あやまって彼に煮え湯をかけたお湯番お坊主を憤り、〈死罪じゃ！〉と叫んだが、お側用人の阿部忠秋が心利いた侍で、わざと聞きちがえたふりをして、

〈は？　遠島（島送り）でございますか？〉

と恍《とぼ》けてくり返し聞く。そのうちに家光も平常心に立ち戻り、思わずカッとした自分を恥じるごとく、あわてて〈八丈、八丈！〉と言い直した。それでお坊主は八丈島へ島送りとなり、やがて煮え湯の怒りもおさまると島から帰させたという。お万の方は、（まるで大きな坊ちゃん将軍だわ）と微笑を誘われる。

〈そして上様のご趣味は？〉

藤尾は蛍籠に目をやり、〈蛍、そして金魚なども愛されます〉という。中国渡来の金魚は当時、貴重だった。鶴も好きで庭に飼育しているが、鶴の園に金魚の舟が置いてある。あるとき金魚番の奥坊主の油断で、鶴に金魚を食べられてしまった。側近は巧みに家光に言上する。実は奥坊主は片眼が不自由で、その彼の見えぬ眼の側に金魚舟があり、つい不

覚をとったと報告した。まことしやかな言上に家光は呵々と笑って、何事もなくすんだ。

お万の方はこの家光のエピソードに好印象を得、胸をなでおろす。自分の性急な過ちにすぐ気付く率直さ、また諧謔を好む明るさも持つらしい。

藤尾は、さらに家光が絵を好み、自分でも絵筆をとり、作品を家臣に与えることもある、と話す。

徐々にお万の方は心をひらく。武辺一点張りでなく芸術も愛する男《ひと》なのか。お万の方は藤尾にすすめられて『三河物語』もひもとくようになった。それは徳川三代に仕えた老臣、大久保彦左衛門が、家康の事蹟を中心に覚え書き風に記した書物だった。武門の功を学ぶには最適と、春日局が推した本である。彦左衛門は昨年、世を去っていたが。

お万の方は、夏のある朝、平河門を通ってついに江戸城大奥へと入る。美々しい行列に守られて。江戸城本丸の半分以上を占める大奥は華麗、巨大な御殿だった。

大奥の描写としきたり、珍しい慣例なども、読者の好奇心を刺激し、ブームの一因を成したであろうが、信子の筆は従来の卑俗な大奥観を一掃して、大奥女中たちをワーキングウーマンと捉えたところが新機軸である。もとより大奥は将軍の後宮（大奥へ入れる男性は将軍一人のみ）、私的生活の場であり、女人国だから、寵を争う女たちの嫉妬、妖しい呪詛などが渦巻く修羅世界の一面もあるのは当然だ。

しかし多くの女中たちを差配する役職者たちは、女ながらに俊敏、有能の人でなければ一糸乱れぬ統率は難しい。信子はその点を強調する。そしてその観点から大奥を描いた作家は信子一人である。従前の大衆読物や稗史小説に出てくる大奥の女人たちは、総じて色情狂か、淫乱女、大奥はさながら淫猥な伏魔殿のように描かれているのが多かったが。

……

お万の方がはじめて家光に逢うときのいでたちは、――白絹縮《ちぢみ》に金糸銀糸で亀甲の飛び模様の単衣《ひとえ》、それに、れいの、錆朱に裾は銀箔摺《ず》りの青海波の〈腰巻〉――裲襠《うちかけ》と同じような型だが衿肩を広くあけて仕立てたものを、腰に巻いて裾を曳く。高位の貴婦人の夏の礼装である。

（現代の私たちは、今に残る高野山持明院寺所蔵の、浅井長政夫人、お市《いち》の方の肖像でそれを見ることができる。上は白小袖、そして腰から下にまとう豪奢な腰巻。気品ある美しいお市の方は、いうまでもなく淀君をかしらとする三人の姫たちの母である。その末姫お江《ごう》が、徳川秀忠夫人となって、千姫や家光らを生んでいる）

そのお江の方、崇源《すうげん》院を、まだおぼえている人が、大奥にいた。春日局の部屋子《へやこ》で、現在は大奥御年寄《おとしより》（職名）の三人の一人、初島である。

〈崇源院様ご他界のときお年は五十お幾つであられたのに、まだほんとにお美しく、そしてお品がそなわっていられました。当代様（家光）ご婚儀の寛永二年八月初めのその日、西の丸から御本丸へ成らせられた折のお姿。黒紅色地に、金糸銀糸で宝づくしの刺繡《ぬい》のき

らびやかな裾を、長く曳かれた腰巻姿の﨟《ろう》たけたご様子。目がさめるようでありました〉

腰から下へ裲襠の衣裳をまとって曳く姿は、気品ある女人にこそ似合わしいものであろう。

いま将軍家光は大奥で仏間礼拝をすませたあと、将軍用のお小座敷《こざしき》に休息している。そこへ御年寄初島を先導に、藤尾の介添で、今日より大奥へ召されたお万の方がお目見えのため現われる。銀箔摺り青海波の腰巻姿、衣ずれの音もさわやかに。

家光が彼女を見るのは二度目である。紫衣の尼僧からみごとに変容しているが、凜とした気品と高貴な美しさは変らない。家光は恍惚とする。

お万の方にとっては初めて見る家光だった。あの謁見の日は御簾で隔てられていたのだ。三十七歳の壮年の将軍は笑みを含んで彼女をみつめている。十年ばかり前に疱瘡《とうそう》を病んだ痕《あと》が頬に残っているが、生母・崇源院ゆずりの気品ある面立ち。噂通り、英邁《えいまい》の気質が眉宇にあふれている。将軍職をついで十八年の貫禄がおのずと備わっていた。お万の方は幼少時見なれた公卿たちの青白い無気力な容貌とつい思い比べてしまう。

お目見えのご挨拶をと、裾をさばいて平伏するより先に、家光は言葉をかける。

〈よう参った、どうじゃ、大奥とて、さほど恐ろしいところではなかろう〉

いかにも闊達で明敏なたたずまい、そして率直である。うちとけた気持をかくさない。

藤尾は、思いもかけぬお言葉に、お方さまが何とお答えになるか、ご利発な方ながら、まごつかれはせぬかとハラハラする。

〈おそろしきところへ召されるはずはなしと、心やすらかに参りました〉

声もさやけく答えるお万の方。家光は袴を叩いてにっこりする。

〈それで安心いたした〉

彼は次の間に控える年寄や中﨟《ちゅうろう》（職名）たちに向って釘を打つ。

〈そちたちも心得よ。大奥を恐しき所と思われぬよう〉

そして局《つぼね》部屋で用いる香炉と香を無造作に手ずからお万の方に与える。しずかに進み出て拝領し、あとじさりに元の位置に戻るお万の方の挙措《きょそ》、ことごとくが美しい。公家の生れ、尼寺の躾けがおのずとにじみ出るのだった。お万の方の魅力は、立居振舞の優雅さからもきている。家光はいよいよ魅惑される。

しかし彼は繊細な男でもある。あとでひそかに藤尾を呼んで、〈初めての大奥入り、何かと落ちつかぬであろう、今宵は心しずかに長局で夜を過させよ〉と耳打ちするのだった。

大奥は、はじめて目《ま》のあたりにした美女、お万の方の噂でもちきりになる。初島は昂奮していた。

〈聞きしにまさるお美しさ、あの腰巻の御衣裳の似合うお姿の方を、崇源院様以来初めて見ました〉

更に大奥雀たちはかしましい。家光の〈お手がついた〉中﨟お琴がいること、他に病中里下りしているお振《ふり》も。御台所別居中の将軍としては少いかもしれぬが、彼女らのあとからきたお万の方がどう対応するか、嫉視羨望をこめて燃えるような関心を持っている。

そういう、俗臭ふんぷんの大奥で、しかし家光とお万の方の初夜は美しい。信子は力こめてその夜のお万の方を描く。

大奥の慣習や衣食住すべてを精査探求した信子の考証は、委細をきわめながら、のびやかな筆だ。お万の方の心のおののきまで伝わるようなくだり、ゆるゆると我々もそのあとを辿ってゆこう。

将軍の大奥泊りはしばらく絶えていた。若い日、寵童の性癖があったと噂される家光は女色に恬淡だった。それも心から陶酔できる女人に出会わなかったためかもしれない。

それが今宵、久しぶりに大奥ご寝所に将軍を迎える。

長局部屋の湯殿でお万の方は湯浴みを終える。大奥細工所の精製にかかる糠《ぬか》の、洗顔用は紅絹《もみ》袋に入っている（糠の中には篩《ふる》いにかけられた鶯の糞もまじる。古来から鶯の糞の美容効果が信じられている）。肌用の二つの白絹糠袋は、上半身とお下《しも》に分けて結びの紐の紅白で区別される。このお湯浴みまでは、お湯がかりの女中が受け持ち、そのあとの一切、化粧から寝間着までは藤尾があたる。

寝間着は白羽二重の白一色。肌につける腰の湯もじ（お腰巻《こし》）と、芯なしの帯は、本来、緋縮緬《ちりめん》の定めだったが、仇めいた色をお万の方が厭うので、藤尾は両方とも石竹色《せきちく》（浅い

紅。ピンクである）を選んだ。そのせいか、お側妾というよりも、
（お姫さまのお寝間姿のように初々《ういうい》しい）
と藤尾は思う。白一色の衣裳はお万の方にこそ似合う。支度ととのってあとの仕上げは香を寝間着に薫きこめること。お目見えのとき手ずから賜わった蘭奢待《らんじゃたい》を今宵は惜しまず薫く。爪の切屑ほどの小片を、これも拝領の青磁の袖香炉《そでこうろ》にくゆらすと、香炉の金の小さい伏籠《ふせご》の網目から、ほのかにゆらゆらとくゆりがたちのぼる。蘭花の匂いと麝香《じゃこう》の香りが混《こん》じたそれを、髪に衿に袂に、藤尾はかざして香りをうつす。

将軍の御寝《ぎょし》は夜四ツ（十時）、出仕廊下が長いので、そろそろ長局を出ねばならぬ。介添の藤尾が片手に雪洞《ぼんぼり》、お供の女中二人も左右から雪洞で足許を照らす。

局部屋の縁から出仕廊下は丁字型になっている。その境でお万の方はふと立ちどまる。うなだれる横顔に一抹の憂いの影をみて藤尾は胸をつかれる。白い寝間着に着更え、香をたきしめる間、お万の方は一切無言だった。無理もない、と藤尾は思う。

（おん年十三の少女の頃からひたすら仏道に精進され、学問にのみ励んで、俗世のことは何もご存じなきお方さま。それを将軍のご寝所へご案内する自分はなんとまあ、むごい女であろう。でもこれもお方さまの運命、こうなった上は、一日も早う、お世嗣のご生母におなり遊ばしませ、上様のお血筋は三つで尾張家へ入輿なされた千代姫さまのほかにはいられぬ、お方さまこそ、未来の四代将軍の母君にふさわしい！）

藤尾はこの女人《ひと》の幸せを守って、生涯お付き添いし、骨身を砕いて仕えようと心に誓う。背を押さぬばかりに案内しようとする藤尾に、お万の方はものいいたげな視線をあてる。ここで、（いや！）といわれては絶体絶命である。

藤尾は、立ち上って、ほのかな灯のもとに浮ぶお万の方をみつめる。

そしてほっと安堵の胸をなでおろす。お万の方の眼の色だけで、気持は通ずるようになっていた。あの田安のお邸以来、いつしか情が移って、藤尾は日に日に〈お方さま〉に愛着がたかまり、母とも姉とも思う熱い心を寄せていたので。……

いま、そのひとのまなざしは優しく告げている。

（藤尾、心配せずに）

藤尾は瞼が熱くなる。いささか感傷過多を自分でも恥じているのであるけれど。……

御寝所の下段に続く二の間へ入ると、絹張行灯《あんどん》を幾つも置いてある。今夜出仕の御年寄・初島と、以前、藤尾の同僚だった御客会釈《あしらい》・浦路が待ち受けている。

（江戸城大奥の職制を簡単にいうと、〝御年寄〟というのは表の老中に比敵《ひてき》する重職で、大奥万端を切り廻している。大奥の権力者で諸役を指図する。その下に〝御客会釈〟、これは接待係りで、将軍が大奥を訪れたときなど一切をとりしきる。一門の訪問などの接待も引き受ける。藤尾はもとこの役目だったのであるが、年俸二十五石の給与をいさぎよく棒に振って、お万の方つきの介添を志願したのである。〝中臈〟というのは将軍の身辺の世話をするが、特に将軍の目に止まって所望されると、侍妾となる。側室予備軍といっていいだろう。その他、〝表使《おもてづかい》〟、これは御年寄の指図を受けて買物をしたり、「御広敷の役人と応接したりする大奥の外交官。特に才智のある者が選ばれた」〈稲垣史生編『三田村鳶魚 江戸武家事典』青蛙房、昭和33〉。〝御次《おつぎ》〟はお道具の係りだが、臨時の催し物がある場合は、〝御次〟の女中たちが演じるから、〝御三之間《おさんのま》〟の者と同じく、遊芸一般に精通していた。

ほかに〝御祐筆《ごゆうひつ》〟〝御錠口衆〟〝呉服之間〟などなど、お目見得以下を含めると後宮何百人になるやら、女性だけの城である。大奥取締りにその人を得なければ、とてものことに運営はむつかしい）

御年寄初島（この人は藤尾と仲がよく、また〈昔の崇源院様を見るような〉美しく気品高きお万の方に早くも好意を寄せている）と、御客会釈の浦路はお万の方に鄭重に叩頭する。それは今宵の祝意の表示である。

二の間の脇の小間には、すでに部屋から届けられたお万の方の明朝の着更えや、化粧具一式がそろえてある。藤尾はそこでお万の方の足袋をぬがせ、寝間着の裾を長く引いて帯をしめなおす。そこから御寝所下段の間に入ると、上段の寝室の間の襖《ふすま》は開け放たれている。灯りは下段の間の行灯のみ、そして寝室の間の蚊帳《かや》の中に端座する白絹の寝間着をまとった家光の姿がみえる。藤尾は蚊帳の裾をかかげてお万の方を入らせると、音もなく、そして機敏に身を退《すさ》らせ、下段の間を抜けた。

〈おしずまりませ〉

しずかに挨拶して襖をしめる。

十六畳の寝間いっぱいに、萌黄《もえぎ》麻の蚊帳が房付き唐糸の釣手で高々と釣られ、蚊帳の裾の、大幅水色縮緬が波のように拡がっていた。

夏夜具は藍色の紋絽《もんろ》、枕辺には世つぎ生誕のおまじないの犬張子《いぬはりこ》の紙入れと、おしどりを描いた蒔絵のみだれ箱が置いてある。

広い蚊帳の中は千尋《ちひろ》の海底のようだ。家光は口を開いた。

〈さぞかし、わしを恨んだであろうな〉

家光はお目見えのときからこの言葉を言いたかったのだが、そのときは余りに多くの人目があった。将軍の権威としてもそれをいえる雰囲気ではない。しかし今は二人きりだ。

〈ひとたびは、お恨みいたしました〉

ためらいながらも、お万の方の声音は、はっきりしていた。面を伏せているので表情は分らぬが、声音には彼女の純粋な素直さがあらわれている。そして〈ひとたびは〉、といったところに、その怨嗟《えんさ》がすでに過去のものであることを示している。

家光にもそれがわかった。率直な男と、純真な女が、ついにめぐりあったのである。それを二人とも同時に感じ取ったであろう。

さあ、ここからは、原文で信子の〈張扇《はりおうぎ》の名調子〉を味わいたい。明治期以来、日本の文学者たちは新輸入の西洋文学理念を身につけるのに急で、従来の日本文学がゆたかに蓄えていた〈物語〉の滋味を、かえりみる必要もなき贅肉として、こそげ落してしまった。

しかしその贅肉の中にこそ、芳醇な甘露があるのではなかろうか。民族の底辺のエネルギーを育ててきたものは、〈物語〉の味わい尽せぬ風味だったのではないか。

信子は女同士の友愛と信頼（この小説ではお万の方と、藤尾、そして後出する中の丸殿・鷹司孝子との交流）を謳《うた》いあげるが、同時に、男と女の理解と友情を伴った愛を嘉《よみ》する。それは信子が夢みる新しいタイプの、男女の愛である。――夢にふさわしい語りくちが択《と》られねばならない。〈張扇〉という所以《ゆえん》である（むろんこれは、創作上の一つのテクニックとして評価した言葉である）。

わしを恨んだであろうな、と家光はいい、それに対して〈ひとたびは〉と答えたお万の方に、家光は誠意をこめて釈明し、心情を訴える。

「『許せよ。無理とは思えど、いかにしても煩悩《ぼんのう》とどめがたく、春日《かすが》から説得させた折、そちが気を失うて倒れたと聞いて――あまりのあわれさに、伊勢へ帰そうかとも思うたが、やはりそちをどうでも欲しかった』

その時、家光の思われびとは、いままで伏せていた顔をしずかにあげた。彫りの深いおもざしに、夜目にもさえざえとした双眸《そうぼう》の長い睫毛に、露ときらめく涙の雫《しずく》が家光をおどろかした。

『なぜ泣く。いまもわしをうらむのか！』

『いいえ、なにをおうらみいたしましょう。〈あまりのあわれさに伊勢へ帰そうかとも思うたが〉との……お優しいお心をいま初めて知るうれしさに……思わず……』

涙してぬれた睫毛の美しい眼に、無限の情緒を含めて家光を見上げる。

その刹那《せつな》、家光は身も心も、しびれる。

つと彼女の手を引き寄せる。玉をきざみし五指の妍《けん》たおやかに、家光の胸にすがるのを抱きしめて、

『もう伊勢へは帰さぬぞ。よいか』

『帰れと仰せられても帰りませぬ……』

余韻嫋々《じょうじょう》として、天下の権を握る男の心を、みごとに射止めることばに、家光は骨身も溶ける思いにたえかねて、

『愛《う》いことを申す』

その花の唇を息づまらせるほど、むさぼらずには居られぬ。

彼の今まで接した、お振の方もお琴も泥人形のように、性の奴隷として仕えるのみで、

心がどこにあるか、わからぬ女だった。だが今こそ初めて、打てばひびく魂のある女性を得たのだった。

……蘭奢待《らんじゃたい》の薫のなかに家光は陶酔して我を忘れる」

お万の方は鉄漿《かね》をつけ（お歯黒。結婚して有夫の女となったしるしである）眉を落す。そのときも家光は、

〈鉄漿をつけるのを、いやがりはせなんだか〉

とやさしい心づかいを示して藤尾を感激させる。

お万の方の大奥入りを推進した春日局はこのときちょうど上方へ旅行中だった。江戸へ帰って早速に大奥へ上ったところ、今しがた中奥《なかおく》（将軍の官邸。ここで起居するが女性は出入禁止、男手のみの暮しである）へ帰る将軍を見送って、長局へ戻るお万の方にばったり出あう。

慶光院の尼君だった頃から見ると、まあなんとみごとな変容であろう。あでやかな金銀糸の刺繡《ぬい》の腰巻姿、大人びた容色は輝くばかり。お万の方はしずかに会釈し、うしろに従う藤尾がいう。〈お方さま、のちほど改めて、ご挨拶に伺われます〉

春日局はその﨟たけた姿に圧迫感をうける。今までの側妾、お振もお琴もみな、春日局の支配下にあった。しかしお万の方は、（もう、あなたにはねじ伏せられませぬ）という

ような感じがある。大奥最高の権威者を自認していた春日局は危機感をもつ。これは恐るべし！

しかも久しぶりにあう家光は、春日局から旅先の報告を聞こうともせず、のっけからお万の方礼讃の言葉を浴びせる。

〈無理に還俗を強いたのはふびんじゃ。特に心づかいをしていたわりたい。いかに目をかければとて、それに甘えるような浅はかな女ではない。わしが思った以上に賢く、しかも心ばえ優しく、理非曲直の判断まさに男も及ばぬ。それに年齢まだ十七歳でまことに深き学識を備えおる。わしは若年から武術の道のみ学んで、文治への備えおろそかなりしを悔いている。すでに戦国時代は遠く去った。いまは文道を以て国家を治めねばならぬ。将来のわが世嗣にはぜひとも学問をきわめさせたい〉

——それはお万の方によって得たい、ということであろう。家光の心を独占していると信じた春日局にはお万の方の出現は強敵だ。

（こんなことなら、上様を説得して伊勢へ帰せばよかった！）

と悔いてもあとのまつりである。そこへお万の方が挨拶に現われる。老獪《ろうかい》なる春日局はにこやかに、大奥法度《はっと》を説き聞かす。

一、上様のご寵愛いかに深かろうともそれに馴れまじきこと。

二、お閨《ねや》にてのおねだり事は一切申すまじきこと。

三、お側妾同士いささかも嫉妬の念起すまじきこと。

〈お方さまのように学識ふかきお方には、釈迦に説法でございましょうが〉

という春日局に、お万の方は顔色も変えずさらりと答える。冷然たる声音で。

〈お訓《さと》しありがたく身にしみて承りました。ただ、その御掟を守りますことは人間わざではあまりにもむつかしく……〉

〈なにを仰せか。これは女のつつしみでございましょう〉

〈さりとてどのような女も人間、わたくしとていつ心得にそむくあやまちを犯すかもしれませず、そのときはいさぎよく春日局さまのお咎《とが》めを受けます覚悟——〉

藤尾はあわてふためき、お万の方の裾を引く。春日局も驚愕する。

〈この婆をからかわれるか〉

〈いえ、さような失礼をいかで局さまに。ご処罰を覚悟いたすほど〝お心得〟、肝に銘じて守らせて頂くと申しあげたいのでございます〉

〈やれやれ、じゃがそれほどお心にかけらるれば何より〉

お万の方がしとやかに立ち去ってから、春日局は、まんまと若い彼女に手玉にとられた気がした。お万の方には聖女と妖女が棲んでいる！

お万の方は長局へ戻って藤尾から声涙くだる調子でいましめられる。春日局の訓戒を素直に受けとればよいものを、人間業ではむつかしいだの、あやまちを犯すかもしれぬ、などとはしたないお言葉を権勢ならびなき春日局さまに仰せられるとは、もうお方さまのお介添はつとめかねます……と藤尾は泣く。

　お万の方はうちしおれて、

〈藤尾、ゆるして……〉

　そのさまのいじらしさ。さっきは春日局の前で動ぜず、局を狼狽させたお部屋さまとはみえぬ。にわかに六条家の姫君に返られたかのよう。……やさしい藤尾はもとより、介添を辞する気はない。

〈藤尾、聞いてたも。春日局の、〝お部屋さまお心得〟があまりに腹立たしかったゆえ、ついあのように逆らいました。上様に馴れしたしめもせず、お寝間でものも申せず、ほどよき妬み恨みも見せられぬようなお側妾など、上様になんのお愉しみがあろう……〉

　お万の方は婉《えん》然とほほえむ。藤尾は腰がぬけるほど驚く。なんと大胆不敵な女人よ。

〈この掟こそ、上様が女人の色香に溺れ給うを避けるための春日局のはかりごとであろう。江戸へ戻られてより、もう、こなたに憎しみを向けていられる……〉

　お万の方は春日局の猫なで声の裏にある、熾烈《しれつ》な権勢欲、狭量な我欲を洞察する。

〈春日局にはうとんじられ、藤尾にもう介添はつとまらぬといわれては、この身の立つ瀬はない。藤尾、ゆるしてたも〉

　お万の方は両手をつく。なんで藤尾がそういういじらしい女《ひと》を見捨てられよう。思わずお万の方の手をとって握りしめる。

〈お方さまを離れてどこに藤尾の生き甲斐がございましょう。大奥中を敵に廻しても命かけてお方さまをお守りいたします〉

そのころ春日局は、お万の方によく似た美しい町娘を発見していた。その娘を家光に贈ってお万の方に対抗させようという思惑あってのこと。大奥の女同士の友情と暗闘の幕はあがる。

3

春日局が〈お閨《ねや》にてのおねだり事は一切申すまじきこと〉と念を押したのは、お万の方《かた》の異母弟、六条忠豊《ただとよ》が幕府に召し出されて十六歳ながら小姓衆に取り立てられ、千石を拝領したのを、〈お閨でねだったのではないか〉と邪推したからである。

もとよりお万の方は知らぬことであった。

十三から伊勢で過したお万の方は異母弟に会っていない。彼は生母の縁で、徳川家の家臣、大垣十万石の戸田氏鉄《うじかね》に養われ、いまは戸田忠豊と名乗っている。この弟は京の公家文化よりも江戸の武家文化を慕い、武士になったのが嬉しくてたまらぬ風であった。お万の方に面会に来て、美しい姉のおかげで立身したのが誇らしいようであった。しかも堂上家の子弟を召し出されたのは初めてのこととて、責任を感じています、というのも若者らしくさわやかだ。お万の方は、いつも心から去らぬ鷹司《たかつかさ》孝子、本来なら御台所《みだいどころ》と呼ばれるべき、別居中の家光夫人、中の丸さまのことを思う。〈鷹司家のお身内には御男子《なんし》はおわしまさぬのか〉――すぐそう考えるのも、同じ堂上貴族のよしみで、いつかは〈中の丸さま〉にお目にかかりたいと願うからだった。弟はいう、

〈御台所ご実家にはご舎弟《しゃてい》、信平《のぶひら》殿が居られます。学問に長じ、秀才のほまれ高く、少年ながら蹴鞠の巧者で、ときおり禁裡《きんり》の鞠壺《まりつぼ》に召されて、妙技を見せられるそうでございます〉

〈おいくつになられます〉

〈わたくしより一つ下と思います〉

――六条家の子弟が千石で召されるなら、御台所の弟君も……とお万の方は心苦しい。

彼女は早速、〈お側妾心得〉の禁を破って家光に申し出ようと思う。しかしこれは私利私欲からではない、天地に恥じぬこと、とお万の方は心強く思い定める。

すでに秋であった。先頃の重陽《ちょうよう》の菊の節句には、お万の方は自分の考案になる美しいお搔取《かいどり》（うちかけ）を着て、大奥中を驚嘆させている。白綸子《りんず》に肩から背まで紫紺地の匹《ひっ》田絞《たしぼり》、その中に直径一尺もある大輪の白菊黄菊の、細管《ほそくだ》の花弁が四方に走り巻いている

という大胆な意匠で、斜めの半身は白地のままであった。

ほかの女たちのお掻取は手はこんでいるものの、ごたごたとして平凡、お万の方のは遠くからでもひときわ目を射る美しさだった。藤尾が自分の給与までつぎこんで（実は藤尾は、元通り二十五石の給与を与えるという特例にあずかったのだった）お万の方のアイデアを呉服之間に誂えたのだ。呉服之間頭《がしら》のお奈美も芸術家気質《かたぎ》とて、美しいものを創造する喜びで一心こめて作ったものだった。

大奥へ召されて以来、はじめてのお万の方のお掻取すがた。奥女中たちはあっと驚嘆し、羨望した。

絞《しぼり》という技法は加工費が高価につくので、諸事倹約奨励の春日局によって、暗黙のうちに禁止となっていたからである。それだけにお万の方のお掻取の美しさは鮮烈だった。家光は上段の間からお万の方ばかりを眺めていた。

春日局はお万の方へ直接にではなく、お奈美を責めて匹田絞禁止を言い渡す。お万の方は翌朝、将軍の御仏間拝礼の時には、藤尾の地味な茶色の掻取を着て現われた。家光は物足らぬ顔だった。

〈昨日の菊の模様のを、なぜ身に着けぬか〉

〈匹田絞は大奥御法度とも存ぜず、あやまちを犯しましたので申しわけなく、今日は藤尾のを借りました〉

家光が笑うより早く春日局はせきこんでいう。家光の心に逆らいたくないばかりに、お万の方に譲歩せねばならぬ。

〈お万の方、まだご存じなきゆえの過ちを誰が咎めましょう。ご遠慮なくお召し遊ばせ〉

〈うん、その通りじゃ。春日の親切に申す通り、遠慮は無用にせよ〉

かくてお万の方は、〈匹田絞冷戦〉の勝利者となって、呉服之間頭のお奈美などはひそかに〈胸がすうといたしました〉という。

(作中、女人たちのまとう腰巻や掻取を、信子が心こめて描くのは、そのかみ終戦後のある日、国立博物館で名品の染織品展示を見、感動したからだった。江戸時代の豪華な小袖と裲襠《うちかけ》は信子を恍惚とさせ、それを着た女人たちの生涯をもさまざま思わせた。女の哀れや恨みに、その袖が湿ったことはなかったか。おもかげがありありと顕《た》つ気がした。そのとき思った。いつの日か、柳営婦女群の精神史のようなものを書いてみたいと。

それは信子が『徳川の夫人たち』を書く十数年前の晩春の午後で、実をいうと博物館へ入ったのも、お目あての外国映画を見に出かけたら超満員、しかしわざわざ鎌倉から出かけてきたのに残念な、と、急に博物館へと思いついたのだった。

「まさに一つのちょっとした運命みたいなものだった、と今にして思う」

と信子はいっている〈朝日新聞「裲襠に秘めた女心を……」昭和41・2・10〉)

家光側室の中臈お琴の方は、お万の方出現に乱心して大奥をさまよい歩き、奥女中たちに幽霊かと驚かせて大奥怪談を生ましめたが、そのお琴は素心《そしん》尼が預かることになった。お振の方はすでに逝き、大奥お出入りの素心尼もそれを機会に大奥を退下することになった。

素心尼は春日局の姪ではあるが、性淡白で、暖かな仏心とまごころを持つ人だった。かねてお万の方の還俗《げんぞく》の時にもやさしい心づかいを見せた人、大奥をさがるときに、はじめて若く美しきお万の方に会ったのだった。

〈初めてのご挨拶がお暇《いとま》乞いになりますのは、お名残り惜しゅう存じられてなりませぬ。……どうぞお健やかに行末ながく、お栄え遊ばしませ〉

素心尼は心からいい、退いたが、送り出る藤尾に、小声で感嘆する。

〈聞きしにまさる輝くような、そしてお優しい方でございますなあ〉

〈あなたさまのお人柄をすぐおわかりで、あのように素直になされますが、また、相手《ひと》によっては、なかなかきびしい一面もお見せになりますので、この藤尾、ときには手に汗を握ります〉――その相手はほかならぬ春日局であるが、藤尾はそれを口外できない。

〈おお、それこそ観音《かんのん》菩薩《ぼさつ》応現《おうげん》身像《しんぞう》、その相手にふさわしく変身なさるとは！　まことに非凡のお方、当代様（家光）ご一生に、たとえどのような女人が仕えましょうとも、あのお方さまの右に出る者はございますまい。藤尾どの、ご安堵なされ〉

素心尼は感嘆し、予言する。

秋深き夜、大奥の将軍寝所は、金泥に極彩色花鳥の六曲屏風に囲まれる。しとねは縮緬に裏羽二重《はぶたえ》の厚いもの、お万の方の寝間着は千羽鶴の地紋が浮いた白綸子の袷《あわせ》である。将軍は夏冬とも紗綾《さや》型の地紋の白綸子だった。

家光はお万の方を得てからはじめて女人と心の通ずる会話の楽しみを知った。彼女の知性と才気にみちた言葉、愛らしい豊かな表情、ときに睫毛を伏せ、ときに眉をひそめ、吐息を洩らし、あるいは情感あふれるまなざしで見上げる……家光はお万の方に向うたび、生気がよみがえる気がする。

お万はその夜、鷹司家の子弟を召し抱えられるよう、家光に懇願する。愛するお万の方の願いだが、家光はこればかりは峻拒する。彼は御台所・鷹司孝子が、五摂家の姫と思い上り、徳川将軍家を三河の田舎武士の成り上りと侮っている、と憤る。それゆえ忍耐も我慢も出来かねた。その弟ならさぞ公卿を鼻にかけた厭な人物であろう、顔も見たくない。

〈はい、もう申しませぬ。ご機嫌を直して下さいませ〉

お万の方は家光に身を寄せて、彼の膝にたおやかに手を置く。しかし内心ではあきらめていない。

折から、お万の方は風邪を引きこんで病む。ただ一人の側室の病臥は大奥に恐慌をもたらした。将軍の大奥泊りは止み、その代り見舞品は雨あられと長局に贈られる。お万の方は嬉しさにやさしい恋文を書く。しかしその間に、春日局はお万の方に対抗するお蘭の方を家光にすすめていた。敏《さと》くそれを知ったお万の方は、恋文を破棄してしまう。詫びる家光に、お蘭の方が身籠るまで、〈ご寝所へ召されるのをおゆるし下さいませ〉。

お万の方の潔癖に、家光はかぶとをぬぐが、それは許さない。お万の方は、側室同士が受胎を争う浅ましさに堪えがたいのである。彼女の羨ましいのは、大奥の高職者、御年寄の初島らであった。あるいは呉服之間頭のお奈美である。お万の方は藤尾に訴える。

〈あれらは自らの才覚によって昇りしもの、お給与の御切米五十石も天下に恥じることなきもの、それにくらべれば、わが身はたとえ百石賜わるとも、夜のお伽《とぎ》はどのような無智な女も勤め得ること、なんのほまれになりましょう、その上にたがいに御受胎を競うあさましさ。ほとほと、女に生れしことが口惜しく怨まれます〉

　藤尾は言葉を尽して慰め、励ます。血気さかんで癇癖の強い家光が、お万の方を得てより、頓《とみ》に気質が和み、周囲にやさしく温柔になられた。これもみな、お方さまゆえ、との人々の噂、それほどの功徳あるお方さまこそ、側室のほまれ、なぜそれを自負なさいませぬか。……お万の方は逆らわぬが淋しげだった。

（ここで興ふかいのは、信子が、男への、女の及ぼす影響より、女自身の才覚と手腕で世に立つことに、重きをおいているらしいことである。男を通じての自己表現より、直接社

会で発揚する自己表現にあこがれる、清楚で潔癖な女のいちずさを、信子は描きたかったらしい）

　さて大奥の絵巻はゆるゆるとほどかれて、やがて年末となる。恒例行事の畳替え、煤《すす》払《はらい》、各大名からのお歳暮の付けとどけ。お万の方はおびただしい贈り物の一部を、名を伏せて中の丸へ届ける。

　新年になった。大奥お末《すえ》（下級女中）たちの雪合戦も、冬のたのしい観《み》ものである。この小説は、大奥年中行事のさまざまが面白い。四季に応じて女人たちが行事を楽しんださまが美しく描かれる。

　お末たちは紅白の組に別れていさましく雪合戦をする。ふだんは高職者が通れば飛びのいて平伏せねばならぬ階級のお末たちも、この日ばかりは、その人々の前で大っぴらに雪合戦ができるのだ。それに対し、長局の女中側は、褒美の〈投物《なげもの》〉（巾着型の小袋に丁銀や豆板銀――当時の通貨を入れたもの）をどっさり作って、彼女らの活躍を賞し、投げ与えるのである。雪の白球にまじって五彩の小袋が乱れ飛ぶ。お万の方はその投物を一つ手にとって、ひときわ活躍するお末めがけて投げてやる。

　それはお末姿にかわった、元慶光院の小尼《こあま》、玲貞《れいてい》だった。お万の方に会いたい一心で、江戸へ下《くだ》る商人一家についてきて、お末奉公に出たのだった。お万の方に諭されて再び伊勢の慶光院へ、円頭となって戻る。

お蘭の方は無事、若君を生んだが、産後の肥立《ひだ》ちよろしからず、半病人となった。一方、中の丸の御台所は、お万の方が敬愛をこめて、名を秘して歳暮・新年の贈り物をしたのを誤解し、手もとの侍女、お夏を家光に献上する。同じ堂上貴族の意識が、お万の方には中の丸さまに敬意を抱かせるのに、中の丸の夫人にとってはその同族意識こそ、かえって反発を引きおこし、嫉妬と憎悪を生むのである。お万の方はそのニュースを耳にしたとき、ちょうど『荘子』を読んでいた。そのページに、

「天也。非レ人也」（天なり、人に非ず）

御台所の仕打ちはとりも直さず天のなせる業、とお万の方は思う。

その背後に春日局の暗躍があったが、彼女もやがて世を去る。大奥の権力者の地位は、家光の命でお万の方に托された。〝春日局の遺言〟として。お万の方は辞退することも出来ない。

大奥は二十歳の若き統率者を得て、にわかに若々しく新鮮な気分に一新した。懐妊したお夏は、家光の姉、天樹院《てんじゅいん》（豊臣秀頼に嫁し、落ちる大坂城から脱出した、数奇な運命の千《せん》姫である。彼女もお万の方贔屓《びいき》だった）があずかって、またもや大奥の将軍侍妾はお万の方一人だった。

将軍の官邸である中奥は、女性を入れぬところであるが、家光は春日局同様、大奥取締りたるお万の方の中奥出入りを許す。

あるとき、そこへ家光がお万の方を呼んだのは、子をなさぬ彼女が淋しいであろうと、異母弟・氏豊を養子にせぬかという示唆である。

〈そちが京の生家を遠く離れて江戸に一人ではさびしかろう。同親の弟を養子分にさせておきたいと思うが〉

お万の方は伊勢の寺へ入ったときから、生家とも血縁とも別れている。今更、養子など求める気はない。しかしむげに逆らっては角《かど》がたつ。いつしか身につけた女性的技巧で以て彼女はこのピンチを切りぬけ、返す刀でかねての念願も果してのけるのである。

〈ひとりではさびしかろうなどと、お怨みに思います。上様のおそばにかしずく仕合せのほかに、わたくしが、なにを欲しがり、なにをさびしがりましょう……〉

婉然と目元に情をたたえて見上げられると、果然、家光の顔は笑み崩れる。

〈許せよ、そちにはわしがある。さびしいはずはなかったな。養子などすすめたは、われながら笑止千万じゃった、ハッ、ハッ〉

上首尾のご機嫌とみてとり、お万の方は膝をすすめる。

〈お叱りを覚悟で申しあげます。わたくしに養子をなどと仰せられますより……おさびしくご別居の御台さまにこそ、御舎弟・信平さまをご養子におはからい遊ばすなら、どのようにお喜びでございましょう〉

家光はついに折れる。お万の方が中の丸に寄せる暖い気持に打たれたのだ。お夏を侍妾にさし出した中の丸の夫人を怨みもせず、いまも変らずやさしい心情をそそぐお万の方に感じ入ったのだった。

――このあたりの二人の応酬もあざやかだ。信子は、大奥風コケットリーをいつしか身につけ、それをかしこく使いこなして、わが意志をつらぬき、したたかに生きぬくお万の方を肯定している。家光と二人きりの密談のときにもその武器を忘れず、使い方をあやまらぬ。ついに家光にこういわしめる。

〈わしは天下を、思うままに動かす身とて、つい、わがままに走りがちだが、いつもそちの情理をきわめた申し入れには逆らえぬ。この後とも、わが気づかぬところは、はばからず申してくれよ。そちはもう、わしにはなくてはならぬ、まさに若く美しい春日じゃ〉

そこへ小姓が次の間の襖をあけて、老中よりの至急の書類を〈御用取次〉が持参致しましたと告げる。よい汐どき、とお万の方はしとやかに退出する。外に〈御用取次〉は待っていた。五千石の旗本、機密書類にタッチするだけに勢威は強く、諸大名にさえ頭《ず》が高いといわれるが、いま将軍と〝密談〟を終えて出てきたご愛妾、兼、大奥取締りのお万の方にうやうやしく平伏する。彼が顔をあげたときには、もうその美しい姿はなく、あとには伽羅《きゃら》のかおりが漂うのみだった。――

印象的なシーンで、男世界への拡がりもあり、お万の方の位置も示唆されて心憎い。

さて、京から召しに応じて運命の人、鷹司信平が江戸へ下ってきた。お万の方の異母弟・氏豊は品川まで出迎える。青年武士らしく颯爽とした氏豊は途中まで馬で出迎え、やがて鷹司家の家格としては質素な旅の供揃えが品川宿へ到着する。御台所方から出迎えたのは、御台所付きの聡明な老女（職名）桂木《かつらぎ》である。桂木は氏豊から、御台所舎弟の、今回のお召し出しはお万の方の推挙あってのことと聞いて恥じ入る。御台所は自分の侍女、お夏が懐胎したことへの褒賞だと思っているが、それもこれも、お傍に仕えるわれらが不明から、――とわが身を責めるのである。

　駕籠から出た十八歳の貴公子・信平は、烏帽子《えぼし》、狩衣《かりぎぬ》の旅すがた、蹴鞠の名手とて陽にほどよく灼け、鼻梁りりしく大きい双眸は「青春のもたらす憂愁の影」を宿して澄んでいた。手には一管の愛笛。少年の頃から愛玩の楽器だった。

　信平は宮廷の大学寮で学び、学業終ると、中務《なかつかさ》省の図書《ずしょ》寮、国史修撰職についた。せっかく好む学問の道についたのに、家光将軍に召し出されて将軍下臣の武士団に加えられ、侍の列に連なることは気が進まなかった。しかし年老いた父の信房公は末息子の開運を喜んだ。後添えの若い母は一人子を手離す辛さに堪えかねたが、〈お姉君は将軍とご別居の幸うすきお身の上。そなたが参りて何くれとお尽し致すように〉と心を強くして旅立たせたのである。母恋しい信平は夜ごとの宿駅で愛笛を吹いて、京の母に聞えよかしと念ずる。

……そんな純な貴公子だった。

　その一面、若い信平には徳川武権に屈するをいさぎよしとせぬ、公家の気概を秘めている。初の将軍お目見得の日——目のさめるような衣冠姿の信平の気品はあたりを払ってみえる。家光は気に入らぬ御台所から連想した弟とはちがい、りりしい美貌の青年貴公子に好感を抱く。その場で高家《こうけ》の職を命じ、禄高二千石を与えた。

一方、桂木は御台所を説得してその誤解と偏見を解く。夫に愛されぬ御台所はかたくなにお万の方に嫉妬し、かつ、鷹司家と六条家の（お万の方の実家である）家格の相違などかたくるしいことを言い立てて、お万の方に反感を持っていたのだ。しかし怜悧で情操ゆたかな桂木に諄々と説かれ、今までお万の方が御台所に寄せた敬愛を知らされると、根はおうようなお姫さまのこととて、裏も表もなくあわてて、お万の方に会って詫びたいといい出す。……信子はこの御台所の描写にも成功している。美人でもなく不美人でもない、大柄な女人《ひと》、是非の判断も機敏でなく、反応もにぶいが、根は率直で善良な貴婦人——ただし、その善良な性質を能動的に発揮して、周囲に感化を及ぼすという程の精神的活力はない。……そんな貴婦人のタイプを信子は描く。これもまたある種の女性の典型であろう、という包容力を示して。

やがてお万の方がはじめて中の丸へ現われる。大奥へ入って足かけ四年目であった。御台所もお万の方もひとしきり、〈会うのがおそかった……〉と嘆きの挨拶を交した。そこへ信平が現われる。総髪をきりりと紫紐で巻き上げ、白無地の小袖に紫の指貫《さしぬき》。それはお万の方が久しぶりで目にする、なつかしい京の公卿の平服である。信平はまた、気品ある美女の美しさと、〈信平様お召しは上様のかねてよりの思し召し〉と、さらりと自分の尽力を否定する彼女のすずやかで聡明なとりなしが胸に残った。

こうして江戸城に於ける京の堂上家の姫同士として、御台所とお万の方のこまやかな友情ははじまるのだが、信平は徳川武士団のたたずまいに反発して出仕を厭うようになっている。御台所はお万の方に説得を依頼する。若者は若者同士、信平よりわずか二歳年長のお万の方なら、ことにも弟の氏豊もいる身ゆえ、信平の気持もわかろう、説得なり諫言なり、してやってほしいというのだった。

お万の方は、信平出仕を家光に強く勧めた責任もある。引き受けざるを得ない。

中の丸の一室に住む信平はすでに月代《さかやき》青い青年武士の姿になっているが、鬱々として机に倚《よ》り、お万の方が話しかけても口を開かぬ。彼女は自分の運命からやさしく説きおこす。十七の折に尼として江戸へ入り、思いがけず大奥へ召された苦しみ、それ以来、人間の受ける苦しみ悩みがわがことのようにわかる気がする。〈信平さまのいまのお苦しみをお洩らし下さいませぬか。弟とは違い、信平さまはひたすら学問をお好み。にわかに変る江戸城にてはいかがでございましょう〉

真心とやさしさこめていたわられると、信平も口がほぐれ、ぼつぼつと話しはじめる。学究への断ちがたい欲求。それにもまして徳川家臣団のかもし出す卑俗きわまる気風に堪えられぬこと。……

お万の方は自分の運命を思い合せ、胸を打たれる。しかし彼女には彼女なりの識見がある。彼女もはじめは禁裏さまの威光と伝統のみ、貴しと思っていた。しかし江戸の武士の城で暮してはじめて新しい真理を知る。それは、

〈「力即善《ちからすなわちぜん》」のことわり。力ある者は善も正義も行なえます。力なき者には常に愚かな涙が与えられるだけということを、わたくしは学びました〉

朝廷も公卿も力を失なって久しい。世を治める力は武門にある。朝廷はそれを利用されるのみ、徳川幕府を建設した武士群のたくましい行動力と、新しい政体創造への努力。公卿たちはそれを反省せずに氏素姓と位階と文化のみ誇る。

（このあたり、生硬な言葉がまきちらされ、いささか興ざめするが、お万の方の熱意は読者にも伝わってくる）

将軍に侍《じ》している間に、お万の方はさむらいの心意気と、男世界の道義を直感で知り、さむらい文化のうちの佳《よ》きものを評価するようになっている。

〈いまは泰平の世、剣に代って学問と知能の政治力の求められるこの時代、信平さま、力のある者のみ行ない得る〝善〟と〝正義〟の実行者におなり下さりませ。それは徳川家のためより、天下万民のためにとお考えになりませぬか〉

信平は呆然とし、ついで全身を緊張させる。

なんという女人だ、これは。

これほどの女性を侍妾として溺愛する将軍家光は、単なる好色家ではあるまい、非凡な英雄ではないか、と信平は認識を改める。

更にお万の方は説く。信平は武士たちを卑俗きわまると評したが、彼らは公卿のように優雅でないのは当然である。その代りいざ戦場へとなれば真ッ先に主君の為に死ぬを誉れとする。日常でもわずかの過失の責めに腹一文字に掻き切る覚悟で、日々勤務する人々なのである。

〈たとえ粗野でも無風流なぶこつ者でも、男のいのちをかけて武士の名に生きていられるのを、よくご観察下されば、公卿たちの古い伝統には見出せない、正直いちずの純粋な武士道観念が、みずみずしく溢れた男らしい境地が、おわかりになりましょう。武士になんの美点もなくて、どうして国家を統治できましょう〉

信平はここではじめて異議を唱《い》う。表御殿にひしめく武士たちの、上にへつらい、下の新参者を白眼視する俗臭に堪えられぬ。……お万の方は、信平の潔癖さに微笑する。武士とて人間、槍ひとすじの彼らからみれば、御台所ご舎弟というだけで二千石拝領は、いかばかりうらやましいか、察してやらねばならぬ。信平にある、京の文化人意識と優越感を、城中諸士は察して風当り強いのである。

〈信平さま。それをよくご承知で、殿中の人々へこちらからお親しみになり、堂上家の学問を、徳川の政治に役立てる道をお開きになって下さいませぬか〉

信平は一言もない。城中勤務に馴れるまでこの笛はお預かりしましょう、と愛笛まで取りあげられたが、信平は唯々《いい》と従うのみ。信平は生れ変ったように翌日から出仕を怠らず、新春の将軍へのご進講役にも選ばれた。ご進講の日、お万の方は中の丸へいって晴れの席から退出してくる信平を、御台所や桂木とともに待つ。鏡開きの餅で〈おすすり〉（お汁粉）を、土産に〈すいくもじ〉（すぐき）を、となつかしい京言葉が、ここ中の丸では使われている。京の邸は、六条家のそれは今出川北門、鷹司邸は堺町御門の内、なつかしい町名を口にするのも、京出身の女人には愉しい。今では御台所も、お万の方を利発な妹のようにたよりきっている。新春ののどかな午後、二人は碁盤をはさんで連珠《れんじゅ》に興じる。大奥では碁は禁止されており、五目ならべのみである。ただし五目ならべにルールを作って独立したゲームとしたのが連珠で、段位もあった。お万の方は御年寄・初島に手ほどきを受け上達したが、御台所は、勝たせるのに苦労するほど、下手だった。

そこへ首尾よくご進講を終えた信平が帰ってくる。お万の方は連珠を児戯と思うらしい信平に、くやしがって、〈真剣に勝負を争うと、さほどたやすい遊びでもございませぬ〉と反駁する。いつぞや説得されたときはあまりに聡明に大人び、信平は畏服させられたが、今日は六条家のあどけない少女姫が、姉君のもとへ遊びに来られたような……と、信平を微笑させる。二人は盤をかこみ、信平は負ける。勝敗よりも信平はむきになって負けるまいとする彼女の可憐さに酔ってしまう。

いつぞや信平から取り上げた笛が、今日帰される。御台所の手から今日のご進講首尾よきご褒美にとお万の方はいい、信平は取り上げられたのはお方さまゆえ、戻して頂くときもお方さまから、と主張する。お万の方は辞退し、信平は、

〈さては、お方さま笛をお取り上げの、つれなき役のみ、お好みと見えまするな〉

〈あれ、このように憎いことを仰せの信平さまを、御台さまお叱り下さいませ〉

若やいだ笑い声があがる。桂木もうれしく、堂上貴族の血の濃さを思っていたが、実はこのときから、お万の方は信平が憎からず、信平もお万の方を恋しはじめたのだ。

紅梅に来て鳴くうぐいす。信平はその音と吹ききそうように笛の音を高くする。いまは京の母のためでなく、目前の麗人の為に信平は心こめて吹き鳴らす。

春、江戸城の山里の庭で看花の宴とともに蹴鞠が行なわれる。信平は蹴鞠の主将として妙技を振う。

当日は将軍夫妻が臨席、そして賓客は尾張、紀伊、水戸、ご三家の各御簾中《ごれんじゅう》（夫人）と姫君がたである。花のもとの美男貴公子の妙技は観衆の視線を奪ったが、信平はここで新しい運命にめぐりあう。紀伊家の姫君がこのときの信平に恋慕したのだ。早速、紀伊家から縁組の申し出があった。御台所はこの良縁を喜ぶ。

しかし信平は耳も傾けない。すでに心の底にはお万の方が棲んでいる。とても叶わぬ恋ではあるが。……御台所はもとよりそれを知らず、この良縁をなぜ拒むのかとまたもお万

の方に説得させようとする。

お万の方はすでに自分の、信平への恋を自覚している。今まで歌集や物語にのみあることと思っていた〈恋〉を自分の身で知ろうとは。将軍との関係は、いわば主従の仲、その上に唯一の男性であってみれば、ほかの男の面影を胸に宿すのは恐ろしい背信である。しかし日に日に傾斜してゆく気持をお万の方は抑えがたい。それゆえ、中の丸へ出かける勇気もなかった。それを久しぶりに招かれ、ことわるすべもなく出向いてみれば、信平に縁談を承知させてほしいという頼み。進退きわまってお万の方は信平の部屋へ案内される。庭に咲く牡丹の花をうつしたように、今日のお万の方の裲襠《うちかけ》は牡丹が裾いちめん刺繍されたものだった。

〈おふたりとも、心ゆくまでお話し下さいませ〉と杉戸をしめて出る桂木は、ひそかに二人の恋ごころを察していた。

二人は無言で向きあうが、お万の方は核心にさっと触れる。

〈このたびのご良縁、ぜひともお受けなさいませ〉

〈さてはこのたびも信平への説得を、姉上は人もあろうに、お方さまへ願われたとみえますな。この儀ばかりはご説得に従いませぬ〉

信平はきっとしていう。

〈この身がお方さまに寄せる思いを汚らわしいとお厭いなさるか〉

〈何を仰せられます。信平さまがこの中の丸におわす限り、わが胸の思いは。……このたびのご良縁こそ、わがよこしまの思いを断ち切る天の助けと思いまする〉

　声もおののくお万の方。〈お方さま！〉と呼ぶ信平の声に思わずお万の方も信平を見つめる。互いの愛をみとめあったのは別れのときでもある。

〈生涯、この唇から洩らせぬ恥を申しあげましたのも、このひとときを最後にお別れいたすと、心さだめたゆえでございます〉

〈なにゆえに。恋を罪業深きものと思し召されるか〉青年の眼に恋の涙があふれる。

〈相思う心は美しく、罪とは存ぜませぬ。されど上様に仕うるこの身に、生涯それは許されませぬ。信平さま、紀伊家の姫の恋婿におなりなされませ。二度とお目にかかりませぬ〉

　牡丹の裲襠の裾を取ろうとすがる信平を払ってお万の方は廊下へ出、人知れず懐紙で涙を拭く。――その夜、にわかに将軍の大奥泊りだった。家光の腕に抱かれてたおやかに身を委ねたお万の方の瞼のうらに、忽然とあらわれたのは信平の面影だった。

　胸もつぶれる思いでそれを打ち消そうとしたが、いつのまにか家光が信平に変化している。彼女の唇に乳房に触れるのは、家光の体を借りる信平である。必死にその幻覚に抵抗したが、抗しかねて力尽きた女身に信平が跳梁する。家光への心と官能の裏切り。女の罪業の深さにお万の方は自己呵責《かしゃく》を感じて苦悶し、おののく。……

しかし家光は深く満足していた。高貴に﨟《ろう》たけて、性的に未熟な彼女を辛抱強くいたわり育てた甲斐があったと、家光は喜ぶ。

「今宵その女体ようやく完全に花咲くを覚えて、甘美な歓喜を味わい、満ち足りた夜だった」

艶冶《えんや》な章である。そして信子の筆は、一人の女として成熟してゆくお万の方の、苦しみと喜びに綯《な》いまぜられた罪業感を注意ぶかく書きとどめる。お万の方は家光との間に官能の喜悦を共有し、新しい成人《おとな》の世界へもろともに入ってゆけなかったゆきちがいを、以後の人生の心の責めとする。……ともあれ、起伏にみちた美しくも興ふかいくだりだ。

4

お万の方は灯影で手紙をしたためている。

京の実父、六条有純にあてたものである。

春日局のあとを受けて大奥取締りに任じられたのを機会に、奥女中たちに京風の優雅な作法を取り入れたい。ついては京生れで、素姓卑しからぬ、美貌で怜悧な娘、そして大奥奉公を希望する者を捜してほしいという依頼状だった。

それはお万の方が、わが代りに家光にすすめる側室を求めてのことだった。

お万の方は先夜の記憶に打ちひしがれている。家光に抱かれて信平の幻影を重ねてしまった浅ましさ、〈無間地獄の背徳〉と彼女はひたすらわが身を責める。わが女身に思いがけぬ妖婦がひそんでいたのだ。比丘尼《びくに》から俗身に、それだけでも呵責の種であるものを、いまは底知れぬ煩悩の罪業に堕《お》ちてゆく身。お万の方は恐怖に目くらむ思いで、わが身をさえ呪う。

その思いはついに性への嫌忌となる。宗門育ちの彼女は、禁欲、克己、忍耐の苦行を少女のうちから学んで、それは彼女の人格形成に深い影を落していた。彼女が子を生《な》さぬことを、家光も、天樹院（家光の姉で、終始、彼女に好意を示す）も深く惜しむが、子供でもできれば、女身の煩悩も浄化されるであろう、とお万の方は思いつめる。しかしわが身はそれも叶わぬらしい。

お万の方は自分を苦しめ、追いつめてゆく。

（所詮は将軍の閨《ねや》に仕える房事専従者……）

家光は側室の女たちが子を生すと、あとは固執しない。昔も今も寵愛はお万の方ひとりにあつまり、閨に召されるのは彼女一人だった。

この上は〈おしとねすべり〉を申し出て、代りの女を〈献上〉するほかない、とお万の方は決心する。自己嗜虐の狭い迷路から、お万の方は脱出できない。信平との恋こそ、お万の方を新しい人生へ脱皮させ、飛翔させる契機となったろうに、それはこの世では見果てぬ夢だった。彼女は〈家光への裏切り〉を意識して以来、その恋はかたく心に封じ込めた。

――さて、彼女が筆を運ぶ巻紙の端が、いつか引っぱられてゆく。どうしたことかと目を向けると、おちゃちゃが巻紙の端を咥《くわ》え、どこかへ持ち去ろうとでもするかのように、あと退《じさ》りしているのだった。

読者はご記憶であろうか。

そのかみ、彼女が慶光院の新院主として江戸へ入ったとき、やんちゃの小尼《こあま》がこっそり連れこんだ真っ白い愛猫。お万の方として大奥入りしたとき、ともなわれた猫だった。あの可憐な小猫も局《つぼね》部屋の歳月の間に老いて、いまは身動きも物憂げだったのに、なぜか、お万の方の文《ふみ》を咥えて離さない。まるでそこに書かれていることを知って阻《はば》もうとするように。

〈おちゃちゃ、そのいたずらはなりませぬ。誰か……〉

とお万の方が声をあげると、いまは御年寄《おとしより》に昇任した藤尾の代りに、介添役として付いている千歳《ちとせ》がいそいでおちゃちゃを抱きあげ、

〈いつもはお部屋の隅に眠ったようにうずくまっているのに、今宵に限ってこのわるさはどうしたことでございましょう〉

その夜からおちゃちゃの姿は消えた。お万の方には幻が浮かぶ。京の父君への文を取り

戻そうとして白い霊猫が飛脚のあとから追いかけてゆくのを。……

　京からお玉、おりさという若い美女が下ってきた。六条家で選りすぐった京美人である。お万の方は二人を預って和歌や古典文学の手ほどきまでした。衣裳も新調する。藤尾はそのことに拘泥する。お万の方は藤尾にも打ちあけていないのであるが、〈おしとねすべり〉の決心は堅い。〈おしとねすべり〉とは大名の正室・側室の定年制である。三十歳になると閨から下がる。三十歳すぎての出産を危ぶむからとも、君寵を独占してお家騒動を起すのを恐れるからともいうが、常に若い女を望む権力者の意向からであろう。人道上からは理不尽なしきたりであるが、どのみち男性は主君一人という、女の園の大奥自体が理不尽な仕組みなのである。お万の方はまだ二十歳を過ぎたばかりだった。

　折も折、京の父の逝去の知らせが江戸へ届いた。お万の方はただちに服喪して引き籠る。その間、大奥のことは四人の御年寄が代行する。お万の方はそのついでに、わが身に代る者を、と宣言する。御台所は別居、唯一人の側室たるお万の方は五十日の服喪、となれば、藤尾が懸命に阻止、反対しても、大奥の常識として代用品の側室が立てられなければならない。お玉がまず、すすめられた。藤尾はお玉の小賢しさに反感を持っている。もし家光の寵を得ることになったら、と憂慮する。それにつけても、（お方さまの歯がゆいこと。あんなに上様のご寵愛を一身にあつめていられながら、なぜご自身は身を引かれるのか）

とくやしい。

中の丸付きの桂木は、藤尾の憂慮をきっぱり、しりぞける。

〈ご心配はご無用でございましょう。お方さまへの上様のご寵愛はお閨とは限りませぬ。お方さまの世にもすぐれたお心ばえを愛《め》でられるゆえと、桂木はかたく信じております〉

――お万の方は結局、一年の服喪を経て、再び大奥へ出仕した。八月一日、八朔《はっさく》の祝い、これは徳川家康が初めて江戸城に入った日である。それを記念して将軍以下、その日は白帷子《かたびら》を着て祝う。お万の方は長い忌服《きぶく》を終って、はじめてその日、裾に金糸で稲穂を刺繡した白帷子であらわれた。家光から見るお万の方は一年の間に、しっかりした大人の女性に成長した感じだった。以前はどこかお姫さまの稚《おさな》さが仄《ほの》見《み》えたのに。……

それは家光に深い感慨を与える。表御殿へ帰り際、見送りに立つお万の方に彼は思わず、

〈そなたの姿に、わしは亡き崇源《すうげん》院殿のおもかげを見た。……〉

と洩らす。家光より、その弟忠長を偏愛したといわれる母君に似通うとは。……愛されなかった子はそれゆえに今もなお母を恋うのか。お万の方は、家光がいとおしかった。

ある日、彼女は、将軍の休息所である中奥へ伺う。ここは女人禁制であるが、大奥取締りの役職にあるお万の方は出入りを許されている。彼女が現われると、御側《おそば》小姓たちは引き退る。

〈おそれながら、上様にお願いの儀がございます〉

ついにそのときがきた。緊張してお万の方は一気にいう、大奥取締りのお役にのみ従いたいこと。役職専従のみ、ということは、侍妾の退職を乞う意味である。

〈上様なにとぞお許し下さいませ〉

家光は頓《とみ》に不機嫌となり、口を閉ざす。しかしお万の方は挫けまいと覚悟する。大奥取締りにして侍妾を兼ねるのは心苦しい。役職者はみな〈お清《きよ》〉であるべきだった。そしてお手付きとなると一切役職につかず、閨事専従者となるのが大奥の不文律なのに、お万の方は全く異例なのだ。そればかりではない。一年間の忌服の間に彼女は深い苦悩を味わいつくした。

〈わしを嫌うのか〉

唐突に家光はいう。お万の方は艶《えん》に微笑む。

〈なにを笑うッ〉

〈あまりにもおもしろいことを仰せられまする〉

情緒あるまなざしで見上げられて家光の心はなだめられる。家光自身も嫌われているとは思えない。お万の方は以前、彼女に子のないのを惜しむ天樹院に、これは仏に仕える誓いを破った咎、と思うといった。天樹院からそのことを家光は聞いている。

〈そなたは何事も思い詰める、ちと窮屈な性《さが》じゃな〉

家光はそう嘆息したきり、許すとも許さぬとも確答しない。日頃は天下一の権力者としてずばりと諾否を示すのに、この時は弱り果てている。微妙な進退伺いに対して、〈わしは許さぬ〉などと好色じみた答えは女々しいと思う家光である。お万の方はその男のプライドを察する。こういう問題がすぐ解決できるとは思っていない。ここはひとまず引き下ったほうが賢明であろう。

〈よしなきことを申しあげました〉

お万の方が起とうとすると、

〈待て〉と家光は制して、

〈お玉は出産後は子と共に三の丸に移す〉

お玉は早くも懐妊していたのだった。しかし家光は今後お玉はしりぞける意志を示す。それはお万の方の〈おしとねすべり〉を許さぬ、ということである。しかも中の丸への遠慮なら要《い》らぬこと、と家光はいう。

〈そなたと仲むつまじい中の丸に義理を立てるのか。舎弟信平の出世も、みな、そなたの口添えあればこそ。中の丸への斟酌《しんしゃく》は無用じゃ〉

信平の名を聞いてお万の方は目を伏せる。

家光はお万の方に前にも増して恋ごころをかきたてられている。しかしそれはほかの女人におぼえるものとは全く別である。清らかな共感、やるせない慕わしさ、その上、そなたは、亡き母を思わせると家光は告白する。

〈八朔の日から、そなたが、なんとのう崇源院殿の若かりし姿に似通う心地がしてならぬ。わが母君も、そなたのように美しく気品を備えられた。幼い竹千代のわしは美しい母に愛されたかった。だが母君の愛は弟国松に傾いた。母君の愛に飢えて生い立ったわしは、母の愛をほしいままに受けた弟忠長が、いちずに憎かった。……この心、そなたにもわかるか〉

その話は噂でも伝わっていたが、家光自身の口からお万の方ははじめて聞いた。

（おいとおしい上様）とお万の方は涙する。家光の孤独を知り、家光に心が近づく。そして家光も、いまは全身全霊をかたむけて、彼女を理解し、包容しようとする。

〈そなたは大奥取締りの役職にのみあれば、いまだに心中にわだかまる還俗の罪からのがれ得ると思うのであろうな。そうであろう〉

家光は譲歩を示す。お万の方のかたくなな罪の意識に手こずりながら、そして彼女と過す夜への未練は断ち切り難いのを知りながら。……

更に家光は言葉を重ねる。男の痛みが伝わってくるようなせつない言葉だ。

〈そなたの願いをわしが聞き入れねばなるまいと思うのは、なぜか、そちにはわかるか。……その願いをしりぞけては、わしがそなたの心を失うのを、おそれるゆえじゃ〉

お万の方は息をのむ。

率直な家光は言葉を飾らない。天下びととして誰に遠慮もしないが、生来の性癖として直情である。愛する女に思いのたけをいい尽す、その言葉には真実があふれ美しい。

〈わしには、そなたは、ほかの女たちとはかけがえのないただ一人じゃ。それゆえに、このたびの、そなたのまことに憎い願いながら許そう。……じゃが、そなたの心はわしの傍から生涯離さぬぞ、よいか……そなたはわしの子は生《な》さずとも、わしに、かかることを言わせる心を生んだではないか〉

お万の方は泣き伏す。

〈ありがたき御諚《ごじょう》、身にしみてうれしく忘れませぬ。……いまよりこの心のすべてを上様にささげずにおかれましょうか〉

このとき、熱い涙とともにお万の方の心に家光が定着したのだった。

その数日後、鷹狩に出かけた家光は大雷雨と雹《ひょう》に降られて深夜、帰城した。小姓頭から、

〈お万の方、さきほどより中奥にて上様のお帰りを待ち受けておられます〉と聞いて直ちに中奥へ向う。安否を気づかっていたお万の方は、家光の顔を見たとたん、安堵と喜びに顔を輝やかせ、涙を浮べた。

〈それほど案じていたのか！〉

家光は小姓の眼も憚らず、彼女の手をひしと握り寄せる。家光には若い彼女が母でもあり、唯一の恋人でもあり、もはや「久遠《くおん》の女性」というべき存在となっていたのだった。

……

将軍と侍妾、という単純な、原初的に粗野な性関係から、家光とお万の方は深い精神愛にたどりつく。肉を超えて二人の魂は結ばれ合った。その経緯《ゆくたて》を、信子はのびやかな筆で描く。男女の理想愛を信子は説きながら、しかしそれは地に足のついた、リアリティを持つ。もうお伽話ではなかった。六十年の作家キャリアは、よく物語に緊張感ある芳醇をもたらし、ページをくるのももどかしいほど、読みふけらせる。

やがてさまざまなうつろいを経て、家光は死の床につく。必死に看護するお万の方に、死期を悟った家光はいうのである。

〈わしはそなたに償いをしたい。江戸なり相州なり、そなたの望む地に、伊勢の慶光院にまさるとも劣らぬ比丘尼寺を建立してつかわそう。そなたには院主として紫衣《しい》を許す。寺領は万石に価する田地を与える。わしのこの償いを受けてくれぬか〉

お万の方は粛然とする。ただ涙の雫《しずく》に膝をぬらすばかり。――しかし家光に男のやさしさがあったとすれば、お万の方にも女のいさぎよさがあった。

〈思いもかけぬ、かたじけなきお言葉、いまうけたまわり〉と涙で声はとぎれ、〈そのお心づくし身に沁みてうれしく泣かれまするが、わたくしは御仏のみこころにて、上様にお仕えする身となったと、いつしか悟りました。それゆえに、いまさら再び比丘尼寺に立ち返ろうとは思いませぬ〉

〈そう思うてくれるか。……それなら行末はいかがするか〉

〈はい。上様のご寵幸を受けし女の仕合せの思い出に埋もれて、悔いなき一生でございます〉

〈そなたのそのこころざし、ありがたく思うぞ〉

家光の眼に男の涙が光った。

慶安四年（一六五一）四月、家光は長逝、行年四十八。お万の方は落飾、永光院と呼ばれる身となる。次代の新将軍はまだ十一歳の幼年だったが、代替りで大奥女中は一人残らずお暇となる。お万の方の采配で、塵もとどめず清められた大奥を、皆々、名残り惜しく去ってゆくのだった。

永光院の人生はまだ続く。明暦三年（一六五七）の振袖火事は江戸を焼いてついに城内をも襲う。桜田門外の永光院の住居も火に巻かれようとしている。救出にかけつけたのは、紀伊徳川家の婿となっていまは松平信平と名のる、中の丸夫人（いまは本理院）の弟君である。火の粉を浴びて邸へかけ入る信平に、藤尾は髪ふり乱してとりすがる。

〈うれしや、信平さま、お方さまを早うお連れ出し下さいませ！〉

永光院は仏間の大猷《たいゆう》院（家光）の位牌の前から離れず、〈江戸城内で生涯朽ちるつもりのこの身、今更どこへ立ち退《の》こう〉と身動きもせぬという。

〈さてもおろかなことを申さるる！〉

信平の感じたのは家光への嫉妬である。火事装束の鹿皮足袋のまま、彼は奥の仏間に踏み入る。黒縮緬《ちりめん》の被布《ひふ》に白綸子《りんず》の小袖、水晶の数珠を手にかけて彼女は合掌していた。

〈永光院さま、お立ちのきのお迎えに参上致しました！〉

　信平は重ねて叫ぶ、〈江戸城の火の中に果てるお望みは、この信平お許し致しませぬ、おいのちは大切に、わが姉本理院のさびしき生涯のただ一人のたよりある友として、ながらえて下されませぬか。信平、切にお願い申す……〉。

　わがためにも生きてほしい、と叫びたい信平である。早や、熱気を帯びた煙が入りこんでくる。猶予はならない。

〈永光院さま、御免！〉

　信平はいきなり彼女を抱きかかえる。相見ぬ幾年の間に、彼女はいよいよ﨟《ろう》たけて美しい女ざかりとなっている。若き日にまさる思いで信平は気も狂おしく、かぼそい女体をひしと抱き締めて煙の中をくぐりぬけた。

　このとき江戸四百余町が焼失、江戸城本丸、二の丸三の丸、天守閣が炎上、焼死者三万七千人余。史上に残る酸鼻な事件となった。

　永光院と本理院は小石川の無量院別院へ共に仮住いとなった。幕府は罹災の細民に粥の施しをし、かつ浅草の米蔵の米も一日に千俵ずつ施される。永光院は新将軍の仁政をわがことのように喜ぶ。観念的な衆生済度よりも現実の業苦にさしのべられる救援の手こそ、と思う永光院は、きわめて理性的で現実的なのである。

一つ屋根の下で過すようになって、いっそう本理院と永光院はうちとける。世の常識からいえば正室と側室がむつまじいというのはおかしいようであるけれど、二人はふしぎな縁の糸でつながれて、本理院は妹のように永光院に頼っているのだった。

桂木と藤尾もまた、話し合う折も多くなった。話題は当然、火事のことである。永光院が立ちのきの意志なく仏間に籠ったので藤尾は気も転倒したこと、そこへ信平がかけつけたので、地獄に仏の気がしたこと。それを藤尾は物語る。信平が永光院を抱きかかえて煙の中を出てきたときの嬉しさ。

〈あとは無我夢中でお駕籠にわたくしが無理にお乗せいたして走りました〉

〈それでこそ……信平さまも、さぞかし御本望でございましたでしょう……〉

桂木の述懐に、藤尾は言外の意味を悟る。

〈では信平さまは……もしや、お方さまを……〉

〈……お方さまもでございましょう〉

今こそ藤尾は気付く。まだお若くておしとねを辞され、お玉、おりさをわが身に代えられたころの憂慮の気配。藤尾はうかつだったと恥じる。悩みをひとことも自分に洩らさず、自分の胸一つにおさめた永光院が恨めしい。一心同体のつもりでいたのに。——その夜、藤尾は発病する。心配する同僚や永光院に、彼女は口をとざし、夕餉《ゆうげ》の箸も取らない。

夜中、永光院は藤尾の枕もとに坐る。

〈そなたの胸に何か屈託のあるのをなぜ隠します〉

〈お隠しなされたは、お方さまではございませぬか〉

永光院は藤尾の愛と怨みを知る。

〈藤尾への隠しごとがあったとしたら、それはわたくしが自分にも隠したことに違いない。自分にさえ隠すことを、どうしてそなたに伝えられようか〉

あの秘密の恋は自分で圧殺してしまったのだ。永光院はいう、この身にあきたらぬ不服があればなんなりといってたもれ、藤尾。

〈いえいえ、なんの不服など、ただわがままを一つ申上げれば、お仕えしての年月、お方さまがお心のすきをチラともお見せなさらず、あまりに御立派すぎてお見事ゆえ、藤尾がとうていお心のなかに近づけぬのがさびしゅうございます……〉

永光院は衝撃を受ける。自分自身がその〝御立派〟に窒息しかかっていたのだ。自分の中にいる、もう一人の不羈《ふき》奔放な私。それに気付いて苦しみつつ制してきた。そのため、いよいよ精神のガードをかたくしなければいけなくなった。……

永光院は藤尾に詫びようと思う。これからは何もかも打ちあけて……しかし藤尾は誰知らぬ間に、卒中でこときれていた。彼女は立ちのき先の別院の墓地に埋葬された。

桂木はじめ、皆は永光院を慰める。藤尾の魂は永光院のおそば離れず守る、と。

しかし永光院は来世を信じなくなっている。それよりも現世を満ち足りた浄土として衆生を救うのこそ、仏の道であろうと思う。高台の藤尾の墓にたたずむ永光院は、目の下の江戸の町々の復興に目をみはる。

〈上様、人に来世があるとはわかりませぬ。たしかにあるのは現世でございます。人々の現世を地獄になさるのも極楽になさるのも、上様のご政道一つ〉……

還俗以来、さまざま数奇な運命を辿るうちに、彼女は男・女を超えて、人間の生の実態を把握した思いでいる。

「合掌する彼女の端正な額に、空の月明りがいま白毫《びゃくごう》の宿るかと見えた……」

『徳川の夫人たち』朝日新聞連載二百五十回を擱筆したのは、昭和四十一年十月十日だった。秋晴れの休日である。

「昼のうちより書き出し前篇終りの２５０かく。夕食千子《ちこ》よろこび祝盃をくませる」（日記、昭和41・10・10）

〈おめでとう、そして、ご苦労さま〉

と千代は白ワインをつぐ。

〈テレビ化や舞台化の話も来てるし、評判はウナギのぼりだったから、本になればベストセラーまちがいなし、ね〉

〈どこで前篇を切るかに迷ったわ。だって永光院てひと、六代将軍家宣の時代まで生きて八十八で世を去っているんですものね〉

信子は〈お万の方〉への執着がまだうすれていない。続篇でも見えかくれに登場させるつもりだった。

本当は二百五十回で、大奥女性史を書くつもりだった。しかしお万の方だけで使い切ってしまった。書きたい右衛門佐《えもんのすけ》や絵島、和宮《かずのみや》、天璋《てんしょう》院、などなど……江戸城の大奥が滅びる日まで書き続けたい。

すでに朝日新聞社から翌年春には続篇の連載を、といわれている。新聞小説の欄は執筆者の順がかなり先まできまっているので、日曜版の週一回読み切りの形だった。

この一年、『徳川の夫人たち』に没頭して、短篇もエッセーも棚上げだった。ゴルフには出かけたが、何しろ資料を読むのに時間が取られてしまう。

続篇の構想を立てながら、更にその次の、〝平家のひとびと〟についても考える。

「三浦環伝中止、矢島楫子《かじこ》伝中止し、〝続徳川〟書きてのち、〝平家の人々〟を書かんと野心起る」（同11・10）

『徳川の夫人たち』は十一月十五日に単行本となって朝日新聞社から刊行された。初版三万部、二刷二万部〆て五万、と十一月九日の日記にある（しかし私が古書店でもとめた本は年あけて昭和四十二年一月三十日の発行ですでに六刷である。出足は早く、昭和四十三年四月の東京新聞のインタビューではその時点で四十万部という。今までも読者の多い信子だったが、「こんどの本ほどよく読まれたことは初めてですね」といっている)。

二段組み、三七二ページ、装幀は簡素で品良く、白い表紙に右上には徳川の紋の三つ葉葵、左下の隅は衣の裾が捲くれたように紫と赤が覗いている。信子はこの装幀が気に入っている。

テレビは来年、四十二年からの放送なので、早くも撮影がはじまっており、信子はNETへ出かけて出演者らと写真を撮った(同11・30)。

信子は太り肉《じし》の体で正面中央に正座し、小道具の脇息に左腕をあずけている。お万の方は佐久間良子、前列の左隅で尼姿、小さい写真でも明眸皓歯《めいぼうこうし》は鮮烈にうかがえるという美しい面ざし、信子の周囲に、中腰になったり立ったりしている十五、六人の男・女優たち。

配役は、家光が江原真二郎、春日局が杉村春子、藤尾は岩崎加根子、鷹司信平が津坂匡章。脚本田中澄江。信子のイメージからそんなにそれたものではなかったらしく、ご機嫌である。このドラマは世評高かった。

美女好きの信子は佐久間良子の尼姿も好もしい。

舞台は昭和四十三年の一月東宝劇場、三月帝劇で続演だった。このときのお万の方は司葉子、信子は「お万の方」として一句献じている。

「春の夢つかのまなりしおもかげよ」　信子

昭和四十一年の年のくれ、信子は日記にしるす。

「まず予想以上の成功、単行本目下現在八万刷る。うれし、感謝す。さらに明年は続篇にかゝる意志希望。晩年第三期の年月を冴えわたらしめよ」（同12・31）

「全力投球の効果あって愉しく生き甲斐ありし仕事」

と補遺のページに書いている。作家としての幸福のきわまれるものであろう。

『続徳川の夫人たち』は、正篇のようにお万の方一人に絞って書かれていないので、大奥群像といったおもむきになるが、作者好みの才媛、右衛門佐や絵島などが強い印象を残す。後宮の女たちばかりでなく、代々の将軍・重臣たちもあざやかに描かれて、徳川幕府史という一面もある。信子の作品の中で、最も男性に親昵《しんじつ》されたものではなかろうか。

尤《もっと》も、テレビドラマの「徳川の夫人たち」はレベルの低い大奥ブームを呼び、信子が懸念したように再び昔ながらの猥雑な大奥観で作られた、俗悪な便乗ドラマが流されるようになった。お万の方さえ歪められて登場する。

「私はわが作中の美しく清らかな彼女が、こうした姿に変えられるのがたえがたく悲しい」（『徳川の夫人たち』「あとがき」）と信子はいい、「呪わしき大奥ブームよ！」（同）と憤っているが、しかし映像はあとへ残らない。いまわれわれが接することのできるのは小説

『徳川の夫人たち』である。そこでは玲瓏《れいろう》たるお万の方のイメージがいまもそこなわれずにとどめられている。おもかげは〈つかのま〉ではなく、何十年ののちの私たちが読んでも、お万の方は慕わしく、うるわしい。

　この年、（昭和四十一年）信子は身内知己の死に遭う。一月に藤蔭静樹八十五歳、「ついに。だが長寿、仕合せだった」（同1・3）。十二月に文藝春秋社長の佐佐木茂索。

「愁《うれい》無き笑顔の遺影菊に在り」信子

数か月前の軽井沢で、信子に元気だねえといってくれた人なのに。そして身内では四兄の孝明。これで信子のきょうだいは三兄の忠明と信子だけになってしまった。

信子自身もこの頃から、体の不調を訴えることが多い。

「右肩がひどくこり妙布はる。千子《ちこ》に夜もみほぐしてもらい、よくなり、うれし。幸福と思う、この人とあって」（同10・30）

便に血が混り、「直腸ガンならずや」と心配である。「中山研究所に相談」（同12・18）。これは中山恒明国手《こくしゅ》のこと。

「中山メジカルにゆく、中山氏診察。指にさわらずという。肛門にイボ痔ありと。その出血か。念のため二十四日に精密検査」（同12・20）

あとから思えばすでにこのころから体調すぐれぬ理由があったのだろうが、決定的な原因がつかめなかったのも、信子のまわりあわせというものであろう。一応、何ともなしと診断されて元気になっている。年がかわって『徳川の夫人たち』の批評も出はじめ、みな好意的だった。中でも国学院大学教授の桑田忠親氏の賛辞は嬉しかった。

「まさに昭和の源氏物語だ」（「週刊読書人」）とあったという（日記、昭和42・1・17）。

そのうちにも続篇の連載開始。信子は四代将軍家綱の大奥から説きはじめ、五代将軍綱吉の正室付きの上臈《じょうろう》、右衛門佐を精力的に描く。綱吉の生母桂昌院（そのかみお万の方が自分の身代りに推挙したお玉である）の勢力が強く、京の鷹司家から入輿の御台所の影は薄い。それゆえ、才色兼備の女性をと京の姉君（時の霊元天皇の中宮である）のもとへ人選を托し、遣わされたのが冷艶にして犀利《さいり》な右衛門佐である。彼女を品川まで出迎えたのが表御門の詰衆《つめしゅう》の一人、南部遠江守直政、二十四歳の気骨ある青年大名。この直政と右衛門佐の、しばしの間だがなつかしい心の通い合いも楽しい。俊敏な直政は、右衛門佐のたぐい稀な稟質《ひんしつ》に魅せられ、右衛門佐もまた剛毅な直政の愛すべき人となりを好ましく思う。江戸見物に歩く二人について、われわれ読者も、貞享《じょうきょう》（一六八四―八八）ごろの江戸の風色を知ることになるのだが……二人が心を寄り添わせたのもつかのま、その一日が過ぎれば別れねばならぬ。

〈大奥はわれわれの立入りかなわぬところ、もはやお目にかかる折もなきこと。お健やかで大奥にお仕えなされよ〉

直政はきびきびと別れの挨拶をして馬上の人となり、供を連れて去る。東国《あずま》男のやさしさよ。

信子は七十歳の声を聞いてから、やっと説得力のある好もしい男性像の造型に成功している。

それは作家として新たな脱皮である。同時に女性像に社会的な視野が付加されて厚みが出てくる。お万の方が観念的な極楽より、現世の穢土《えど》を仏国土に、と願うところまで到達した如く、若く美しい右衛門佐は眠ったような京の町より、新興のエネルギーあふれる江戸の町の繁昌に、血のたぎるような魅力をおぼえるのである。……

信子は来る日も来る日も続篇にうちこむ。「〝小法師〟脱稿。夜半十二時ただひたすら」（同3・30）

このころ女流文学賞の候補に『徳川の夫人たち』が入ると伝聞された、と〈千代年譜〉にある。信子は千子《ちこ》に散髪してもらいながらそれを話題にしたかもしれない（千代は器用なのでショートカットの信子のヘアスタイルを調《ととの》えるのだった）。〈千代年譜〉には、

〈くれやしないさ〉

と信子が言い捨てたことになっている。受賞には縁遠い信子だった。当時の文壇の、硬直した文学観では、滋味ゆたかな物語を尊重し、民族文化の資産として嘉《よみ》する、などという包容力はなかったろう。信子はいまはもうそんなものをアテにしない。それが、

〈くれやしないさ〉

という、不逞な口吻《こうふん》になったのであろう。

年の湯の湯気に消えゆく月日かな

1

女流文学賞は与えられなかったが、その年（昭和四十二年〈一九六七〉）、信子は菊池寛賞を受ける。

この年は去年に増して忙しかった。刊行された『徳川の夫人たち』は順調に版を重ね、ベストセラーとなっていたが、ただちに『続徳川の夫人たち』が三月から始まっているので、執筆と文献資料読みに追われる。『異国叢書』の「ケンプェルの参府紀行」また『古事類苑』に没頭してノートをとる。

「机に向う。ひたすら、よるおそくまで」（日記、昭和42・4・17）という日々。

昭和三十九年十月にはアジア初のオリンピック東京大会が開かれた。戦後十九年、やっと日本は立ち直りました、という世界に向けてのPRでもあった。その直前には東海道新幹線が開通し、東京・大阪間は四時間の近さとなる。同じ頃、名神高速道路も開通した。

オリンピックは東京を一変させた。高層ビルが建ち、交通網は整備されてゆく。オリンピックでめざましかったのは、〈東洋の魔女〉といわれた日本女子バレーの活躍だった。みごとに優勝して、日本中を狂喜させ、日本人のプライドを満足させた。

しかし、日本の経済発展に伴い、公害もふえてゆく。全学連のデモ、ビートルズの来日、ミニスカートの流行《はや》り……そういう狂騒の世の中で信子は鎌倉の自宅書斎に引きこもり、ひたすら、あえかな江戸城大奥絵巻を書き綴る。先述したようにそれは、世俗の陋劣《ろうれつ》な大奥観を粉砕する、凛烈な女人列伝である。五代将軍綱吉に拮抗する美しい右衛門佐、男たちの政争に捲きこまれてその犠牲者となった絵島、彼女は訊問のお白州で、罪に陥《おと》しいれようとする男たちに、さわやかに誇りたかく弁駁《べんばく》する。あるいは、幕末大奥の筆頭後年寄《おとしより》(職名)滝山《たきやま》。五十一、二の聡明で情あつい彼女は、官軍の命で江戸城を退去するとき、混乱する奥女中たちをよくまとめ、情理そなわった別離の言葉をかけて退職手当も遺漏なかった。また惑乱して城を出ぬという天璋院(十三代将軍・家定夫人)をも説得する。

……そしてついに大奥滅びの日まで信子は書き切った。

大奥を統師した、才智すぐれし女性たちの人生と生きかたを、信子は讃え、訴える。ひたすら、彼女たちの、

〈女性の識見と矜持《きょうじ》〉

を。そしてそういう彼女たちなればこそ、男のなかの佳《よ》きものをみとめ、熱い共感をよ

せることもできた。信子は彼女たちを通して、その時代時代の好もしい男性像を点描するのに成功している。

　しかし仕事にばかりかまけているわけではなく、信子は心を愉しませることにも長《た》けていた。

　庭の花々も好きで、水をやり、肥料をほどこし、手入れも楽しんでする。

「わが庭しみじみ美し。旅に出るのいやになる。白大輪のテッセン咲き出す」（同5・13）

　この旅は取材旅行である。

「ツツジ開花よろし。鉄線花、紫小。白大。咲き出す。菊苗よく育つ」（同・5・10）

「庭のバラ二十一本咲きざかりとなって、おどろきよろこぶ」（同5・18）

「雨なき庭。クマモトショウブ咲きつづく」（同6・14）

　しばらく降雨がないのを案じたりしている。

　そして花と共に、仕事に倦《う》んだ信子をなぐさめ、奮い立たせるのはなんといってもゴルフである。千代と一緒に茅ヶ崎によく出かけているが、鎌倉在住の名士夫人や作家未亡人などの仲よしのほかに、出版社・印刷会社の接待ゴルフも多かった。今日は三益愛子さんと廻った、などという日記の記事もある。ハンディは29だが「さらにプラスしてもらっている」と自身いっている。この頃は体調よく、写真でも元気そうだ。おそらくこの時期のことだろう、城山三郎氏の「午後おそい客」なるエッセーに、信子の瞬景がスケッチされている（日本エッセイスト・クラブ編『午後おそい客』文藝春秋、昭和59）。

城山氏は「湘南の片田舎」に住んでいられるので、同業者とふれあうことは少いよしだが、一度だけ吉屋信子とゴルフ帰りに同車した。

しばらく車が走ってから信子はもじもじして、膝の上に風呂敷包みをひろげ、弁当箱を出した。

〈召し上らない？　わたし、これ大好きなの〉

弁当箱にはぎっしり、桜桃《さくらんぼ》がつまっていた。

信子の指がそれをつまんでさし出す。城山氏はありがたく受けたが、信子はいかにも美味しそうに、一つまた一つ、とつまみ、

〈ね、おいしいでしょ？〉

城山氏は、おびただしい数の桜桃と、間断なく動く信子の指先に圧倒されて、うなずくばかりだった。

信子は窓の外を見て、不意に声をあげた。

〈あら、ここはどこかしら〉

運転手の説明で、

〈まあ、すっかり変ったわねえ。いつから変ったのかしら？　どうしてこんなに変っちゃ

ったの？〉

――ふしぎでならぬという風だった。

運転手も答えられない質問だろう。城山氏は、信子のそのときの表情を（素ッ頓狂な信子のあどけないビックリぶりが目にみえるようだ）「まさに大きな童女の顔」、そして誰も答えられぬその質問を、「童女の質問」だった、とあたたかく、おかしがっていられる。

もう一つ、これはその頃よりちょっと前の昭和三十五年春の話。もと文藝春秋社員でいられた車谷弘氏が書きとめられた信子の面影（『わが俳句交遊記』角川書店、昭和51）。氏は文壇俳句会で信子の仲間であったが、これは文春講演会として四国へ赴いたときの伝である。講師は信子のほかに、小林秀雄（そのかみの確執も年月とともに溶解したのか）、堀田善衞。出版社側は車谷氏と若手の清水靖一氏。高松（このとき菊池寛像の除幕式があり、それに参列したことは、ちょっと先述した）、多度津、今治、大洲、宇和島とまわったが、行く先々では大歓迎を受けた。

屋島見物ではすすめられてみんなで山駕籠《かご》に乗った。車谷氏は駕籠ははじめて乗ったという（皆もそうであったろう）。しかし何とも具合のわるいものだった。ぞろぞろ歩く観光客を、駕籠屋がかけ声かけて押し分けていく。あわてて道をあける人々が、何者なんだ、という風に白い目で駕籠の中をのぞきこむ。それだけでも照れくさいのに、不意に茶店の拡声器が声をはりあげる。

〈ただいま駕籠でお通りになるのは、有名な女流作家の吉屋信子先生でございます〉

さっき休んだ頂上の茶店の親父が、信子の姿を見て嬉しくなり、自慢したかったのかもしれないが、一行にすればまことに恥ずかしくて身のすくむ思い、堀田も〈けしからん〉と怒ったが、何しろ駕籠の中なので制しようもなかった。信子はよっぽど懲りたのか、次の日、金刀比羅《ことひら》宮の参詣では、

〈もう駕籠はいやよ。歩くわ〉

と言い張った。

〈しかしこの石段は八百段あるといいますよ、足弱の人、お年寄りはみな駕籠ですよ〉

と車谷氏は心配していった。このとき信子は六十四歳である。

〈ぼくはゴルフをやってるから、歩くのは平気だ〉

小林秀雄は涼しい顔であがってゆく。堀田は、生家が越中伏木港の古い回漕問屋で、祖先が金刀比羅宮に献納した石灯籠があるはずなので、捜しながらゆっくり登るという。周知のように〈讃岐のコンピラさん〉は、海難除《よ》けの神さま、舟乗り衆や回漕問屋の信仰が篤い。

車谷氏は後ろから喘ぎつつ登ったが、三分の一ほどで信子はダウンしてしまった。しょうがないので二十代の清水青年が信子を背負うことになった。体力に自信があるといっても登りの階段、さすがに途中で顔色も変ってきた。そこへ折よく戻り駕籠が来て、一同ホ

ッとした。もちろん信子が一番ホッとしたろう。

この清水青年は講演旅行の間じゅう、よく信子の面倒を見てくれた。食事のときも信子の横の席について、まめまめしく世話をした。

彼の食事の習慣として、好きな食べものはあとへ残し、あとの楽しみとする、ということがある。すると横にいる信子が目ざとくみつけて、

〈あなたこれ食べないの、わたしが頂くわ〉

と横から箸をつける。有無をいわさず、アッという間にさらわれてしまう。これが三日三晩つづいた。四日目に清水青年は一大決心をした。多年の食習慣を一擲《いってき》して、好物から食べてゆくことにしたのだ。

〈人生観、かわりました〉

とは清水青年の言。六十代半ばの信子は車谷氏によれば、「実に健啖そのものだった」そうだが、いかにも無邪気な信子のたたずまいが髣髴《ほうふつ》とする。

同じようなことを村上元三氏も朝日新聞社の『吉屋信子全集』の月報9で書いていられる。文士劇の「海の勇者」（菊池寛作）が、東京で大評判だったので、大阪・京都へも巡業にいくことになった。文藝春秋社の肝煎《きもいり》で、人気作家たちが出演する。社会的エンターテインメントとして小説の地位が高かったころのこととて、この催しは大人気であった。幼少からの芝居好きである信子は、文春社長の佐佐木茂索に出演を慫慂《しょうよう》されたことが嬉

しかった（信子が佐佐木茂索に好意と感謝をもつのは、そういうことも何ほどかの理由になっているだろう）。

村上氏も出演者の一人で、同じ汽車で信子と巡演に出た。その芝居では息子に今日出海、母親役が信子で、その熱演はついに観客を泣かしめた、と村上氏が報告すると、

〈あら、そう？〉

信子はしんから、嬉しそうな顔になった。

食堂車で村上氏は運ばれた洋食の皿に手をつけずビールを飲んでいると、向い側の信子が、

〈あなたそれ、召し上らないの？　じゃあ、わたし頂くわ〉

あっさりと皿を自分のほうへ引き寄せ、食べてしまった。横に千代がいたが、にこにこ笑っていたそうである。

年を重ねても、いつまでも天衣無縫でナイーブだった。高知から高松へゆく汽車の中でも、うつらうつら眠っていて、目をさますと、

〈わたし、お昼《ひる》食たべたかしら？〉

といったりする。車谷氏が、

〈召しあがりましたよ、さっき〉というと、

〈そう〉

とまた眠ってしまう。

そのとき車谷氏はふと窓外に眼をやって、愕然と立ちあがる。何という美しい峡谷。岩のさまざま、川の流れ、仙境だ、南画の世界だ、車谷さんはあわてて信子を揺り起す。

〈いま、すばらしいところを通っています、ごらんなさい〉

信子は窓外を見、びっくりして起つ。あっといったまま、左の車窓へ、右の車窓へ、昂奮してあわただしく足をはこび、魂を吸いとられるように見とれていた。形容もできぬ自然の景観に、心があこがれただようていくような、この世のものならぬものを見た、という感動であろうか。

車谷さんは、そんな信子を、

「うつくしい眼をしていた」

と形容する。

やっと信子がいったのは、礼の言葉だった。

〈車谷さん、ありがとう。あなたに起されなければ、こんな景色のよいところを、知らずに通りすぎてしまうところでしたわ。ありがとう、ほんとにありがとう……〉

それは大歩危《ぼけ》、小歩危、だった。

信子の無邪気さが思われて、これもほほえましいエピソードだ。

　信子のこんな純真無垢な性格が、年を重ねても損なわれずに温存されたのは、生活伴侶としての千代のおかげではないか。
〈お万の方《かた》〉における〈藤尾〉のごとく、陰になり日向になり、信子を支える千代。

　その年の女流文学者会は一月二十六日、赤坂菊亭で行なわれ、信子は円地文子らに会い、たのしく過したが、このときは一人で上京したので、夜遅く鎌倉まで帰れるかどうか、千代は心痛したらしい。

「千子《ちこ》、深夜の玄関に出で迎え、うれし。いつもながら」（日記、昭和42・1・26）

　簡略な文章ではあるが、信子の、

（愛され、庇護されている）

　という、満足のため息が聞えそうだ。

　秋深むと千代は、折々日本間でも仕事をするようになった信子のために、手くばりよく炬燵《こたつ》を出す。

「起きると千子いつのまにか、日本間に足入れるこたつ（デンキ）開《あ》けて大きな朱机おく。ありがたい。こうした事してくれる事、優しき情の人、このひとをおきて外にはあらじ。母の愛を知らぬ身なればひとしお」（同11・16）

　さて、信子の楽しみは、ゴルフや文士劇や講演旅行のほか、世の中のさまざまのおつきあいも多かった。元来、彼女は社交的な性格で人見知りしないので、そのころからハヤリ出したテレビのモーニングショーにも出演したり、昭和三十九年暮のNHK紅白歌合戦の審査員にも出ている。人気者としての光耀は、戦前よりも、いっそう増したように思われる。

この年、四十二年には軽井沢千ヶ瀧のこけもも山荘へいった。美智子皇太子妃のお話会に呼ばれたのであった。「座談いろいろ」（同8・17）と書いているが、皇太子妃には前年の園遊会でもお目にかかっており、その折に、〈『花物語』のころから愛読いたしました〉とのお言葉を頂いていた。美女好きの信子とすれば若く美しき妃の宮にお目にかかるのは、畏れ多いことながら、まことに心ゆくたのしい体験であったろう。

そのほか信子の趣味で忘れてならぬのは競馬である。これについては翌四十三年の毎日新聞夕刊学芸欄「朝昼晩」シリーズのインタビュー記事があり、軽井沢の別荘での写真も掲げられている（8・23）。大木にもたれた信子は、濃い色の地に白く抜いた花柄らしきワンピース、ミニ流行のころとて、膝丈ぐらいのもの、長い脚がすらりと出て、あいかわらずの長身、ショートヘアも若々しくみえる。

写真の横のキャプション。

「『お元気ですね』とあいさつしたら『だって私、文学少女ですもの』と笑う吉屋さん」（高野正雄記者）

趣味を問われて、俳句はいまや実作はしなくなって、俳句雑誌や新聞の投稿欄を読んで批判しているのみという。「いまや鑑賞家というわけですね」

「趣味といえば、やはり競馬ですよ。昔は十何頭か持っていたこともありましたが、いまは出ているのが一頭と、養成中なのが一頭だけ、この前、久しぶりにタヅナをとりました。私の馬が大レースで勝ったんですよ。六百万円とりました。でも、それまでにずいぶんお金をかけているでしょ——馬って、とても食べるんですよ。

戦後、初めて安い馬を買ったんですが、なかなかうまくいかないのよ。賞金で馬を買ったり牝馬《ひんば》が子を生んでくれたり……初めの資本の回転でやっているんです。でも、ぜいたくですものねえ。やめようと思うときもあるんですが、苦労している調教師のことを考えると、なかなかそうもいきません。それにやはり馬は美しいですものねえ」

——この時期、『徳川の夫人たち』がブームを起したことによって、信子のインタビュー記事がいちどきに新聞雑誌に氾濫した。しかし記事の根底にはステレオタイプの先入観がつねにあって、新味のある記事にはめったにお目にかかれない。いまだに「詠嘆的美文調で子女の紅涙をしぼってきた女流」とか「永遠の処女」とかいった紋切型が頻出している。

その点、右のインタビューは、信子に馬のことなど語らせていて面白いのだが、大レースで六百万手にしただの、「やはり馬は美しい」といい切るあたり、放胆にして不敵なる人生享楽派怪女の、底しれぬ人間の深淵が仄《ほの》見えるというものだ。そのかくし持った匕首《あいくち》が、『私の見た美人たち』や『私の見た人』『底のぬけた柄杓《ひしゃく》――憂愁の俳人たち』に一閃する。男たちはそれに接してはじめてたじろぐ。

「人物伝ものでは、なかなか痛烈な批判もやってのけている」（読売新聞、昭和46・11・4）などという程度ですませて、それだけでも驢馬が口を利いたように一驚しているが、一知半解のしたり顔の人間がいかにこの世に多いかということを、思わせる。かえって前記の毎日の記事に、その年の軽井沢は雷が多く、雷ぎらいの信子が怖がっているとか、停電して太い蠟燭《ろうそく》に火をつけ、〈これ頼もしいでしょ〉といったとか、毎日二時間くらい昼寝している、とか、いう話のほうが素直な探訪記事として面白い。

しかし競馬にも増して信子を楽しませるのは、やはり同業女流との交歓だった。

この年、昭和四十二年六月十日は真杉静枝の十三回忌だった。鎌倉東慶寺法要のあと、同じ寺に眠る田村俊子とささき・ふさの墓に、みんなでお詣りした。三人の女流作家が奇しくも同じ墓地に眠っているのだった。

そのあと、信子の家へ寄ったのは、円地文子、佐多稲子、芝木好子、中里恒子の四人。夕方までおしゃべりを楽しんだ。たぶん話題は去年暮、急逝したささき・ふさの夫、佐佐木茂索のことだったかもしれない。ささき・ふさはコティの香水を身辺に絶やさず、美しく感性《センス》よくバーナード・ショウを原著で読むような内省的知識女性、茂索もまた寡黙の知性派紳士、美貌・教養ともに似合いの夫妻だった。

〈ふささんは早く逝かれたわねえ。入棺のとき、ご主人の佐佐木さんは鏡台に使い残されたフランス香水の壜のありたけをそそがれたそうね〉と誰かがいった。
〈お墓のまわりの何本かの卒塔婆《そとば》、ご覧になったでしょう、あれ十三回忌のお供養のときのね、どれにも施主・佐佐木茂索とあったわ〉信子はいう。夫と妻、やがて仲よく墓に入られるのかと、みなしみじみする。

いまも女流文学者会のつどいには信子は欠かさず、また新しく昭和三十六年に創立された田村俊子賞にもかかわって、女流新人の進出を応援していた。生前は友人に迷惑をかけること多大だった田村俊子も、死後の印税により、友人たちがはからって文学賞を設立したのだ。その第一回は瀬戸内晴美『田村俊子』（文藝春秋新社、昭和36）だった。第二回の受賞者は森茉莉の『恋人たちの森』（新潮社、昭和36）、第三回は倉橋由美子、『パルタイ』（文藝春秋新社、昭和35）はじめ、それまでの実績に対して、という授賞理由だった。

若手女流の俊秀が、続々と擡頭していた。

信子は宇野千代や森田たまら、古い仲間との交遊も楽しいが、若い人たちとの交流も好もしい。日記には〈有吉佐和子さんより薔薇を頂く〉という記事も見え、ほほえましい。若城希伊子、瀬戸内晴美さんらのお名もみえる。

昭和四十年代前後の女流文壇でいえば、今まで名があがったほかに（野上弥生子の『秀吉と利休』は昭和三十七年であるが、これは別格として）、河野多恵子『蟹』が昭和三十八年。三浦綾子『氷点』が昭和三十九年（ことのついでにいうと、私も昭和三十八年下半期の芥川賞を『感傷旅行《センチメンタル・ジャーニィ》』で受賞した）、津村節子『玩具』が昭和四十年、萩原葉子『天上の花』が昭和四十一年、大庭みな子『三匹の蟹』が昭和四十三年、つづいて吉田知子『無明長夜』が四十五年である（いずれも雑誌発表年）。――このあと更に、富岡多恵子、高橋たか子、林京子と続く。一方では人気作家の中に女流の名もあがるようになっていた（思えば戦前には、男性作家と肩を並べて読者の多さを誇れる女流は、吉屋信子一人だったが……）。

山崎豊子『花のれん』が直木賞を受賞したのは昭和三十三年、翌三十四年に平岩弓枝氏『鏨《たがね》師《し》』、三十七年杉本苑子『孤愁の岸』、三十九年、永井路子『炎環』、これは安西篤子『張少子《チャンシャオツ》の話』と同時受賞、そして四十四年、佐藤愛子『戦いすんで日が暮れて』――みな直木賞を受賞し、そののちも男性作家に伍して読者を獲得していられる。

右は一応、信子生存中の受賞者を辿ったのであるが、戦前・戦後では隔世の感ある女流の輩出である。

信子は女流の活躍が嬉しかった。若手の作家との交際やかかわりを好んだ。この小稿を書くに当って参考にさせて頂いた『女人吉屋信子』の著者、吉武輝子氏も、同書のあとがき「わたしの見た人・吉屋信子」に書いていられる。

昭和三十五年秋のこと、当時二十代の吉武さんは東映宣伝部勤務だった。折から北海道開拓に苦闘した旧幕臣を描く大作「大地の侍」の完成を記念して、試写会に北海道ゆかりの文化人を招くことになった。吉武さんはその人選を一任される。吉武さんは少女時代愛読した吉屋信子の『花物語』そして『地の果まで』を反射的に思い出し、信子を招待する。招待状だけでは心もとなくて、電話もかけた。千代が出てきて、信子のＯＫを伝えた。吉武さんは思わず〈やったァ！〉と叫んでしまう。

　そして試写のあと、信子は吉武さんに語ったそうである。

「実はね、招待状を頂いたときには、おうかがいしないつもりだったんですのよ。ちょうど原稿の締切日にぶつかっていたので、〝行きたくても行けないわね〟ってこの人（同行した門馬千代）とも話し合っていたのです。でも、お電話をかけて下さった方が女の方だって聞いたものですから。まだまだ、女の方が職場で働きつづけるには、苦労がいっぱいありますものね。だから、そういう女の方に是非ってお頼みされると、わたし、イヤっていえなくなってしまうんです。いつの時代でも、女が女にやさしくあり合わなくてはね」

　──「童女のようにすみきった、だからどこかに、哀しさの感じられる」信子の声だったと吉武さんはいう。以後、吉武さんは耳をすますと、〝女が女にやさしくあり合わなくては〟という信子の声が心中にリフレインして聞える。……

　瀬戸内さんはお飾りをおろされる前のお写真が朝日新聞社の『吉武信子全集』月報11にある。信子と親密に顔よせて話しあうスナップ、これは昭和三十七年十一月一日、二子多摩川畔（川崎市）の岡本かの子記念像除幕式の時のもの、瀬戸内さんは折しも「婦人画報」に『かの子撩乱』を連載中でいられた時だった。氏はつややかな黒髪に白っぽい着物、黒地の帯、信子はクローシェ型の帽子にいつも離さぬ眼鏡（上辺と弦だけ太い黒いもの、その太く黒い線が、信子の顔をいかつく見せている）、モノクロ写真だから不分明だが、黒ではない濃い色の地のスーツ、膝にハンドバッグ、式場の簡単な椅子に二人は掛けて、信子が身を寄せて何か話しているが、視線は遠くへ。それだけにかえって気を入れて伝達したいという表情である。瀬戸内さんのほうは向って左、左手の指を肩掛にかけて美しいポーズで、これも視線は外へじっと聴き入っていられる風情。この写真は、日本の文壇にとっても貴重な資料というべきであろう。

　このお二人は、早い時代からの日本文壇と作家群像を知悉《ちしつ》され（もちろん瀬戸内さんは信子のあとから出られたが）、それぞれ文壇の証言者として、また文学者の伝記作家としても、よいお仕事を残されている。佳きものを継承されてゆく現場にたちあったような感じだ。瀬戸内さんは、信子が、娘のような年齢の氏に対して、いつも気取らず、優しく親切だったといわれる。数えるほどしか逢っていないのに、「吉屋さんからは可愛がっていただいたといううぬぼれを持っている」と。瀬戸内さんは以前少女小説や童話を書いていたので、そのことで「吉屋さんは身内のように思って下さったのではないか」。

若い世代の後進にやさしい信子は、古い仲間にはなおのことであった。

昭和三十七年七月一日の第六回参議院議員選挙で、信子の応援していた旧友・山高しげりはわずか千六百票の差で次点となってしまった。三十七万何千票を集めながら。……このときタレント議員第一号といわれた藤原あきは百余万票を得て最高位当選、かねてＮＨＫテレビ「私の秘密」で人気のあるタレントだった。エッセイストの森田たまも立候補し、当選している。

七月二十二日付東京新聞の「東京論壇」に飯沢匡《ただす》が「専門家の偏見を正そう――素人政治のすすめ」を書いた。タレントや文筆家が当選したというので政治の専門家が投票の質を問題にし、悲観しているが、自分は一向にかまわないと思う、今までの政治は専門家と称する偏った人間がやっていて、また世間一般もそれが正しいと考えていたのであるが、政治なんてものは、むしろ素人がやればいいのである。藤原さんや森田さんが素人のゆえに低く評価されるのはおかしい、ことに参議院は良識の士を集めるというのが一枚看板だから、素人で一向にさしつかえない。……こういう論旨を飯沢氏一流の皮肉めいた、揶揄《やゆ》の口調で展開しているのであるが、読んでいた信子が看過しがたいのは次の一節であった。

「藤原あきさんが当選したというので、日本の婦人運動史にキズがついたと嘆いている婦人運動家がいたが、こういう偏見のかたまりが落選したところに、今度の選挙の面白さがある。人間的魅力がなければ、経歴を売り物にしても人はついてこない」

信子の血は逆流する。山高しげりのことを指しているとしか、思えない。四十年の間、母子福祉、母性保護の運動に挺身してきた山高しげりの「経歴」そして「人格」について何一つ知ろうともせず。……信子はただちに筆をとって反駁投稿をする。これは二十六日、同紙に載った。

「飯沢匡氏の偏見を正そう
　冷笑的態度は不当
　不運な婦人運動家の落選」

信子は飯沢の指す婦人運動家は山高しげりのほかには思い当らぬが、「もしそうだとすれば、山高さんが藤原さんについてそんなバカげたことを言ったのを私は見聞していない」。

しげりは落選決定後、新聞夕刊によれば「結果はどうあれ、清く明るい選挙をしたことで満足しています」と語り、各紙はこぞって山高女史落選への同情の記事にみちた。山高さんが四十年の婦人運動の経歴をもちながら議席を得られなかったのは、やはり気の毒で不合理、婦人運動は台所と政治を直結させているもの、女権拡張運動とばかり思いこむのは偏見である、婦人運動ではプロの女性こそぜひ議席につかせ、素人の藤原さん森田さんらと協力し、その水先案内となって婦人問題を政府に理解させるのこそ望ましい。もしも、彼女が今をときめく政党に属していたら千六百票ぐらいの不足を補えたかもしれないが、「婦人運動の目的を貫くために党に左右されない無所属の困難にいさぎよく立った彼女に、ともあれ三十七万何千何百票が、その経歴について投じられたのを見ると、飯沢さんのような考え方ばかりではない人がいるのも知っておいていただきたい」。

――信子は飯沢匡の逆説的表現や、諷刺に名を藉《か》りて斜《しゃ》に構える口吻《こうふん》を熟知しているので、もしくはそれであろうかと、当りを柔かくして結んでいるが、旧友のために憤激をかくせない。

私は女の友情の強さ、すこやかさをそこにみて感慨を禁じ得ない。四十年も昔、しげりと信子はいいあったことがある。女に友情なんかない、という信子に、女にも刎頸《ふんけい》の交わり、断金《だんきん》の友、というものがあると断言したしげり。その彼女が、これ、この通り、と連れてきた自慢の友人が門馬千代だった。信子と千代はその後、人生同伴者となったが、しげりとの三人の友情は変らなかった。……信子はしげりを擁護して言挙《ことあ》げし、〈婦人運動家〉のために万丈の気焔を吐いた。彼女たちの〈断金の交り〉を思うとき、私の胸も熱くなる。……

（のち、しげりは繰上げ当選となった）

菊池寛賞受賞の知らせがあったのは昭和四十二年の十一月十七日の夜、夕食の頃で、そのあとすぐＮＨＫ九時のニュースに、写真入りで出た。授賞式は二十一日だった。その年の受賞は、信子は「半世紀にわたる文学活動」というものであり、宮田輝は『ふるさとの歌まつり』の司会に」対して、また出版社・青蛙房《せいあぼう》は「江戸時代風俗研究書の出版活動」を認められて受賞となった。

贈呈式会場は丸の内パレスホテル。信子は四百人近い各界関係者を前に「本当にうれしそうにあいさつした」（朝日新聞、昭和42・11・24）。

「菊池先生には大変お世話になったんです。それであたしもそのうちにはほしいと思っていたんですが、これまで縁がなくてあきらめていました。……受賞理由が〝半世紀にわたる読者と共に歩んだ衰えざる文学活動〟となっているのは感心しませんが、どこか発育不全だったあたしが、このごろやっと大人になったと思っていたところへ、この賞のおかげで完全に成長できることになりました」（同）

――賞に縁遠かった信子だから受賞は嬉しいが、それと共に、（こんなこと、本当はもう、どうでもいい……）という気も、きざしている。残り少い人生、そして、知己友人の訃報を次々聞く身となっては。――

この年は六月の壺井栄の逝去をはじめ、藤原あき、柳原白蓮も。……昭和三十九年には、尾崎士郎が、佐藤春夫が、四十年になって谷崎潤一郎、高見順、江戸川乱歩。若手も擡頭するが、昔馴染みの友も櫛の歯を引くように欠けてゆく。残された仕事をいそがなくては。

信子は受賞祝いの電報や手紙の返事を「印刷にせず自から書く」（日記、昭和42・10・21）。受賞の前に中山メディカルへゆき、先に撮ったレントゲン写真を中山博士に説明して貰ったが、まず異状なしとのことでホッとした。信子にこの先、どれほどの人生が許されているのか、知るよしもないが、ひそかに心づもりしているのは「平家物語」を書くこと、そして豊臣秀吉夫人お寧々《ねね》、北の政所《まんどころ》を書きたい、ということである。

「この頃心静もりて水の澄みわたるごときうすら悲しみ多し。次の〝平家の娘たち〟（仮題）への進歩か」（同10・23）

まだ『続徳川の夫人たち』を書き綴りながら「平家物語」に詩想の湧く信子だった。

「仕事す。千子と二人だけでたのしという。しかり」（同10・30）〝たのし〟といったのは双方であろう。仕事と千代。他は不要の信子だった。

2

信子は書斎に大小二つの金庫を据えている。

これは執筆に当っての重要な資料を納めるためのものだった。今までは徳川家関係、江戸時代のそれが蔵《しま》われていたが、すべて平家関係にかわったのは、昭和四十三年（一九六八）の四月二十三日だった。

「書斎の金庫（大小二つ）内の資料を平家用とす。入れ替え。平家一本槍で構想す」（日記、昭和43・4・23）

――というのは、〝豊臣の夫人たち〟を書く案もあり、どちらを先に着手するか、信子も迷っていたからだった。資料を読めば双方、面白い。信子はなよなよと運命に流される他動的な女や、ロマンチックなだけの女の生き方はいやだ。強靭な精神をそなえ、壮烈に生きた女を描きたい。豊臣秀吉夫人のお寧々や、平清盛の妻、時子が好もしい。

昭和四十三年前半は信子は双方の資料を並行して読んでいる。「平家」のために『今昔物語』を読了し、「豊臣」のために『甫庵太閤記』、徳富蘇峰の『桃山時代』など読んでいた。

「はたして描けるか不安」（同8・26）

夏は軽井沢でゴルフを楽しみ、避暑仲間の板垣直子と歓会し、料亭「口悦」で会食をたのしんでいる。心おきない旧友とのおしゃべりがいちばん信子をくつろがせるようだ。もちろん形影離れぬというような千代も同席している。そしてこのころから、兄たちの娘――姪――の名も日記にあらわれはじめる。軽井沢では四兄・孝明の長女・孝子さんが車を運転して信子らを料亭へ連れていってくれる。

信子はたのしげに献立まで記しているので夏の夜の女たちの宴をのぞいてみよう。

「庭、開け放す。椅子席、客多し。板垣直子さん間もなく見えて会食。

〝ナットウ豆腐〟〝刺身盛合せ〟〝鮎塩焼〟〝野菜うま煮〟〝うしお椀〟〝柳川鍋風トリ入り〟

（これは残す）一万円ぐらい。

板垣さん送って帰る」（同8・26）

すでに秋であった。朝日新聞社より次の連載の打診がある。早急にきめなければならなかった。時子か、豊臣家の北政所か。……

　ついに信子は決心する。

「豊臣の夫人（淀君、その他）あまりに多くかかれ、手垢つきし感じ、ことに。――それで初めに戻りて〝平家の娘たち〟とす。千子《ちこ》サンセイ。資料の入れかえ」（同9・26）

　千代はつねに信子の考えに賛成する。盲従するのではなく、千代なりの考えあって信子の決定を支持してくれるのだが、それがまた、信子には千人力《りき》となった。

　この年、執筆の仕事は休止しているが、一月の東宝劇場「徳川の夫人たち」上演（染五郎、吉右衛門、司葉子、山田五十鈴、春日野八千代ら出演）、三月帝劇の再演（キャストは東宝劇場のまま）などを観劇、それに三月には東武百貨店で「徳川の夫人展」が開かれたりして信子は忙しかった。九月には国立劇場で舞踊劇「お万の方」を藤間観素娥が踊る。

　信子は鎌倉から上京することも多い。執筆はしないが、結構、多忙な日々だった。

　この年は国際的に学生運動が昂揚したが、日本でも学園紛争がエスカレートして、東大では医学部全学闘争委員会の学生らが、本郷の安田講堂を占拠して立て籠った。その一方で、日本万国博覧会が二年のちに開催されることにきまり、岡本太郎はシンボルゾーンを構想している。

そういう世の中の騒擾を視野におさめながら、信子は〝平家の娘たち〟を執筆するときめて、はじめて心が晴れた。

「ヤスキにつかず、ムツカシキにつかん」(同9・26)

と決心する。

旧友の佐藤千夜子(元・歌手)が病んで入院と聞き、信子は上京して見舞い、花と五千円を贈った。その翌日も上京、知人の結婚式のスピーチを頼まれたからだった。ゆかりある人々を大事に思う信子のやさしさを、神は嘉《よみ》したもうたのか、車で鎌倉へ帰る途中、

「〝平家の娘たち〟のいとぐちほどける。たのし」(同10・4)

「〝平家の娘たち〟の幻想うかぶ」(同12・15)

この年はノーベル文学賞を川端康成が受賞したが、信子は花束を持って祝いにかけつけたものの、次作に心いそがれたのは、川端の栄誉を羨んだからではなく、これも旧い友の村岡花子が逝き、佐藤千夜子も逝ったことだった。

しかもこの年、七十二歳の信子は疲労しやすくなっていることを発見する。かかりつけの中山博士によればレントゲン写真でみても〈いまのところ大丈夫〉といわれ、安心するが、

「昨日よりおなか張っていけない」(同6・1)

「タンノーはれた感じ。シップす」(同8・7)

半年で二キロ半、体重が減っており、その秋、信子は五一・五キロだった。中山研究所での定期診断は緻密だった。大腸の精密検査、灌腸、バリュームの嚥下、そのたびのレントゲン……そのどれにも、中山博士に、

〈まず、異状なしですね〉

といわれ、信子は安心する。

「健康留意のこと！　まだかきたいことあるではないか。神よ守らせ給え」（同6・1）

「寸暇を惜しみ本格的の創作以外なさざること痛感す」（同12・12）

教育テレビで、愛知女子大の渥美《あつみ》かをる教授が「平家物語」の女性について話しているのを聞き、手紙を出して教えを乞う。

昭和四十三年の日記は、従来と違い、一年のみの当用日記だった。その年十二月十日、新宿ステーションビルギャラリーに佐多芳郎の個展を見にいった帰り、伊勢丹で求めた三年連用日記を、四十四年一月から書きはじめる（そしてこの三年連用日記が、信子の最後のものになる）。

〈年頭の所感〉には、

「〝平家の娘たち〟にいよいよかかるべし。それまでに〝徳川秀忠の妻〟（田辺注、「週刊読売」の仕事で、日本悪女伝として各女流に割り振られたもの、私もこのとき『蜻蛉《かげろう》日記』の作者を担当させられた。昭和三十八年下半期の芥川賞を『感傷旅行《センチメンタル・ジャーニイ》』で受賞し

た私は間をおかず、エンターテインメントの世界に打って出たので、頓《とみ》に忙しくなっていた）をかき上げて読売新聞出版部の希望にて単行本に。但し外のものも入れて一冊とす。
今年のまず仕事。
持《もち》時間少なき時期なれば（そう思うべし）無駄な感情浪費せず、真剣に進むべし。自己に注意持つべし」

信子と千代は年末年始を箱根富士屋ホテルで過した。

昭和四十四年の元旦は晴れたが風が強かった。千代と二人で仙石ゴルフ場を廻ったが、風の寒さが身にしみた。ホテルへ戻り、〈不老風呂〉と名付けられた浴場で暖まった。五日にはもう帰宅して仕事をはじめた。一月の十二日は信子の誕生日である。七十三歳だった。この日の祝宴に招いたのは兄の忠明夫妻と、孝子さんたち姪の何人かだったらしい。幾皿かは料亭から取り寄せたが、他は千代の手料理だった。

信子の誕生日の例として、書斎の観音像の前に、小鯛をお供えする、ということがある。仏さまに生ぐさもの、というのは不釣合のようであるけれど、信子の文運を守護して下さる観音さまに誕生祝いを捧げて、この一年のご加護と結縁《けちえん》を願おうという宗教を超えた庶民感情の、そして女らしい祈りの表現であろう。

（ことしも縁起のよいことがありますように……）

と信子は思い、身内の人々とたのしく箸をとった。その日の日記。

「小鯛、書斎に千子おく。ありがたし」

「九時頃、客帰る。入浴、就寝。
よき仕事に生きん。
千子は大働きだった」

その日、しだれ梅がほころびていたが、二月半ばには盛りとなった。しかし世の中はいよいよ騒然とするばかり、テレビのニュースでは京都大学でも乱闘があり、角材を持った学生たちが警官と揉み合っていた。三億円強盗事件は前年十二月に起り、日本中に異様な関心を呼んだ。

「うっとうしい日、早く平家にかかりたいのに」（日記、昭和44・2・14）

『平家物語』『吾妻鏡』『愚管抄』などを読み、切抜きなどをスクラップに貼っていく。指は糊でこわばった。〈平家年譜〉を作り、「悪戦苦闘」しまいに倦《う》んで、「しみじみ、いやになる。夜ふけ、ねる」（同2・24）という日々。

円地文子が網膜剥離で入院したという知らせに驚き、信子は留守宅へとりあえず見舞の電話を入れた。三月はじめ、珍らしい大雪の日、信子はTV12チャンネル「人に歴史あり」の番組資料たる、昔の写真など捜していた。

十三日が放送日だった。信子は上京して出演、ゲストは旧友の山高しげり、板垣直子、それに扇谷正造、高原四郎らであった。半世紀以上にわたる信子の文業が紹介される。首尾よく終ってホッとし、東京駅地下道のとある店で千代と祝盃をあげた。

この年はあけても暮れても〈平家〉の人たちのことを考えていた。

元来、信子がこの時代の女人像の中で最も心ひかれたのは〈二代の后〉と世に呼ばれた、藤原多子《たし》（信子はまさることよませているが、定説はない）だった。美貌の聞えたかく、近衛《このえ》天皇の皇后に迎えられたが、十六歳にして天皇の崩御にあう。皇太后として近衛河原の御所に隠棲されていたところ、次の次の帝、二条帝は、多子の艶名に執着されて入内を命じられる。驚いた皇太后は入内を強く否まれた。周囲も、二代の帝の后に一女性が立つ、ということは前例のないことと強諫したが、若い帝は聞き入れられない。入内の日、多子は迎えの牛車《ぎっしゃ》に乗ることもできぬほど涙にくれ、ようやく夜半に至って扶《たす》けられて乗られた位であった。——明眸禍《めいぼうか》というような麗人の運命に、信子は心を動かされ、それも『平家物語』へのあこがれをかきたてる一つの要素となっている。

しかし小説に描くには、運命のままに流される、可憐な多子皇后はふさわしくない。やはり平家の要《かなめ》、というべき女人は、清盛の妻、時子を措《お》いてほかにはないであろう。夫の清盛を陰で支え、あまたの子女を生み育て、夫を亡くしてのちは、一門の精神的支柱として、傾く平家の末路をいさぎよく美しく飾って滅びた。「当時の女性として最高の強い意志と、強靭な精神の持主」（「文藝春秋」臨時増刊「歴史と文学のあいだ」〝滅亡の歴史を彩る平家の女人群像〟昭和47・5）——そういう女人を、

「自分の筆であらためてぜひ書いてみたい」（同）という気がした。

その母・時子に比べて娘の建礼門院は運命に流されゆくままの人だった。壇ノ浦に入水《じゅすい》したものの心ならずも救われ、帰京して出家、亡き幼帝、安徳帝や一門の菩提をとむらう日々。その彼女を支え、援助したのは姉妹の、冷泉《れいぜい》大納言隆房《たかふさ》の北の方と、七条修理大夫《しゅりだいぶ》信隆《のぶたか》の北の方だった。建礼門院は涙と共に述懐される。

〈あの人たちのお世話になろうとは、昔は夢にも思わなかった……〉

姉妹、清盛の娘たち。……信子は視野が拡がる思いがする。『平家物語』に出てくる女人といえば、二代の后多子をはじめ、白拍子の祇王《ぎおう》・祇女《ぎじょ》、仏御前《ほとけごぜん》、それから高倉帝の愛した小督《こごう》、通盛《みちもり》の妻で、彼の戦死後、身重の身を海に投じて死んだ小宰相《こさいしょう》……彼女らにまつわるエピソードはいかにも男の語り手が好みそうな哀話ばかりではないか。

平家は滅び、源氏は興った。移り変る世。人の心。その中で、栄華の絶頂から、失意に落魄した廃后を、つねに変らず支え、励ます女きょうだいたち。

信子は標的が定まった。平家の姫君について、『平家物語』はごく簡略にしか述べない。清盛の子息たちは一門一統に至るまで書きこまれているのに。平家の女人をこそ書くべき。

『平家物語』によれば、清盛の娘は、

「御娘八人おはしき。皆とりどりに幸《さいわい》たまへり。一人は（中略）花山院の左大臣殿の御《み》台盤所《だいばんどころ》にならせ給ひて、君達《きんだち》あまたまし〳〵けり。（略）一人は后に立たせたまふ。王子御誕生ありて、皇太子に立ち位につかせ給ひしかば、院号かうぶらせ給ひて、建礼門院とぞ申しける。入道相国《しょうこく》の御娘なる上、天下の国母《こくも》にてまし〳〵ければ、とかう申すに及ばず。一人は、六条の摂政殿の北政所《きたのまんどころ》にならせ給ふ。高倉院御在位の時、御母代《おんははしろ》とて准《じゅん》三后《さんごう》の宣旨《せんじ》をかうぶり、白河殿とて、おもき人にてまし〳〵けり。一人は、普賢寺殿《ふげんじどの》の北政所にならせ給ふ。一人は、冷泉《れいぜい》大納言隆房卿の北の方、一人は、七条修理大夫信隆卿に相具《あいぐ》し給へり。又、安芸国《あきのくに》厳島《いつくしま》の内侍が腹に一人おはせしは、後白河法皇へまゐらせ給ひて、女御のやうにてぞまし〳〵ける。其外に九条院の雑仕《ぞうし》常葉《ときは》が腹に一人、是は花山院殿に上臈女房にて、廊《ろう》の御方とぞ申しける」

この八人の娘のうち、名がわかっているのは二人のみ。建礼門院・徳子と、白河殿・盛《もり》子《こ》である。

平家から嫁いでいった姫たちは、いずれも名門公卿の妻となりながら、実家の平家の盛衰にどのように一喜一憂したであろうか。信子の空想はそれからそれへとひろがる。巨万の富と権勢を擁する清盛の膝下で、彼女らはどのような少女時代を送ったのであろう。まだ王朝文化の余映をとどめる時代、姫たちは『源氏物語』にあるように、貝合せや双六に興じ、歌を詠み、琴を弾じたであろうか。

平家の一族には詩才に恵まれたものも多い。

清盛の父、忠盛はいっかどの歌人であった。

清盛の異母弟、忠度《ただのり》もまた。されば姫たちも情操ゆたかに感性すぐれた女人だったかもしれない。

信子は西八条の平家の館に養われる姫たちと共に、生きてゆこうと心が定まり奮い立った。

そしてまた、ふと思った。

平家の男たちはことごとく滅び、生存者は草の根分けて探し出され、処刑された。ただ、能登へ流された平時忠のほかは。そして平家は滅びた。

しかし平家の姫が嫁いだ名流公卿は、いまも脈々と家系を伝えている。明治になって爵位を得たが、華族制度は終戦後消失したといっても、家系は亡《う》せない。とすると、平家の血は、現代にも伝えられていることではないか。信子は「ぱっと胸の開ける心地」(『全集』9『女人平家』「あとがき」)がした。

――それにおかしいこともあった。

『徳川の夫人たち』の舞台化に出演した女優の一人が、信子には気に入らなかった。

舞台ではともかく、日常の挨拶の蕪雑《ぶざつ》さ、続き柄の知れぬ男がわがもの顔に楽屋で蟠踞《ばんきょ》していたこと、すべて信子には気に入らぬ。納得できない女優のたたずまい、〈あんなざまでは、重要な役をこなせるはずがない〉と信子は日記に痛罵しているが(『徳川の夫人たち』は信子にとって思い入れが強いので、自然、ナーバスになるのであろうけれども)。

平家の姫君たちを書くとき、あまり快くない登場人物に、その女優をモデルに使い、肉づけ血を通わそうと思いついたのだ。

「ナニが幸いになるやら、そしてそれをかくことで少し気が晴れると思う」（日記、昭和44・4・13）

――創作の機微が少し覗けそうなエピソードだ。

四月の定期検診。特に医師の指示で眼底検査。但し無事だった。血圧も体重も理想的、といわれ、信子はこのところ少々痩せてよかったと思った。

四月末、能登へ取材旅行に出かけた。ここは時子の弟（史書には兄とあるが、信子は弟に設定している）平時忠の流されたところ。時忠の墓や、時国邸などを取材した。曽々木海岸の宿に泊り（部屋に花なし、と信子は日記に書いている。曽々木海岸は波荒く物寂しいところ、花のない部屋も流人の心象風景を連想させ、信子には感慨があったろう）、宿の人に乞われて信子は句を色紙に残した。

「ゆく春の入日は濃ゆし曽々木浜」　信子

珠洲から金木城跡の郷土館、児童館をみて、

「城跡に児童館ありチューリップ」　信子

粟津温泉、金沢とめぐって帰宅したのは四月三十日だった。連休の人出は多いようだが、

信子は疲れて「臥床、休養」の毎日。取材先でお世話になった人々に礼状を書き、旅日記をつづってやっとホッとする。

〈取材に疲れるようになったわ。トシかしらねえ〉

〈強行軍だったからよ。トシじゃないわ。このあいだの中山先生の検診でも、信子さんもわたしも大丈夫、っていわれたじゃない？　ただし、わたしは少し肥満気味なのが難、って――〉

千代の言葉に信子もともに笑う。このころ家事手伝いに同居していた姪の澤子さん（次兄・道明の娘）のお話では、千代は間食が好きだったよし。

信子はそのころ、たいへんなアイデアが閃《ひらめ》いていた。大江広元を登場させ、平家の姫の一人とかかわりを持たせれば――と思いついたのだ。王朝の大学者・大江匡房《まさふさ》の曽孫、文人の家の出身だったが、頼朝に招かれ鎌倉へ下り、幕府草創期に活躍する。その頃、朝廷の内情に通じ、政治実務に長じた官人たちが、新政権の幕府に活路を求めて鎌倉へ多く下ってきたが、大江広元の才智と識見は、彼らの中でも最も卓越していた。

その俊英の青年にからませるには、どの姫がよかろう？　信子は『尊卑分脈』（諸氏の系図。洞院公定著）をひねもす首っ引きで按じる。アポロ十一号が月に着地。

血便がときどき見られる。信子は心配になっている。しかし医師からは大丈夫といわれ、千代は気にとめぬふうだし。……何より、食欲があるのが頼みの綱だ。

名古屋の渥美かをる教授が信子の要請にこたえ、平家資料のゼロックスと蓬左本『花揃え』、平家年表を速達便で送って下さる。

「とてもたいへんな努力のたまものなり。デンポーにて受取りす」（同5・28）

〈千代年譜〉にある「大いに感謝」は日記にはない。〈千代年譜〉には以前にも触れたように、日記にない文章がみとめられる。しかしこれは竄入とか恣意的な補筆というより、信子の意図するところを、千代が補説、もしくは敷衍した、というようなものであろう。しかし日記の文章だけでも信子の言外の喜びと感謝が読み取れる）

中山博士の湯河原胃腸病院での精密検査は六月中旬であった。何度精密検査をしても異状は発見できなかったのだが、あるいはこの時点で、何らかの疑問が出ていたのかもしれない。

レントゲン、バリューム、その他さまざま一週間の間検査し、帰宅後も疲れ、「臥床読書」の日々。

七月に軽井沢の別荘にいったとき、句帖を整理した。

（凡句が多いわ――）

と今更のように思うが、いつかはまとめてゆかりの人々に配ろうと思った。

「平家の娘たち」にだけかまっているわけにもいかず、「続徳川の夫人たち」東宝劇場で上演（司葉子、山田五十鈴ら）、フジテレビで十月から放映の「徳川秀忠の妻」（岡田茉莉子、山口崇、小山明子ら）も観なければいけない。

NHK銀河ドラマのため、淡路島の女流歌人、川端千枝を書かねばならぬ（「千鳥」）。

十一月四日、中山スタジオにゆき診断、再び採血、血圧も異状なかった。

二十五日、上京して朝日新聞社と打合せ。「週刊朝日」編集長と「アラスカ」で会食し、連載は明年七月より、ときまる。タイトルは『女人平家』と決定する。これ以後はほかの仕事はすまいと思うが、ベストセラーの信子の作品は舞台に放映に引っぱりだこなので、その折衝もたいへんだった。好きな芝居も映画も見たいし。——

しかしいよいよタイトルも定まった。もうあとはひたすら打ちこむばかりだ。

明ければ昭和四十五年、

「平家資料ひとまず完了。想のいとぐち夜ようやく開く」（日記、昭和45・1・4）

しかし、信子は容易にペンがおろせない。

健康と追っかけっこだという気がうっすらとしている。そしてこのあと「北政所」を書きたいと念じつつ、一方ではあるいはこの作が畢生《ひっせい》の大作となるかもしれぬと思っている。

千代も信子の雰囲気を察し、黙って資料のリスト作りを手伝ってくれる。

「女人平家書き出さんとしてなか〳〵ひまどる」（同2・4）

イメージは浮ぶが。――徹夜のつもりがやはり眠くなり、寝てしまう。

〈明日こそ！〉

　と意気込む信子に、

〈寝たほうがいいわ、健康あってのものよ〉

　と千代はやさしい。

〈無理しない、無理しない。もうここまでくれば絶対、書けるわ〉

「千子いろいろ心をつくしてありがたし。この人をおきて世に人はあらじ」（同2・4）

二月十一日に第一回が脱稿、千代に読ませ、そのあと書斎の観音像の前に原稿を供えた。

　信子の描く〈平家の人々〉は従来の定説を小気味よく撥ねつけてゆく。清盛は白河院の通われた祇園女御の、そのもとに仕える侍女にお手がついて出来た子だという噂が当時からあった。身重の侍女を、備前守忠盛に賜わったという。世間的には平忠盛の子ながら、実は清盛は白河院のご落胤、それゆえ、長じてからの出世が早かったというのである。それに信子は真っ向から反対する。

清盛が十九歳になったとき、父の忠盛は彼に身分よき家の姫との結婚をすすめ、その理由としてわが若き日のあやまちを、息子に告白する。祇園女御の侍女を愛したのは忠盛その人だった。妻にしたいと切望したが、忠盛の父は承知しなかった。子供の将来を思えば、氏素性なき女が母親では立身に支障ありというのだ。しかしすでに女は懐妊していた。それが清盛だった。忠盛は含羞を浮べて息子に詫びる。

〈許せよ、この父の不始末からそなたを氏素性誇るに足らぬ女から生ませてしもうたことを〉

清盛は烈しく首を振る。

〈父上、なにを仰せられる。父上がそれほどまでにまことの愛をそそがれた女性《にょしょう》から生誕したこの身を果敢に思いまする。わが母は父上の思われびとの美しきひと、この身わずか三歳で永別。そのおもかげの記憶さだかならぬが、ただ一つのうらみ……〉

胸を張って堂々という青年・清盛なのである。

『平家物語』から受ける清盛の印象は、すでに権勢を手にして唯我独尊《ゆいがどくそん》の傲岸な権力者であり、祇王・祇女・仏などの女たちを泣かしめて憚らぬ、男のエゴと横暴を一身にあつめたような男だが、信子は清新ではつらつ、人間的なやさしさもそなえた、魅力のある青年として描く。

七十四歳の信子は、男の佳《よ》さと可愛げと、憎めぬ稚気《ちき》を愛する齢《よわい》となっている。

ようやくに潮が満ちてきている。平家の人々をすみずみまで見わたし、ゆるゆると物語を語る気力と感興がたかまったのをおぼえる。

颯爽《さっそう》たる青年・清盛は、どんな風にして、妻の時子とめぐりあったか。

父の忠告で、親のすすめる名家・高階《たかしな》家の娘を妻に迎え、一子重盛を挙げた清盛だったが、おとなしいばかりの無個性な妻は早世する。

無味乾燥な結婚生活に懲りて、清盛は再婚もせず三年を過ごした。

六波羅の平家の邸には牡丹園がある。忠盛が金に飽かせて宋から取り寄せた百花の王である。忠盛は武士ながら商才に富み、日宋貿易に手を染めて巨万の富を得、鳥羽上皇に取り入って、武士としては破格の昇殿を許された人物なのだ。姑息な殿上人の反感を買ってさまざまな妨害やいやがらせを受けても、びくともしない人間だった。

その一方で歌人としても有名という、ひとすじ縄でいかぬ男である。

六波羅に牡丹園を作り、花の盛りに客を招くのも、趣味だけでなく、高官の公卿の夫人や子女を喜ばせるという、政治的配慮からであったろう。――〈信子平家〉はまことに艶麗な場面から物語は展開してゆく。

牡丹の招待日、六波羅の車宿《くるまやどり》（駐車場）は上流婦人用の糸毛の牛車がひしめき、園のほとりには平民の家紋〈揚羽蝶〉の幔幕が引きまわされて、唐《から》渡りの緋毛氈《ひもうせん》があまた、惜しげもなく敷きつめられてある。客たちの憩いと接待の場である。更に金蒔絵の短冊箱と筆硯も。花のながめを三十一《みそひと》文字に残そうという人たちへの用意である。

清盛は学問の素養はあるが、歌はにがてだ。

そこは父とは違う。この六波羅の若殿は眉目《みめ》すぐれ、闊達な気性の貴公子で、歌をよむ、などというコセコセしたことは嫌いなのである。しかし招待客はみな詠歌を楽しんでいるらしい。

牡丹園を悠然と歩いていると、一人のうら若い娘が、これものびのびと牡丹の花を眺めていた。質素ながら新調の衣裳らしく、涼しげに透いた紗《しゃ》の袿《うちぎ》に、上は丸の撫子《なでしこ》の袿、眉目にふさわしいきりりとしたいでたち。

清盛はふと心そそられて声をかけてみる。

〈あなたは和歌の仲間入りはなさらぬのか〉

〈母はあの幕屋に入っておりますが、私はご遠慮いたしました。歌の才はございませんから〉

娘ははきはきという。臆せず、といって蓮葉でもなかった。

〈ほう、それはわしも同じだ。どうでも三十一文字並べねばならぬと思うと、花を見ても心楽しまぬのう〉

清盛は快げに笑う。娘のきびきびした反応が楽しい。都の上流の姫たちはみな、わけもなく羞じらって顔をかくし、口ごもるのに。

〈牡丹はみごとであろう。男より女の好む花じゃな〉

〈……〉

〈あなたは好まぬか〉

〈私には似合いませぬ〉

〈ホウ、それならどんな花がお好きか〉

〈蓬《よもぎ》。私に似合わしい草はそれこそ〉

娘は仄かに笑む。

〈なに蓬とは。あの野の草か〉

〈はい。野の草とはいえ、益《えき》なき雑草とは異なりまする。夏秋には愛らしい花を開き、葉には香気を含み、草餅にもお灸のもぐさにもなりまする〉

さわやかによどみない娘の言葉に清盛は破顔する。

〈いかにも！　そなたは蓬姫か〉

――それが清盛と時子のなれそめだった。

清盛二十八歳、時子十八歳、日の出の勢いの六波羅へ北の方として迎え入れられた時子であるが、姑の、清盛には継母に当る房子、生さぬ仲の重盛、気苦労多く、若い時子は誠意だけでは人生は切りぬけられないと知る。

しかしそんな時子を勇気づけるのは、彼女の実家の、母とよぶ人のやさしさだった。時子は弟と共に、継母の手で育てられた。継母は自分の子は生むことおそく、やっと出来た実子の滋子は時子より十四も下だった。時子は継母の慈愛をいっぱいに身にうけ、女のありよう、生きざまを深く心に彫《え》りつけて育った娘だった。

（その思いが、のちのち、清盛が外で生ませた子供たちを引きとって、わが実子とわけへだてなく、育てさせることになる）

そのやさしい母は、にわかに急逝する。時子は動転して実家へいそぐ。ほんの数日前、母は、婚家で心を労している時子をなぐさめに訪れてくれたばかりだったのに。——

追いかけて清盛が直垂《ひたたれ》に侍烏帽子《さむらいえぼし》という、りりしい武士の姿で訪れる。いち早く時子に目をやり、

〈さぞ驚いたであろう〉

と妻を慰めるのであった。

〈思いもかけぬ歎きは察するぞ。さきほど館へ帰るなり聞いて、とりあえず馬を走らせてきた〉

そして彼は妻の母の亡骸の、枕近く身を寄せ、膝を正してしっかりと亡き人に語りかける。

〈御息女時子はこの清盛、わが最愛の妻として一生、しかと連れ添いまする。心おきなく御成仏なされよ〉

時子は感動する。彼女は終生、夫のその言葉を忘れなかった。四十年後に壇ノ浦で幼帝を抱いて沈むまで。

〈信子平家〉は清盛と時子の夫婦物語でもある。それにしても悠々とすすめる物語の的確な足どり、説得力ある口調。――信子は『徳川の夫人たち』の頃より一層、ゆとりをもって、ゆるゆると絵巻をひろげてゆく。

3

この年、昭和四十五年（一九七〇）はもっぱら『女人平家』に費やされた（「週刊朝日」連載は七月十四日号から翌四十六年十月八日まで、終了したのは四十六年の八月二十八日）。

昭和四十五年は、日本社会を震撼《しんかん》させる事件が続発した。三月三十一日のよど号ハイジャック事件、赤軍派九人のグループに日航機がハイジャックされ、彼らは平壌へ到着する。乗客は救出されたが、ハイジャックなどという事件は外国の事と思っていた日本人は愕然とする。

十一月二十五日には三島由紀夫が自衛隊市ヶ谷駐屯地で割腹自殺した（信子は正午のニュースで知り、事件を簡単に日記に書き、「一緒に『屋上の狂人』で文士劇した人」としるす）。

この年は信子個人にとっても多事多端だった。春には神戸・京都へ取材旅行。秋は飛驒高山、郡上八幡へ。資料はどんどん多くなり、取捨選択の整理に心せかれる（その間にも絵画好きの信子はスペイン展やムンク展へ出かけている）。

十一月には文化庁から紫綬褒章受章の電話があった。信子は日記に書く。

「おことわりするも角《かど》ばり（田辺注、角が立つという意味か？）、すなおに、戴くという」（昭和45・11・6）

このころの日記は、『女人平家』のことで頭を占められて、すべて、心ここにあらず、という風情である。

早く。

早く書きあげねば。

むらがり湧きおこる平家の女人たちのイメージをぶっつけ花咲かせたい。時間がない、と信子は焦る。思うように動かぬペンがもどかしい。執筆中にも千代が、

〈明日は中山先生のところへ検診にゆく日よ。便とお小水を採らなきゃ〉

と注意するのもわずらわしい。

〈今回はすっぽかすわ、もう白いバリューム服《の》まされるの、まっぴらよ〉

〈だめだめ！〉

やさしい千代が叱るのはそういう時だけだったが。

十月三十一日夜のテレビニュースで信子は森田たまの逝去を知る。慶応病院で、七十五歳だった。入院したのは足の骨折だったが、死因は尿毒症だった。信子は花を送って合掌した。

初めて森田たまに会ったのはまだ信子が十八ぐらいのころ。森田たまは二十歳《はたち》そこそこだったろう。たまはまだ未婚だったのに、黒縮緬《ちりめん》の羽織に鴇《とき》色の袖の振りがはっとするほど鮮やかで、「心憎いほど大人びた奥様風の姿だった」（東京文化センター編集・出版『わたしの森田たま』「黒びろーどのコート」昭和47）

初対面の信子にも物柔かに、――万事、情理《わけ》知りのお姉さんという風情、沼田笠峰《りゅうほう》をかこむ少女雑誌の投稿者の会、「たかねの会」の仲間だった。つまり投稿少女同士だったのだ。

たまの手紙はいつも巻紙に墨の文字だった。それを読むたび、信子はたまの黒繻子の衿のかかった着物を思い出した。

ずいぶんたってから、会う折もなく文通もとだえがちだったころ、ある年の歳末の銀座の人ごみでばったりあった。

そのときのたまの姿が忘れられない。黒びろーどのコートだったが、それは色白の美しいたまの顔をくっきり浮き立たせていた。手をひいているのは愛くるしい男の子だった。

長男だという。たまは結婚していた。男の子の外套、子供用の鳥打帽のハイカラでかわいらしかったこと。たまはファッションセンスのすぐれた人だったから、『もめん随筆』で着物や日常生活の美意識について、さらりとした滋味ある文章をつづり、名エッセイストといわれた。しかしスタートは森田草平について小説を学び、熱心な投稿少女だった時代を、信子と共有しているのだった。

信子はそのときの黒びろーどのコート姿が忘れられず、のちにある長篇小説の女主人公にその装いをさせた。──たまの葬儀は十一月五日に青山葬儀場で無宗教形式で行なわれた。本人の遺言という。後年、参議院議員になった人なので会葬者は多かったが、ローズ色の菊の花に埋められた写真の美しさにみな、みとれた。ひっつめ髪に色白の、眼の大きな顔は美しかった。帰るとき渡された封筒をあとで信子が開けると、たまの〈お別れの言葉〉がしるされてあった。

「皆様
長いあひだお世話になりました。
私はこれから未知の国へまゐりますが、
そこでの新しい経験を
皆さまにお伝へできないのが残念です。
ではご機嫌よう

お元気でお暮し下さい。

お別れの日　森田たま」

信子は、たまは人の二倍三倍も仕事をしたと思った。『石狩少女《おとめ》』という少女小説。それに大人の女のエッセー『もめん随筆』、家庭をもち子育てもしつつ、詩集『楊柳歌』も出したひと。

雨　　森田たま

雨ふりいでぬ
雨のまま夕となりぬ
雨のまま夜となりぬ
雨のおと夜もすがら
わがなげき夜もすがら

そして国会議員として働いたひと。信子とは正反対の性格や生きかただったが、それなればこそ、長いつきあいがつづいたのだと思う。

十一月二十二日には大宅壮一が逝き、十二月八日に生田花世が八十二歳で亡くなった。どちらも旧知の文学者であるが、ことに花世とは、はじめて信子が上京した十九歳のころからの知己、花世は初対面の信子にやさしかった。櫛の歯を引くように昔の仲間が消えてゆく。

ひとごとではなかった。

信子はそれからそれへと考えつづけ、自分の亡きのちのことを思う。千代はどうなるか、この家は。蔵書は。そこばくの資産は。

それより前に、自分にもしものことがあれば、貴重品をおさめた金庫のダイアルの番号を誰も知らない。信子はいそぎ、赤サインペンで日記のうしろに番号を書きつけた。一つ二つではない。金庫は軽井沢へも置いているので、三ページほどにわたった。

森田たまのお別れの文章を見てから、自分も同じように用意したい、と強く思った。

そう思ったとき、信子の目に涙があふれた。

わが亡きのちの千代の身の上や、遺す資産の処置もさりながら、まず思い到るのは、長いあいだ信子を支持し、熱い共感を寄せ、信子の歌う歌に、もろ声で和してくれた数多い読者のことだった。このときほど信子は読者の存在を身近に感じたことはない。

読者への感謝と親近感。

ありがとう、みなさん。

――それにつけても早く『女人平家』を完成させ、そして次には、秀吉夫人・北政所を書きあげたい。凜として生きた雄々しい女人たちを言挙げして讃えたい。歴史小説のテクニックを信子はやや身につけ得たかと自信をもち出している。ラストの仕事は北政所になろう。

その前に、平時子を描き切ろう。

信子は眼鏡を置いて涙を拭い、再びペンをとる。……

平清盛は闊達であかるく、しかも剛毅果断、時代を的確に見通す明敏さも、人間洞察力もあった。なかなかに信子の描く清盛は魅力的である。保元の乱を乗り超え、父・忠盛以来六波羅に貯えた巨万の富と、武勇を誇る平家武士の武力を擁して、虎のごとく好機をうかがっている。

折から後白河院と二条新帝の後ろにそれぞれの勢力が従い、野心と謀略が渦巻いて、天下の風雲はただならぬものがある。

時子は六波羅の邸で、夫や侍女の阿紗伎《あさき》から入ってくる情報を聞き、彼女なりに考える力をもつようになっている。決して几帳のかげで蹲《うずくま》っているだけの無個性無気力な女ではないのだった。

源氏の頭領、左馬頭《さまのかみ》・義朝は保元の乱で父や弟を失ない、それに比して日の当る場所へも出られず鬱懐《うっかい》はとどめがたい。

朝臣も天皇親政派と、院政派の二派に別れて対立する。院政派につくのは信西《しんぜい》入道、天皇派に藤原信頼、義朝は過ぎた保元の乱に、信西に命じられて、父・弟を斬らねばならなかった怨みがあり、信頼に就《つ》いた。

　時子は女の発想らしく、源氏と平家が双方並んで朝廷をご守護するという夢を描くが、それは所詮、絵空事であろう。しかし時子の感想をいえば、知識と才気を誇って狷介《けんかい》な信西入道が嫌いであった。そしてあからさまにいうと憚りあるけれども、後白河上皇も好きになれない。夫の清盛がいつか洩らしたが、

〈上皇は油断のならぬ方。口と肚《はら》が違う〉

とのこと、今様《いまよう》（王朝末期の歌謡曲）にうつつを抜かされ、男色・女色ともにお盛ん、という巷の噂、皇位に即《つ》かれるとたちまち政治を楽しい玩具とされる。皇位にあられると窮屈で責任があるのでいちはやく譲位され、お気楽な上皇となられる。——それはよいが、政権だけは手放されず、お若い新帝は飾り物にすぎぬ。——時子は後白河上皇のたたずまいを見て、これは敬遠すべきおん方、……と判断する。とても信頼できるお気立と思えぬ。

　六波羅という、もののふの館に住んで、公家《こうけ》出身の時子ながら、いつか長袖者《ちょうしゅうしゃ》流の公《く》卿《げ》の因循な生きざまを批判し、武士贔屓《びいき》になっていた。その目でみれば上皇の輪郭も把握できるのであった。

　精神の堅実な時子は、女体も強靭だった。結婚以来、三人の息子をたちまち挙げた上に、はじめての姫も儲けた。徳子である。実をいうと清盛がほかの女人に生ませた娘が二人あ

り、時子は邸に引き取って育てているから、正確にいえば徳子は三女になる。そしてすぐまた懐妊して生れたのも姫、これは憲子と名付けられた。

世の中のあわただしい時に、時子はまた懐妊する。この年、三十二歳である。年子《としご》の癖がついたと嘆く時子を、阿紗伎は慰める。

〈六波羅のお栄えにつれ、殿と北の方のお仲いよいよお睦まじく、めでたき限りではございませぬか〉

清盛は魅力的な男だったから女性たちにもてたらしいが、定まった妾《しょう》を置く、ということはなく、むしろ恐妻家だった。聡明で、しかも心のひろい妻の時子を清盛は愛し、信頼していた（結局、清盛夫妻は三男三女を挙げている。天下の覇者がこのように妻とむつまじいのは異例のことだろう）。

さて政情不安のその年、平治元年（一一五九）時子の産み月も近づいた十二月、清盛は熊野へ参詣すると発表する。熊野権現は上下の尊崇が篤い。

〈熊野と申せば遠路の旅路、日数がかかりましょうに、この頃なにやら院と当今《とうぎん》の近臣たちのおだやかならぬ噂の流れます折も折、この六波羅をお離れなされてよろしいのでございましょうか〉

時子は夫の真意をはかりかねる。清盛は心配するな、とからから笑う。派手な行列で熊野詣《もう》でに赴くさまを洛中の人目に曝《さら》しつつ、実は留守の六波羅邸に頼もしい面々をそろえている。平家の強みは一族の男の多いことだった。見送る時子に、〈大事にいたせよ〉と優しく声をかける清盛。何ごともなければよいが、と案じる時子に、心得顔に阿紗伎がささやく。

〈お案じ遊ばしますな。お供の侍頭《がしら》、筑後守家貞殿は、ひそかに長櫃《ながびつ》五十挺に五十領の鎧《よろい》と弓矢、物《もの》の具《ぐ》を納めて旅のお荷物として馬に付けて行かれたとのご用意でございます〉

時子はハッとする。良人《おっと》のこのたびの熊野詣では深慮遠謀の誘導策か。

五日のちの夜、凩《こがらし》が京洛に吹き渡る夜、六波羅の物見櫓の兵があわただしく、夜詰《よづめ》の侍所に注進する。

〈火の手が東三条殿にあがりました。凩に煽られて燃えさかり、烏丸《からすま》通りは松明《たいまつ》と鬨《とき》の声でござりまする！〉

東三条殿は後白河上皇の御所である。

ついに来るべきときが来た。一か八《ばち》か、清盛は賭けたのである。清盛の奇策に誘導された信頼・義朝は、清盛の不在につけこみ、兵を挙げたのだ。以下、原文でその緊迫感を味わってみたい。——このページは『女人平家』のテーマの象徴のように思えるのだ。つまり平家の興亡盛衰を、女たちの側から見たもの、ただいまは夫と一族の男たちに守られて、邸の中で気を揉む時子であるが、やがて夫亡きのち時子が一族をひきいて西海に流浪すれば、今度は嫁いだ娘たちが婚家のある京から見守ることになる。その意味でもこの章の終り二ページは、示唆的である。文章の緊迫感もなかなかいい（読み易《やす》いよう、句読点とルビは、随所に田辺が入れた）。

「六波羅の周囲にまでひびく、非常を知らせる銅鑼《どら》を打ち鳴らす音が、きびしい京の底冷えの冬の夜気と凩とを貫いてゆくと、――清盛居館も、はるかな経盛《つねもり》の館も、門脇《かどわき》の教盛《のりもり》邸も、池の端の頼盛《よりもり》の館も、たちまちぱっと燭《ひ》がともされ、篝火《かがりび》が燃やされ、各厩舎《きゅうしゃ》から引き出される馬の蹄《ひづめ》の音といななき、小手脛当《こてすねあて》に草鞋《わらじ》の雑兵《ぞうひょう》が松明《たいまつ》を手に手に振りかざす火明りと、彼等の吐く息が、夜目にも白い。こうして軍馬犇《ひし》めく深夜の修羅《しゅら》の巷《ちまた》と六波羅は化した。

『何事であるか、非常の銅鑼、あのざわめき、阿紗伎、阿紗伎』

時子の言うより早く阿紗伎は手燭をささげて駆け付けた。

『院の御所に火がかけられ軍勢押し入りましたので、六波羅守備に侍たち勢揃い致して居ります』

『殿へこの変事をお知らせの早馬を立てたであろうの』

『はい、もうすでに早馬三騎前後して、殿御一行の明日の御宿所、切目《きりめ》の駅路《えきじ》に馳せ参じましたゆえ、御安堵《あんど》遊ばしませ』

『六波羅守備はもっともなれど、殿御帰りまでは向うの軍勢に早まって立ち向かわぬよう、すべては殿の御指図を待たねばなるまい』

『はい。北の方の仰せごもっとも、その儀につきましては筑後守《ちくごのかみ》家貞殿より、お留守居の館《たて》太郎貞康殿へ、万事言い含めあるとの事でございます』

その家貞の、万一に備えた旅の荷の鎧五十領が、切目の宿《しゅく》よりみごとに役立つのであろう。

『さても、殿はよい家臣を持たれてお仕合せなことよ』

時子はそうつぶやいて、夜のものを脱いで身支度を調のえた。かかる場合、武家の妻は不時の出来事に備えて身なりも凜々しく、せねばならぬ。

『それにしても、院の御所の女房方は、焔に巻かれ軍兵に囲まれ、さぞかし逃げまどわれたであろうの、いかにもあわれよ』

慌しい足音で北の方の寝室に現われてかしこまったのは、難波《なにわ》弥五左衛門である。老人の彼さえ、直垂《ひたたれ》に鎧下《よろいした》の腹巻など、今宵は付けている。

『寅《とら》の刻《とき》（暁四時）に東三条殿を焼き尽した火は納まりましたが、次に姉小路西洞院《にしのとういん》の少納言信西入道の殿舎が燃え上り、烟と火の粉が六条河原にまで及んでおりまする』

刻々の情報が六波羅に入るのを、北の方へ注進に彼は現われたのだった。

『さては、信西入道の館焼打ちとは——襲ったのは頭《こう》の殿（田辺注、源義朝《よしとも》）のひきいられる源氏の軍兵ではあるまいか』

　時子の思わず口走る言葉に膝を叩いた弥五左老は、

『北の方の御推察通り、まさにこのたびの反乱は、頭の殿と、右衛門督《うえもんのかみ》信頼卿の御謀反《むほん》と判然いたしました』

『して、上皇と帝の御安否は？』

『はい、おそれ多くも院を内裏《だいり》（皇居）の御書所《ごしょどころ》に、帝を黒戸《くろど》の間《ま》に押し込め奉ったとの事でございます』

『この上は一刻も早う、殿の御帰館が待たれるの』

『はい、六波羅の者一同、それのみ、天日を仰ぐごとくお待ち申して居りまする』

　弥五左はこう言って去った。清盛の帰るその日まで、六波羅は夜も眠れぬ緊張そのものだった」（『全集』9）

　練り上げられた会話に冗漫な語句ははぶかれ、緊迫感がある。歌舞伎・新劇を問わず、お芝居というものを愛した信子だけに、会話の口吻《こうふん》に快いリズムが添えられる。

　疾風の如く帰京した清盛の打つ手はあざやかだ。義朝側は帝と上皇を擁して、向う者は朝敵と見做《みな》すと豪語していたが、清盛は腹心の部下を舎人《とねり》と牛飼に変装させ、帝に女房装束を参らせて、無事、御所から脱出、六波羅邸にお迎えしたのだ。上皇もひそかに内裏を出られ仁和寺へ。切札は清盛の手に渡った。

戦いは六波羅勢の勝利に終った。信頼は斬られ、義朝は逃れて尾張まで逃げたが、源氏の家人《けにん》の家に身を寄せたところ、討たれてしまった。その男は義朝の首を持って清盛のもとへ出、褒賞にあずかろうとしたが、清盛は激怒して〈旧主を弑《しい》してその首を敵に差出すとは悪逆無道の振舞じゃ、汝を賞したりしては平家末代の恥ぞ〉と斬らせてしまった。時子は夫の直情径行の感性を喜んだ。同じ武家の棟梁の死は人ごとならず悼まれたが。……

かくて平治の乱はおさまり、天下の権勢は清盛の手に。清盛は武士の館《たち》である六波羅と別に、西八条に優美な大邸宅を構え、五人の姫たちを養おうとする。息子たちは少年ともなれば家臣の手で養育できるが、姫には平家の富と文化に飽かせ、丹精して育てたい、という時子の意向だった。清盛も同意する。尤《もっと》も清盛には清盛の思惑がある。いずれは公家と縁組みし、宮廷内に勢力を扶植したいのだ。清盛の視線の先には百五十年ほど昔の藤原道長がいる。多くの美しい姫を擁し、入内《じゅだい》させて天皇の外戚となり、天下をほしいままにした望月《もちづき》の欠けたることとなき独裁者の姿が。

清盛の姫たちはただいま五人（時子の実子三人、なさぬ仲の姫二人）、みなそれぞれに美しい。美男美女系といわれる平家一族だが、中でも美しいのは佑子《ゆうこ》だった。……『女人平家』は時子と清盛の夫婦の物語でもあるが、また佑子と大江広元の恋の物語でもある。

時子は自身、やさしい継母に育てられ、心ひろく慈愛に富んだ女人だったから、良人が他の女性との間に生《な》した姫二人も、襁褓《むつき》のうちから引き取り、頬ずりして育てた。実子とかわらない愛をそそいだのである（ただし、義朝の愛妾常盤《ときわ》の生んだ娘と、厳島神社の巫《み》女《こ》の間に出来た娘は拒んでいる）。

実際にこの娘たちのうち、名がわかっているのはのち高倉天皇中宮となった建礼門院・徳子と、藤原基実《もとざね》夫人となった白河殿・盛子《もりこ》だけである。

しかし信子は彼女たちに一々名を与え、性格を与えた。とりわけて作者が愛執したのは佑子姫である。

西八条邸は王朝の夢を伝える寝殿造りだった。姫たちの居間には几帳や厨子棚《ずしだな》があり、空燻物《そらだきもの》の香りもゆかしい。時子は高価な沈《じん》、丁字《ちょうじ》、白檀《びゃくだん》、麝香《じゃこう》、などを費用惜しまずととのえ、姫たちの美意識の感覚を育てようとする。西八条邸はいわば新興公卿として、最高の贅美《ぜいび》を尽した居館であった。

時子は環境をととのえるとともに、教養を身につけさせたいと願う。姫たちも長女の昌《よし》子《こ》や次女の盛子は手習いをはじめていたが、本格的に師につくべきときだった。当時の女性教養は王朝の頃そのままに、第一に手習い、読み書きができ、第二に琴ほかの音楽の素養、第三に『古今集』二十巻をことごとく諳《そら》んじて和歌の教養を身につけること、――というのである。

やがて師に世尊寺伊行《せそんじこれゆき》と、妻の夕霧が迎えられた（田辺注、どちらも実在の人物で、二人の仲の娘が建礼門院右京大夫である）。伊行は代々の書家にして『源氏物語』の研究家、古典に造詣深い。夕霧は笛の家元の家に生まれ、琴の名手である。この中年の夫妻は人格すぐれ、容姿も端麗で、時子の信頼を得、教え子の姫たちもなついた。

　そのころ、早くもまだ幼い盛子の嫁ぎ先がきまる。その裏には入り組んだ政略もある。まだ八歳の盛子は六条家・関白藤原忠通《ただみち》の嫡子・基実のもとへ送られる。その代りのように西八条邸へ迎え入れられたのは、実は盛子と双子の娘、佑子だった。生母は関白家の女房だったが清盛との間に生んだ双子の娘、一人は西八条で育てられ、一人は町はずれの尼寺で育てられていたのだ。それを知る時子の妹、滋子（いまは後白河上皇の寵を受け、皇子を挙げている。清盛は義妹が、後白河院との間をとりもってくれるのを期待している）は、姉にいう。

〈盛子姫には生母の執念がかかっております。六条家へ早う輿入れおさせなさいまし〉

時子は、尼寺で育てられるという、もう一人の夫の娘にあわれをおぼえる。それで九つの小さな娘は西八条へ引き取られたのだった。

　夫の血を受けた平家ゆかりの子を、むざむざと捨ておけぬ時子の、持って生れた気質である。時子はこの娘にことさら注意を払う。

　東の対《たい》の屋に住むのは十三と八つの昌子と徳子。すでに物心ついた娘たちは新しく現われた佑子をどう迎えるか。佑子がいじけてはあわれである。今までは西の対の屋に七歳の寛子と六歳の典子《のりこ》を住まわせていたが、時子は寛子を東に移し、典子の部屋に佑子を配した。典子は末っ子らしい甘えんぼうで無邪気で快活な幼女、年齢が離れていれば佑子も気楽であろうと時子の母ごころは深い。

　尼寺から佑子の持ちものが運ばれてきた。尼寺を去る日、佑子は老尼の法衣にすがって泣いて離れぬのを、なだめすかしてようやく時子の実家にひとまず連れてきた、と聞く時子は、少女が一面の琴と、持仏を納めた小さな厨子を持って移ってきたのを、あわれとみる。……乳母は時子の出産に助産婦役をつとめた汐戸《しおど》をつけた。典子の乳母の安良井《やすらい》は汐戸の娘ゆえ、乳母同士の間も円滑となろう。時子の配慮は周到で、かつ、善意に溢れていた。

　時子は佑子をわが部屋に招き、寺での暮しを問う。

〈はい、朝は卯《う》の刻《とき》（五時）に起きてお掃除を致しました〉

　つつましやかだが、年齢より大人びたものいいである。お掃除とは仏像安置の壇かと問うと、

〈いえそれは庵主《あんじゅ》さまがなされます。わたくしはご本堂の板の間と、お縁を拭き清めるのでございました〉

　時子は瞼があつくなる。このいたいけな子が素足で小さい手に雑巾を。……

〈京の冬の底冷えはさぞ辛かったであろう〉

〈それがみ仏に仕える修行ゆえ、自分の顔の板にうつるほど、よう拭き磨けやと庵主さまにいわれました〉

　時子は思わず抱きよせてその背を撫でてやりたかった。先日、六条邸に輿入れした盛子は平家の娘として豪奢な暮しをしていたのに。

〈掃き掃除のあとは何を修行なされた〉

〈ご本堂の庵主さまとお経をあげてお勤めいたします。それから庫裡《くり》でお斎《とき》を頂きます〉

　それも恐らく顔のうつるような薄い白粥の一椀であったろうに、そのきびしい庵主の袖にすがり、泣いて別れを惜しんだという、この少女の情の厚い優しさに時子は胸が迫る。

『女人平家』は一面また、母と娘（それも生さぬ子）の物語でもあった。そしてどの子もひとしなみに、と思う時子そのひとは、情けある、やさしい心なのだが、現実には、男たちの政治的野心や思惑がそこに複雑な影響をもたらす。

　佑子に初めて接した家庭教師の世尊寺伊行は、彼女が漢文をすでに習っているのを知って、ほかに適任者を推挙した。かの一世に名高い漢学者、大江匡房《まさふさ》の曽孫、広元だった。まだ十六歳の学生《がくしょう》ながら、学問一途の素行正しき青年であるという。時子の依頼によって伊行は早速、広元にその話をもたらすと、広元は色浅黒く、意志の強そうな顔に微苦笑を浮べ、

〈この広元、一学生に過ぎぬ身ながら、たとえ今を時めく平家の息女とは申せ、幼き小娘

に漢文を講ずる閑日月《かんじつげつ》は持ちませぬ。ひらにご容赦下され〉

伊行が言葉をつくしてすすめても、広元はなお傲然として〈清盛公がこの広元に『貞《じょう》観《がん》政要』の講義を乞われるならば喜んで参上し政治の欠点も指摘しようが〉と言い放つ始末。

『貞観政要』は唐の太宗が群臣と治道の要諦を説いた書、天下国家を論ずるならば召喚に応じんというのである。高慢な秀才児には、温厚な学者の伊行は歯が立たない。

ところがその広元が豹変《ひょうへん》して佑子の家庭教師になったのは、京の町角で佑子を見染めたからだった。平家の姫が町なかを歩くことなど出来ないが、あまりに町を見たがる、やんちゃ娘・典子のために、汐戸たちはひそかに護衛の侍を供に佑子と連れ立って町のそぞろあるきを試みたのである。広元が買った筆を物のはずみで危く取り落しそうになったとき、佑子が市女《いちめ》笠で受けとめて、一束《たば》の筆を渡した。茫然と見送る広元。伊行はあれこそ、漢文の教授を乞う平家の娘であると教える。

広元は平家の館へゆくことになる。時子は一目見て広元に魅せられた。優雅というより軟弱な公卿たちと違い、高邁《こうまい》な思想と強い意志力と知性に恵まれた、非凡な若者。時子は心ひきしまる思いで鄭重に挨拶し、佑子を迎えにやる。師弟の礼儀を重んずる時子に、広元は鋭い眼光をやや、やわらげた。時子のこまやかな心づかいがわかったのだ。やがて衣ずれの音もさやかに佑子が現われ、時子の紹介に、少女は両手をついて、すずやかにいう。

〈おみちびき頂けますこと、ありがたく存じます〉

佑子は見たとたんに、町で出会った学生ふうの青年がそのひととわかったが、口にしなかった。やがて佑子の居間で授業は始まる。

『白氏文集《もんじゅう》』の手ほどきを、と意気ごむ広元と佑子の前に、狆《ちん》を抱いた典子がやってくる。

佑子はやさしく招いて、

〈妹の典子でございます〉

典子は広元に自慢する。〈典子、難波津《なにわづ》のかな書きのお手習はもうあげて、漢字も知っている。山、川、草、水、そして亀も書ける〉

無邪気な典子の言葉に広元も〈ホウ、亀も〉とびっくりしてみせるより仕方ない。

〈そうよ、亀という字は、亀の子の頭と甲羅としっぽのついた形にそっくりよ〉

〈なるほど。どなたから教わられました〉

〈この姉君から！〉

妹の誇るような言葉に、佑子はさっと顔を染めてはにかむ。広元は幼い妹の年頃に応じた適切な教え方に感心した。安良井に促されて典子は立ち去り際、広元にもお辞儀を忘れない。佑子はその愛らしい姿を優しく眺める。

〈――まことに仲むつまじき姉妹《おとどい》よの〉

広元はしみじみいう。母と生別し、老父と異母兄らとは縁も薄く、学究生活ひたすらの広元にとって、空燻物の匂う部屋でやさしい姉妹と会話を交すひとときは、まるで夢心地だった。

〈白楽天の詩はもう幾つか読まれましたか〉

〈ほんの少し、短い詩を〉

〈どのような詩句を好まれます〉

佑子は静かに吟ずる

「槐花《かいか》雨に潤《うるお》う新秋の地
桐葉《とうよう》風に飜える　夜ならんと欲する天
尽日後庁《じんじつこうちょう》一事なく
白頭の老監《ろうかん》、書を枕にして眠る」

——白楽天が宮廷図書館長に任じられた五十六歳の作。初秋の雨に槐《えんじゅ》の花はぬれ、桐の葉は夜を迎える空のもと、風にひるがえる。一日中、官庁の奥には仕事もなかった。白頭の老秘書長は、書籍を枕にうたた寝をする。……

〈ホウ、なんとこれは意外なお好みであろう！〉

この地味な詩と美少女の取り合せに広元は驚かされる。佑子は恥じらい、

〈父君があまりにお忙しそうなので。……六波羅では武士の頭領として、福原では大輪田《おおわだ》の泊《とまり》の建設に。この西八条でおくつろぎになるひまもなさそうですもの。時たまはこの館で、一日ご用もなく、書を枕にうたたね遊ばされてほしいと思うあまりに、この詩が好きになりました〉

〈いかにも！〉

佑子のやさしさと聡明さに広元はいよいよ魅せられる。

広元は年初の宴ではじめて清盛を見た。清盛は大江家と平家の縁をいい、肝魂《きもだましい》ある広元に好感を持ったようだった。彼の言葉は若者の前途を祝して暖い。

〈のちの世にも名高き匡房卿の曽孫が、幼き姫に漢文教授などとは、さだめし鶏を割《さ》くに牛刀を用いるの怨みがござろう。やがては然るべき官職につかれて、匡房卿に劣らぬ名をあげられよ〉

〈はっ、かたじけなき仰せ。さりながらまだ一学生の身、姫への学問のお相手をおろそかならず勤めるのも、この身の修業と思われまする〉

広元は清盛に親近感をもつ。清盛のわが身への評価に広元は若い血をたぎらせる。

（やはり怖るべき大人物よな）

会ってみなければ人は分らぬものと、高慢の秀才、広元はかぶとをぬぐ。青雲の志と、めばえかけた佑子姫への好意に、広元の将来は光耀にみちる。……

4

平家の姫がまた一人西八条邸から姿を消した。長女昌子《よしこ》が堂上貴族の名門、花山院兼雅に嫁いだのだった。清盛は着々と閨閥によって平家の砦《とりで》を築いてゆく。

西八条の東の対には徳子と寛子。西の対には佑子と典子が残った。

平滋子（時子の異母妹）所生の憲仁《のりひと》親王が兄宮以仁《もちひと》王を超えて皇太子となられ、東宮大《だい》夫《ふ》は清盛であった。さすがに平家のきわまりなき幸運と栄華に対し、ようやく世人の暗黙の反感と嫉視は募ってゆく。折しも清盛は体調をそこね、はじめて私邸の西八条邸でゆるゆると療養することになった。信子の筆は女流作家らしく一家団欒《だんらん》のさまを美しく描く。夏の宵、清盛夫妻は姫たちと庭の池中の泉殿《いずみどの》で水飯《すいはん》の夕餉《ゆうげ》をとる。氷室《ひむろ》に貯えた氷塊を砕いて、銀の大鉢に盛り、蒸した強飯《こわいい》を漬けるのである。桂川の鮎、そのほかの野菜も供されたであろう。

和やかな姫たちとのまどいのうちに清盛は後半世の構想を描く。五十歳にしてすでに太政大臣という最高の位置に昇った。これでもう思いのこすことはない。官職を抛《なげう》っても無冠の帝王として権勢を握れる自信はある。清盛は出家して入道大相国《だいしょうこく》と呼ばれる身となる。

六条帝の譲位で、皇太子即位、高倉天皇となられた。清盛は天皇の伯父、時子は伯母、ついに清盛は念願の天皇外戚となったのだ。滋子は天皇の生母として建春門院の院号をたまわった。

〈平家一門にあらずんば人にあらず〉

と時子の弟、時忠が豪語して世人の憎しみを買ったのはそのころ。時子は弟をたしなめたが、平家一門の繁栄と専横に憤慨する気運は暗流となって渦巻きはじめていた。

そんなときに、西八条邸では佑子と広元の恋がひめやかにしかも清らかに始まっていたのである。ある日講義を終えた広元は、佑子の学業はひとまず成就したにより、これにてご教授は打ち切りたいと告げる。それというのも自身はこのたび太政官庁少納言局に仕官することになったという。佑子は、

〈よきところに御仕官、めでたき限りに存じます〉

と顔を輝やかせるが、やんちゃ姫の典子はせきこんで、

〈それではもう西八条へはいらっしゃらないの？〉

〈いや、定めの休日もありますが、すでに姫への御教授に用なき身が、いわれもなく参上は北の方へもはばかりあれば……〉

〈いいえ、母上が広元さまのおいでをどうしておとがめなさいましょう。典子、母上へ伺いにまいります。汐戸も広元さまがまた必ずおいでのようにお願いして。姉上のために！〉

典子は大好きな姉の恋をさかしく察していたのだ。あらっと声にならぬ声で佑子は頰を染め、袖でそれを隠す。もとより汐戸も二人の恋を知っていたのだが、やんちゃ姫が何を申されるやらとあわててあとを追う。

あとに残された二人にしばし言葉はなかった。いつぞや広元が風邪を引いて講義を休んだとき。……熊野からもたらされた、かぐの木《こ》の実《み》の見舞につけて佑子の一行のみの文。

〈ご養生専一に――〉との手紙を、広元はどんなに嬉しくいとおしんだか。

また、いずれはよき御仕官を、と励ます北の方・時子の言葉をもらした汐戸に、青年はむきになって、〈志を曲げての宮仕えよりは自由に学ぶ貧書生の身こそ。こうして西八条のお邸にて、佑姫と白楽天の詩を語るは、この広元、無上の喜び。仕官の望みなどはさらさらござらぬ。北の方にさようお伝え下され〉といったときの真剣な広元の声。

それが佑子の胸にどんなに強く沁み入ったことか。――三、四年のうちに二人の恋はいよいよ純化され強くなっていく。――いま、沈黙に堪えかねてうつむく佑子の黒髪の上に、思いつめた広元の言葉がそそがれる。

〈佑姫、この広元は、すまじきものは宮仕えと心さだめて、生涯を気ままな学究の徒として送るを本望、と思っておりました。しかしその志を曲げて仕官にふみ切ったは、このままでは入道大相国と北の方に、頼もしき男と認めて頂けぬを怖れたあまり。この上は世の常の男の如く、立身出世一すじに励み、名をあげ高位に昇り、平家の美しき姫を得たいと

思いつめました。……〉

広元は絶句する。佑子が顔をあげ、思いのありたけをこめた瞳で広元をみつめたからだ。

〈佑子は無位無冠のままにても、ただ学問にひたむきの、いまの広元さまに女の一生を賭けたいと思うて居りました……それがおわかりになりませなんだか……〉

広元はわなわなと身が顫《ふる》え、嬉しさ余ってむしろ悲しかった。この狂喜の思いを言葉でどうして伝えられよう。おののく手で彼は佑子の文机《ふづくえ》の上の筆と紙をとる。

〈吾者毛也　安見児得有　皆人乃……〉

佑子はすぐわかった、『萬葉集』にある藤原鎌足の歌だ。人々がみな思いをかけていた絶世の美女、安見児《やすみこ》を得た鎌足が狂喜して誇った歌――〈吾はもや安見児得たり皆人の得がてにすとふ安見児得たり〉

（私は愛されている！　この女《ひと》は私を愛していると告げてくれた……）

広元の深い満足感と幸福感を文字に伝えようとすれば、この歌しかない。佑子は広元の手からそっと筆を取ると、その広元の強い筆跡の漢字の隣に、やさしくたおやかな文字を並べる。

〈敷島のやまとの国に人二人　ありとし念《も》はば何か嗟《なげ》かん〉

このあめつちに、あなたと二人ありと思えば、なんとこの世は愉しいものではありませぬか。

広元は恍惚としてわれを忘れ、思わず、

〈佑姫！〉

といざり寄ってその手を握りしめ引き寄せる。佑子は小袿《こうちぎ》の袖を乱して花の崩れるように広元の胸に顔を埋めておののく。そのとき遠くの板敷から典子の声が凱歌のように響いた。

〈広元さまァ。母上は御仕官後もおりおりはお遊びにおこし頂くようにと仰せられましたァ〉

広元はしかし、出仕後、西八条を訪れることはなかった。佑子思慕の念が強ければ強いほど、西八条の門をくぐるのに初心《うぶ》な青年らしい羞恥をおぼえる。足はいつとなくそのあたりへ向くのであるが。……

ある日世尊寺伊行にばったり会って同行を強いられた。西八条の邸では広元は時子に歓待され、典子ははしゃぎ、佑子はつつましいながら、思いをこめて広元をみつめる。帰途、早春の薄月夜のもと、伊行はいった。

〈広元殿は北の方に御おぼえ、いとめでたいの。やがて貴君を佑姫の婿君として、その学識才能を入道相国の御政道の面で振るわせたいとの、北の方の深謀遠慮はさすがじゃ〉

〈伊行殿は夕餉に頂戴の酒が発しられたとみえる〉

広元は笑ってみせたが、身内の血は熱した。

広元は一年余り後、早くも権少外記《ごんのしょうげき》から少外記に昇進した。西八条邸にその祝いに招かれるのも身が引きしまる思いである。入道大相国からみればたかが小官吏の昇進は物の数でもあるまいに、それほどわが身が期待されるかと心は昂ぶる。

時子は昇進を祝い、直衣《のうし》を贈った。直衣は官吏の通常服、広元も今迄のように学生風の無造作ではすまなくなっている。

〈佑姫さまのお見立てでございます。まあごらん遊ばしませ〉

と阿紗伎が微笑む。表は白綾唐花丸《からはなまる》。桜襲《さくらがさね》に裏は淡《うす》藍の平絹。広元はこのように贅《ぜい》を尽した高価な直衣を身につけたことがない。

〈この次の折は、あの直衣、お召しになってお越し下さいませ〉

おませの典子がいい、佑子は微笑んで広元をみつめるのみ。……広元は帰る道々、去年の春の伊行の言葉を思い、胸は幸福感にみなぎる。佑姫と相愛の恋一つでも、この世に生れた甲斐あり、と広元は思うのに、更に姫の父入道相国の帷幕《いばく》に加えられ、平家政権に尽せるなら男子の本懐これに過ぎぬ。覇気《はき》満々の広元だが、やがてそんな日がくるまでは、

(蛟竜《こうりょう》の、雲雨《うんう》に会《かい》するまでは水中にひそむごとく、太政官庁の政務の末端の事務知識にいそしむのも、他日必ず役立とう)

と思うのだった。

その勤め先では広元は高慢な学究と見られて孤立していたが、やさしく接してくれる同

輩が一人いた。三善康信《みよしやすのぶ》。広元と康信は接近する。

広元が佑子の見立てによる美しき直衣を着て西八条邸へゆく機会は中々こなかった。仕事が多忙だったばかりでなく、新帝が西八条邸へ行幸されると伝わったのだ。行幸準備で大騒ぎであろう邸内を想像すると、遠慮ぶかい広元は、訪問をさし控えずにいられない。

花曇りの日、西八条邸に帝の葱花輦《そうかれん》が入る。

少年帝は正殿へ入られる。浄海入道となった清盛は緋の法衣姿、時子も礼装で出迎えた。やがて姫たちが帝にまみえる。乳母の暗躍で年長順ではなく、正室腹の総領の姫、徳子が最初だった。徳子はおっとりしているものの、容貌も才気もすべて凡庸な姫だった。五《いつつ》衣《ぎぬ》で飾り立てられてはいるが、あまりに華美すぎて袖や裳《もすそ》だけが動いている感じだった。

次に進んだのが佑子。〈これもこの浄海の娘、佑子でございまする〉父入道が披露すると、十一歳の少年帝は魅入られたように佑子をみつめられる。それは帝ばかりではない、その場にいた者すべて、平家の邸の家臣も、供奉《ぐぶ》の朝臣《あそん》や武官たちも、更には邸の女房たち、養い育てた当の時子でさえ、佑子の美しい姿に圧倒されて声もなかった。

そのよそおいは極彩色の徳子と違って薄紫の色調で、下の重ねほど色は淡く、最後は白になっている。上の唐衣《からぎぬ》は薄紫地に白の花輪《はなわ》ちがいの地紋、背後に引く裳《も》は白の霰《あられ》地に、仄かな銀糸の浮織《うきおり》。月光の流れのような裳に銀糸は星影の浮ぶかとみえた。……

薄紫と白の衣裳の中に端正な面輪《おもわ》がある。彫り磨いたようなおもてに、仄かに漂う一抹のやさしいかげ。それは乙女の羞恥である。あまりにひたと一座からあつめられる視線、少年帝の強い関心。佑子はおののいて帝の前をしずかにさがる。——一座の感嘆を末座から眺めていた乳母の汐戸は、佑姫が九つの年から朝夕、心を砕いてお育てした甲斐あり、と嬉し涙にくれた。

（しかしその美しさがのちに禍を招くと、なんでこの時の汐戸が知ろう）

やがて続く寛子、典子の姉妹が少女らしい袙《あこめ》姿をつらねてのお辞儀には、少年帝は微笑を向けられた。

やがて佑子と徳子の箏《こと》の合奏がある。徳子はひとところ弾きまちがえ、それを知った佑子は徳子の過ちを目立たせぬよう、自分もそれに合せた。人々には気付かれなかったが、佑子の熱心な練習を知る汐戸は（なんとおやさしい佑姫さま）と感じ入るのだった。

行幸は首尾よく花やかに終り、入道相国は満足の余り、恒例の牡丹の宴にも佑子・徳子の箏の合奏を客に披露しようと思い立った。翌日、入道と時子夫妻は疲れやすめに福原へと発《た》った。

その夜、にわかにこの邸の長女の婿君、花山院兼雅が、近衛少将、冷泉《れいぜい》隆房を連れて、女ばかりの館《たち》へ推参する。御幸《みゆき》に供奉した冷泉隆房は初めて佑姫を見て魂を奪われ、早速に花山院兼雅を語らい、訪問したのだった。佑子はむろん、汐戸もその無礼、厚顔に怒りをおぼえるが、義兄である花山院兼雅の手前、押込み強盗のようには追い払えない。

　このときはおしゃまの典子が、大好きなお姉さま、佑子のために狼藉者の男二人を難詰してことなきを得たが。——

（信子は冷泉隆房をこっぴどく悪役に書いている。定説のイメージを片端から覆えしているのが小気味よい、と先述したが、従来、温厚沈着のイメージがあった重盛を、聖人君子気取りの〝頭でっかち〟といい、卑怯未練といわれる宗盛を心やさしく人間味ある男に描く。冷泉隆房は古来小督《こごう》との悲恋で有名で『隆房卿艶詞《つやことば》絵巻』などによって優婉な歌人として名をとどめているが、ここでは信子の筆は辛辣、かつ犀利《さいり》である。厚顔無恥、精神性のかけらもなき漁色漢と貶《おと》しめている）

　冷泉隆房の素描は（信子によれば）肉付きのいい大男、その容貌は公卿に似ぬ脂ぎった顔に大きな鼻、さがった目尻の横皺あたりに卑猥な影があり、希代《きたい》の〝好き者〟の印象である。

　しかも彼は意馬心猿となって、どこでも佑姫を得ようとし、直接、福原に滞在する時子のもとへ出かけ、直談判で求婚する。時子は承引する。

　そしてその裏には、徳子をこそ高倉帝に入内《じゅだい》させようという人々の政治的思惑が働いているのであった。帝は行幸のみぎり、平凡で、印象うすい徳子より、美しく情感ゆたかな佑子にお心を動かされた。入内は佑子をこそ、という思し召しがあれば、〝天子に父母なし〟、誰が逆らえよう。近い例に、二代の后を望まれた二条帝の例もあるのだ。平家一門の命運がかかっていた。そして時子の実の意図は、やんちゃ姫で、尋常な世の妻に納まるには案じられる典子こそ、大江広元に、と思い、広元に好意を寄せていたのだった。もとより佑子と広元の恋を知らずに。……

　佑子は人々の思惑とそれにからまる政治事情を知った。九歳から育てられた養母の恩を思い、冷泉家に嫁ぐことを悲しく承知する。しかしその婚儀は牡丹の宴のあとにしてほしい、というのが唯一の佑子の希望だった。乙女の日の最後の箏の音を、せめて広元さまに捧げたいというのだ。乳母の汐戸は悲しみと同情に悶絶せんばかりだった。それ以上に佑子は泣きむせぶ。汐戸はせめてもう一度広元どのに逢わせてさしあげたいと思うが、佑子は涙の流れるに任せた濡れる顔を上げて、

〈いえいえ、それはなりませぬ。もう一度でもお会いしようものなら、あの方のお膝にとりすがり、もろともに死んでたもれと願わずにいられようか……〉

　汐戸は前後の見境もなく、釣りこまれ、

〈……広元さまはかならず姫をお胸に抱きしめられて、いさぎよう、お命を断たれましょうとも……〉

　わが立場も忘れ、身につまされて泣く。

〈いいえ、あのかたのこれからのご生涯をむざと葬ってよいものか、わが恋ひとつのため

に……〉

佑子は広元に手紙を書こうにも、あまりの悲しさに文字も綴れなかった。汐戸の口からこのよんどころない事情と切ない胸のうちを伝えてほしいという。

しかしすでに広元は職場の同僚で友人である三善康信の口から、〈世間の噂だが、平家の佑姫を射止めて婚約成ったと冷泉少将が吹聴しているそうな〉と聞いた。狂した如く取り乱す青年。生きる力を失った彼が、たまたま出会ったのは流浪の僧、西行法師だった。声はげまして西行は広元にいう、〈悩むことあらば悩みに悩みぬかれよ、やがて悩みにも倦《あ》き果てなば、その時に何なりとつかんで雄々しく立ち上られよ。これが西行の若き大江殿への教えじゃ〉。

――傷心のあまり病床に臥した広元は、三善康信の家で手厚い看護を受ける。康信は広元に秘密をうちあけた。康信の母は、実は伊豆に流された頼朝の乳母の妹、伯母亡きのちは母が、母亡きのちは康信が、いまも伊豆へ寒暑の見舞にことよせて京の情報を送っているという。自分は平家全盛のこの世にひそかに源氏に心寄せる者、
〈頼朝殿も早や二十五のすぐれし大将にお成りじゃ。広元殿、源氏に夢を賭けてみる気はおありにならぬか。「龍膽《りんどう》の花」（源氏の紋）の旗の下に男の夢を托そうと思われぬか。
――源氏の政権が天下をとりし場合はすぐれし文治文道を以て国家を治めねばなるまい。そこもとの学才知能こそ百万の兵力にまさる源家政権の支柱、いざ、われらと共に〉

生れ代った気持の広元と、広元の学才を高く評価し信頼する康信は、固く手を握り合う。

牡丹の宴のあとで婚儀を、と願う佑子だったが、にわかに挙式は早められた。一刻も早く佑子を手に入れたいと思う卑陋《ひろう》な隆房は、乙女の感傷などさらに顧みない。

世尊寺伊行は牡丹の宴の当日、箏の弾奏者たる佑姫の控えの間をのぞいた。この美しい教え子と広元との恋を知る伊行は、意外な成りゆきに落胆し、同情もしている。少し前に冷泉北の方となったばかりの佑子は打ちしおれていた。作曲者たる伊行は、演奏前の緊張であろうと慰めて出ようとすると、入口に脱いである男の浅沓《あさぐつ》が目に入った。公卿殿上《てんじょう》人《びと》の用いる黒漆塗りのもの、几帳のかげに男がいるらしい。冷泉隆房でなくて誰であろう。伊行は不快になって出ようとすると入口で、酒肴を捧げた侍女に会った。

〈隆房少将さまが御酒をめしあがりたいとて……〉

伊行はその傍若無人にむっとする。弾奏前の人の前で酒とはあまりに風雅を解さぬ不作法者よ、と伊行は憤りを禁じ得ない。佑姫のあのしおれかたは弾奏前の緊張からではなかったのだ。――このあたり信子の実体験の反感が盛り込まれているらしい。『徳川の夫人たち』の舞台化のときに、出演者の一人の放縦に呆れた信子である。

やがて徳子は入内し、皇子を挙げた。寛子は藤原基通の北の方に、やんちゃ姫の典子も、年の離れた修理大夫・藤原信隆の夫人に迎えられる。信隆は名利を貪らず庭園に鶴をあまた飼う閑雅な趣味人だった。娘のような典子を、大きな愛情で包んで、典子には幸せな結婚だったが、そのころから清盛と後白河院の確執はあからさまになってくる。清盛は福原遷都を強要するが、その計画はあえなく潰《つい》えてにわかに新都は破棄され、又もや京へもどることになった。平家の威信は地に落ちはじめている。

伊豆の流人・頼朝の、源氏再興の旗挙げに諸国の源氏は一斉に起ちあがった。折しも高倉帝は宝算二十一で崩御。源氏蜂起のただならぬ世とて葬送はきわめて簡略なのも、おいとおしいことだった。徳子所生の幼い皇太子が即位。安徳帝である。

各地で源平の争乱ははじまっている。ある時は源氏が勝ち、ある時は平家が勝つ。奈良の僧兵が騒動して重衡《しげひら》がこれを討ったが、東大寺・興福寺を焼き払った重衡は僧兵らの呪詛のまととなった。

まさにそういう平家存亡のとき、清盛が倒れた。四人の姉妹（盛子はすでに逝去し、徳子は建礼門院として宮中に。そして典子の夫も逝き、早くも典子は若い未亡人だった）は父を見舞う。沈む六波羅の武者たち。養和元年（一一八一）清盛・入道相国はついに六十四歳で薨去。平家の重だった武士は諸国に散って苦戦中だった。

清盛の柩がいよいよ洛東、愛宕《おたぎ》の火葬場に送り出される直前、時子はその前に坐って、

〈みなのもの、亡き入道相国の御遺言をよくうけたまわれよ〉

一座は粛然と静まる。

〈入道さまのご病中の一夜、お悩みもやや安らぎ医師《くすし》もしばし離れ、わが身のみお枕辺にかしずきし折に、ご発病以来、お言葉も定かならざりしに、不思議にもその時はお声ももつれず、『そなたと連れ添うてから三十と七とせの歳月を共にしたの』と仰せられたに、胸ふさがって涙こぼるるわが顔を眺められて『泣くな、歎くな。生《しょう》ある者は必ず死する。さすがの清盛もその習いにはそむけぬわ。わが一生は恵まれて官位は太政大臣にのぼり、一族の栄華の道を開き、当今《とうぎん》（安徳帝）の外祖父たり。いまさらなんの不足はなけれど、ただ口惜しきは伊豆の小《こ》冠者《かんじゃ》（頼朝）に油断せしわが生涯の不覚。彼の首を斬らずして、もしわれ世を去らば、それのみ心残りぞ。清盛世を去るとも法事は一切無用。供養の塔も堂も不用。わが墓の前に彼の首を供えるが何よりの供養ぞと宗盛初め六波羅の武士団に、必ず告げよ、頼む』と仰せ終ると、お気がゆるんだか、そのまま高い鼾《いびき》をたてられて……〉

果して病人が正気に戻って言い残したか、あるいは時子の代弁か。いずれにしても六波羅武者を奮起させる壮烈な遺言だった。

四人の姫——いまでは北の方——たちは、母とともに白砂の庭で葬列を見送った。柩に従うのは男子のみ。佑子——冷泉北の方はそのかみの白楽天の詩を思い出す。尽日後庁一事なく、白頭の老監、書を枕にして眠る。

（父君は人生のうたたねの寸暇もなく逝かれたわ。おいとおしいこと……）

と泣けるのだった。こんなときにも母の時子は、娘たちにひとまず帰って心静かにやすめ、と取り乱さず指図する。平家の統率者は、長男の重盛が父に先立って亡くなっているので、三男の宗盛ではあるが、精神的な総領としてはむしろ、二位殿と呼ばれる時子だった。

養和元年は天下大飢饉の年でもあった。二年には京に悪疫流行し、そして各地で源平は争っていた。木曽義仲は維盛《これもり》の大軍を倶利伽羅《くりから》峠で破り、敗残の平氏の兵はようやく京にたどりついた。

戦死者の葬いのあと、時子は四人の娘に、平家は西国へ、帝と建礼門院を奉じて移り、そこで軍容を立て直し、再び帰洛すると告げる。

〈そなたたちは平家の娘ながら今は嫁ぎし婚家の者。そなたたちの婿君は鎧冑《よろいかぶと》は身に付けぬ公卿の官職にあるゆえ、戦争にはかかわりなきところに居らねばなりませぬ〉

時子たち平家一族が軍兵をひきいて京都をあとにしたのは七月二十五日の夜明け、六波羅、西八条の邸に火を放って去った。典子は一門の覚悟を知る。空にあがる煙をみる勇気もなく双眼に涙はしたたりおちる。

後白河法皇は平家を見捨て都に残られた。

一門の頼盛も京へ引返す。かねて頼朝から頼盛の母、池の禅尼に助命された恩があり、それに酬いたいとの連絡が入っていたのだ。一門より敵を信じたのである。頼盛の家来、宗清《むねきよ》も流罪の頼朝少年に心づかい優しかったのを頼朝は忘れず、申越しがあったが、宗清は、われは平家累代《るいだい》の侍、危急存亡の主家を見捨てて命の安全を図ろうと思いませぬ、と、頼盛と別れ、平家一門についていったという。そういう男も平家にはいたのだ。信子は愛情をこめて宗清を讃える。

怱忙《そうぼう》の中を、大江広元、三善康信はひそかに鎌倉へ下ろうとしていた。広元もいまは妻を迎えているが、このたびは木曽義仲軍が今にも都へ入ろうとしているので、その前に単身脱出しようというのである。折しもその日、平家は都落ちする。六波羅、西八条邸に火は放たれ、黒煙は都の空を掩《おお》う。若き日の恋の思い出とともにあの邸は灰となってゆく。

――広元は凝然と立ちつくすのだった。

木曽義仲の勢を破った義経軍は、平家を追いに追う。海へ逃れた平家はついに壇ノ浦の合戦で滅びた。元暦二年（一一八五）ゆく春の三月二十四日の暮れ方だった。

京へその悲報とどかぬうち、典子は夢に母の姿をみた。典子、典子と呼ぶ声にふと目をさませば、母は外に。髪の毛は藻のようにみだれ、足もとには海藻がまつわりついて、

……

〈母上さま！〉

典子は気を失った。

平家滅亡の報は鎌倉へいちはやくもたらされた。決定的勝利の報を聞く頼朝のかたわらに、いまは公文所《くもんじょ》（政務庁）の別当（長官）たる大江広元、問注所《もんちゅうじょ》（裁判所）執事の三善康信の姿があった。広元は過ぎし日の西八条の平家の館、美しき姫たちを思う。あの日、平氏が滅ぶと誰が予感したであろうか。……わが生涯の賭けには勝ったが、その半面、平家一族の冥福を祈る感傷に浸った。しかし今は新興の鎌倉幕府、公文所の別当なのだ。個人的感慨に捉われてはならぬ、と広元は心を引き緊める。

　生け捕りになった宗盛や平家の侍たちが都大路を引き廻され、それを後白河法皇も見物したという噂ほど典子をきりきり怒らせたことはない。平家討伐の院宣を出されたくせに。かねて院側では三種の神器と生け捕りの重衡を交換し、源氏和平を計らんと、屋島の宗盛にもちかけたのであるが、宗盛に拒絶された。そこで典子の義兄二人、花山院兼雅と冷泉隆房は典子を訪れ、時子鍾愛《しょうあい》の末娘なれば、典子の口添えが二位の尼・時子を動かすのではないかと懇請した。しかし典子も宗盛同様、きっぱり拒む。母の気持は誰よりも典子がよく知っている。母はいかに息子の愛に引かれても、見えすいた謀略に引っかかる人ではない。また典子は狡猾な院のご気性も察することができる。新帝即位に必要な神器さえ手に入れば、てのひらを返して平家滅亡に手を貸されるであろう。典子はいう。

〈あの西八条のやんちゃ姫が、人の世のからくりを知ったのは、父君みまかられてより、

人の世のおぞましき実相が身に沁みたせいよ〉

かくて平家は滅んだ。典子は言い放つ。

〈公卿たちのいやらしさにくらべれば、平家一族一門主従が心の絆《きずな》に結ばれ、平家の誇りを完《まっと》うして果てた美しさよ。それこそ〝美しき滅び〟というものでありましょう〉

都へ還った建礼門院は落飾して洛外大原の寂光院に入った。典子と佑子は日々の糧《かて》から日用の調度類までこまごまと、薄幸な姉妹を助ける。文治三年（一一八七）三月二十四日は壇ノ浦平家滅亡の三周忌だった。八歳で海に沈んだ幼帝への痛恨は女院の胸から去らない。佑子も典子も、滅びた一門の男たち母たちの面影を切なくしのぶ。そこへ鎌倉幕府の使者、大江広元が現われた。北条政子から寂光院に寺領を進ぜる沙汰の使者として（信子は政子に女人のやさしみを見てとり、好意的に描いている）。いまは鎌倉幕府の壮年の政務官たる広元は、使者の口上をのべてのち、かつて平家にゆかりありし者、として焼香して去る。佑子、典子に深い思いの目をあてて。

典子は、広元と佑子の悲恋をいたむ。佑子は静かに首をふる。いいえ、私たちが結ばれなくてよかった。もし結ばれていたらあの広元さまのこと、必ず、平家一門とともに西海に果てられたであろう。あのかたの前途洋々の人生を奪わずにすんで幸いだった。……

〈典さま、広元さまとわたくしのことはもう過ぎ去ったこと、時はふたりを裂いて、幾年月を別れ別れに……でもそれを償のう時はめぐりきました。今日あの方がわたくしの前に、

建礼門院への喜ばしい使者となって現われて下さったではございませぬか〉

壇ノ浦の滅亡以来、悲しみに閉ざされていた姉妹の心に、はじめて一筋の仄々と明るい光がさしたのをおぼえる。……物語はそこで静かに閉じられる。悠々たる大河のような大作には、平家讃歌、女人讃歌の清らかな歌声が流れている。

信子が最終稿を擱筆したのは八月二十八日（昭和四十六年）軽井沢の別荘で、だった。

〈長い長い旅をしてきた気がするわ〉

と信子は千代にいう。

〈平家の人々といっしょに、ね〉

そういいながら信子は早や、書棚や机の中を整理し、金庫を空《あ》けて「北政所」の資料と入れかえていた。

『女人平家』はすでに四月に前篇が刊行されているので、早くも九月には歌舞伎座で「広元の恋」として上演される（海老蔵、菊五郎、玉三郎）。後篇も連載が終るや否や刊行される。

書きあげるのを待つようにして舞台化、放映化がはじまるのでゆっくり余韻に浸っているひまもなく、次作へ心いそがれるのであろうが、千代は何だか、信子の無意識の焦りが感じられ心配だった。今年の一月九日に信子は日記に書いている。「トイレで肛門出血甚

し。鮮血なり。心配す」そのくせつづけて、

「机にて執筆。女人平家完成させねばならぬ。時を惜しめ」

気ははやるが、ベッドで休養する日が多くなった。それも臥床しながら、北政所の資料を手にして読む日々だった。

「太閤北政所は淀君、千姫も入れて真実伝として知性的に狂言綺語《きご》を避けてしかもイゲンをもって書き起したい。日本の女性研究として」（日記、昭和46・10・14）

それらの間に、

「胃の具合よからず。案ず」（同10・21）

「胃の具合わるいがレントゲンとる白い液体は真平である」（同12・7）

「今日も臥床、かなし。早くこのカゼ気《け》、なおしたい、切に」（同12・13）

「胃腸おもしろからず」（同12・15）

「気分すぐれずハナツマル」（同12・17）

「女人平家」のテレビ放映がはじまっていた（吉永小百合、田中絹代、有馬稲子）。朝日新聞に「正統的ドラマ」と絶讃されていて、信子は嬉しかった。刊行された『女人平家』前後篇も売行よく、それも嬉しいのだが。――信子は明けて昭和四十七年はじめ遺言状の訂正をしている（日記、昭和47・1・25）。これは更に書き入れたらしい。（千代子へ）とある。次いで四月十九日の日記には、

「よる、遺言状（前の二つ）の外に著書、原稿その他鎌倉文学館に寄贈のこと。（川端氏の件で東京新聞朝刊にあり四九年に図書館増築で完成のよし）
読者への感謝の文かく、右二つを加える。
まだ生きてよい作かきたい。賞は貰わずとも」
読者への手紙は便箋一枚にペン字である。

「読者の方たちへの御礼

吉屋信子

私が作家としての生涯を送れたのはこれまったく読者の方たち（おもに女性）のおかげでございました。

私の最初の出発の少女小説以来、読者の愛情によって成長いたし、今日に及んだのでした。

ほんとうにありがとうございました。

読者の方たちのお仕合せを祈り、心から感謝いたします。

昭和四十七年四月十九日　燈下のもとに
しるす」


日記に「川端氏の件で」とあるのは、その三日前の四月十六日、川端康成が逗子のマンションでガス自殺を遂げたからだった。信子は通夜に列した。二月十七日は平林たい子が逝った。たまたまその日は千代の誕生日だった。

（ああ、私はまだ生きている、七十六で）

と思い、信子は日記に書く。

「千代子誕生日なり。この人を与え給いし運命に感謝」

それかれの思いが、遺言書や読者へのお礼の手紙になったのであろう。

それでもまだこの年の前半は取材旅行にも行ったりしたが、次第に体調をくずす。姪の澤子さんがそのころから手伝いに来てくれるようになった。信子は庭のクマモトショウブを愛し、澤子さん相手に植えかえたり、肥料をやったりしている。これは大輪の花をつける、肥後六花のうちの、肥後花菖蒲のことであろう。

執拗な胃の不調に、千代は六月七日中山恒明博士夫人に電話した。博士は渡米中で六月いっぱい帰らぬという。夫人の指示で七里ヶ浜恵風園病院で診察を受けた。

結果がわかったのは六月末だった。中村院長は人工肛門を示唆し、信子は愕然とする。かつて手術したあとの癒着のため腸狭窄といわれた。七月八日、入院して化学療法を受けることになった。帰国した中山博士にも来診してもらった。

八月末はまだ食事がおいしかった。退院して便通もあり、信子より千代を喜ばせた。病院でずっと信子につきそっていた千代は看護婦さんのすることを真似て、脈をみたり、熱をはかったりして、

〈千子《ちこ》は見習い看護婦さんみたいね。でもそれにしちゃ、年をとってるわ〉

と信子はおかしがった。

やや体調をもち直したのはその年の暮れ。ふぐ鍋も美味だったし、読書も「北政所」以外のものに親しんだ。辻邦生『背教者ユリアヌス』大佛次郎『巴里燃ゆ』など愛読した。書斎のカレンダーを新しく替え、まだ心から去りやらぬ〝平家の人々〟の幻を忘れて、新しい仕事に生きようと思う。

下痢が時々あり、信子は千代のすすめで、ゲンノショウコや梅干エキスといった漢方薬を試みた。雑煮もおいしく、食欲はあるので信子は、

（もしかしたら長生きできるかもしれない）

と思う。一月十二日は七十七歳の誕生日だった。千代は、赤飯をたいて、

〈喜寿おめでとう〉

という。澤子さんのプレゼントは大きなパンダのぬいぐるみで、これは信子を笑わせ、成功だった。

千代と八幡宮へ初詣でに行き、眼鏡屋へ寄ったりしたが、そのあとは臥床の日がつづく。

二月、恵風園病院へ再入院した。

うつらうつらしつつ、信子はしきりに書斎を夢みる。目の前の窓の木々。右手の壁に、若き日の信子の写真と、その前の半跏思惟像《はんかしいぞう》の観音さま。そして唐子《からこ》や女人俑《よう》。みなやさ

しいまなざしで、信子の文業を見守って下さった。

パリの街灯を模した時計。ペン立て、鉛筆入れ。

あの書斎に再び身を置くことができるのだろうか。観音さまは、

（そなたはよく闘った。

もう、休め）

そうおっしゃっていられるのではないかしら。……

ふとまた、何十年も昔のパリの風景が思い出される。シャンゼリゼー、凱旋門、ブーローニュの森。……信子の心は蕩揺《とうよう》してやまない。大好きだったお万の方《かた》、そして、佑子姫。古いむかしのヒロインたち。女人たちを唱いつづけ、讃えつづけて、信子は生きてきた。

……

千代は信子のそばを離れないでつき添う。

家へ帰りたいという信子をいろいろに言いこしらえてなだめる。

〈もうすぐよ、食欲も出たんだし、散歩もできるようにすぐなるわ。そしたら、ね……〉

食欲はあるが、食べると吐き、あるいは下痢がとまらなかった。屋上へ出たいというので連れ出そうとしたが、体力が弱っていて、すぐ疲れ、信子は不機嫌になった。古い知己の浦田トメ（信子の助力で女医となり『女の教室』のモデルの一人でもあった人）は真情

かわらず、ずっと信子の健康を心配してくれていたが、病気についてはいまも千代のよき相談相手で、頼もしかった。春、夏、とうつりかわる病院生活のうち、信子の病状は一進一退だった。

　ある夜、信子は突然いう。

〈パリは楽しかったわね〉

〈いつも楽しいわよ、のんと一緒だと〉

とおだやかに千代は笑む。

〈あたしもう、長く生きられないような気がするんだけど〉

信子は淡々としていった。

〈なにいってるのよ、北政所も書かなきゃいけないし、美容院の〝クローバー〟で髪を洗って、横浜でこの間注文したスーツもパンタロンももうすぐ出来るわよ。そしたらまた取材に出かけなきゃ〉

〈そうかなあ、いけるかなあ〉

〈きまってるじゃない。甘えるんじゃないの、犬っころみたいに〉

信子は、くくく……と笑う。千代に叱られるのが楽しい。

〈あたしのこと、わがままで手がかかるって思ってるんでしょ、チコは〉

〈思ってる。困ったもんだと思ってるわ、ほら、あのときなんか。……〉

ここぞ、とばかり千代は話しはじめる。話をとぎらせてはいけない、信子に考えこませてはいけない。何年か前、千代がすすめて信子の甥を、信子の養子にしたことがある。もし千代が先に逝くようなことがあれば、と案じてのことだったが、入籍してから急に信子は嫌だ、といい出した。何だかばからしくなった、というのである。つまんないわ、という。信子は感情が先に立って直観的なほうだから、筋道立ててことをわけて、ということができない。仕方なく千代が相手に話して諒承を得て、やっとまた離縁、ということになった。

〈あんな腹が立ったこと、ないわ〉

くくく……と信子は笑う。

〈あたしだってチコに腹立てたこと、あるわよ。いつか二人で取材旅行にいったとき、あれはどこの駅だったかしら、立食いうどんを売ってたのね。とてもおいしそうだった。みんな食べてるの。あたしも食べたくて、ちょっと汽車を降りて食べたいっていうのに、チコったら、ダメ！　の一点張り……〉

〈あたり前よ。あんなお行儀のわるいことのんにさせられますか。あなたは汽車が出ていくのに、顔だけはまだ立食いうどんの方をじーっと見ていて、おかしいったら、なかった〉

二人で笑ってしまった。

〈今夜は熱もないし、気分よさそうね、お通じもあったし。きっと安眠できてよ〉

〈うん〉

信子はベッドの夜具の間から手を出す。

〈お手〉

千代は微笑んで両手で信子の手を挟みながら、

〈のんの母校の栃木女子高校の句碑の字、よく書けてたわ。「秋灯《あきともし》机の上の幾山河」――あたしが代りに除幕式にいってきたけど、とてもいい文学碑よ。こんど二人で見にいこうね〉

〈そうね……〉

信子は千代に手をとられ、心から安心したように眼を閉じる。そして眠りに落ちてゆく。

千代はそっと手を引いて、信子の手をシーツの上に置く。半世紀以上、書いて書いて、書き抜いてきた手、それがこのごろはペンも持ちたくないといい出した。

一年前の検査でわかったのはS字結腸に癌があること。すでに手術不能の状態、とひそかに千代だけに告げられたのだった。

信子は漠然とそれを感じているのだろうか。パリは楽しかった、という。……

たまらず千代は病室を出、足音をしのばせ廊下の突当りで涙を拭く。シャンゼリゼー、凱旋門、ブーローニュの森。そして信子と過した、ながいながい年月。二人でいるときの、たぐいない調和とやすらぎ。ながいようでもあり、一瞬のようでもあったあの時間。

「年の湯の湯気に消えゆく月日かな」　信子

昭和四十八年の日記は、信子はもうひと月ぐらいしか、つけていない。あとは千代がかわってつけている。信子の病状、献立、見舞客の名、たまに仕事の報告。元来が理科系のこの女性《ひと》らしく、正確、簡潔で、冗語や主観的な感想は一切、ない。さながらカルテのようである。信子は点滴、注射（栄養剤と利尿剤）をくりかえし、新聞を少し読むほかは、うとうとするばかりとなっている。苦しそうにもがくこともある。千代はずっとそばを離れず、兄の忠明と姪の澤子さんは毎日通ってきた。ついにある日。

「昭和四十八年七月十一日　晴
のどがぜい〳〵する。熱少し上る、眠りたるまゝ、呼吸二つ半位、十一時近くのどつまりたる様にて度々口を拭く、痰少し吐く。直ちにベルを押し院長来《きたる》。十一時十分永眠」

（千代記）

あとは永遠に空白の日記だった。

（完）

あとがき

ながい〈吉屋信子ものがたり〉をやっと終え、しばらくは虚脱してぼんやり過していたある日、ふとしたところから、吉屋さんに頂いた貴重な例の葉書（私がしまい場所を忘れていたもの）が出てきた。本文中に書いたように、私が芥川賞を受賞したあと、二冊目の刊行となった『私の大阪八景』（文藝春秋新社、昭和40）を吉屋さんに献呈したときのお返事である。芥川賞を頂いて、文壇の片隅にやっと足をかけた気持の私は、眷恋《けんれん》久しき大作家に、（やっと間に合った！）という感じで、鄭重な（と自分では思った）手紙を添え、吉屋さんにお送りしたのである。返事はむろん期待していなかったが、突然、そのころ住んでいた尼崎市の陋屋《ろうおく》に、お返事が舞いこんだのだった。

「〝私の大阪八景〟頂戴、ありがとうございます。
明るく軽妙な表現の裏にきびしい皮肉な時代観まさに感服、将来への飛躍を思は《ママ》せます。
取りあへ《ママ》ず御礼おうけとりまで」

更にまた一つ。本稿を書き終え、ゲラに手入れしつつ、参考資料に拝借している吉屋さ

んの〈日記〉を繰っていたら、昭和四十七年（一九七二）――すでに死の前年である――五月二十五日の項に、

「大阪の田辺聖子さんにハガキ、新作ゲキレイに」

とあるのを発見したときの驚きと感動。たしかにこのお葉書も頂戴したが、これも大事にしすぎてしまい場所わからず。しかもこのときどの本をお送りしたかの記憶すら、ない。しかし渺たる無名作家に、七十六歳の老大家が労をいとわず「ゲキレイ」の筆をとって下さったのだ。〈女は扶《たす》けあわなくては〉という、玲瓏《れいろう》たる吉屋さんのお声をきく思いがして、ふと、吉屋さんの句が浮んだ。

　冴ゆる夜を眼がしら熱き朱筆かな　　信子

――私事をのべてきたが、〈吉屋信子〉を書くことは私のかねてからの目標の一つだった。

　吉屋信子はあふれるほどの才能に恵まれ、終生、好きな物語を心ゆくまで謳《うた》いあげた。何ものからも自由で、誰にも掣肘《せいちゅう》されなかった。それを大衆はよろこび迎え、喝采した。作家としてこんな幸せな人はいない。

　もう一つの幸せは五十年の伴侶を得たこと。死の十か月前ぐらいで日記は中断しているが、

「千子と仲よくしビール半本を二人でのむ。彼女にカンシャ日毎におぼゆ」（昭和47・5・21）

「夜半便通しば〳〵苦しむ。千子もつきそい同情す。ひるビフテキに執着していぢ《ママ》めた。ごめんネ。世界でただ一人の人だのに」（同11・9）

秘書であり伴侶であり、莫逆の友である「ただ一人の人」にみとられて、信子は昭和四十八年七月十一日午前十一時十分、鎌倉の恵風園胃腸病院で死んだ。死因は直腸癌と発表される。

　遺骸が長谷の自宅へ戻ると、はや新聞記者たちが待ち受けていた。庭には咲き残りのつつじやあじさいが人々の目に入った。

　白木の棺の中へ、千代は一冊のノートと鉛筆を入れた。そしていった。

〈このひとは死ぬまで次の小説のことを考えていました。このノートと鉛筆は今朝までベッドのそばに置いてあったんです。……〉

　秀吉夫人〈ねね〉を次作に——と志している信子は冒頭をかきかけたまま逝ったが、病床で手ばなさなかった本は、安土桃山時代の歴史書だった。

　しかしすべては終った。千代は記者たちの取材にけなげにつきあい「笑顔すら見せて」いう（毎日新聞、昭和48・7・12）。

「私ももうすぐ死にますよ。吉屋さんは年をとっても少女の日のほの甘い香りを追い続けた人でした。私もそれに魅せられたのでしょう。五十年の月日も女人の夢でしょうか」

（同）

——万感こもる佳《よ》き感懐である。

葬儀は七月十三日午後一時から、鎌倉・長谷、高徳院の大仏殿書院で催された。白や黄の菊花に埋もれた中に、黒リボンの掛った遺影。ショートヘア、眼鏡の信子は斜め左を向いて談笑している。屈託ない笑顔だ。

〈紫雲院香誉信子大姉〉

遺影に贈られたのは勲三等瑞宝章だった。

この日、昨夜の雷雨は去って、夏の日ざしが暑かった。

友人を代表して長い友情を持ち続けた山高しげりが弔辞を捧げた。しげりはそのとき地婦連会長である（この葬儀の記事が載っている「週刊平凡」〈昭和48・7・26〉には「弔辞を読む山高しげりさん」とあるが、写真でみるとしげりは喪服の両手を前で重ね、マイクに向って話している。書いたものを読まずに〈信子の霊〉に話しかけるような弔辞だったのであろう）。しげりは前夜の通夜のあと、千代と枕をならべて寝たらしい。記事から引く。

「ずっと以前のことになるけど、私とあなたは、女に友情があるかどうかということで激論をしました。あなたは女に友情はありえないと強くいいました。

私はそのときに、大の親友だった千代子さんをつれていきました。それ以来、あなたと千代子さんの、五十四《ママ》年間にわたる友情がつづいたのです。

信子さんと千代子さんは、ご夫婦じゃないけれど、ふたりのあいだに結ばれたのは、宝石のようなつきあいでした。

今朝早く、私がお手洗いに行こうとしたら千代子さんが、

〝あなた、だいじょうぶ？〟

というんです。おそらく千代子さんは、私と信子さんをまちがえたのだと思うけど、私はほの暗い部屋の中で、あんなに美しい顔をはじめて見ました。おそらく今朝、私がかいま見たあの美しい表情で、千代子さんは信子さんを慰め、励まし、力づけてきたのでしょう」

千代はじっと聞いていて泣かなかった。女流作家として生涯を完《まっと》うできたことは幸せでしょう、としげりがのべたときも同じだった。

しかし最後にしげりが、

「それでは尽きないお別れをします。吉屋信子さま、さよなら、さよなら」

と結ぶと、堪えきれず、ハンカチを顔にあてた。

名士の花輪がおびただしく並び、弔問客の中には文壇人、芸能人たちも見られたが、会葬者三百人を算する中で、女性の姿が多かったと報道された。

その死亡記事の中でも、信子の紹介について偏向した文章が見られる。朝日新聞（昭和48・7・11）には、「吉屋さんがたったひとつ不服だったのは『通俗性』『浪花節』『センチ過剰』――などの批判だった」「批判されるたびに『それでもあたしには読者がついている』を口ぐせに反論、戦前、戦後を通じ、〝信者〟の多さを誇ってきたが、独身主義を貫き、家庭はさびしかった。晩年は三つ年下の女性秘書を『養妹』にして、広い邸宅で二人暮し。半世紀におよぶロングセラー作家はペンを握って求道ひとすじ、老嬢のまま世を去った」――無残なまでの紋切型記事。

　さきの「週刊平凡」には、

「華麗な名声とはうらはらに、吉屋さんの私生活は、必ずしもしあわせだったとはいえない」「この閨秀作家が味わった孤独感は、『一生バージンですごし、近づく男性もいなかった』（身内の話）ことではなかっただろうか」

と書いているが、「週刊平凡」ではさすがにそれに対する異議ものせている。これまた信子と長いつきあいの、内山基。

「男が研究生活や作家生活をし、そのかたわらに妻がいれば助けとなるけれども、それが逆だったら、女は自分のめざす道と家庭生活が両立しない。吉屋さんも、自分を独身主義者とは思っていなかったろう。けれども、独身をうちすててまで飛び込める男性にめぐりあえなかった。それというのも、文学に対する熱情と純粋さが、あまりに強かったからです。吉屋さんがあれだけの仕事ができたのは、自分の喜びのすべてを、書くということに打ち込んできた、女の執念だと思う。いわば一生をミューズ（芸術の女神）に捧げた人といえるでしょう」

一生をミューズに捧げつつ、しかも信子は千代という伴侶のおかげで〈家庭の幸福〉も知り、孤独感や寂寥感など味わったことはなかったのを、男たちは察し得ない。時代の社会的偏見の強さ、狭さを痛感する。

千代は信子の死後、朝日新聞社刊行の『吉屋信子全集』十二巻の仕事を終え、一人で山陰から萩への旅をする。昔、昭和二十六年に信子は珍しく千代を連れず萩へ取材にいった。それは新聞社側がつきそっていたからである。父祖の地を訪れ、感動したらしく、〈今度は一緒にね〉と千代と約していたのに、とうとういけずじまいだった。千代は心残りに思い、信子の死後、松江、出雲、萩、山口と思い出を辿るように歩いた。千代は最後の月報に書いている。

「（信子は）鋭い洞察や不機嫌な家父長みたいな一面も時にはみせたが、ふだんは実に天真爛漫、童児のごとくに無邪気で可愛い人だった。修養を積んで人格円満、寛仁大度《かんじんたいど》などというには程遠いが、素朴な我儘と優しさが同居し、物に熱中し、好奇心に溢れ、ごきげんなら機智と諧謔をまき散らすといった自然児だった。

五十年も一緒にいられたのはけっして一方的な私の忍耐や奉仕などではない。ずいぶん言い合いもし腹を立て、疳癪《ママ》も起させた。しかし幸いにもお互の信頼と尊敬を見失わずにすんだ。

人生の伴侶というか相棒というか、この人を得たことを私は仕合せに思っている」

千代はこの文章の終りに、澄んだ句をそっと置く。

「萩　松江　しぐるゝ旅をゆきゆきぬ」　千代

いまはすでにその千代も天界に還り、残るのは信子の作品ばかりである。

現在、信子の作品のどれもがすぐ入手できるというものではないので、私はその面白さを伝えようと能うかぎり縷述《るじゅつ》したが、同時に作品の風味をそこなわぬように、という点にも苦心を払った。しかし折あらば、原作をお読み頂きたいと希《ねが》う。信子作品の面白さはあらすじだけでは味わえない。この小著を読まれただけで信子作品を知ったと思われるのはせつないことである。

世間にもわりに信子に好意的な文学者の居られるのは心強いが、しかしその人々は、〈信子はわが評価を一変させんと戦後純文学志向となり、『鬼火』や『底のぬけた柄杓《ひしゃく》』、あるいは『私の見た人』『自伝的女流文壇史』などを書いて刮目《かつもく》され、真価を発揮した〉と認識され、そのゆえに信子を認められるようである。

『鬼火』も悪くはない作品だが、この程度の作品は、それ以後、いくらも信子は書いている。この作品のみとりたてて喧伝《けんでん》されるのは、たまたまこれが〈女流文学者会賞〉という〝純文学〟系の賞を受けたのでそれがお墨付となり、権威が定着して流布したのであろう。また『私の見た人』『底のぬけた柄杓』はいうなら信子の余技である。それらを以て信子文学の尤物《ゆうぶつ》の如くあげつらわれるのは、信子にとって気の毒である。

右の作品はたしかに信子の〈衣の下の鎧《よろい》〉をチラとみせたというべく、〈見るべきは見、衝《つ》くべきは衝《つ》く〉という、信子の作家としてのあっぱれ面《つら》だましいを示している。しかし実をいえば、信子文学はそれらを踏まえた上にある。〈作家の面だましい〉のきびしさ、鋭さを、靉靆《あいたい》たる〝物語の甘美〟で掩《おお》い、嫋々《じょうじょう》たる筆づかいで、登場人物の情感を訴える。〈物語〉のうしろに、宇宙の時間が、人間の生死が、人力で如何ともしがたい栄枯の運命が流れてゆく。

ためいきのように全篇を吹き渡る風は明るい無常感である。

信子はそこまで到達した。

思えば信子は『良人《おっと》の貞操』や『女の友情』で世に喜び迎えられたが、それらは信子のいわばホビーの如き文学だった。戦後の社会転変を経て信子の思索と文学的理念は深まった。『安宅家の人々』や『ときの声』を足がかりに、更に信子は雲海の上へ突きぬけた感がある。

七十五歳に到った信子の小説は、もはやホビーの枠から脱し、小説の精髄に迫る。『徳川の夫人たち』にも『女人平家』にも人の世の悲しみを底に湛えながら、颯々《さっさつ》たる清風に身を任せ、悠々と筆を執り、楽しむ。〈これを知る者は、これを好む者に如《し》かず。これを好む者は、これを楽しむ者に如《し》かず〉のたたずまいというべきか。

私は信子作品中の白眉は、短篇では『鶴』、長篇では『女人平家』ではないかと思う。それにつづくのは『徳川の夫人たち』であろうか。晩年ほど佳作を世に送り出したというのはおそるべき作家的腕力といっていい（この点林芙美子も相伯仲する）。

信子の晩年の私的生活は、『徳川の夫人たち』や『女人平家』にすっかり埋没している。ようやく自覚しはじめた体の不調、相次ぐ知己友人の長逝……〈持ち時間〉と〈計画〉を較べながらの〈仕事〉だった。信子には漠然と命終《みょうじゅう》の予感があったのかもしれない。みずからは現《うつ》そ身のまま『徳川の夫人たち』のお万の方《かた》や『女人平家』の佑子姫のイメージに生きて、酔夢のうちに最晩年を送り、そして燃え尽きたという印象である。しかしできあがった作品は苦渋のあとをとどめず、まことに渺茫として足どりかろく、天衣無縫の寛闊、それでいて匂やかに艶冶《えんや》である。その気分に薫染《くんせん》させられつつ、〈信子ワールド〉に引きこまれつつ……いつか、信子とお別れのときを読者に持って頂こうと思い、『女人平家』の終章と信子の病床をつないだ。この小著の読了後も、仄《ほの》かな『女人平家』の余韻がただようようにと念じながら。……

なお、信子の少女時代、娘時代のころは一部、フィクションを交え、その人生を描出した。出拠は『花物語』や初期の小説・習作群である。〈評伝〉というものは、ことに文学者が対象である場合、その作品から放たれるエーテルとイメージによって、対象をフィクション化したほうが、かえって実像に迫り、核心を把握しやすい。それも〈評伝〉という文芸ジャンルの特典で、一形式として許されるであろうと思う（但し、現時点で知れる限りの事実関係の変改、日記・書簡の改竄は一切ない）。

こうして信子の生涯の業績を俯瞰すると、信子文学の面白さは現代文学のどこの範疇（純文学やエンターテインメント）にも入りきれぬていのものかもしれぬと気付かされる。しかしいかにも民族の郷愁に通う文学なので、こののちも忘れられず、細い流れながら永遠に愛されそうな気もする。

近時、信子はフェミニストの先進者として論じられることも多い。信子の思想は理論から入ったのではなく実人生の手重い実感から生れ、血肉となったものである。成育環境も時代風潮も、感受性強く聡明な少女にとって、ことごとく批判と反感の対象となった。男権主義思潮が世を掩うなかで、その反動として信子は〝女人讃歌〟を、一管の筆に托して謳う。

しかし、かいなでのフェミニストとちがうところは、信子は男のもてる佳《よ》きもの、美質、愛すべきものを見出し、嘉《よみ》し、渾身の力こめて造型するのである。

信子は年経《ふ》るにしたがい、男の描写に練達する。——世の偏狭な一知半解のともがらが、したり顔にいう、〈家庭の幸福を知らぬ孤独の老嬢〉が、なぜこれほど豊穣で風趣に富む男性像を描き得るのか。

『徳川の夫人たち』の徳川家光、『女人平家』の平清盛、大江広元。

信子の文学的風土はゆたかで巨《おお》きい。——みな、いい男たちだ。いい女を夢みた信子は、いい男もまた、夢みることのできる、瑞々《みずみず》とした情感をもっていた。

これをいうなら、『良人の貞操』の主人公、水上信也は、東京に住む電気技師のサラリーマン・水上信也、というよりも、ただ小説の構成要員の一部として嵌《は》めこまれた〈男〉、男の図式の代表という印象でしか、なかった。

しかし『徳川の夫人たち』における徳川家光、『女人平家』の平清盛や大江広元は、充分に、もはや、〈家光〉であり、〈清盛〉であり、〈広元〉そのものであった。

信子は、〈男の図式〉をつきぬけ、〈家光〉や〈清盛〉や〈広元〉を造型し得た。ただし、今までのどの作家も試みなかったゆたかな〈物語宇宙〉の中で。彼女が〈日本文学の殿堂〉に打ちこんだ〈黄金の釘〉は、ほかのそれとはすこしスタイルこそ違え、巧緻で豪奢な美しい一本の釘であることにちがいない。

なお小著では、信子の軌跡とともに、女流作家史とでもいうべく、近代女流の活躍も視界におさめて展望することを意図した。のちの時代の女流への示唆ともなれば幸いである。

かえりみればこの稿の連載第一回は一九九三年の「月刊Ａｓａｈｉ」であった。途中から発表誌が変り「アサヒグラフ」となり、足かけ六年に及ぶ連載となった。それ以前の取材期間を含めれば、ほぼ十年を閲《けみ》している。長い旅であった。

鎌倉大仏裏の信子の墓に、（お待たせしました……）と小著を捧げたいが、童女のような〈信子さん〉はもはや浮世の俗念から離れて、悠々と天界の風に吹かれていられるだろうか。

取材に当っては巌谷大四氏、瀬戸内寂聴さん、吉武輝子さんらにお話をうかがい、また「月刊Ａｓａｈｉ」編集部員であられた中村謙氏、坂本弘子さん、「アサヒグラフ」編集部の古澤陽子さん、林るみさんにはお世話になった。また資料あつめでひとしおご苦労をおかけしたおなじ朝日新聞出版局の前田秀男氏、書籍編集部の矢坂美紀子さん、歴代編集長、編集部の方々に心からお礼申上げたい。なお、小著を美しいイラストレーションで飾って下さった山口はるみ氏と、それを更に魅力あらしめるべく努めて下さった装幀の中島かほる氏に満腔の謝意を表する。

吉屋信子の文壇的出発はそもそも朝日新聞の懸賞小説であり、『徳川の夫人たち』連載も朝日新聞であった。ゆくりなく小著も同社から刊行して頂けることになり、ご縁の浅からざるを思う。すでに頽齢《たいれい》蹉跎《さだ》たるわが生、非才の身ではあるけれど、〈信子讃歌〉を書くのにどうやら間に合ったかと、ほっとしている。関係者のご支援のおかげと感謝します。

平成十一年七月七日、奇しくも信子忌の七月十一日を前にして

田辺聖子

文庫のためのあとがき

私が吉屋信子をほぼ十年がかりで書きあげたのは平成十一年であった（取材に着手した年月から指折りかぞえてみれば、十年になる）。

そしてその翌年、ゆくりなくも平成十二年度の文化功労者の一人、という栄誉を受けることとなったのは、これは偶然の僥倖であろうか？　私には、亡き吉屋信子が少女のように羞じらいつつ、微笑みながら、その幸運に手をかしてくれたような気がしてならないのである。

（今まで誰も、わたしの評伝を書いてくれなかったけど、あなたがはじめて、書いてくれたから……）

といいたそうに思える。

（いいえ、信子先生。これからきっと、信子先生の読者が、あらわれますよ。私はその、ミチをつけただけです……）

と私はいいたかった。

平成十二年の十一月六日、秋晴れの朝、東京のホテルオークラで、「文化功労者顕彰式」は行なわれた。日の丸の旗が掲げられた一室で、十六人の功労者は、にこやかな文部大臣から顕彰状を頂く。厳粛荘重ななかにも暖い雰囲気であった。そのあとバスに乗って皇居へ向う。皇居で〈お茶の会〉があるとのことだったが、それはフランス料理のフルコースであった。青々としたさつきの植えられた庭園に面する大広間である。文化勲章の受章者・文化功労者たちがそれぞれのテーブルに分れて席につくのだが、私は同じテーブルに見知り越しの河合隼雄先生がいらしたので、心強かった。

テーブルには空席が二つある。そこへ皇族がたがお二人ずつ坐られ、受章者たちとともに食事と談笑を楽しまれること、しばし、ややあってまたおたちになり、次のお二方が席につかれる、という具合で、全テーブルをめぐられるのだった。皇族方みなさまのお身のこなしは、きわめて優雅でしかも軽快でいられる。席についたままのわれわれは、ごく自然に、談笑をとぎらせることなく、宮さまがたをお迎えし、お見送りすることになり、午餐会はたのしくつづく。

何番目かのとき、天皇さまと皇后さまが席につかれた。天皇さまは右手の受章者にすぐ、何ごとか話しかけられ、皇后さまは隣の席の私に最近作をおたずねになる。私は『ゆめはるか吉屋信子』を書きました、と申しあげると、

〈まあ、なつかしい名前！〉

と玲瓏《れいろう》たる皇后さまの美しいソプラノがひびきわたった。

〈吉屋信子さんは、わたくしの少女時代の愛読書でしたのよ〉

そして、『花物語』『紅雀』『桜貝』……とすらすら、信子の少女小説のタイトルをあげられる。終戦後のこととて、自由に本が入手できず、友達と貸し借りしあって、

〈夢中で読みましたのよ……〉

いつか、皇后さまのお話に、テーブルの人々は楽しく聴き入り、天皇さまも微笑を浮べられる。皇后さまのお言葉は平易でありながら、品格ある美しい日本語である。明晰なご発音。そして珠を転がすような、と古くから日本で愛用される美声の表現がいかにも似つかわしいお声。信子の少女小説がいかにたのしく、すがすがしくも美しかったかを頬を染めて語られる。

私もつい、身をのり出してお答えする。そうでございます、信子は少女小説こそ、力をこめて書きました、手ぬきも妥協もしませんでした、何といっても、〈少女〉に読ませるのだから、と。……

——信子先生、聞いて頂けました？

信子先生の〈少女〉にそそぐ愛と情熱は何十年後も読者の心を、美しく染めるのですよ。齢《よわい》を重ねても、そのかみの夢見心地を、女人たちは忘れないのですよ。愛を、誠実を、女人の誇りを、思いやりの心、いたわりの心、それらのやさしみを、少女よ、忘れないで、

と訴えつづけた、あなたの少女文学は、女人の心のうちに、生涯の花を咲かせたのです。

私は心で〈信子先生〉にそう伝え、席をおたちになる両陛下を、テーブルの方々とともに起《た》って、お見送りしたことだった。この幸せな思いを、本書を手にとって下さった皆様にもお伝えしたくて、文庫版のために書き加えた。

平成十四年如月

田辺聖子

参考資料

〈吉屋信子著書〉

＊全集

『吉屋信子全集』全十二巻、朝日新聞社、昭和50〜51
『吉屋信子全集』全十二巻、新潮社、昭和10
『吉屋信子長篇代表作選集』向日書館、昭和28

＊単行本

「黒薔薇」（信子個人雑誌）交蘭社、大正14
『渦潮』新潮社、大正12
『古き哀愁』交蘭社、大正14
『返へ《ママ》らぬ日』交蘭社、大正15
『異国点景』民友社、昭和5
『私の雑記帳』実業之日本社、昭和12
『最近私の見てきた蘭印』主婦之友社、昭和16
『街の子だち』東和社、昭和22
『白き手の人々』鷺ノ宮書房、昭和22
『双鏡』北光書房、昭和23
『歌枕』矢貴書店、昭和23
『童貞』東和社、昭和24
『青いノート』東和社、昭和24
『月ののぼる町』東方社、昭和27
『源氏物語　わが祖母の教え給いし』大日本雄弁会講談社、昭和29
『苦楽の園』新潮社、昭和29
『もう一人の私』中央公論社、昭和30
『嫉妬』新潮社、昭和32
『白いハンケチ』ダヴィッド社、昭和32
『自伝的女流文壇史』中央公論社、昭和37
『ある女人像——近代女流歌人伝』中央公論社、昭和40
『徳川の夫人たち』朝日新聞社、昭和41
『作家の対話』文藝春秋、昭和43
『千鳥』読売新聞社、昭和45
『花物語』他少女小説十巻、ポプラ社文庫、昭和52

『作家の自伝』日本図書センター、平成10
『花物語』（復刻）新装版、国書刊行会、平成7
『鈴蘭のたより』宝文館、大正13
『ペンと毛筆の肉筆はがき文集』（「主婦之友」昭和11・9付録）

〈吉屋信子資料、その他評伝、文学史など〉

『女人吉屋信子』吉武輝子、文春文庫、昭和61
『婦人作家評伝』板垣直子、角川文庫、昭和31
『吉屋信子　隠れフェミニスト』駒尺喜美、リブロポート、平成6
『愛と誇りと　女・労働・文化』吉武輝子、未来社、昭和62
『風を見ていたひと　回想の吉屋信子』吉屋えい子、朝日新聞社、平成4
『楡の木の下で　オランダで想うこと』吉屋敬、未来社、平成2
『おんな撩乱』永畑道子、藤原書店、平成5
『矢田津世子宛書簡』紅野敏郎編、朝日書林、平成8
『私の大衆文壇史』萱原宏一、青蛙房、昭和47
『歴史文学論——変革期の視座』尾崎秀樹、勁草書房、昭和51
『大衆文芸図誌——装釘・挿絵にみる昭和ロマンの世界』八木昇、新人物往来社、昭和52
『明治大正の文学者』中村武羅夫、留女書店、昭和24
『座談会　昭和文壇史』野口冨士男編、講談社、昭和51
『昭和文学盛衰史』高見順、文春文庫、昭和62
『かまくら文壇史　近代文学を極めた文士群像』巌谷大四、かまくら春秋社、平成2
『大衆文学の歴史』尾崎秀樹、講談社、平成1
『徳富蘇峰と国民新聞』有山輝雄、吉川弘文館、平成4
『蘇峰とその時代——よせられた書簡から』高野静子、中央公論社、昭和63
『昭和文学史』平野謙、筑摩書房、昭和38
『大正文学史』臼井吉見、筑摩書房、昭和60（叢書版）

『誰も書かないから僕が書く――隠された文壇史』中河与一、青春出版社、昭和55
『さしえの50年』尾崎秀樹、平凡社、昭和62
『谷中村滅亡史』荒畑寒村（平民書房明治40、新泉社昭和45、現在、岩波文庫より刊行）
『渡良瀬川』大鹿卓、中央公論社、昭和16
『谷中村事件』大鹿卓、大日本雄弁会講談社、昭和32
『谷中から来た人たち――足尾鉱毒移民と田中正造』小池喜孝、新人物往来社、昭和47
『復刻佐渡新聞』山本修之助編、佐渡叢書刊行会、昭和56
『佐渡の百年』山本修之助著、佐渡郷土文化の会、昭和47
『女性新道』相馬基編、東京日日・大阪毎日新聞社、昭和17
『大正のきもの』近藤富枝責任編集、財団法人民族衣裳文化普及協会、昭和55
『日本と携へて』汪精衛、朝日新聞社、昭和16
『増上寺　徳川将軍墓とその遺品遺体』鈴木尚・矢島恭介・山辺知行編、東京大学出版会、昭和42
『ビジュアルブック江戸東京別巻　震災復興大東京絵はがき』近藤信行編、岩波書店、平成5
『なつかしき東京　石黒コレクション』石黒敬章編、講談社、平成4
『与謝野晶子　昭和期を中心に』香内信子、ドメス出版、平成5
『風の花嫁たち――古今女性群像』大岡信、社会思想社、昭和55
『華の乱』永畑道子、新評論社、昭和62
『わたしの森田たま』〝わたしの森田たま〟刊行会、東京文化センター編集・出版、昭和47
『かの子の記』岡本一平、小学館、昭和17
『岡本一平　漫画漫文集』清水勲編、岩波文庫、平成7
『炎の女――大正女性生活史』永畑道子、新評論、昭和56
『山の動く日きたる　評伝与謝野晶子』山本千恵、大月書店、昭和61

『長谷川時雨——人と生涯』長谷川仁・紅野敏郎編、ドメス出版、昭和57
『「輝ク」の時代——長谷川時雨とその周辺』尾形明子、ドメス出版、平成5
『女人芸術の世界——長谷川時雨とその周辺』尾形明子、ドメス出版、昭和55
『女人芸術の人びと』尾形明子、ドメス出版、昭和56
『評伝　長谷川時雨』岩橋邦枝、筑摩書房、平成5
『林芙美子』平林たい子、新潮社、昭和44
『平林たい子追悼文集』平林たい子記念文学会、昭和48
『世界文藝名作画譜』酒井清・高畠華宵、一進堂、昭和2
『啄木かるた』中原淳一、国書刊行会、昭和60
『ABC絵本』中原淳一、国書刊行会、昭和61
『シンデレラ姫』中原淳一（淳一文庫）、国書刊行会、昭和60
『名作絵物語』中原淳一（淳一文庫）、国書刊行会、昭和60
『宝塚物語』中原淳一（淳一文庫）、国書刊行会、昭和60
『中原淳一人形集——すぐ出来るぬいぐるみ』中原淳一、国書刊行会、昭和61
『中原淳一画集』講談社、昭和50
『中原淳一画集　二』講談社、昭和52
『七人のお姫さま——おもいでの童話の絵本』中原淳一（淳一文庫）、国書刊行会、昭和60
『おもいでの中原淳一画集』葦原邦子編、講談社、昭和59
『中原淳一・葦原邦子展』読売新聞社、平成8
『誰だ？　花園を荒す者は！』中村武羅夫、新潮社、昭和5（日本図書センター復刻、平成2）
『しのぶ草　野間左衛追悼録』〝野間左衛追悼録編纂会〟編、昭和32
『二・二六事件』松本清張、文藝春秋、昭和61
『近代の恋愛観』厨川白村、改造文庫、昭和8
『恋愛と結婚』エレン・ケイ著／原田実訳、岩波文庫、上・昭和5、下・昭和6

『菊池寛　話の屑籠と半自叙伝』菊池寛、菊池寛生誕100年記念出版・文藝春秋、昭和63
『菊池寛　短篇と戯曲』菊池寛生誕100年記念出版・文藝春秋、昭和63
『菊池寛伝』菊池寛記念館、平成5
『逸話に生きる菊池寛』文藝春秋、平成4
『あめゆきさんの歌　山田わかの数奇なる生涯』山崎朋子、文春文庫、昭和56
『梨本宮伊都子妃の日記　皇族妃の見た明治・大正・昭和』小田部雄次、小学館、平成3
『幾山河　瀬島龍三回想録』瀬島龍三、産経新聞社、平成7
『日本の童画』田中重弥編、第一法規出版、昭和56

〈夢二関係〉

『竹久夢二』細野正信、保育社、昭和47
『竹久夢二写真館「女」』栗田勇編著、新潮社〝とんぼの本〟、昭和57
『すながき』竹久夢二、時代社、昭和15
『露台薄暮』ゆめ・たけひさ、春陽堂、昭和3
『青い小径』竹久夢二、野ばら社、昭和32
『風のやうに』竹久夢二、龍星閣、昭和34
『忘れ得ぬ人――竹久夢二』澤田伊四郎編、龍星閣、昭和44
『花のおも影――竹久夢二』澤田伊四郎編、龍星閣、昭和44
『秘薬紫雪』竹久夢二、ノーベル書房、昭和50
『夢二』竹久夢二、ワグナー出版、昭和48
『愛せしこの身なれど――竹久夢二と妻他万喜』林えり子、集英社文庫、平成1
『待てど暮せど来ぬひとを――小説竹久夢二』近藤富枝、講談社、昭和62
『夢二書簡』長田幹雄編、夢寺書房、平成3
『凝視』澤田伊四郎編、龍星閣、昭和46
『書窓――夢二スケッチ帖抄』恩地孝四郎編、アオイ書房、昭和13
『さすらいの抒情画家――竹久夢二展』毎日新聞社編、昭和51
『大正期の愛とロマンの世界――竹久夢二展』サ

ンケイ新聞社編、昭和52

〈一般小説・エッセー・詩歌集など〉

『澄める青空』生田春月、新潮社、大正11
『コブシ』小杉天外、龍光閣、明治41
『あきらめ・木乃伊の口紅』田村俊子、岩波文庫、昭和27
『幽芳集』菊池幽芳、大正名著文庫、至誠堂、大正4
『素木しづ作品集　その文学と生涯』素木しづ著／山田昭夫編、北書房、昭和45
『佐佐木ふさ作品集』女流文学者会編、中央公論社、昭和31
『生くる日の限り』吉田絃二郎、大同館書店、大正6
『良人の自白』木下尚江、岩波文庫、昭和28
『火の柱』木下尚江、岩波文庫、昭和29
『海底軍艦』押川春浪、文武堂、明治33
『新造軍艦』押川春浪、文武堂、明治37
『新日本島』押川春浪、文武堂、明治39
『東洋武侠団』押川春浪、文武堂、明治40
『武侠の日本』押川春浪、博文館、明治35
『武侠艦隊』押川春浪、博文館、明治37
『岡本かの子選集』萬里閣、昭和22
『田村俊子』瀬戸内晴美、文藝春秋、昭和36
『かの子撩乱』瀬戸内晴美、講談社、昭和46
『松田瓊《けい》子《こ》全集』松田瓊子、大空社、平成9
『豪胆の人』阿部牧郎、祥伝社、平成9
『野上弥生子随筆集』竹西寛子編、岩波文庫、平成7
『娘時代』大迫倫子、偕成社、昭和15
『戦線』林芙美子、朝日新聞社、昭和13
『北岸部隊』林芙美子、中央公論社、昭和14
『乙女の港』川端康成、実業之日本社、昭和13
『煤煙』森田草平、飛鳥書店、昭和22
『自伝的交友録・実感的作家論』平林たい子、文藝春秋新社、昭和35
『女弟子』山田順子、ゆき書房、昭和29
『虹の秘密』片岡鐵兵、三河書房、昭和23
『創作ノート』林芙美子、酣燈社、昭和22

『波濤』林芙美子、東京朝日新聞、昭和13〜14
『きもの随筆』森田たま、文藝春秋新社、昭和29
『随筆歳時記』森田たま、中央公論社、昭和15
『母子福祉四十年』山高しげり、翔文社、昭和52
『随想集　山鷺』山高しげり、牧羊社、昭和50
『溶岩流——若き日の山高しげり』山高東編、ドメス出版、昭和58
『雨期来る　ジャワ従軍記』北原武夫、文體社、昭和18
『傑作長篇小説三人集　菊池寛、久米正雄、吉屋信子』講談社、「婦人倶楽部」昭和12・2付録
『妾の半生涯』福田英子、岩波文庫、昭和33
『新しきシベリアを横切る』中条百合子、内外社、昭和6
『明けゆく空』藤蔭静枝歌集、藤蔭会、昭和18
『白孔雀』九条武子、太白社、昭和4
『微苦笑芸術』久米正雄、新潮社、大正13
『破船』久米正雄、鷺ノ宮書房、昭和22
『孤高の人』瀬戸内寂聴、筑摩書房、平成9
『地上』島田清次郎、新潮社、大正8
『文壇大家花形の自叙伝　附・現代文藝家名鑑』講談社、「現代」昭和11・10特大号附録
『わが俳句交遊記』車谷弘、角川書店、昭和51
『午後おそい客——ベスト・エッセイ集'84年版』日本エッセイスト・クラブ編、城山三郎他、文藝春秋、昭和59
『西條八十詩集』三井ふたばこ編、新潮社、昭和38
『ピエリアの薔薇——ギリシア詞歌集選　沓掛良彦訳詩集』白馬書房、昭和62
『サッフォー　詩と生涯』沓掛良彦、平凡社、昭和63

〈新聞・全集・事典・辞典など〉

『新聞集成明治編年史』明治大正昭和新聞研究会
『新聞集成大正編年史』明治大正昭和新聞研究会
『新聞集成昭和編年史』明治大正昭和新聞研究会
『昭和　二万日の全記録』講談社
『一億人の昭和史』毎日新聞社
『写真図説　明治百年の歴史』講談社

『画報近代百年史』日本近代史研究会編、代表者・服部之総、国際文化情報社
『図説国民の歴史』日本近代史研究会編、国文社
『国史大辞典』吉川弘文館
『日本近代文学大事典』日本近代文学館、小田切進編、講談社
『日本現代文学大事典』明治書院
『異国叢書』雄松堂書店、昭和41復刻
『日本の文学』中央公論社
『日本の歴史』中央公論社
『日本の近世』中央公論社
『新日本古典文学大系』岩波書店
『新潮日本古典集成』新潮社
『日本古典文学全集』小学館
『近代日本の女性史』集英社、昭和52
『新潮日本文学アルバム』新潮社
『日本人名大辞典』平凡社、昭和54
『三田村鳶魚　江戸武家事典』稲垣史生編、青蛙房、昭和33
『三田村鳶魚　江戸生活事典』稲垣史生編、青蛙房、昭和34
『林芙美子全集』新潮社、昭和27
『菊池寛全集』平凡社、昭和4
『谷崎潤一郎全集』中央公論社
『定本　与謝野晶子全集』講談社
『泉鏡花全集』岩波書店、昭和14
『永井荷風全集』岩波書店
『芥川龍之介全集』岩波書店
『金子光晴全集』中央公論社
『生田春月全集』生田花世・博孝編、飯塚書房、昭和56
『日本絵巻大成』中央公論社
『演藝画報』（明治篇）三一書房、昭和42
『現代文学全集』田村俊子・野上弥生子・中条百合子、改造社、昭和6

〈雑誌・雑資料〉
「婦人之友」「主婦之友」「婦人倶楽部」「婦人公論」「スタイル」「新女苑」「少女の友」「主婦と生活」「婦人ライフ」「ホーム」「少女」「ひまわ

り」「婦人文庫」「婦人画報」「婦人クラブ」（国際情報社、大正14・11）「文藝春秋」「別冊文藝春秋」「話」「中央公論」「改造」「新潮」「新潮45」「鳩よ！」「短歌」「文章倶楽部」「週刊朝日」「家の光」「風景」

＊復刻版

「女人藝術」「輝ク」「女人大衆」

「雑誌・女性」（日本図書センター）

「青鞜」

「皇太子殿下行啓記念号」栃木県下都賀郡立栃木高等女学校校友会、明治43

「栃木高女校友会誌」2号、4号、22号

「栃木県立栃木女子高等学校校舎落成記念創立六十五年誌」65年史編集委員会、昭和41

'91市勢要覧『栃木』市制施行五十五周年記念」平成2

「栃木市の歴史」日向野徳久、栃木市発行、昭和41

「鹿沼市立図書館機関誌――あなたのとしょかん」昭和55

❖付録…吉屋信子のアルバム③

原稿用紙を前に（1948年）

女流文学者会の集まり（1952 年）　前列左から真杉静枝、板垣直子、中里恒子、吉屋信子、三宅艶子、大原富枝、阿部光子、大谷藤子。後列左から宇野千代、壺井栄、網野菊。

林芙美子と（1951 年）
東紅会の木更津旅行で。

上：**愛馬・イチモンジと**（1955年）　この年のＮＨＫ杯で優勝した。

右：**瀬戸内晴美と**（1962年）　岡本かの子文学碑除幕式で。

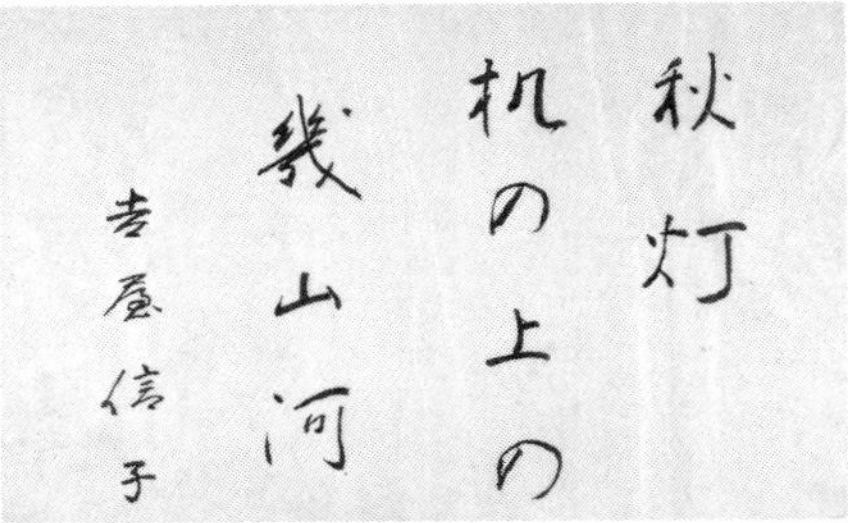

書「秋灯机の上の幾山河」　母校の栃木女子高等学校にこの句を刻んだ文学碑が立てられた。

鎌倉・長谷の自宅書斎で（1962年）

〔写真提供・所蔵〕
p421上：日本近代文学館
上記以外：神奈川近代文学館

解説　吉屋信子復権

上野千鶴子

　世の中には、一世を風靡した人気作家なのに、文学史に残らない人々がいる。大衆作家とか中間小説家と呼ばれる人々である。そのなかでも、山本周五郎とか中里介山などの男性作家は読みつがれるのに、女性作家はそうでない。とりわけ、彼女が「女・子ども」向けの作品を書く作家だった場合には。吉屋信子というひとがそのひとりである。なぜなら文学史とはこれまで、主として男性によって書かれてきたからである。

　吉屋信子。徳富蘇峰から「ふるやのぶこ」とまちがえられるほど無名の少女小説の作家だった。明治生まれ、一九七三年に七十七歳で物故するまで、おびただしい小説やエッセイを書いた。新聞や雑誌に同時に何本もの連載を持つ人気作家で、その多くが映画やＴＶに映像化された。少女雑誌の投書家としてスタートし、懸賞小説に当選し、売れっ子作家になり、筆一本で金を稼いだ。有名建築家の手になる純和風の豪邸を建て、自動車を買って運転手を雇い、憧れの巴里に一年間暮らし、断髪洋装でおしゃれにもカネに糸目をつけず、独身を通してその生き方もモデルになった。晩年に紫綬褒章を受章し、功なり名遂げたこの女性の評伝を、お聖さんこと田辺聖子さんが満を持して書き上げた。一九八九年に取材に入ってから十年かけて、単行本は上下二巻、四〇〇字詰め原稿用紙二三〇〇枚に及ぶ力作である。

お聖さんは口惜しいのである。「女子ども」の文学が不当に貶められているのが。純文学が大衆小説や中間小説より、えらそうにしているのが。女の作家が「女流文学」といっしょくたにされて、下に見られているのが。女の間に友情が成り立たないと信じられていることが。生涯結婚しない女が、「女の幸福」を知らない欠陥品の「さみしい」女だとあなどられていることが。どんな職業の女でも、その女の能力や業績より、容貌で判定されるのが。そしてその偏見をつくりだしているのが、ほかならぬ男の批評家や男メディアの担い手であることが。

一九二八年生まれの聖子さんは、一八九六年生まれの信子と三十二歳の年齢差がある。だが、明治生まれの信子の悔しさはそのまんま、聖子さんの悔しさと重なっているだろうし、これをたった今読んでいるあなた自身の悔しさとも重なっているだろう。つまりこの世の中は、信子や聖子さんが生きていた時代と、あまり変わっていない、ということだ。二〇〇二年刊の朝日文庫版解説者、斎藤美奈子さんは「静かな義憤」と書くが、静かどころではない。全編に熱い怒りがたぎっている。

フェミニスト文学批評はこの「悔しさ」を学問にした。エレーヌ・ショウォルターは「フェミニズム文学批評」をふたつに分けた。ひとつは忘れられた、あるいは不当に低い評価を受けた女性作家を再評価するガイノクリティシズム、もうひとつは不当に高い評価を受けた男性の文学をジェンダー視点から読み直す狭義の「フェミニズム批評」。聖子さんの吉屋信子論は前者、富岡多恵子・小倉千加子とわたしの共著『男流文学論』（一九九二年）は後者。吉屋信子についてはすでに吉武輝子の『女人吉屋信子』（一九八二年）と、駒尺喜美の『吉屋信子　隠れフェミニスト』（一九九四年）の二冊がある。だが、この二冊を読んで、聖子さんの作家魂はうずいたに違いない。読む楽しさ、書く歓び、作家の哀楽を知っている自分が書かなくては、と。聖子さん自身も少女雑誌への投稿から出発し、二〇一九年に九十一歳で物故するまで、書きに書きまくった人気作家だった。そして聖子さん自身の作品も、信子と似たような扱いを受けた。この評伝はどこからどこまでが信子の声でどこからが聖子さん自身の声なのか、思わず読み迷いそうになる憑依の文体で書かれている。

「吉屋信子は醜女だという人がある。」

冒頭の一行がここから始まって、ドキリとする。「信子は生涯、その容姿をあげつらわれることが多かった」とある。信子だけではないだろう、聖子さんも同じ経験をしたはずだ。それだけではない、あらゆる女が同じ経験をしている。どんなに無能な男でも、女をその外見で裁断する権利が自分の手の内にある、と傲慢にも勘違いしている。「美人」と呼ぼうが「ブス」と呼ぼうが同じことだ。それに「ルッキズム（外見差別）」という名前が与えられた今日でも、SNS上にはちょっとでも目立つ言動をした女性の外見への中傷があふれている。

少女小説はわけても二流の文学として扱われた。信子の作品に若い頃耽溺した聖子さんは、それもガマンならない。「吉屋さんは昔ぼくらは侮蔑の対象としてしか考えなかった」と証言するのは、小田切秀雄である。古谷綱武は「一応小説として形が整つてゐるといふだけであつて、決して巧いとはいへない」と酷評する。聖子さんがもっとも辛辣に批判したのが、当時の大物批評家、小林秀雄である。小林は『女の友情』を評して、こう言う。「この本はほんの少しばかり読んで止めた。……いかにも面白くないので到底我慢が続かなかつたのだ。（中略）まるで子供の弱点を摑まへてひつかける文体である」

これに対して聖子さんは「この文は率直にいって小林の〈男を下げた〉というもの、品位を欠いた批評であって……公表すべき文章とも思われぬ」「志の低い悪文」と手厳しい。ネットの世界でなくても過去の発言は残る。気をつけたほうがよい。

純文学系の作家は、大衆文学の作家が売れていることも気に入らない。信子は菊池寛の口調を借りてこういう。

「いま大衆小説を書いてゐる人達は純文学を書かうと思へばすぐ書けるけど、純文学を書いてゐる人に、いま大衆小説を書けつたつてとても書けないつて……」

これも聖子さん自身の感慨であろう。「売れる」というのはマーケットが下す評価である。文句があったら売れてみろ、と言いたい思いだろう。出版界に女性読者というマーケットが登場したのだ。信子は遺言状にあたる読者へのメッセージに、こう書き残している。

「私が作家としての生涯を送れたのはこれまったく読者の方たち（おもに女性）のおかげでございました」

女性の作家の中には女性同士の確執や底意地の悪さを描くのがうまい書き手もいるが、信子の作品には女性に対する信頼があふれている。『女の友情』も『良人の貞操』も、女のあいだには友情など成り立たないと思われていた時代に女性の友情を信じ、また夫婦の間の誠実を謳いあげる。女性作家を束ねた女流文学者会に参加し、リーダー格になった。新築した広壮な邸宅を提供して、訪問客が絶えなかった。男あるじのいない女だけの世帯で気がねなく出入りできるところは、女家長だった樋口一葉の陋屋と同じである。

聖子さんは、信子が吉武輝子に語ったということばを書きのこす。

「いつの時代でも、女が女にやさしくあり合わなくてはね」

レズビアンとは名乗らなかったが、パートナーであり、盟友であり、秘書であり、一家を仕切る主婦でもあった門馬千代の采配や客あしらいも功があったことだろう。信子は終生、相愛の千代に支えられる喜びと、多くの女友だちに恵まれた。それを男メディアは「一生バージンですごし、近づく男性もいなかった」「閨秀作家の孤独」とステレオタイプに描く。女の幸福は男によって与えられなければならないと信じる彼らは、「男無用」の幸福がよほど理解できないらしい。

吉屋信子の評伝なのに、本書は冒頭からえんえんと足尾鉱毒事件の田中正造翁の記述に充てられる。それというのも谷中村滅亡の最終段階に立ち合った郡長、吉屋雄一が信子の父親であるという奇縁からである。だがそれだけではない。本書には大杉栄に関する記述もたくさん登場するし、竹久夢二についての記述も分厚い。それぞれ、大杉栄は子どもの頃に近所に住んでいた「大杉のお坊ちゃま」だったり、夢二にはあこがれて手紙を出したりという信子との縁があるからだが、それだけでは説明できないほど、多くのページが割かれている。だがそれはたんに筆が滑ったとか、脇道に入ったとかで書かれたのではない。本書の魅力のひとつは、吉屋信子の評伝という一本の糸を通して、彼女の生きた同時代史がタペストリーのように重厚に織りなされていることだろう。巻末の参考文献目録を見れば、そのために聖子さんがどれほどの資料を渉猟したかがわかる。だからこそ、『自伝的女流文壇史』に見られる信子の辛辣な観察眼を通してみたさまざまな人物像が立ち上がり、一種の群像劇になっているのだ。聖子さんは本書を通じて「女流作家史」とでもいうべきものを書きたいと思ったというが、それ以上に厚みのある日本近代文壇史になっている。

信子とちがって、聖子さんは各種の文学賞に恵まれた。『感傷旅行』で芥川賞、『花衣ぬぐやまつわる…　わが愛の杉田久女』で女流文学賞、『ひねくれ一茶』で吉川英治文学賞、『道頓堀の雨に別れて以来なり　川柳作家・岸本水府とその時代』で泉鏡花文学賞及び読売文学賞、さらに菊池寛賞、朝日賞を受賞、そして紫綬褒章に加えて文化勲章を受章している。顕彰を受けるに不足はない。だが畢生の大作として送り出した本書は、その年度のいかなる文学賞も受賞することがなかった。わたしは一九九九年、本書の初版が出たときに入手して読んだが、この作品に男性批評家が言及することが少なく、受賞の対象にならなかったことをいぶかしんだ。聖子さんも口にこそ出さね、同じ思いだったことだろう。吉屋信子の経験は、田辺聖子においても繰り返されたのだ。

評伝とはおもしろい。そこには論じるひとと論じられるひととの二重の時間がある。いずれかならず田辺聖子を論じる評伝作家が登場するだろう。そうなったら、評伝作家の時間は、二重にも三重にもなるだろうか。そうやって女たちの声が多層的に重なっていく。どこが誰の声か、わかちがたいままで。

（うえの・ちづこ　社会学者）

は　行

ま　行

や・わ　行

や　行

作品名

あ　行

さ　行

た　行

な　行

索　引

＊本文中に登場する主要な人物、吉屋信子の著作（作品）を対象とし、
人名・作品名の順に収録した。

人　名

あ　行

か　行

『ゆめはるか吉屋信子——秋灯机の上の幾山河』

初出誌　「月刊Ａｓａｈｉ」一九九三年十月～九四年三月

「アサヒグラフ」一九九四年四月八日～九八年十二月十八日

単行本　上下巻、朝日新聞社、一九九九年九月

文　庫　上下巻、朝日文庫、二〇〇二年五月

編集付記

一、本書は朝日文庫版を底本とし、三分冊にしたものである。巻末に新たに「吉屋信子のアルバム」を収録し、中公文庫版解説と索引を付した。

一、底本中、明らかな誤植と思われる箇所は訂正し、難読と思われる語には新たにルビを付した。

一、本文中、今日の人権意識に照らして、言い換えるべき語句や表現が見受けられるが、著者が故人であること、刊行当時の時代背景と作品の文化的価値を考慮して、底本のままとした。

中公文庫

ゆめはるか吉屋《よしや》信子《のぶこ》

――秋灯《あきともし》机《つくえ》の上《うえ》の幾山河《いくさんが》（下《げ》）

2023年 8 月25日　初版発行

著　者　田《た》 辺《なべ》 聖《せい》 子《こ》

発行者　安 部 順 一

発行所　中央公論新社

〒100-8152　東京都千代田区大手町 1-7-1

電話　販売 03-5299-1730　編集 03-5299-1890

URL https://www.chuko.co.jp/

ＤＴＰ　平面惑星

印　刷　三晃印刷

製　本　小泉製本

Published by CHUOKORON-SHINSHA, INC.

Printed in Japan　ISBN978-4-12-207404-0 C1123

中公文庫既刊より

各書目の下段の数字はＩＳＢＮコードです。978－4－12が省略してあります。

た-28-21
ゆめはるか吉屋信子 秋灯机の上の幾山河（上） 田辺聖子

大正、昭和と絶大な人気をほこった小説家・吉屋信子。少女時代から敬愛してやまない著者がその真の姿を描き尽くす本格評伝。上巻は『花物語』執筆と青春時代。

207378-4

た-28-22
ゆめはるか吉屋信子 秋灯机の上の幾山河（中） 田辺聖子

大正九年、長篇小説が認められた信子は流行作家の道を歩み始める。林芙美子や宇野千代、パートナー門馬千代らとの交流を描く本格評伝にして近代女性文壇史。

207395-1

た-28-12
道頓堀の雨に別れて以来なり 川柳作家・岸本水府とその時代（上） 田辺聖子

大阪の川柳結社「番傘」を率いた岸本水府と川柳に生涯を賭けた盟友たち……上巻は、若き水府と、柳友たちとの出会い、「番傘」創刊、大正柳壇の展望まで。

203709-0

た-28-13
道頓堀の雨に別れて以来なり 川柳作家・岸本水府とその時代（中） 田辺聖子

川柳への深い造詣と敬愛で、その豊醇・肥沃な文学的魅力を描き尽す伝記巨篇。中巻は、革新川柳の台頭、水府の広告マンとしての活躍、「番傘」作家銘々伝。

203727-4

た-28-14
道頓堀の雨に別れて以来なり 川柳作家・岸本水府とその時代（下） 田辺聖子

川柳を通して描く、明治・大正・昭和のひとびとの足跡。川柳への深い造詣と敬愛でその豊醇、肥沃な文学的魅力を描く、著者渾身のライフワーク完結。

203741-0

た-28-19
大阪弁ちゃらんぽらん〈新装版〉 田辺聖子

「あかん」「わやや」……。大阪弁に潜む大阪人の気質と、商都ならではの心くばり。大阪弁を通して、大阪人の精神を考察するエッセイ。〈解説〉長川千佳子

206906-0

た-28-20
大阪弁おもしろ草子 田辺聖子

「そこそこ」「ぼつぼつやな」。短い言葉の中にも多様な意味やニュアンスが込められている大阪弁を通して、大阪の魅力を語るエッセイ。〈解説〉國村　隼

206907-7